Patrick McGrath

Het gesticht

Vertaald door Ria Loohuizen

1997 Ooievaar Amsterdam

Eerste druk 1996
Tweede druk 1997

Oorspronkelijke titel *Asylum*

Omslagontwerp Erik Prinsen, Zaandam
ISBN 90 5713 159 5

1

Ik heb al jarenlang een professionele belangstelling voor de noodlottige liefdesgeschiedenis die gekenmerkt wordt door seksuele obsessie. Dergelijke relaties verschillen enorm van duur en intensiteit, maar doorlopen meestal dezelfde stadia. Herkenning. Identificatie. Clandestiene afspraakjes. Organisatie. Structuur. Complicatie. Enzovoort. Het verhaal van Stella Raphael is een van de treurigste die ik ken. Zij was een ernstig gefrustreerde vrouw die, na een lange periode van ontkenning, instortte toen ze geconfronteerd werd met een plotselinge overweldigende verleiding, en daar de voorspelbare gevolgen van moest ondergaan. En ze was een romantica. Ze vormde haar ervaringen met Edgar Stark om tot materiaal voor een groot melodrama, een verhaal van uitgestoten geliefden die de minachting van de wereld trotseerden ter wille van een grootse passie. Hierbij werden vier levens geruïneerd, maar ondanks het berouw dat ze toonde bleef ze zich tot het allerlaatst aan haar illusies vastklampen. Ik heb geprobeerd haar te helpen, maar zij leidde mij van de waarheid af tot het te laat was. Ze kon niet anders. Ze kon het niet riskeren dat ik het helemaal duidelijk zou zien; dat zou het einde zijn geweest van het broze psychische bouwwerk dat ze nog had.

Stella was getrouwd met een gerechtelijke psychiater, Max Raphael, en zij hadden een zoon, Charlie, die tien jaar oud was toen dit allemaal plaatsvond. Zij was de dochter van een diplomaat die een aantal jaren daarvoor wegens een schandaal in ongenade was gevallen. Allebei haar ouders waren inmiddels gestorven. Toen zij met Max trouwde was ze haar tienerjaren nauwelijks te boven. Hij was een gereserveerd, nogal zwaarmoedig iemand, een bekwaam bestuurder, maar zwak, en hij had geen inbeeldingsvermogen. De eerste keer dat ik ze ontmoette was het mij meteen duidelijk dat hij het type niet was om een vrouw als Stella te bevredigen. Zij woonden in Londen toen hij solliciteerde op de baan van waarnemend directeur. Hij werd ontboden voor een gesprek, maakte indruk op het bestuur en, wat belangrijker was, op de directeur, Jack Straffen. Tegen mijn advies in bood Jack hem de baan aan en enige weken later arriveerden de Raphaels in het gesticht. Het was de zomer van 1959 en de wet op de geestelijke gezondheidszorg was zojuist aangenomen.

Dit is een troosteloos soort tehuis, hoewel ik er, god mag het weten, de beste jaren van mijn leven aan heb gegeven. Het is een streng bewaakte, ommuurde stad die oprijst op een hoge heuvelrug en het omringende landschap domineert: dichte dennenbossen ten noorden en ten westen, ten zuiden lage moerasgronden. Het is opgetrokken naar doorsnee Victoriaans lineair model, met vleugels die zich in een straal uitstrekken vanuit het hoofdgebouw, zodat alle afdelingen een onbelemmerd uitzicht bieden over de terrassen en het platteland achter de Muur. Dit is een ethisch soort architectuur, die regelmaat, discipline en organisatie belichaamt. Alle deuren gaan naar buiten open, zodat het onmogelijk is ze te barricaderen. Voor alle ramen zitten tralies. Alleen de terrassen, die in verscheidene stenen treden afdalen naar de begrenzende muur aan de voet van de heuvel en gecultiveerd zijn met bomen, grasrijke taluds en bloemen, verzachten en civiliseren de grauwe, gevangenisachtige architectuur die er bovenuit torent.

De woning van de waarnemend directeur bevindt zich op zo'n honderd meter van de hoofdingang. Het is een groot donker huis, opgetrokken in dezelfde grijze steen als het ziekenhuis en ligt niet ver van de oprijlaan, verscholen achter dennenbomen. Het was veel te groot voor de Raphaels, want het was gebouwd in een tijd dat dokters grote gezinnen hadden en ten minste twee bedienden. Voordat zij er kwamen wonen had het een aantal jaren leeg gestaan en de tuin was verwaarloosd en verwilderd. Tot mijn verbazing begon Max zich onmiddellijk in te zetten voor het herstel ervan. Hij liet de vijver achter het huis schoonmaken en opnieuw vullen met goudvissen en de rododendrons aan de rand van het gazon snoeien en tot bloei komen.

Het project waar hij echter de meeste belangstelling voor had was de restauratie van een oude serre helemaal achter in de groentetuin. Het was een grote, sierlijke broeikas, gebouwd in de vorige eeuw voor het kweken van orchideeen en lelies en andere tere tropische planten. Het was indertijd een indrukwekkend, luchtig bouwwerk geweest, maar toen Stella en Max arriveerden, verkeerde het in een dusdanige staat van verval dat er sprake van was dat het neergehaald zou worden. Een groot deel van het glas was gebroken en de overgebleven panelen zaten onder een dikke laag stof en spinrag. De verf was afgebladderd en hier en daar was het houtwerk verrot en gespleten. Er hadden zich vogels in genesteld, muizen en spinnen hielden er huis, onkruid schoot op in de gebarsten stenen vloer.

Maar Max Raphael had een voorliefde voor Victoriaanse dingen en de exotische architectuur van deze serre, met zijn complexe beglazing en schrijnwerk en de elegante, romaneske gewelfde ramen, verschaften hem een speciaal genoegen. Hij had het geluk dat een van de voorwaardelijk vrijgelaten patiënten van het ziekenhuis ervan overtuigd was dat hij het restauratiewerk van de serre aankon. Dit was de beeldhouwer Edgar Stark.

Edgar was een patiënt van mij. De artistieke persoonlijkheid heeft mij altijd gefascineerd, denk ik, omdat de creatieve impuls een eigenschap is die in de psychiatrie van vitaal belang is, in elk geval in mijn eigen klinische werk. Toen Edgar bij ons kwam, was hij al een invloedrijk persoon in de kunstwereld, hoewel hij in eerste instantie op ons overkwam als een verward en zeer labiel man, die door het ziekenhuis schuifelde als een gewond schepsel en urenlang voorovergebogen met zijn hoofd in zijn handen op een bank zat. Vanaf het begin intrigeerde hij me en toen ik hem eenmaal tot rust had weten te brengen en hem aan het praten had gekregen, ontdekte ik in hem een sterk individu met een originele geest, en ook een man die over een behoorlijke dosis charme beschikte wanneer hij die wilde aanspreken. Hij en ik gingen al spoedig op een warme, strijdlustige manier met elkaar om, hetgeen ik tot op zekere hoogte aanmoedigde; ik wilde dat hij het gevoel zou krijgen dat hij een speciale relatie met zijn dokter onderhield.

Tegelijkertijd ging ik behoedzaam met hem om, want door zijn onrustige, slinkse intellect had hij al gauw door hoe het ziekenhuis werkte en was hij altijd uit op zijn eigen belang. Ik wist dat ik erop kon rekenen dat hij welke situatie dan ook in zijn eigen voordeel zou uitbuiten.

Vreemd genoeg zag ik hem maar één keer in het gezelschap van Stella en dat was tijdens een dansavond in het ziekenhuis, een jaar nadat de Raphaels gekomen waren en nauwelijks drie weken voordat hij voor Max in de tuin ging werken. Dansavonden vormen een belangrijke gebeurtenis op de kalender van het ziekenhuis, waaraan veel opwinding voorafgaat. Zij vinden plaats in de Centrale Hal, een ruim vertrek met een hoog plafond in het Administratie Blok, met een podium aan het ene eind, een rij pilaren in het midden en openslaande deuren die uitkomen op het bovenste terras. Achterin worden non-alcoholische dranken en sandwiches uitgestald op lange vouwtafels en de band installeert zich op het podium. Voorwaardelijk vrijgelaten patiënten van de vrouwen- en mannenafdelingen mogen deze avonden bijwonen – degenen die niet op zaal hoeven te blijven – en zij en de staf vormen een grote familie, zonder onderscheid van rang of status.

Dat is in elk geval de bedoeling. De waarheid is dat mensen die geestelijk gestoord zijn niet op hun best zijn tijdens een dansavond. Onze patiënten zijn buitenissig gekleed en bewegen zich onhandig, gehandicapt vanwege de medicatie die zij innemen alswel de ziekte waarvoor zij die medicatie toegediend krijgen. Ondanks de energieke pogingen van de ziekenhuis-band en de opgeschroefde vrolijkheid van de staf, heb ik het altijd een opgave gevonden, en ik woon deze gelegenheden dan ook eerder uit plicht bij dan dat ik verwacht me te vermaken. Terwijl ik in de schaduw van een pilaar achter in de hal toekeek die avond, verbaasde het me niet te zien dat Edgar Stark de vrouw van de waarnemend directeur benaderde, en evenmin dat zij zich samen met hem op de dansvloer begaf. De band speelde een snel Latijns-Amerikaans nummer en zij dartelde in zijn armen de vloer op.

Onlangs pas ben ik erachter gekomen wat er vervolgens gebeurde. Ik had misschien kunnen raden dat er iets mis was, want ik merkte op dat zij er lichtelijk verhit uitzag. Ik sloeg ze gade terwijl ze zich kwiek over de dansvloer bewogen, vlak voor de tafel van de directeur langs en pas nu zie ik in hoe naakt, brutaal en onvoorzichtig de belediging was die Edgar ons die avond in het gezicht smeet.

De dansavond was klokslag tien ten einde en de patiënten liepen luidruchtig achter elkaar aan de hal uit. Jack nodigde de senioren van zijn staf die nog aanwezig waren uit om nog iets te drinken. Samen met Max maakte ik een wandeling over het terras; we waren allebei gekleed in smoking en rookten een goede sigaar terwijl we over een aantal van onze patiënten babbelden. Er was een heldere hemel, er stond een warm briesje en de wereld lag beneden ons uitgestrekt, de terrassen, de Muur, de moerasgebieden daarachter – alles lag er in het maanlicht omfloerst en stil bij.

In de warme avondlucht vingen we duidelijk de stem van Stella op. Ach, ik heb vele elegante en bekoorlijke vrouwen gekend, maar die vielen in het niet bij Stella die avond. Ze had een laag uitgesneden zwarte avondjurk aan van grof geribbelde zijde, een prachtige *grosgrain* die ik nog nooit eerder had gezien. De hals was vierkant uitgesneden zodat de welvingen van haar borsten te zien waren. Het lijfje zat strak om haar bovenlichaam, aan haar middel stond hij wijd uit en hij viel in plooien om haar knieën, met een split ertussen, als een tulp. Ze droeg schoenen met hele hoge hakken en had een stola losjes om haar schouders geslagen. Ze vroeg Jack uit over haar laatste danspartner en toen ik de naam van een van mijn patiënten hoorde noemen flitsten de schuifelende mannen en vrouwen in hun slecht passende kleren weer in mijn hoofd voorbij – allemaal hadden ze op een subtiele manier iets scheefs, behalve hij toen hij met Stella danste.

Jack stond aan het eind van het terras en hield het hek open voor Max en mij. Stella vond het aangezicht van twee consulterende psychiaters in smoking, die zich haastten om hun baas niet te laten wachten, duidelijk vermakelijk. Enkele minuten later bevonden we ons in Straffens zitkamer en ging de telefoon. Het was de hoofdbewaker die aan de directeur doorgaf dat iedereen present was en dat het ziekenhuis beveiligd was voor de nacht.

*

Ik ben geen gezelligheidsmens en op sociale bijeenkomsten ben ik geneigd om op de achtergrond te blijven. Ik laat anderen naar mij toekomen, dat is een van de voordelen van anciënniteit. Ik stond bij het raam in Straffens zitkamer en converseerde op zachte toon met de vrouwen van mijn collega's die om de beurt naar mij afdwaalden. Ik sloeg Stella gade, die luisterde naar een verhaal dat Jack vertelde over een voorval dat had plaatsgevonden op een dansavond twintig jaar terug. Jack mocht Stella om dezelfde redenen als ik, haar scherpzinnigheid, haar evenwichtigheid en haar opvallende uiterlijk. Ik weet dat ze doorging voor een schoonheid: haar ogen werden zeer geprezen, ze had een bleke, bijna doorschijnende teint en dik blond haar, bijna wit, nogal kort geknipt, dat ze achterover borstelde. Zij was een tamelijk vlezige vrouw met volle borsten, langer dan gemiddeld, en die avond had ze een simpele parelketting om die de blankheid van haar hals en schouders en boezem prachtig deed uitkomen. Ik beschouwde haar als een vriendin in die dagen en vroeg me vaak af wat zich afspeelde in haar onderbewuste. School er vrede en orde, vroeg ik me af, achter dat ingetogen uiterlijk, of had ze gewoon haar neuroses beter onder controle dan andere vrouwen? Een vreemde, dacht ik, zou haar zelfbeheersing aanzien voor gereserveerdheid, onverschilligheid zelfs, en toen zij pas bij het ziekenhuis was aangekomen, was men haar in feite precies om die reden met terughoudendheid en vijandigheid tegemoet getreden.

Maar nu was ze door de meeste vrouwen geaccepteerd. Ze had zich ingezet om zich aan te sluiten bij verschillende ziekenhuiscomités en had zich over het algemeen laten gelden, zoals het de vrouw van een lid van de seniorenstaf betaamt. Wat Max betreft, die stond daar met zijn glas droge sherry met een licht verstrooide glimlach te luisteren naar de verschillende gruwelverhalen die de vrouwen vertelden over hun rampspoedige ervaringen op de dansvloer met patiënten die zo ontzettend onhandig waren dat de zwoegers en stampers van verleden jaar erbij in het niet vielen.

Die avond heeft Stella het ook over Edgar Stark gehad, maar niet ten overstaan van het hele gezelschap, en beslist zonder te vermelden wat hij in de hal had gedaan. Toen ze zich bij me had geschaard vertelde ze me dat de man danste als een droom – was hij niet een van mijn patiënten?

Ja, dat was hij inderdaad. Ik neem aan dat ik dit zei met een soort hartelijke cynische ondertoon, want ik kan me vaag herinneren dat ze me strak aankeek, zodat het me voorkwam dat het voor haar van belang was.

'Hij werkt in de tuin,' zei ze. 'Ik zie hem vaak. Ik zal je niet vragen wat je van hem vindt, want ik weet dat je me dat toch niet zult vertellen.'

'Zoals je zelf al hebt gemerkt,' protesteerde ik. 'Een extroverte man, sympathiek, en bezield door een zekere, um, dierlijke vitaliteit.'

'Dierlijke vitaliteit,' zei Stella. 'Ja, die heeft hij absoluut. Is hij erg gestoord?'

'Nogal ernstig, ja,' zei ik.

'Ik merkte er niets van,' zei ze, 'toen ik met hem praatte.'

Ze draaide zich om en wierp een blik op het gezelschap, de groepjes oude bekenden, elk onderscheiden door hun eigenaardigheden, zoals vaak het geval is in een psychiatrische gemeenschap. 'We zijn écht excentrieker dan de gewone bevolking, hè?' mompelde ze met haar ogen op het gezelschap.

'Zonder twijfel.'

'Max zegt dat de psychiatrie mensen aantrekt die een grote angst hebben om krankzinnig te worden.'

'Max moet voor zichzelf spreken.'

Hiermee verdiende ik een zijdelingse blik van die grote lome ogen.

'Het viel me op dat jij helemaal niet hebt gedanst,' zei ze.

'Je weet toch dat ik hopeloos ben bij dit soort bijeenkomsten.'

'Maar de vrouwen hebben er zo'n plezier in. Je zou het voor hen moeten doen.'

'Wat ben je Samaritaans aan het worden, schat.'

Hierop wendde ze zich naar me toe en ze staarde me aan. Ze haalde haar schouderbandje op dat langs haar arm omlaag was gegleden. 'Samaritaans?' zei ze, en ik zag dat Max onze kant opkeek, terwijl hij verstrooid zijn bril schoonwreef, zonder dat hij zijn sombere manier van doen liet varen.

*

Later die avond ging ik terug naar mijn werkkamer om mijn observaties te noteren. Ik was onder de indruk van Edgars gedrag. Toen ik hem met Stella had zien dansen, was het moeilijk te geloven dat hij aan een afwijking leed die te maken had met ernstige stoornissen in zijn relaties met vrouwen. Jaren voordat hij bij ons kwam, was hij een actieve beeldhouwer geweest, met de unieke druk die hoort bij een kunstenaarsleven. Ongeveer een jaar voordat hij opgenomen werd, was hij door de obsessie overvallen dat zijn vrouw Ruth een verhouding had met een andere man. Ruth Stark stond algemeen bekend als een rustige, verstandige vrouw; ze was Edgars model en steunde hem vaak financieel. Maar als gevolg van de wilde en gewelddadige beschuldigingen waarmee hij haar begon aan te vallen, werd hun huwelijk zwaar belast en dreigde zij bij hem weg te gaan.

Op een avond toen ze aan het drinken waren geweest, was er een vreselijke ruzie ontstaan en had hij haar met een hamer doodgeslagen. Wat hij daarna met haar deed, was voor ons een aanwijzing hoe gestoord hij in werkelijkheid was. Niemand kwam Ruth Stark te hulp, hoewel haar kreten in de hele straat te horen waren geweest. Edgar was in een diepe shock toen hij bij ons aankwam. Ik heb hem opgekalefaterd en bereidde me er vervolgens op voor hem te begeleiden bij de onvermijdelijke nasleep van verdriet en schuldgevoelens. Maar tot mijn bezorgdheid kwam er geen verdriet of schuldgevoel; na enkele weken herstelde hij zich in zijn evenwicht en was hij al spoedig verwikkeld in een aantal ziekenhuisactiviteiten.

Wij maakten ons ernstige zorgen over hem. Hoewel hij over een hoge intelligentie beschikte, toonde hij geen enkel inzicht in waarom hij zijn vrouw had vermoord. Wat mij stoorde was niet alleen dat zijn misvattingen aanhielden, maar dat die misvattingen zo intrinsiek absurd waren. Hij beweerde een rijkdom aan bewijzen te hebben betreffende haar overspel, maar als ik ernaar vroeg kwam hij slechts op de proppen met triviale dagelijkse voorvallen waar hij een bizarre, extravagante betekenis aan verleende. Een wc die doorgetrokken werd, een vlek op de vloer, het plaatsen van een doos waspoeder op de vensterbank, dat waren het soort dingen die voor hem ergens een teken van waren. Op andere punten was hij weer geheel gezond verklaard en kon hij elk moment ontslagen worden, maar op dit ene punt, dat de moord gerechtvaardigd was, bleef hij onwrikbaar. Oh, hij was het er wel mee eens dat het niet had moeten gebeuren, en hij had er spijt van dat hij zoveel dronk, maar hij hield vol dat zij het er met haar uitdagingen en beledigingen naar had gemaakt. Ik vond dat we hem nog niet moesten ontslaan en daarover was iedereen het met me eens. Hij was vijf jaar bij ons en het zag ernaar uit dat hij er minstens nog vijf bij ons zou doorbrengen. Zo stond alles ervoor toen hij werd ingeschakeld om de serre van Max te restaureren.

Elke ochtend kwamen er verscheidene groepjes parool-patiënten, gekleed in een wijde gele corduroy broek en een blauw hemd en met een wit linnen jasje over hun schouder geslagen, door het hek om het terrein te onderhouden. Edgar hoorde bij het groepje dat toegewezen was aan de tuin van de waarnemend directeur. Stella zag hem geregeld als ze groenten of bloemen ging plukken, en als de bewaker, een staflid genaamd John Archer, niet in de buurt was dan ging ze een paar minuten met hem zitten praten. Ze gaf toe dat ze zich bijna vanaf het eerste ogenblik tot hem aangetrokken voelde. Om overduidelijke redenen trachtte zij dit te verdrukken, maar door zijn dagelijkse aanwezigheid kon ze gemakkelijk een smoes verzinnen om met hem te praten. Wat zou het voor kwaad kunnen vriendschap te sluiten met een van de patiënten? Dit hield zij zichzelf voor om haar gedrag te rechtvaardigen.

Hoe was het zover gekomen?

Wat dat betrof kon zij mij aanvankelijk geen bevredigende verklaring geven. Ze vermeed mijn blik, ze werd vaag. Wellicht was het slechts een geval van huis-tuin-en-keukenwellust, gemakkelijk genoeg opgewekt, en even gemakkelijk onderdrukt, maar toen ik dat suggereerde verdween haar dromerige verstrooidheid en voelde ik van haar kant een ogenblik een opwelling van felle vijandigheid. Toen verflauwde die. Ze was al in een diepe depressie, ze kon niet meer veinzen. Ze stipte iets aan dat hij een keer had gedaan, iets dat, oh, kracht, tederheid uitstraalde…

Misschien. Ik liet het over me heen gaan.

Tijdens een gesprek dat we later voerden, beschreef ze wat uitgebreider wat hij had gedaan waardoor zij vanaf het begin zo gecharmeerd en aangetrokken was geweest. Ze was de moestuin ingegaan op een warme namiddag om een krop sla te halen en zag Charlie in de verte, samen met een patiënt, een grote man met zwart haar, die ze alleen kende als de man die bezig was aan de serre van Max en wiens naam ze niet eens wist; dit was enige weken voor de dansavond. Omdat ze nieuwsgierig was wat haar zoon uitvoerde, liep ze het pad af en hij riep haar toe dat hij een krachtproef had bedacht en dat ze moest komen kijken. Charlie Raphael was een mollige jongen met dezelfde blanke huid als zijn moeder, die 's zomers vol sproeten zat. Zijn lichtblonde haar viel in een dikke pony over zijn voorhoofd en als hij lachte zag je het gat tussen zijn voortanden. Die zomer had hij onveranderlijk een katoenen overhemd met korte mouwen aan, een wijde korte broek en sandalen en zijn benen zaten altijd vol schrammen en vlekken, als gevolg van zijn gevarieerde bezigheden buitenshuis.

Stella ging op de bank tegen de muur zitten toekijken, in de schaduw, terwijl de patiënt van Charlie op het pad moest staan met een schop, die hij vasthield met aan elk uiteinde van de steel een hand, waarna Charlie eronder hurkte en de steel in het midden beetpakte.

'Optillen!' riep hij.

De patiënt wierp een blik op Stella en begon Charlie, die zich met toegeknepen ogen van concentratie en opgetrokken knieën stevig aan de steel vastklampte, langzaam van de grond te tillen 'Ik ga tellen,' zei hij, 'Een, twee, drie, vier...'

Twintig tellen lang bleef hij aan de steel van de schop hangen, waarop Stella lachend smeekte dat de arme man hem op de grond zou zetten. 'Omlaag!' schreeuwde Charlie, die voorzichtig op het pad werd neergezet. 'U bent een hele sterke man,' zei hij met een blik van kinderlijke bewondering naar Edgar, die in het geheel niet uitgeput leek te zijn van deze vuurproef. Stella vertelde me dat ze zich voor het eerst door deze man geroerd voelde toen Charlie als een aapje aan de schop hing.

De volgende dag ging ze opnieuw naar de serre om te zien wat hij aan het doen was. Dit deed ze uit vrije wil en er is niets dat dit feit zou kunnen excuseren of verhullen. Ze trof hem aan terwijl hij op een ladder stond en bezig was gebroken glas uit het frame van het bouwwerk te verwijderen, het zorgvuldig loswrikkend uit de verkruimelde stopverf. Hij liet het vallen in een vuilnisbak naast de ladder en om de paar seconden werd de soezerige stilte van de middag verbroken door het geluid van glasscherven. Toen hij haar zag aankomen, kwam hij van de ladder af en trok hij zijn zware werkhandschoenen uit.

'Mevrouw Raphael,' zei hij, terwijl hij recht voor haar ging staan met zijn handen in zijn zij. Ze was zich sterk bewust van zijn afmeting, de pure kracht van zijn fysiek. Zijn ogen stonden opmerkelijk helder en openhartig en ze merkte dat ze er verlegen van werd. Vanaf het begin voelden zij zich bij elkaar op hun gemak.

'U hoeft niet met uw werk op te houden,' zei ze. 'Ik wilde alleen even kijken waar u mee bezig was.'

'Edgar Stark.'

Ze schudden elkaar de hand. Stella hield haar hand boven haar ogen en tuurde omhoog naar de serre. 'Is het de moeite van het restaureren waard?' zei ze.

'Oh, het is een prachtig ding. Vroeger maakten ze bouwwerken die lange tijd meegingen. Net als dat ding.'

Hij glimlachte en duidde de Muur aan, die door de dennenbomen schemerde aan het verre eind van de tuin, vlak bij de oprijlaan.

'Dit wordt minder onverbiddelijk, hoop ik.'

'Het kan een leuk klein zomerhuisje worden als ik ermee klaar ben. Bent u al een beetje gewend?'

'We zijn hier al een jaar.'

'Zo lang al?'

Hij haalde zijn tabaksdoos te voorschijn en begon een sigaret te rollen. Het riekte naar onafhankelijkheid, dit gebaar, en dat beviel haar. Hij gedroeg zich niet als patiënt.

'Hoe lang bent u hier al?' zei ze.

'Vijf jaar, maar ik word binnenkort ontslagen. Ik heb mijn vrouw vermoord.'

Toen ik dit hoorde dacht ik: Edgar ten voeten uit. Maar

Stella kon net zo onbevangen zijn.

'Waarom?'

'Ze bedroog me.'

'Wat naar.'

Hij was niet op zijn achterhoofd gevallen. Hier had je een tragedie, en zij kon met hem meeleven. De vrouw van een gerechtelijk psychiater schrok niet zo gauw van een dergelijke bekentenis.

'Was u buiten het ziekenhuis ook timmerman?' zei ze.

'Kunstenaar. Beeldhouwer. Voornamelijk figuratief. Houdt u van kunst, mevrouw Raphael?'

'Hier kom ik nauwelijks aan toe. Maar in Londen wel, ja.'

Hij was in het geheel niet onderdanig, vertelde ze, dat was de eerste indruk die ze had, en hij was ook niet neerbuigend tegen haar. Ze zei dat hij iets betrouwbaars en volwassens had en ik moest tegen wil en dank denken aan al die wilde waandenkbeelden die ik hem had horen spuien met betrekking tot zijn overleden vrouw. Als zij die had gehoord zou ze hem lang niet zo betrouwbaar en volwassen vinden, leek mij. Maar dat was niet het geval, dus ging zij de volgende dag, nadat ze uit de tuin had geplukt wat ze nodig had, opnieuw naar de serre toe.

Hij stond op zijn ladder en deze keer had hij zijn overhemd niet aan. Charlie zat op de tuinmuur vlakbij te babbelen over voetbal. Midden op de brede borst van de man groeiden vochtige zwarte haren in een kransje om elke tepel en op zijn bovenarm stond een mooie kleine tatoeage van een slang die om een anker heen kronkelt. Hij had een blanke huid, een slank en gespierd figuur en hij zweette licht. Ze vroeg of iemand iets fris wilde drinken en Charlie zei ja.

Toen ze enkele minuten later naar buiten kwam met een kan limonade, was Edgar weer aan het werk, maar hij had zijn hemd aangetrokken. Ze vroeg of ze er bezwaar tegen hadden als zij een poosje in de schaduw op de bank bleef zitten. Ze vond het prettig hem gade te slaan tijdens zijn werk, zei ze, en ik moest aan Max denken, cerebrale Max, die even groot was als Edgar, maar krom liep en er bleek uitzag en eeuwig zijn bril aan het schoonpoetsen was; het was wellicht waar dat het Max' idee was geweest om de serre te restaureren, maar het was de inzet van een andere man waardoor het uitgevoerd werd. En zijn inspanning was al duidelijk zichtbaar. Het oude glas was grotendeels verwijderd en het bouwwerk begon het aanzicht van een skelet te krijgen. Het was op een vreemde manier prachtig, zei ze, en toen zij het huis weer inliep was dit het beeld dat ze bij zich droeg: die grote man op een ladder met zijn hemd uit, die zorgvuldig het gebroken glas uit het frame van de Victoriaanse serre peuterde.

De volgende dag ging ze weer terug, evenals de daaropvolgende dag. Hij vertelde haar over zijn zoon, de jongen die hij van een moeder had beroofd, Leonard heette hij, hij zou nu wel zo ongeveer net zo oud zijn als Charlie, ofschoon hij hem al vijf jaar niet meer had gezien. De familie van zijn overleden vrouw zorgde voor hem en die had zich vast voorgenomen, zei hij, dat de jongen er nooit achter zou komen wie zijn vader was. Het was een verhaal dat gegarandeerd de sympathie van een moeder zou opwekken.

Allemaal leugens. Edgar had geen zoon.

Op een dag vroeg hij of hij haar bij de voornaam mocht noemen, en ze zei ja, maar niet waar John Archer of Charlie bij waren.

Een andere keer, toen hij een schets aan het maken was van een ijzeren versiering die vreselijk verroest was en opnieuw gegoten zou moeten worden, vroeg hij of hij haar portret mocht schetsen. Ze stemde toe. Ze moest van hem op de bank zitten terwijl hij eraan bezig was en binnen enkele minuten produceerde hij een vreemde schets, waarvan alle lijnen gevlekt waren, helemaal niet naturalistisch en zonder de rondingen en schoonheden die ik in Stella zag, maar het was op een merkwaardige manier een goede gelijkenis. Ze vroeg of ze de schets mocht houden en zonder iets te zeggen scheurde hij hem van het blok af en gaf hem aan haar.

'Maar je moet je handtekening eronder zetten,' zei ze.

Ze verstopte de schets in een lade die ze op slot deed en liet hem aan niemand zien, om redenen waar ze liever niet bij stilstond. Oppervlakkig gezien gebeurde er niets dat niet door de beugel kon, maar tegen Max had ze nog met geen woord over haar nieuwe vriend gerept; en door aanhoudelijk te zwijgen over een gebeurtenis in haar leven die belangrijk was, betrachtte zij een zekere dubbelheid. Ze rationaliseerde die. Ze had moeten weten dat bedrog uiteindelijk alles opvreet dat een huwelijk verteerbaar maakt en zich dat moeten realiseren, maar dat deed ze niet. Ze verkoos dat niet te doen. Alles wat volgde is uit deze ontduiking voortgekomen.

Maar ach, alles was zo triviaal, hield ze zichzelf voor, het was absurd te denken dat het praten met een patiënt in de moestuin iets te betekenen had. Maar als het zo triviaal was, waarom moest ze zichzelf daarvan dan overtuigen? Vanwege haar aanzwellende seksuele gevoelens voor die man, waar ze op een onverstandige, stiekeme manier aan toegaf, door hem op te zoeken, hem toegang te geven tot haar verbeelding.

*

Het viel haar aanvankelijk niet gemakkelijk hierover te praten. Ik weet dat ze in de verleiding was het noodlot, of de grillen van het menselijk hart, de schuld te geven van wat er is gebeurd, van de tragische gevolgen. Zij had van nature de neiging verantwoordelijkheid van zich af te schuiven, iets wat we allemaal doen, maar ze had geen zin zich te verontschuldigen of zich achter ontvreemding te verschuilen. Edgar, de enige persoon die zij had kunnen beschuldigen, bleef zij in plaats daarvan tot aan het bittere eind verdedigen. Geen enkele keer heb ik gehoord dat zij hem aansprakelijk stelde voor wat er is gebeurd.

Ik begreep voor het eerst in welke mate hun intimiteit was gegroeid op de dag dat Charlie van de tuinmuur viel. Naast de kas stond een oude appelboom en wanneer Edgar aan het werk was, klom Charlie op de muur en vandaar in de boom. Hij was een onbevreesd boomklimmer, maar hij was mollig en niet erg lenig en op deze bepaalde dag, toen hij uit de boom op de muur wilde stappen en de tak brak, verloor hij zijn evenwicht en met een gil viel hij op het pad en was een paar tellen buiten bewustzijn.

Stella was boven toen Edgar door de achterdeur naar binnen kwam lopen met de versufte jongen in zijn armen. Mevrouw Bain, Stella's hulp in de huishouding, zat aan de keukentafel erwten te doppen. Zij was getrouwd met een bewaker genaamd Alec Bain en hij was degene die mij later vertelde hoe zijn vrouw had gereageerd op het feit dat een patiënt zonder aan te kloppen het huis binnen was gelopen en mevrouw Raphael riep en daarbij haar voornaam gebruikte. Hij wilde de jongen op een bed of sofa neerleggen, maar mevrouw Bain had niet de tegenwoordigheid van geest om hem de zitkamer te wijzen, zodat hij langs haar heen de keuken uitstoof, de gang in. Net toen Stella de trap af kwam rennen wilde ze hem toeschreeuwen. Van afschuw slaakte ze een gil.

Charlie mankeerde niets. Binnen enkele minuten kwam hij weer bij en Stella vond het niet nodig Max in het ziekenhuis te bellen. Ze hield Charlie in haar armen terwijl mevrouw Bain een nat washandje ging halen en met haar houding aangaf wat ze ervan vond dat een patiënt het huis in kwam hollen zonder eerst om toestemming te vragen en haar bij haar voornaam noemde. Charlie probeerde overeind te komen, maar Stella zei tegen hem dat hij nog even rustig moest blijven liggen. Ze wendde zich tot Edgar.

'Bedankt dat je hem hierheen hebt gebracht,' zei ze. Ze merkte op dat hij opgelucht was dat de jongen niet gewond was. Hij voelde zich duidelijk verantwoordelijk.

'Het is goed afgelopen,' zei hij.

'Ik geloof het ook. Maar we zullen hem de rest van de dag binnen houden.'

'Nee!' zei Charlie.

'Jawel,' zei Stella.

Edgar liep door de keukendeur naar buiten. Stella realiseerde zich dat ze aan mevrouw Bain zou moeten uitleggen waarom hij zo familiair tegen haar was geweest, maar haar oude, trotse achteloosheid kwam weer opzetten en ze repte er met geen woord over, omdat ze er de noodzaak niet van inzag.

*

Er had nog geen lichamelijk contact tussen hen plaatsgevonden, maar dit incident droeg er toe bij dat er een hechte band ontstond. Op dat punt had die vanzelfsprekend meteen ongedaan moeten zijn gemaakt, zodra Stella besefte dat een dergelijk informeel gedrag tegenover een patiënt vroeger of later problemen zou veroorzaken. Maar het kwam niet bij haar op. Zij deed op dat punt geen poging te analyseren waarom zij, in plaats van zich zorgen te maken over het incident, er schik in had, maar later zei ze dat ze dacht dat het kwam omdat ze de houding van mevrouw Bain zo belachelijk had gevonden, alsof patiënten tot een minderwaardig ras behoorden.

Hij begon haar te vertellen hoe het leven in het ziekenhuis was en ze was verbaasd dat ze nooit eerder had begrepen wat er gaande was, behalve vanuit het oogpunt van Max, een psychiatrisch perspectief. Nu zij een glimp opving van een nieuw perspectief, begon zij er een idee van te krijgen hoe het was om te leven, eten en slapen op een overbezette afdeling, met zestig man op een slaapzaal die voor dertig was bedoeld, en het te moeten doen met een waterleiding die in de vorige eeuw was aangelegd en zelden goed werkte. Eén bepaald verhaal vervulde haar met afschuw; het ging over een patiënt in Blok 1 die zijn gezicht met zijn eigen urine waste en zich vervolgens afdroogde met de gemeenschappelijke handdoek.

Ze ging zich ermee bemoeien. Identificatie, die aanvankelijk wazig was, omzeild door een vriendelijk soort afstandelijkheid, werd steeds sterker. Het idee dat deze man, deze *kunstenaar*, de schande van een primitieve waterleiding zou moeten ondergaan, geen privacy had, intimidatie, verveling en een totale onzekerheid over zijn toekomst moest dulden, riep bij haar verontwaardiging op. Hij woonde nu in Blok 3, als paroolpatiënt met een eigen kamer, maar moest nog veel tolereren dat voor Stella's gevoel van rechtvaardigheid niet te rijmen was met de verzorging en de behandeling van geestelijk gestoorde mensen. Ofschoon zij eraan begon te twijfelen dat hij geestelijk gestoord wás. Ze dacht dat hij zich schuldig had gemaakt aan een *crime passionnel*; en passie was toch in wezen iets goeds?

Hij drong zich niet op. Hij was nooit lang serieus. Hij maakte haar aan het lachen met verhalen over de wiskundige uit Cambridge die zijn dagen in een hoek van de recreatiezaal doorbracht met ingewikkelde calculaties op toiletpapier. Hij vertelde haar over bridgespelletjes die met zo veel overgave werden gespeeld dat een patiënt eens bijna een oog kwijtraakte toen er een gemene woordenstrijd ontstond. Hij vertelde haar dat hij soms het gevoel had dat hij zich had aangesloten bij een superieure herenclub, want hij kende bankiers, advocaten, legerofficieren en beursmakelaars; oud-leerlingen van Eton zowel als mannen uit de onderste lagen van de maatschappij.

'Maar we hebben allemaal één ding gemeen,' zei hij.

'Wat dan?'

'We zijn allemaal gek.'

Dat moment kan ze zich nog heel goed herinneren. Ze zat op de bank in de schaduw van de tuinmuur en Edgar stond op zijn ladder, met ontblote borst, aan het dak van de serre te werken. Ze lachte er niet om.

'Ik geloof niet dat jij gek bent,' zei ze.

Onmiddellijk paste hij zijn stemming aan de hare aan.

'Ik ook niet.'

'Dus zou je hier niet moeten zijn.'

Je zou hier niet moeten zijn. Was dat niet precies waar hij op uit was? Dat de vrouw van de waarnemend directeur het met hem eens was dat hij daar niet behoorde te zijn, dat was echt een vooruitgang.

*

Daarop volgde de dansavond.

Stella beschreef hoe ze de ochtend na de dansavond aan de keukentafel zat met een kop thee en loom de krant doorbladerde. Ze was niet op haar gemak. Ze had een groot deel van de nacht nagedacht over wat er was gebeurd. Waar het op neerkwam, zei ze tegen mij, was dat ze zich onder het dansen bewust was geworden dat wat ze in haar lies voelde, door zijn broek heen, zijn penis was, die stijf werd. Ze zei dat ze aanvankelijk bleef denken aan het feit dat ze het niet meteen snapte, maar dat het even later tot haar doordrong dat het inderdaad was wat het was; maar dat ze zelfs terwijl ze terugdeinsde, zelfs terwijl ze haar mond opendeed om een kreet te slaken, zij iets in zijn uitdrukking opving waardoor ze van gedachten veranderde, een soort doofstomme, verlegen hulpeloosheid. Het was een smeekbede dat zijn grove grap tussen hen zou blijven. Het was grappig, maar het was ook treurig; zij besefte onmiddellijk welke behoefte erachter zat en was daardoor geraakt. Dus had zij zich ook tegen hem aangedrukt en zo waren zij de hele hal door gedanst, tegen elkaar aangedrukt, met zijn erectie tussen hen in, terwijl Edgar een grijns op zijn gezicht had en zij voor zich uitkeek met een ingetogen, ondoorgrondelijke uitdrukking op haar gezicht. Geen enkel moment, toen of later, had haar zelfbeheersing haar in de steek gelaten. Ze vond het haast jammer dat de muziek ophield en hij zich bruusk omdraaide en terugliep naar de andere kant van de hal. Dit alles veroorzaakte geen schok bij mij. Ik was echter wel verbaasd, niet zozeer over de aard van hun complot – Edgar had een sterk libido, en Stella eveneens, en ze waren allebei duidelijk opgewonden omdat het zich in het openbaar afspeelde – maar omdat Edgar het werk dat wij samen hadden verricht op zo'n achteloze manier op het spel had gezet. Want als Stella rapport had uitgebracht over wat er was gebeurd, zou het ons maanden, misschien jaren, gekost hebben.

*

De dag na de dans was een van de heetste dagen van de zomer. Ze ging drie of vier keer in het bad op verschillende tijden van de dag en elke keer terwijl ze zich uitkleedde moest ze denken aan zijn erectie tegen haar bekken. Tot dan toe was haar seksuele belangstelling voor Edgar een strikt verborgen vermaak geweest en was het niet bij haar opgekomen dat het wederzijds was; kennelijk was dat wel het geval. Hierdoor werd zijn aanwezigheid in de moestuin een probleem voor haar.

Het was irritant. Er waren dingen die ze nodig had, kruiden, bloemen, sla, tomaten. Ze was geen schuchtere vrouw, maar ze voelde er niets voor haar verstandhouding met hem weer aan te knopen. Ze realiseerde zich, en terecht, dat het onmogelijk zou zijn een tweede maal zwijgend in te stemmen. Ze kwam tot de slotsom dat, aangezien zij vroeger of later naar hem toe zou moeten gaan om hem ermee te confronteren, ze dat beter maar meteen kon doen. De volgende ochtend ruimde ze de ontbijttafel af, borstelde haar haar, deed een beetje lippenstift op en liep toen door de achterdeur naar buiten, de tuin in. Ze had een dunne zomerjurk aan en witte sandalen en haar benen waren bloot.

De zon was al erg heet. De muur die de moestuin omheinde, was overwoekerd door grote klimopbladeren en tussen de stenen zat een bontlaag van mos. De houten deur, met zijn ronde Moorse boog, had onlangs een nieuwe groene verflaag gekregen. Bezorgd bleef ze er een ogenblik voor staan. De grendel voelde niet heet aan. Ze liep door. Het pad kronkelde tussen een overdadige aanplant van bloemen en groenten door, en de pollen vergeet-mij-nietjes waren uitgedijd over het grint. Het was een stille, zinderende dag en er zoemden insecten in de rozen. Bloempotten stonden te gloeien in het zonlicht. Toen ze halverwege het pad was zag ze John Archer in de verte, die op de bank in de schaduw tegen de muur, in overhemdsmouwen, voorover gebogen met zijn ellebogen op zijn knieën, een sigaret zat te rollen. Ze had geen zin om een praatje met hem te maken, maar het was te laat om terug te gaan. Hij hoorde haar aankomen over het grint en kwam onmiddellijk overeind.

'Mevrouw Raphael,' zei hij.

'Goedemorgen, meneer Archer.'

Er stonden glaspanelen tegen de muur. Edgar zat op zijn knieën te krabben aan het brokkelige cement tussen de bakstenen aan het fundament van de serre. Met zijn hand boven zijn ogen zat hij op zijn hurken en hij tuurde naar Stella, die een paar meter van hem vandaan op het pad stond. Hij zei niets, tuurde alleen maar naar haar, in afwachting, zonder glimlach op zijn gezicht. Er stond een doodserieuze uitdrukking op zijn gezicht. Ze was zich sterk bewust van de neteligheid van de situatie. John Archer was haar eerbied verschuldigd, aangezien zij de vrouw van een van de doktoren was. Edgar was een patiënt en behoorde daardoor formeel gesproken tot een lagere orde dan een van hen beiden. Wat haar daarentegen de moestuin in had gedreven was de rechtstreekse lichamelijke avances die hij naar haar had gemaakt, zijn stille seksuele gebaar, van man tot vrouw. Hij was inmiddels overeind gekomen. Nog steeds had hij niets gezegd, hij stond daar zomaar, haar zwijgend uit te dagen hem te verraden.

'Meneer Archer,' zei ze, 'vindt u het goed als Charlie helpt bij het verbranden van de dode bladeren?'

John Archer zei dat het goed was.

'U weet hoe jongens zijn. Maar stuurt u hem gerust weg als hij lastig is.'

Terwijl zij zich een weg baande over het pad in het zonlicht terug naar huis, zag ze de blikken voor zich die de twee mannen met elkaar achter haar rug uitwisselden. Ze had opwinding gevoeld toen ze hem stom naar haar had zien staren, maar ze had ertegen gevochten, ze wilde niet meer met hem meeleven. Het is een doortrapte, onaangename vent, dacht ze, en hij denkt dat hij macht over me heeft omdat ik wat er tijdens die dans gebeurde door de vingers heb gezien.

Ze bande de hele smerige geschiedenis uit haar hoofd.

*

Ondanks het feit dat we vrienden waren, of misschien juist dankzij dat feit, was Stella in het begin terughoudend, vanwege een gevoel van schaamte, veronderstelde ik. Ik probeerde haar te laten zien dat ze niets voor me verborgen hoefde te houden, aangezien ik niet van plan was rechter over haar te spelen. Een poosje later realiseerde ik me dat het geen schaamte was waardoor ze aarzelde om met me te praten, maar onzekerheid wat mijn houding tegenover Edgar betrof. Ze wist niet of ze erop kon vertrouwen dat ik zou begrijpen wat zij had gedaan of, wat belangrijker was, waarom zij het had gedaan. Ze vermoedde dat ik hem zou veroordelen. Zodra ik dit door had, maakte ik haar duidelijk dat ik ook niet van plan was hem te berechten. Ik zei tegen haar dat het als psychiater mijn zaak niet was morele oordelen te vellen. Kennelijk had zij er behoefte aan op deze manier gerustgesteld te worden.

Toen begon ze te praten en het was net of er een klep was opengezet, want het kwam er allemaal uit in een stroom van details. Ze was in de achtertuin met Charlie. Ze zat een roman te lezen, maar om de paar minuten keek ze ongerust op, want Charlie zat op zijn knieën aan de rand van de vijver in het water te turen. Het was een diepe vijver en ze vond het vervelend dat hij daar zat, maar probeerde tegelijkertijd niet al te beschermend te zijn. Hij was de hele zomer al in de weer geweest met amfibieën van allerlei soort die hij in een aantal aquaria in de achtertuin stopte. Max had tegen hem gezegd dat hij het prachtig zou vinden als hij zoöloog zou worden.

Stella hield niet van amfibieën en ze hield er ook niet van dat Charlie zo in de vijver aan het porren was. Ze stond op het punt hem erbij weg te roepen, toen ze de telefoon in huis hoorde overgaan. 'Ga bij de rand weg,' riep ze hem toe terwijl ze over het gazon op de openslaande deuren afliep.

Edgar had een kamer op de begane grond in Blok 3. Aan het ene eind van de afdeling was de recreatiezaal. Aan het andere eind bevonden zich het kantoor van de bewaker en twee kleine spreekkamers waarvan er één een telefoon bevatte. Ik ben er nooit achter gekomen hoe het hem gelukt is deze telefoon te gebruiken. Het was in elk geval zeer riskant voor hem persoonlijk, want als iemand het had ontdekt zou hij meteen zijn paroolstatus zijn kwijtgeraakt. Alle interne telefoongesprekken worden gevoerd via de centrale van het ziekenhuis, dus ik neem aan dat hij een bewaker imiteerde en tegen de telefoniste zei dat hij dr. Raphael zocht.

Toen ze na enkele minuten weer naar buiten kwam, was het gebeurde nog niet helemaal tot haar doorgedrongen. Hij had zijn verontschuldigingen aangeboden voor zijn gedrag en was zo geestig geweest, en oh, zo volwassen over het voorval, zei ze, dat ze moest toegeven dat ze hem uiteindelijk toch aardig vond. Hij had haar herinnerd aan hun vriendschap en tegen haar gezegd hoe belangrijk die voor hem was, en tussen neus en lippen door gezegd dat hij al vijf jaar geen kennis meer had gehad aan een vrouw. Het was een sluwe vos, die Edgar van mij. Wat hij had gedaan was onvergeeflijk, had hij gezegd, maar hij had het enorm op prijs gesteld dat zij er niets van had gezegd. Het kwam toen noch later bij Stella op dat ze Max had moeten inlichten over het telefoontje, evenmin als het bij haar was opgekomen dat zij hem had moeten vertellen wat er tijdens die dans was gebeurd.

Toen ze terugkwam, zat Charlie nog steeds aan de rand van de vijver. Hij riep tegen haar dat hij dacht dat er slangen in zaten. Ze ging weer zitten en sloeg haar boek open. Ze zei niet tegen hem dat hij bij de vijver weg moest gaan, hoewel hij nu gevaarlijk boven het water overhelde, met één hand aan de rand terwijl hij met de andere in de diepte rondtastte. Haar gedachten begonnen bijna onmiddellijk af te dwalen en ze tuurde zonder iets te zien in de richting van het huis, naar de openslaande deuren van de zitkamer, de deur die toegang gaf tot de hal en aan het eind van de hal, aan de andere kant van het huis, maar zichtbaar vanaf de plek waar zij zat in de schaduw van de oude es, de voordeur. Voorbij die voordeur lag de oprijlaan, stonden de bomen en de Muur. Ze voelde zich opgelucht, ze voelde zich op haar gemak, alsof de verstoring van de orde, veroorzaakt door die onhandelbare penis, nu onderdrukt was en haar vriendschap in ere hersteld.

2

In dit stadium had Stella er nog geen echt idee van hoe gestoord Edgar was. Ze had hem nooit regelmatig zijn morbide fantasieën horen ontvouwen, zoals ik, en ofschoon hij haar zelf had bekend wat hij had gedaan, verschoonde zij hem door het op te vatten als een crime passionnel, hetgeen haar vanzelfsprekend verlof gaf hem te romantiseren. Toen Edgar dit in de gaten kreeg, veranderde hij van tactiek, maar ik geloof dat hij in het begin alleen maar wilde dat zij invloed op Max zou uitoefenen ten gunste van zijn vrijlating. Hier verried hij zijn naïveteit, want zo werkt het eenvoudigweg niet. Wat meer ter zake deed vanuit mijn oogpunt gezien, was het feit dat hij een manipulerend gedrag tentoonspreidde en in elk geval in het begin zijn niet geringe seksuele macht gebruikte als een middel om controle over haar te krijgen. Het feit dat degene die hij in zijn macht wilde krijgen de vrouw van een van de dokters was, duidt op de buitengewone pompeusheid van zijn opzet.

Aan het begin van onze relatie had ik samen met Edgar mijn strategie voor psychotherapie besproken. Ik had tegen hem gezegd dat ik zijn verdediging wilde afbreken: de façades, de voorwendsels afrukken, alle valse structuren van zijn gestoorde persoonlijkheid, om daarna opnieuw te beginnen, hem als het ware van de grond af aan weer op te bouwen. Aangezien dit een moeilijk, langgerekt proces zou zijn, zou hij alle steun nodig hebben die ik hem kon bieden. Bijna vier jaar lang hadden we samengewerkt. Deze clandestiene verhouding met Stella suggereerde echter dat hij zich achterbaks tegenover mij gedroeg. Verre van een poging te doen de pathologische manier te onderzoeken waarop hij met vrouwen omging, was hij bezig een proces op gang te zetten dat al een keer tot moord had geleid en de oorzaak was geweest dat hij bij ons terecht was gekomen.

Toen ging er iets fout. Het liep uit de hand. Ik denk dat ze geen van beiden bewust voelden aankomen wat er op het punt stond te gebeuren. Zij realiseerden zich niet – en wie zou dat wel doen bij dit soort aangelegenheden? – dat de heftige gevoelens die hij bij haar had opgeroepen de beperkingen van behoedzaamheid en verstand zouden doorbreken en het labiele status-quo zouden verpletteren.

*

Het is niet gemakkelijk geweest met Stella over de seks te spreken. Het staat haar vanzelfsprekend tegen om daar uitvoerig op in te gaan. Maar ze heeft me uitvoerig verteld hoe het begon. Het was weer zo'n heldere, hete zomerdag en ze draafde de hele middag op blote voeten door het huis, kamer in, kamer uit, omdat ze niet in staat was stil te zitten. Het zonlicht viel door de ramen van de grote kamers beneden, waarvan het politoer op de houten vloeren begon te blinken. Voor de spiegel boven de schoorsteenmantel hield ze stil en ze keek bedenkelijk naar haar spiegelbeeld.

Ze voelde aan haar haar. Ze ging naar boven en verkleedde zich in een wijde zomerjurk met uitgesneden hals en ging toen voor de spiegel van haar toilettafel zitten om opnieuw haar lippen te stiften. Ze ging weer naar beneden en ging bij de openslaande deuren in de zitkamer over het gazon staan staren. Ze schonk zichzelf iets te drinken in. Die ochtend had hij grofweg voorgesteld dat ze met hem de serre in zou gaan. Daarvan was zij zeer geagiteerd geraakt. Ze was het pad opgerend en toen weer terug naar huis. Seks met die man: het idee, dat ze in haar verbeelding al enige tijd had gekoesterd, had nu het openlijk was uitgesproken een verschrikkelijke kracht.

Ze verliet het huis door de voordeur en stak de oprijlaan over naar het hek in de hoge haag ertegenover, die toegang gaf tot wat eens het voorgazon was geweest, maar dat door verwaarlozing een weide was geworden vol hoog gras en wilde bloemen. Ze stak de weide over naar een gewelfde poort in de tuinmuur in de nabijheid van de serre. Met haar rug tegen de stenen bleef ze in de poort staan wachten.

Ze kon hem horen terwijl hij aan het werk was. Ze hoorde het glas in de vuilnisbak kapotvallen. Ze wist dat hij zich spoedig van haar aanwezigheid in de poort bewust zou worden, want haar schaduw viel over het pad. Ze was er niet zeker van of ze het daar lang zou volhouden. Ze had het gevoel dat ze haar eigen gedrag elk moment belachelijk zou gaan vinden en snel weer naar binnen zou gaan.

Stilte. Toen stond hij voor haar. Zonder iets te zeggen trok ze hem de serre in. Ze nam zijn hoofd tussen haar handen en met haar vingers over zijn wangen gespreid, kuste ze hem heftig op de lippen. Ze lieten zich op de grond zakken, uit het zicht door de lage stenen muur onder aan het lijstwerk. Haastig schikte ze zichzelf op de vloer, terwijl hij boven haar hurkte en zijn broek opendeed – –

Ik ondervroeg haar voorzichtig. Ik kon haar tegenzin bij het praten over wat er vervolgens was gebeurd niet direct op de proef stellen. We bleven erop terugkomen. Ik stel me zo voor dat het dringend en primair was, iets smachtends en instinctiefs. Ik denk dat het tamelijk snel voorbij was, en dat zij erna het huis weer is ingerend, meteen naar boven, naar de badkamer. Ik ken die badkamer. De originele fittingen zijn nog allemaal intact. De grote badkuip, met zijn aangeslagen koperen kranen, staat op zijn klauwpoten op een vloer van verweerde tegels. Een varen, die goed gedijt in de mistige atmosfeer van dat grote vochtige vertrek, groeit over de rand van zijn terracotta pot bij de deur heen, en ernaast staat een grote rieten wasmand.

Het water gutste uit de kranen. Ze gooide haar kleren uit en ging in het bad zitten. Ze bleef er een uur lang in, met haar ogen gesloten en haar hoofd leeg, ofschoon niet helemaal leeg, want onder het oppervlak bevond zich het besef van wat ze zojuist had gedaan. Ze mocht er niet naar kijken, ze mocht het absoluut niet toegeven; maar er bestaan vormen van mentale ervaring die buiten de werking van repressie omgaan, en in die obscure regionen van haar psyche rees de vraag of ze het weer zou doen, aangezien ze het al een keer gedaan had, en hoewel ze deze gedachte niet echt dacht, en het heftig zou hebben ontkend als het in haar bewustzijn boven zou komen, was ze zich ervan bewust, zoals men zich bewust is van al dergelijke dingen die ondraaglijk worden wanneer men eraan denkt, dat het antwoord ja was.

*

Enige uren later zat ze in de achtertuin in een witte rieten stoel, met een drankje, in de schaduw van de es, met haar roman op schoot, toen ze Max aan de voordeur hoorde. Ze ging het huis in, liep door de hal en liet hem binnen; hij had kennelijk moeite met zijn sleutel. Hij was gekleed in een donker pak, had zijn stropdas losjes om, hij was moe en verhit en snakte naar een drankje.

'Wat een rotdag,' zei hij.

Achter hem, voorbij de oprijlaan, rezen de dennenbomen als een donkere massa op tegen de avondhemel. Ze omhelsde hem met een voor haar ongebruikelijke warmte en terwijl ze dat deed kwam de ironische gedachte bij haar op dat de overspelige vrouw door haar schuldgevoel in de armen van haar man wordt gedreven.

'Hola,' zei hij, terwijl zij zich als een verloren vrouw, een vrouw die verdrinkt, aan hem vastklampte, 'wat heeft dit te betekenen?'

Ze liep bij hem weg naar de spiegel boven de lege open haard en betastte haar haar en trachtte een of ander teken van zonde op haar gezicht te bespeuren.

'Niets. Ik heb je gemist vandaag, gewoon.'

'Waarom heb je me gemist?'

Ze draaide zich om. Er klonk oprechte nieuwsgierigheid in zijn stem en ze werd zich bewust van de psychiater achter de man, of liever gezegd, de man week terug en de psychiater kwam voor de dag terwijl de raderen in beweging waren en ze zag hem dit fragmentje van haar psyche onderzoeken en vissen naar een betekenis. Op dat ogenblik werd hij haar vijand. Ze begreep toen dat openheid tussen hen gevaarlijk zou zijn en dat zij haar explosieve geheim met uitzonderlijke bekwaamheid moest verbergen voor de ogen van deze plotselinge vreemde met zijn vreselijk scherpe vermogen tot mentale indringing en waarneming.

Ze schonk voor hen beiden een drankje in en dacht: tenzij ik voortdurend op mijn qui-vive ben kan hij er gemakkelijk achter komen. Niet door nalatigheden van het gebruikelijke soort, maar door mijn *gedachten te lezen* – mij als een boek te lezen, en te zien dat het geschreven is in fragmenten van gedrag, vluchtige nuances in expressie, bepaalde manieren waarop ik een reactie geef en waar ik mezelf niet van bewust ben. O, ik moet heel waakzaam zijn, van nu af aan moet ik heel waakzaam zijn. Dit dacht zij. Maar ze hoefde dit beleid van huichelarij niet onmiddellijk toe te passen, want Charlie kwam binnengerend en begon zijn vader hijgend te vertellen over een bot dat hij in het moeras had gevonden.

'Ik geloof dat het van een *mens* is,' zei hij dramatisch.

'Dat betwijfel ik,' zei Max met een glimlach.

'Ik denk,' zei Charlie geheimzinnig, 'dat er misschien een moord is geweest.'

Stella slenterde naar de openslaande deuren en staarde naar de ondergaande zon en stond zichzelf toe aan haar minnaar te denken.

De daaropvolgende drie dagen dacht ze onophoudelijk aan hem, zonder ook maar één keer de moestuin in te gaan. Ze schrok tijdens het eten toen Max zijn naam noemde.

Slaagde zij erin die schok te verhullen bij het horen van zijn naam uit de mond van Max?

Ze dacht van wel, ofschoon Max er misschien niet met zijn aandacht bij was, hij was vaak elders met zijn gedachten. Hij zei dat ze Edgar Stark een paar dagen nodig hadden in de tuin van de kapelaan. God zij dank, dacht ze, nu hoef ik me hem niet steeds daar voor te stellen.

Na een paar vreselijk benauwde dagen begon ze zich wat kalmer te voelen. Ze dacht dat het de opluchting was die erop volgde als je een risico had gelopen en het goed was afgelopen. Tot haar verbazing voelde ze een nieuwe genegenheid voor Max en realiseerde ze zich dat ze hem dankbaar was omdat hij niets vermoedde, omdat hij het haar zonder het te weten mogelijk maakte haar zondige geheim te begraven. En zo begon de eerste felle schok van ontsteltenis over de rampzalige overtreding die zij had begaan – seks bedrijven met een *patiënt*, op nog geen vijftig meter afstand van het huis – weg te zakken, en ze zei bij zichzelf dat ze overvallen was geweest door een vlaag van verstandsverbijstering, meer niet; en dat het vanzelfsprekend niet voor herhaling vatbaar was. Zij maakte zich er echter zorgen over dat Edgar weer terug zou komen naar de serre en dat zij, wanneer dat gebeurde, hem zou kunnen opzoeken als ze dat wilde.

Het was voorspelbaar, nu zij aanstuurden op afspraken en structuur, dat Stella een soort arabeske in haar hoofd begon te creëren, een gedachten- en gevoelspatroon dat erop gericht was haar naar hem terug te voeren. Ze vertelde me dat ze op een hete ochtend haar breedgerande strohoed opzette en haar thee meenam naar het terras aan de noordkant van het huis en de patiënten gadesloeg die kruiwagens vol afvalhout en ander débris dat her en der door dit verwaarloosde stuk tuin verspreid lag aan het verbranden waren. Jarenlang was het overwoekerd geweest, een uitgerekte, zacht glooiende, beboste helling die vlak afliep en voorbij de schutting uitkwam boven op de heuvelrug in de verte in een groepje loofbomen, dat deel uitmaakte van de rand van het bos.

Max had het plan opgevat deze helling te ontruimen en met nieuwe zoden te bedekken. Hij stelde zich er een golvende weide bij voor, een idee dat Stella verontrustte, want het impliceerde dat zij het huis langer zouden bewonen dan hij haar had doen geloven. Het was bij haar opgekomen dat hij de ambitie had het ziekenhuis zowel als het landgoed te cultiveren, ze zich toe te eigenen als zijn tweelingtuinen.

De patiënten werkten gestadig door. Het hout was droog en vatte snel vlam, met een regen van vonken die wit en goud schitterden in het zonlicht. Met hooivorken gooiden ze gedroogde graspollen en het maaisel van het gazon op het vuur, en door het gras kwam er vocht vrij dat zwarte rookwolken produceerde. Ze keek toe hoe zij een stap achteruit deden en op hun vork leunden. Een van de mannen draaide zich om en met zijn hand boven zijn ogen tegen de zon tuurde hij over de helling naar waar zij stond, met haar strohoed op en haar kopje thee in haar hand. Ze bleef hem aankijken.

Ze stond versteld van haar eigen gedrag. Ze vroeg aan mij wat het betekende. Ze maakte geen enkel gebaar, maar stond daar alleen maar naar de man te staren. Hij greep de handvaten van zijn kruiwagen en begon hem de helling op te duwen; hij kwam niet rechtstreeks op haar af, maar nam het pad dat naar het hek in de schutting voerde. Hij had de wijde gele corduroy broek aan van de mensen die buitenwerk verrichtten en het blauwe gesticht-overhemd zonder boord. Zijn manchetten waren niet dichtgeknoopt en flapten om zijn polsen. Hij hield even stil, veegde een haarlok uit zijn gezicht en droogde het zweet af met een rood-wit gestippelde zakdoek die zij eerder had gezien, want Edgar had er een. Zij had haar ogen nog steeds op hem gericht en dat wist hij. Kalm begon ze zich met haar strohoed koelte toe te wuiven. Toen draaide ze zich geïrriteerd om en liep naar binnen.

Ik zei niet tegen haar dat ze zich, als functie van haar relatie met Edgar, niet alleen met de patiënten was gaan identificeren, maar dat zij hen ook had geërotiseerd. Dat zij het lichaam van de patiënt had geërotiseerd.

*

Edgar bracht die hele week in de tuin van de kapelaan door. De maandag daarop was hij weer aan de serre bezig. Stella wist dat hij er was, ze kon hem horen terwijl hij aan het werk was, en ze wist wat haar te doen stond. Ze wachtte tot Max vertrok naar het ziekenhuis en Charlie wegging op de fiets. Ze had zich voorgenomen gereserveerd te zijn wanneer zij hem zag. Ze zou hem duidelijk maken dat wat er gebeurd was een vergissing was geweest waarnaar nooit terugverwezen mocht worden en die vanzelfsprekend nooit herhaald mocht worden. Ze zouden zich tegenover elkaar gedragen op een manier die paste bij hun respectievelijke positie. Ze was er zeker van dat hij zou inzien dat dit de koers was die zij moesten inslaan. Ze liep over het gazon naar de moestuin. Daar was hij en haar hart begon te juichen toen ze hem zag.

Bij Stella was het altijd het hart, de taal van het hart.

Hij stond aan zijn werkbank, ooit gebruikt voor het verpotten van planten, waaraan hij zijn timmerwerk verrichtte, met zijn rug naar haar toe; en hoewel hij haar waarschijnlijk over het pad had horen aankomen, draaide hij zich pas om toen ze bijna naast hem stond. Hij draaide zich op zijn hielen om. Ze stonden recht tegenover elkaar. Zij beefde. Hij raakte haar wang aan en glimlachte vanwege haar opgewonden staat.

'Goddank.'

Ze ging tegen de muur staan en voelde de milde warmte ervan door haar blouse heen. Er was geen sprake van verleiding weerstaan. Ze was verloren. Hij had zijn handen aan weerskanten van haar tegen de muur gezet en boog zich voorover, bracht zijn gezicht vlak bij het hare. Koel staarde ze hem aan, ofschoon haar gedachten verre van koel waren. Ze greep hem bij zijn overhemd beet en hield het stevig vast.

'Heb je nog aan me gedacht?'

Hij knikte. Hij boog naar haar toe en kuste haar.

'Niet hier,' fluisterde ze.

Hij deed een pas achteruit terwijl zij zich van de muur losmaakte. Ze hield stil onder de poort en wendde zich in de richting waar hij zich bevond, voor de serre. Hij sloeg haar gespannen gade. Ze stak de weide over naar het groepje dennenbomen achteraan. Ze zag niemand. Ze doolde tussen de bomen en ging toen op het mos liggen tussen de varens en struiken. De zon scheen door de takken en ze tilde een hand op om haar gezicht te beschutten.

Daar wachtte ze op hem tot ze stemmen hoorde. Ze kon niet verstaan wat ze zeiden, maar het waren mannenstemmen en ze klonken uit de richting van de weide. Ze ging zitten. Ze hield haar adem in. Ze realiseerde zich wat er aan de hand was. Hij was John Archer op de weide tegengekomen. Ze waren daar aan het praten terwijl zij op twintig meter afstand tussen de bomen verscholen zat. Na een paar seconden werd ze door een bizarre impuls overvallen, ze wilde gaan lachen, het van vreugde uitschreeuwen over de puur komische, schandelijke positie waarin ze zich bevond, want ze kon het niet weerstaan zich in te beelden wat de reactie van Max zou zijn, wat hij ervan zou zeggen als hij zijn vrouw daar verscholen in het bos zou zien zitten, de bezwaren die hij zou maken tegen haar paar gestolen ogenblikken van genot met Edgar Stark, omdat een bewaker, zonder het te weten, de man op weg naar hun rendez-vous onderschept had.

Kort daarna stierven de stemmen weg. Ze sloop het bos uit en rende over de oprijlaan naar huis. Ze ging naar boven en liet het bad vollopen. Ze voelde zich nog steeds een beetje lichtzinnig toen ze de trap afdaalde naar de zitkamer en een drankje inschonk. Ze ging in een leunstoel zitten met een boek, met haar drankje binnen handbereik en stak bij uitzondering een sigaret op.

Zij was verbaasd over haar eigen reactie. Dat ze had willen *lachen* – wat had dat te betekenen? In de volle wetenschap van de consequenties als ze gesnapt zou worden, betekende het feit dat ze had willen lachen dat het haar niet kon schelen wat er met haar zou gebeuren! Zo interpreteerde zij het. Ik opperde dat het wellicht iets te maken had met kwaadheid.

'Hoezo kwaadheid?'

'Kwaadheid tegenover Max. Het was mij duidelijk,' zei ik, 'dat haar gedrag in verband stond met de wens Max te kwetsen.'

Ze schudde haar hoofd. 'Ik geloof het niet, Peter,' zei ze. Maar er had zich, vermoedde ik, een enorm reservoir van wrok in haar gevormd. Ze was nog niet zover dat ze erover kon praten, en ik heb haar niet gedwongen. Het zou er vanzelf wel uit komen.

*

Clandestiene afspraakjes, dat was het volgende stadium. Tijd en plaats vastleggen, er structuur aan geven. Wat het vanzelfsprekend zo moeilijk maakte was het feit dat er aan Edgars vrijheid zo veel grenzen waren. Maar ondanks de beperkingen waarmee zij te kampen hadden, vonden zij toch de tijd en de plaats, zoals dat altijd het geval is; zij maakten hun afspraakjes.

De dag nadat Edgar door John Archer verhinderd was, zagen ze elkaar in de serre en zei ze tegen hem dat ze plannen moesten maken.

Hij stond aan zijn werkbank. Er viel een lange stilte.

'Dus je wilt ermee doorgaan?' zei hij ten slotte.

Ze zat op de bank in de schaduw van de muur. Ze had haar strohoed en zonnebril op. Ze tilde haar hoofd op en knikte. Het leek of hij lichtelijk heen en weer zwaaide en toen richtte hij zich weer op zijn werk. 'Archer,' mompelde hij.

Ze had een mand bij zich, waar ze wat bloemen in had gedaan. Ze stond op en liep weer over het pad in de richting van het huis. John Archer kwam op haar af in laarzen die knarsten op het grint. Ze deed een bewuste poging om natuurlijk over te komen.

'Goedemorgen, meneer Archer. Uw tomaten zijn verrukkelijk, heerlijk zoet.'

Hij knikte minzaam en zei nog iets over zomerse salades. Stella vroeg zich af wat het was in zijn strakke blik waardoor ze op haar hoede was. Misschien helemaal niets. Misschien was het haar kwade geweten. Hij had de gewoonte te wachten tot anderen eerst spraken, een stilte te scheppen die opgevuld moest worden, en van zulke mensen kreeg ze altijd al een onbehaaglijk gevoel.

Ze had reden om zich onbehaaglijk te voelen. John Archer bracht rapport uit aan mij en hij had scherpe ogen en een slinkse geest, even slinks als Edgars geest; hij kwam mij al gauw bericht uitbrengen over deze ontluikende vriendschap. Het was misschien verkeerd, maar ik besloot geen maatregelen te nemen. Ik was nieuwsgierig. Edgar had al vijf jaar lang geen contact met een vrouw gehad.

*

Het cricketveld voor de staf is een uitgestrekt vlak terrein omzoomd door dennen, aan één kant begrensd door de oprijlaan waar die langs de tuin van de Raphaels loopt in de richting van de hoofdingang. Voorbij de bomen aan de kant van het ziekenhuis loopt een tweede weg, een zijweg, de heuvel af vlak langs de Muur, waar hij voorbij het huis van de kapelaan verder door het moeras kronkelt. Even voorbij deze zijweg staat het paviljoen, dat uitzicht biedt over het cricketveld en beschut wordt door de dennenbomen. Het is een elegant houten gebouw met dakspanen en een weerhaan. Aan de voorkant ervan bevindt zich een overdekte veranda, waar we naar de cricketwedstrijden kijken, en binnen is een koel, donker clubhuis met een bar.

Die zomer was er voortdurend een groepje patiënten aan het werk in de tuin van de kapelaan, want de kapelaan was evenals Max begonnen aan een aantal projecten, waaronder de bouw van een broeikas. Edgar was de beste timmerman die we tot onze beschikking hadden, en hij werd vaak ingeschakeld. Zonder begeleiding kon hij heen en weer lopen tussen de twee tuinen, en het cricketpaviljoen lag vlak aan het pad dat de heuvel afliep. Als lid van het cricketcomité had Stella de sleutel van het gebouw.

Zij hadden hun plaats voor rendez-vous gevonden.

*

Af en toe had ze wel momenten dat ze bij haar volle verstand was, wanneer ze op een nuchtere manier bekeek wat ze aan het doen was. Ze beschrijft hoe ze op een avond de achtertuin inliep en in het maanlicht naar de vijver afdwaalde. Ze ging op de rand zitten kijken naar de vage, dikke, zilverachtige vormen die tussen de lelies in het zwarte water heen en weer zwommen en dacht met een glimlach aan Charlies waterslangen. Ze staarde naar het licht in de zitkamer, dat door de openslaande deuren over het gazon viel en daarboven, gehuld in het duister, de open ramen van Charlies kamer waarin de gordijnen zachtjes hingen te wapperen in het briesje. Ze werd ineens ontroerd bij de gedachte aan haar veilige gezinsleven, het comfort en de betekenis en orde, alles gebaseerd op het welzijn van Charlie. Toen dacht ze aan dit avontuur dat op het punt stond aan te breken en werd het haar plotseling heel duidelijk dat zij, door daaraan toe te geven, die orde in gevaar bracht. Zij had toen een sterk, angstig voorgevoel.

Dat gevoel bleef zij enige dagen houden en dat verhinderde een verdere ontwikkeling. Maar ze had geen rust. Op een goede ochtend liep zij de oprijlaan af naar het cricketveld. Het was weer zo'n heldere, warme dag. Twee patiënten met een zonnehoed op en hun hemd om hun middel geknoopt stonden in de zon midden in het veld te zweten, terwijl ze de grote grasroller door en weer duwden. Ongezien, hoopte ze, liep ze tussen de bomen die aan de rand van het veld stonden door naar het paviljoen. Er stond een lege schuur aan de achterkant, waar de grote roller werd geparkeerd en in het donker snoof ze de lucht op van vers gemaaid gras en aarde. Ze vond wat ze zocht, een smal raam aan de achterkant van het paviljoen, dat bereikbaar was vanaf het dak van de schuur.

Ze liep naar de voorkant en rende het houten trapje op naar de veranda. De twee patiënten stonden in het heiige zonlicht en er was geen bewaker in zicht. Ze keerde zich naar de deur van het paviljoen en deed die van het slot.

Binnen stonden ligstoelen tegen de muur gestapeld. Een lichtstraal drong in de duisternis door en verlichtte een stuk van de planken vloer die gebutst was door kleine deukjes, door de jaren heen veroorzaakt door de spijkers van de laarzen van de cricketspelers als ze uit de kleedkamers kwamen stampen. Ze vond kussens en dekens in de opslagruimte en spreidde die op de vloer uit. Toen ze daar stond te staren naar dat ruwe bed, voelde ze plotseling verbijstering over wat ze aan het doen was: ze was van plan hier een man heen te brengen om met hem seks te bedrijven. En niet zomaar iemand, een patiënt. Een patiënt van jou, Peter. Ze vluchtte weg, deed de deur achter zich op slot en keerde terug naar huis, waar mevrouw Bain in de keuken bezig was.

Ze kwam die dag en de daaropvolgende dag niet in de buurt van de moestuin, hoewel ze hem kon horen hameren en zagen. Eindelijk begon er een reactie te komen, een langzame, schokkende weerzin, die ze naar ze zei voor het eerst voelde op de avond dat ze aan de rand van de vijver had gezeten en was geraakt door de warmte en veiligheid die het huis leek te bieden. Deze reactie was verlaat, omdat hij diep in haar psyche weggestopt zat, zodat hij tegen de tijd dat hij naar het bewustzijn was gerezen een enorme afmeting had verkregen en niet ondergaan werd als vrees, maar als afschuw. Afschuw van de gedachte dat zij niet alleen haar eigen veiligheid in gevaar kon brengen, maar eveneens die van Charlie; het leek haar toen gemeen en onverantwoordelijk het geluk van de jongen op het spel te zetten.

Wat is hij soms stil, herinnert ze zich dat ze dacht toen hij die middag thuiskwam. Ze vond het leuk hem te zien, voelde zich schuldig over haar gedachten in het paviljoen die ochtend, alsof, zei ze, ze hém ontrouw was geweest. Misschien is dat het hele punt wat ontrouw betreft, suggereerde ik, gaat het niet zozeer om de seks, alswel om het feit dat men daarbij het geluk van iemand anders in gevaar brengt? Het is niet zozeer het naakte feit, het is het effect dat het zou hebben als het bekend werd. De handeling zelf heeft weinig betekenis. Ze was het met me eens, in principe. Maar dat deed er allemaal niet meer toe. Het was nu van belang het uiterst geheim te houden. Dit hield haar bezig terwijl ze in de schaduw van de es in de achtertuin zat en Charlie op zijn buik op het gras in de zon vlakbij haar lag, leunend op zijn ellebogen en met zijn ogen dichtgeknepen in een boek tuurde met zijn haar voor zijn ogen. Alsof hij haar gedachten raadde, keek hij plotseling op.

'Mammie?'

'Ja, schat.'

Toen produceerde hij een buitengewone lichamelijke verwringing, alsof hij met zijn hele lichaam aan het denken was en het een ingewikkelde gedachte was. Hij draaide zich half op zijn zij en staarde de lucht in; met een mollige arm achter zijn nek om pakte hij met één hand zijn kin vast en stak de andere recht in de lucht, met gespreide vingers tegen de zon. Hij grijnsde.

'Ik heb een mop bedacht.'

'Nou?'

'Vraag me maar waarom ik toen uit de appelboom ben gevallen.'

'Waarom ben je toen uit de appelboom gevallen?'

'Omdat ik rijp was!'

'Dat is een hele goeie.'

*

Ze kon niet bij hem uit de buurt blijven. Ze probeerde het. Ze had haar moment van afschuw gehad toen ze geconfronteerd werd met de implicaties van wat ze deed, maar dat had niet lang geduurd. Zich bewust van zijn nabijheid, kon ze de rusteloze opwinding van haar verbeeldingskracht niet onder controle houden. De volgende ochtend liep ze, nadat Max naar het ziekenhuis was vertrokken, de achtertuin door naar de poort in de muur.

Het gebeurde weer, dat buitengewone gevoel dat ze alleen maar kon beschrijven als bedwelming. Hij stond in de verte bij de serre, waar hij op schragen een zaagbok had opgesteld naast zijn werkbank en hij was druk bezig de zaag met een sterke, lichte slag te hanteren. Toen ze halverwege het pad was, hoorde hij haar en hij draaide zich om en sloeg haar gade terwijl ze naderbij kwam.

'Werk maar door,' riep ze zachtjes toen ze dichterbij was. 'Voor mij hoef je niet op te houden.'

Maar hij werkte niet door. Hij haalde zijn tabaksdoos uit zijn broekzak, ging op de bank tegen de muur zitten en rolde een sigaret. Ze ging naast hem zitten.

'Ik ben bij het paviljoen geweest,' zei ze.

'Dat weet ik.'

'Hoe weet je dat?"

'Een van de mannen heeft je gezien.'

Daar had ze van moeten schrikken, maar dat was niet zo.

'Kun je vanmiddag komen?' zei ze.

Hij pauzeerde een ogenblik, met een flauwe glimlach op zijn gezicht terwijl hij aan de rand van het vloeitje likte. Hij genoot van de dringende noodzaak die hij had opgewekt in deze grote, blanke, hartstochtige vrouw. Ze had het in de gaten en raakte zijn gezicht aan.

'Kun je?' mompelde ze.

'Ja.'

Ze trachtte te verhullen hoe sterk de opwinding in haar toenam naarmate dit gesprek vorderde. Ze voelde de stof van zijn corduroy broek tegen haar blote been. Het was stom om een risico te lopen in de moestuin, maar ze gaf hem toch een zoen.

Die middag ontmoetten zij elkaar voor het eerst in het cricketpaviljoen. Ze vonden al snel een manier om het stof en het ongemak te boven te komen. Het enige wat ze mij over de seks kon vertellen was dat het vanzelf ging en voor allebei even intens was; ze had het nog nooit op die manier beleefd, deze heftige lichamelijke worsteling waaraan hun lichamen deelnamen met zo'n dringendheid en kracht. Naderhand dronk hij een beetje whiskey en dat maakte haar enigszins ongerust, het leek een onnodig risico. Hij had een plat metalen flesje in zijn zak dat hij vulde uit een fles achter de bar.

'En als ze het missen?'

Hij kwam door het vertrek naar haar toe en knielde naast haar op de grond, waar ze zacht en verhit en wanordelijk op hun geïmproviseerde bed zat. Hij streelde haar gezicht en kuste haar.

Ze zag hem als haar charmante deugniet. Ze kon hem niet weerspreken. Ze kon totaal niet tegen hem in gaan, het was onmogelijk, want ze was begonnen zich aan hem uit te leveren en voelde zich niet langer apart en gescheiden van hem, maar juist dat ze zonder hem niet volledig was. Ze begreep wat er aan de hand was, dat ze verliefd aan het worden was, en ze wilde daar geen punt achter zetten. Ze zei dat ze er geen punt achter kón zetten. Ze stond toe dat hij uit het paviljoen stal, ze nam zijn houding in het negeren van risico's over en rationaliseerde die. Enkele dagen later, toen hij haar om geld vroeg, gaf ze hem alles wat ze in haar portemonnee had.

Geen controle. 'Je hebt geen controle over verliefd worden,' zei ze, 'dat kan niet.' Het had haar indertijd geamuseerd dat het gebeurde zoals het gebeurde, met deze man. Een patiënt. Een patiënt die in de moestuin aan het werk was.

'Stella,' zei ik, 'je had het niet erger kunnen bedenken al

had je nog zo je best gedaan.'

'Maar de waarheid is,' zei ze, 'dat ik het niet bedacht heb.'

Ze fungeerde thuis zo normaal als ze kon, maar was er nooit helemaal aanwezig. Haar dag was gespitst op dat ogenblik wanneer ze met toenemende opwinding in het duister van het paviljoen zat te wachten, te wachten tot ze zijn laarzen op de muur hoorde, hij op het dak van de schuur klom en zich over de vensterbank hees en op de vloer liet vallen. Hij kwam dan naar haar toe gelopen, met een grijns, waar ze zat te wachten, op hem voorbereid, op de dekens, waarop hij zich samen met haar liet zakken en ze zich geheel in hem verloor als ze naar hem reikte en zijn sterke handen op haar lichaam voelde. Oh, wat hield ze van hem.

Misschien.

3

Ik ben nu van mening dat het bezoek die zomer van Brenda Raphael, de moeder van Max, het verloop van de relatie op een merkwaardige manier heeft bespoedigd. Op een vrijdagmiddag, ongeveer een week na de dansavond, arriveerde ze in het huis van de waarnemend directeur terwijl ik daar ook aanwezig was. Ik was vroeg uit het ziekenhuis weggegaan en op weg naar huis bij Stella langsgewipt. Ik had recentelijk van John Archer vernomen dat er tussen haar en Edgar een vriendschap aan het ontspruiten was en wilde het daar vanzelfsprekend met haar over hebben. Ik kreeg echter de kans niet om erover te beginnen, want ze kondigde meteen aan dat ze haar schoonmoeder verwachtte.

'Ik heb aangeboden haar van de trein te halen,' zei ze terwijl ze me voorging door de hal naar de zitkamer, 'maar, nee hoor, ze wilde niet hebben dat ik me druk maakte. Het klonk alsof ze vond dat ik zo slap was dat het gevaarlijk zou zijn als ik in beweging kwam.'

We dronken wat in de tuin en ze was afwezig, verstrooid. Ik associeerde haar stemming toen nog niet direct met het vage geluid van brekend glas en gehamer dat op de stille lucht kwam aandrijven uit de richting van de moestuin. Vijf minuten later hoorden we een auto de oprijlaan inslaan. Samen liepen we door de hal naar de open voordeur, net toen de taxichauffeur de eerste van Brenda's talloze koffers aansleepte; zijzelf stond op het punt om uit te stappen. Ze was een wellevende, autocratische vrouw en zij was eveneens vermogend. Ik wist toevallig dat zij Max en Stella hielp bij het hooghouden van hun levensstandaard en dat hun auto, een witte Jaguar nog wel, een cadeau van haar was, ter ere van de aanstelling van Max als waarnemend directeur. Zij en ik hadden een onderlinge verstandhouding. Ze rekende erop dat ik haar verslag zou uitbrengen over haar zoon.

Ze betaalde de taxichauffeur en gaf hem een fooi met de allure van een persoon van koninklijke bloede. 'Peter,' zei ze toen, 'wat fijn je te zien. Stella, je ziet er goed uit, liefje.' Ze kusten elkaar en Brenda liep de hal in. Ze was, zoals altijd, modieus gekleed, en ik wist dat Stella jaloers op haar was omdat ze zelf niet meer in Londen woonde en niet meer dezelfde chique uitstraling had.

'Wil je naar boven,' zei Stella, 'of zullen we met een drankje in de tuin gaan zitten?'

'Dat lijkt me heerlijk,' zei Brenda. 'Maar Peter, je moet niet weggaan omdat ik er ben. Waar is Charlie?'

'Ik vermoed buiten op het veld,' zei Stella, 'of in de buurt van de serre.'

Brenda trok een dunne, geëpileerde wenkbrauw op. 'Je zou denken dat hij zijn oma wel zou komen begroeten, maar zo zijn jongens nu eenmaal. Ik geloof niet dat het bij Max anders ging. Hoe gaat het met Max?'

Terwijl ze sprak, liet ze zich in een van de leunstoelen vallen, sloeg haar bevallige benen over elkaar en haalde haar sigaretten te voorschijn uit haar handtas.

'Druk,' zei Stella. 'In zijn sas, geloof ik. Hij heeft het hier naar zijn zin.'

'Daar was ik al bang voor. Max leeft heel voorzichtig, dat hoef ik je niet te vertellen. Het ligt in zijn aard om zich aangetrokken te voelen tot zo'n veilige baan als deze.'

'Ik denk dat hij medisch directeur wil worden, dacht jij ook niet, Peter?'

Ik schonk de drankjes in, met mijn rug naar de dames toe. Ik verstijfde enigszins van dit storende idee en mompelde enige bedenkingen.

'Jij wilt hier liever niet blijven, zeker?' zei Brenda en terwijl ik hun een drankje overhandigde, zag ik opnieuw hoe het lag tussen hen: Brenda was geen vrouw die zich verwant voelde met andere vrouwen, maar zij en Stella hadden door de jaren heen een aantal onuitgesproken compromissen gesloten. Het leek er nu op, in elk geval inzake deze kwestie, dat ze aan dezelfde kant stonden. Geen van beiden zagen ze graag dat Max zich in dit provinciale gesticht zou ingraven.

'Ach, ik zou het best een paar jaar kunnen verdragen,' zei Stella, die mij een vertrouwelijk lachje toewierp toen ik haar een gin-tonic gaf, 'maar ik ben bang dat Max meer dan maar een paar jaar voor ogen heeft. Zullen we de tuin ingaan?'

'Waar ik me zorgen over maak, is de aandacht die hij aan de tuin besteedt,' vervolgde ze toen we ons in de schaduw in de rieten stoelen hadden geïnstalleerd en het mij opnieuw opviel hoe verstrooid ze was. We tuurden over het gazon. De vijver fonkelde in het zonlicht.

'Het duurt jaren voordat een tuin helemaal klaar is en Max is bezig alsof hij van plan is de rest van zijn leven eraan te besteden.'

'Wat verontrustend.' Brenda wierp mij een blik toe, maar ik stelde me angstvallig neutraal op in deze zaak.

'Hij is bezig met het restaureren van de oude serre.'

Het was de tweede keer dat ze de serre noemde.

'Ik hoop echt dat je wat dit betreft geen gelijk hebt,' zei Brenda. 'Maar hoor eens, schat, hoe gaat het met jou? Je ziet er werkelijk heel goed uit. Blozend, mag ik wel zeggen.'

Ik keek naar haar. Blozend. Ik bedacht nogal grillig dat het klonk als een eufemisme, iets wat met seks te maken had; en toen kwam het bij me op dat er *inderdaad* iets aan Stella was, iets seksueels. Ik nam haar nauwkeurig op.

'Ik ben heel lui deze zomer,' zei ze terloops. 'Ik heb eigenlijk weinig te doen, al is het huis groot. Mevrouw Bain komt elke ochtend en meestal kan ik alles aan haar overlaten.' Ze wuifde een wesp weg die boven haar glas zoemde.

Brenda begon vervolgens te praten over haar sociale leven in Londen, en deze litanie van lunches en cocktailparty's en diners ging vergezeld van de gebruikelijke vermoeiende klachten over hoe populair zij was, en hoe zij het beu begon te worden, en hoe weinig mensen zich realiseerden dat zij haar tijd wel beter kon besteden. Terwijl Stella dit aanhoorde, onderwijl fluisterend dat een chic, druk sociaal leven in Londen haar de zevende hemel leek, vroeg ik me in het wilde weg af met wie Stella een verhouding zou kunnen hebben, maar ik kon geen enkele mogelijke kandidaat bedenken hier op de kliniek.

'Je zou wat vaker naar de stad moeten komen,' zei Brenda, 'iedereen vraagt naar jullie. Kom een nachtje logeren, dan gaan we naar de schouwburg, met een etentje achteraf.'

'Dat zullen we gauw eens doen.'

Vervolgens hadden zij het over Charlie, en na een poosje ging Brenda naar binnen om zich wat op te frissen en te rusten voordat Max uit de kliniek thuiskwam.

Kort daarna ging ikzelf weg, maar niet voordat Stella mij op luide fluistertoon had toevertrouwd dat ze dagenlang dit soort marteling zou moeten ondergaan en hoe moest ze erdoor komen zonder gek te worden? Ik leefde met haar mee. Ik kreeg haar aan het lachen. Ze stak haar arm door de mijne toen we om het huis heen liepen naar de zijkant, waar ik mijn auto aan het eind van de oprijlaan had geparkeerd.

'Peter,' zei ze. Ze sprak op nonchalante toon, dromerig bijna.

'Ja, schat?'

'Wanneer wordt Edgar Stark vrijgelaten?'

Dat was niet zo'n vreemde vraag, maar ik schrok er wel van. Ik zei tegen haar dat dat voorlopig niet zou gebeuren, als het aan mij lag. 'Waarom vraag je dat?' zei ik toen we bij mijn auto aangekomen waren.

'Zomaar. Hij is degene die met de serre van Max bezig is. Dus tot dinsdagavond?'

'Ja,' zei ik en ik gaf haar een zoen op haar wang. Edgar!

*

Wanneer de hogere stafleden aan het eind van de dag de kliniek verlaten, verandert de atmosfeer, op dezelfde manier als een dorp aan zee verandert wanneer het seizoen voorbij is en de toeristen terug naar huis gaan. Ik vind het prettig. Door de jaren heen ben ik gewend om naar mijn werkkamer terug te gaan in de rustige avonduren en in stilte na te denken over de gebeurtenissen van die dag.

'Ben u er weer, Dr. Cleave?' zegt de bewaker aan de hoofdingang als ik daar mijn sleutels ophaal.

'Ik ben er weer,' zeg ik dan. Met de beheerders heb ik altijd op vriendelijke, minzame voet gestaan. Dat vinden zij prettig. Zij voelen zich het best bij orde en hiërarchie. Zij kennen mij goed. Ik ben hier langer dan wie ook.

Vanuit mijn werkkamer heb ik een schitterend uitzicht over het landschap voorbij de Muur. Op zomeravonden is dat bijzonder prachtig, wanneer de moeraslanden een zachte, heiige gloed krijgen in het laatste licht van de ondergaande zon en de westelijke hemel alle schakeringen van rood aanneemt. Op een dag, enige maanden nadat Edgar in de kliniek was opgenomen, keerde ik op dit vredige uur terug naar mijn werkkamer. Ik schonk mezelf iets te drinken in – ik heb een kleine voorraad alcoholische dranken in mijn bureau, achter slot en grendel – en stond een paar minuten uit het raam te staren. Ik herinner me dit zo goed omdat tijdens een sessie met Edgar eerder die dag, pas de tweede of derde keer dat we uitgebreid met elkaar hadden gepraat, hij me een glimp had laten zien van wat hij met succes voor iedereen die met hem gesproken had tot dusver verborgen had gehouden.

Ik was hem in de middag gaan opzoeken in de recreatiezaal van zijn afdeling in Blok 3. Dat is een grote, zonnige kamer met een goed gepolijste vloer en een *snooker*-tafel in het midden. Er stonden sofa's en leunstoelen bekleed met taai groen vinyl, en aan het ene eind een grote tafel, waaraan de mannen kaart legden of de krant lazen. Aan het andere eind was onlangs een televisietoestel geïnstalleerd. Hij was *snooker* aan het spelen, stond over zijn keu gebogen op het punt een stoot te geven, toen iemand hem toefluisterde dat dr. Cleave er was. Hij gaf zijn stoot.

'O ja?' zei hij, terwijl hij rechtop ging staan. Hij wendde zich met een grijns in de richting van de deur.

Met mijn lippen vormde ik de woorden: 'Kom mee'.

We hadden bijna een uur in de spreekkamer doorgebracht en ik had ons gesprek op de band opgenomen. Voordat ik dit deed, vroeg ik altijd zijn toestemming. Meestal gaf hij die. Bij deze gelegenheid had hij mij verteld over zijn promotie naar de afdeling beneden, in Blok 3. Ik had daarbij natuurlijk een rol gespeeld, maar hij vond dat hem alle lof toekwam en wilde dat ik hem een compliment gaf, als een kind. Dit is niet ongewoon, dat een patiënt de gevoelens van een kind voor zijn vader op zijn psychiater projecteert. Een dergelijke overdracht van emotie kan, zoals bij Edgar het geval was, nuttig zijn voor het naar het oppervlak brengen van onderdrukt materiaal.

Zodra hij zich had geïnstalleerd, zette ik de bandrecorder aan. Op dit tijdstip had ik nog niet zo'n diep inzicht in zijn persoonlijkheid. Hij had mij een aantal redenen gegeven waarom hij zijn vrouw had vermoord, en wat ik had aangehoord waren buitensporige waandenkbeelden. De gedachtengang van waanzinnige patiënten bevat vaak een spookachtige schijn van logica, hetgeen in dit geval duidelijk zichtbaar was. Door morbide onbewuste processen er toe gedreven te veronderstellen dat zijn vrouw hem met een andere man bedroog, had hij ten eerste beredeneerd dat zij een manier hadden bedacht om hun afspraakjes te regelen, en ten tweede, dat zij bij hun activiteiten sporen zouden achterlaten. Hij had van dergelijke sporen bewijzen gefabriceerd uit alledaagse voorvallen, bijvoorbeeld dat zij een raam opendeed terwijl er net iemand op een motorfiets langsreed, en uit onbetekenende waarnemingen als een kreukel in een kussen of een vlek op een rok.

Ik vroeg hem, zoals ik altijd deed aan het begin van een gesprek, of hij nog steeds van mening was dat hij seksueel bedrogen was.

'Nou en of.'

Hij zei dit in volmaakte overtuiging. Hij rolde een sigaret en had zijn ogen op zijn vingers gericht. Hij knikte verscheidene malen.

'Hoelang was het al gaande?'

Hij keek op en wierp een blik door het raam naar buiten terwijl hij zijn gedachten ordende. Hij fronste lichtelijk terwijl hij met zijn tong het vloeitje natmaakte. Hij zag er volwassen, redelijk en bij zijn verstand uit, deze grote zwartharige moordenaar tegenover mij aan tafel.

'Acht of negen jaar.'

Hierover hadden wij het nog niet gehad.

'Maar zo lang waren jullie getrouwd.'

Hij knikte, met oprecht verdriet op zijn gezicht.

'Wanneer begon je voor het eerst te vermoeden dat er iets aan de hand was?'

'Ik heb het vanaf het begin geweten.'

'Bedoel je dat je al die tijd dat je getrouwd was, wist dat je vrouw je bedroog?'

'Ja.'

'Met dezelfde man?'
'Nee. Verschillende.'
'Hoeveel?'
Ineens werd zijn uitdrukking levendig. Hij had een zwartgallig plezier.
'Hoeveel? Honderden. Ik raakte de tel kwijt.'
'En je hebt er niets van gezegd?'
'Ik heb een beroep op haar gedaan. Ik heb haar bedreigd. Ik geloof niet dat het haar schuld was. Ze was niet verantwoordelijk.'
Hij schudde zijn hoofd.
'Het hielp niets?'
'Ze lachte me uit.'
'Oh.'
Ik laste een pauze in. De verslagen die ik had gelezen duidden erop dat het huwelijk relatief stabiel was geweest tot een jaar voordat de moord plaatsvond. Was daar niets van waar? Was Ruth Stark een flirt geweest? Had hij haar de hele tijd met beschuldigingen achtervolgd?
'Waren er andere mensen die wisten dat je ongelukkig was?'
Hij liet zijn hoofd vallen en knikte. Hij zag eruit als een man die gedwongen wordt iets heel moeilijks te bekennen, iets dat niet schadelijk was voor hemzelf, maar voor iemand anders.
'Wie wisten het?'
'Verscheidene mensen.'
'Vrienden? Familieleden?'
Weer knikte hij. Nu wist ik dat alles wat ik aanhoorde een product was van een netwerk van waandenkbeelden.
'Dus ze ging vanaf het begin dat jullie getrouwd waren met een aantal andere mannen naar bed. Je wist dat, je praatte er met haar over, maar ze deed net of er niets aan de hand was.'

‘Ze lachte me uit.’

‘Ze lachte je uit. En er waren andere mensen van op de hoogte.’

‘Ik hoefde tegen niemand iets te zeggen. Ze zagen het voor zichzelf.’

‘En daar trok ze zich niets van aan.’

Hij haalde zijn schouders op. ‘Het was haar werk. Ze was een hoer.’

Dit was nieuw. ‘Ga verder.’

‘Ze ontving ze in het atelier als ik er niet was. Ik zag ze wel op straat staan wachten; daar hingen ze rond tot ik hem smeerde. Ze kon er wel tien of twaalf per dag aan. Ze kon er niks aan doen.’

Toen zweeg hij. Hij staarde me met zo’n pathetische uitdrukking aan dat het me aanzette om uit mijn stoel te komen en om de tafel te lopen en een hand op zijn schouder te leggen. ‘En daar was je van op de hoogte,’ zei ik kalm, ‘al die jaren was je ervan op de hoogte.’

Hij knikte.

Hier hadden we het bij gelaten. Ik zat aan mijn bureau en luisterde naar het gezoem van de bandrecorder in de stilte en toen sloeg hij af. Ik stond op en tuurde naar het avondlicht dat over het moeras viel. Morbide jaloezie. Een waandenkbeeld van overspel. Volgens Freud was het een vorm van verzuurde homoseksualiteit, de projectie van verdrukte homoseksuele begeerte op de partner: *Ik* houd niet van hem, *zij* wel. Maar in het geval van Edgar leek me dat niet waarschijnlijk. Want ondanks zijn schijnbare zelfverzekerdheid en kracht dacht ik bij hem in plaats daarvan een grote, kinderlijke behoefte te signaleren om onvoorwaardelijk aanbeden te worden. Dat is bij kunstenaars niet ongewoon. Het ligt besloten in de aard van hun werk, de lange periodes van isolatie gevolgd door een indringende periode waarin zij met zichzelf te koop lopen, en de daarbij behorende kans op afwijzing, het is een groot komplot om een onnatuurlijke gevoeligheid te scheppen inzake kritiek. Bij sommige individuen, en ik geloof dat Edgar bij dat type behoorde, laat dit zich vertalen in een pathologische angst in de steek gelaten en bedrogen te worden; en angst brengt geweld teweeg.

Maar wat op mij de meeste indruk maakte bij Edgar, was zijn retroactieve aanpassing van het geheugen, met het oog op het op een lijn zetten van de vroege huwelijksjaren en de waandenkbeelden die het aan het eind op zo'n tragische manier domineerden, waarbij hij zo ver ging dat er nu honderden mannen bij betrokken waren geweest en een bizarre rij valse herinneringen. Inzicht, daar moesten we naar toe werken, een ogenblik van inzicht waarbij de inherente absurditeiten in zijn gedachten het fundament zouden ondermijnen van de waanstructuur en deze zou instorten. Pas dan konden we een aanvang maken met de wederopbouw van zijn psyche.

Maar deze relatie met Stella zou ons maanden kosten; want terwijl hij mij bedroog, blokkeerde hij de stroom openhartige bekentenissen die essentieel waren voor het bereiken van ons doel en maakte hij een parodie van het therapeutische proces.

*

Voor het etentje hadden zij de tuindeuren wijd open gezet en op de warme bries woeien de geuren uit de tuin vanaf het gazon naar binnen. Het was allemaal ter ere van Brenda: hare excellentie bracht een bezoek en verwachtte onderhouden te worden door de psychiatrische aristocratie van het landgoed, en Max zou haar niet teleurstellen. Wij werden verwacht tussen halfacht en acht uur. Ik was de eerste die arriveerde en ik trof Stella kalm en beheerst aan. Vanzelfsprekend had ik mijn houding tegenover haar ingrijpend gecorrigeerd sinds mijn ontdekking van de afgelopen week, maar daar liet ik niets van merken.

Ze had tweeënhalf uur alleen in de keuken kunnen doorbrengen, vertrouwde ze me stiekem toe terwijl ze me voorging de tuin in. 'Hare majesteit laat me waarachtig met rust als het lijkt dat ik echt ergens mee bezig ben,' voegde ze eraan toe. Max was erop uit gestuurd naar de kroeg om cognac te kopen. Stella zag mij als handlanger, niets vermoedend van wat ik inmiddels wist; ze vroeg of ik Brenda wilde vermaken, die in de achtertuin zat. Dus ik liep naar buiten en installeerde me aan de zijde van de matriarch, terwijl Stella in de keuken bleef.

'Het is allemaal wel erg pastoraal,' verzuchtte Brenda terwijl we over het gazon uitkeken, naar de bomen in de verte. 'Peter, heb *jij* de indruk dat Max het naar zijn zin heeft? Stella is bang dat hij hier nooit meer weg wil.'

Ik had natuurlijk wel door dat Brenda degene was die zich daar zorgen over maakte.

'Het is ideaal,' zei ik behoedzaam, 'voor een bepaald soort psychiater. Fascinerende inwoners, enkele werkelijk luisterrijke exemplaren, en dat alles in een instituut groot genoeg om model te staan voor de buitenwereld.'

'Maar denk jij dat hij directeur wil worden?'

Ik was diplomatiek.

'Het is verleidelijk,' gaf ik toe, 'om de leiding te hebben over een groot, besloten ziekenhuis zoals dit. Op grote schaal Victoriaans paternalisme uit te oefenen...'

Ik liet mijn stem wegsterven. Er viel een stilte.

'Het klinkt alsof je het zelf verleidelijk vindt.'

Ik lachte met enige zelfkritiek. 'Nee hoor,' zei ik, 'mij niet gezien. Nee, het is iets voor een jonge man, iemand die hoge ogen wil gooien. Ik ben er veel te aftands voor.'

Ze wendde zich naar me toe en keek me met priemende

ogen aan. 'Hm,' zei ze sceptisch.

Kort daarop voegde Max zich bij ons en even later kwamen de Straffens en was het gezelschap compleet. We bleven in de tuin zitten, iedereen behalve Stella die nog steeds in de keuken bezig was, en Bridie Straffen, die naar boven ging om met Charlie te praten. Brenda leidde de conversatie en wij drie psychiaters richtten al onze opmerkingen tot haar, uit achting voor haar matroneachtige autoriteit. Max zorgde ervoor dat alle glazen werden bijgevuld en ging vervolgens naar binnen, en tien minuten later werden we in de eetkamer geroepen. Stella had haar eigenbelang vooropgesteld bij de tafelschikking en mij aan haar kant geplaatst, en Brenda naast Max, met Jack Straffen tussen haarzelf en haar schoonmoeder in en Bridie tussen mij en Max.

We waren de zalm aan het eten toen het onderwerp huwelijk ter sprake kwam, hoe precies weet ik niet meer. Maar met een tafel waaraan maar zes mensen zitten, kan iedereen aan het gesprek deelnemen. Ik geloof dat Brenda iets vertelde over haar eerste man, Charles, van wie zij zich had laten scheiden toen Max nog een kind was, en ze sprak over hem op een dusdanige manier dat Max aan Bridie Straffen vroeg waarom zij dacht dat sommige huwelijken standhielden en sommige niet. Bridie was zelfverzekerd. Zij was een grote, intelligente vrouw uit Dublin die de afgelopen twintig jaar van haar leven hier op het landgoed met succes de rol had gespeeld van echtgenote van de geneesheer-directeur. Zij was een onstuimige, populaire vrouw en haar vermogen om alcohol te drinken werd slechts door haar man geëvenaard.

'Ik heb hem gedwongen de Eed af te leggen.' Ze keek naar Jack, die zijn handen omhoog stak.

'Welke eed?'

Ik dacht dat ze de plechtige gelofte bedoelde.

'De Hippocratische Eed,' zei ze. 'Kwets mij niet. Beschouw me als een patiënt, heb ik tegen hem gezegd, dan overleven we het wel. En dat is ook zo.'

Er klonk vermakelijk gemurmel om de tafel. Iedereen wilde zijn zegje hierover doen. Stella's stem klonk het duidelijkst.

'Kwets mij niet?' zei ze. 'De meesten van ons lijden aan chronische verwaarlozing.'

Er viel een stilte. We waren allemaal in verlegenheid gebracht. De opmerking was te fel, te persoonlijk, en riekte naar bittere waarheid. Ze was te ver gegaan. Bridie schoot haar te hulp.

'Lieve Stella, je vat het veel te letterlijk op. Het punt is niet dat ze kwetsen, maar dat ze er met zo weinig mogelijk vanaf proberen te komen. Ze zijn menselijk, per slot van rekening. Zelfs Max is menselijk.'

Max had geen andere keus dan haar bij te staan en binnen enkele ogenblikken was de conversatie weer in banen geleid. Maar in dat afschuwelijke ogenblikje stilte keek ik de tafel rond en zag ik dat Brenda haar fonkelende ogen, geladen met een hongerige nieuwsgierigheid, op Stella richtte.

Na het eten kuierden we door de openslaande deuren naar buiten en kletsten we over het buitengewoon zachte weer, de continentale zomer die we beleefden, waardoor we om elf uur 's avonds nog buiten konden zijn, in het maanlicht, terwijl de lucht nog even mild en geurig was als overdag. Max vertelde aan Jack wat hij allemaal met de tuin aan het doen was en ze liepen met z'n tweeën weg om naar de serre te gaan kijken. In het licht van wat Stella had gezegd over de ambities van Max, verbaasde het me niet dat hij zich zo naarstig aan de geneesheer-directeur wijdde. Jack zou over een jaar of wat met pensioen gaan en mocht zijn eigen opvolger benoemen.

Ik ging in een tuinstoel zitten luisteren naar het gesprek tussen Brenda en Bridie, over huizen in het algemeen, en de herenhuizen van Ierland in het bijzonder, en toen over een gemeenschappelijke kennis, de Graaf van Dunraven.

Toen Max en Jack terugkwamen uit de moestuin, begonnen we allemaal aanstalten te maken om te vertrekken. Ik merkte dat Stella er kennelijk weer moeite mee had zich in de plooi te houden. Haar onbehaaglijke gevoel nam toe terwijl ze luisterde naar het gesprek dat volgde.

Jack vertelde aan Bridie over de staat van verval waarin de tuin was geraakt voordat Max en Stella naar de kliniek waren gekomen. Hij was er zeer mee in zijn schik, zei hij, dat Max hem aan het opknappen was.

Max zei: 'Met steun. Niemand weet meer over dit soort grote tuinen dan John Archer. Zonder John was er niets van gekomen.'

'En Edgar Stark,' zei Stella zachtjes, bijna in zichzelf.

Jack, Max en ik, we keerden ons allemaal naar haar toe.

'Ik hoor hem de hele dag timmeren,' zei ze, in een poging om wat ze later 'onze vreselijke psychiatrische blikken' noemde, af te leiden. 'Die man werkt als een bezetene.'

'Inderdaad een bezetene.'

'Wat ga je met hem doen?'

Deze laatste vraag stelde Max aan Jack. Stella zei tegen me dat ze de vertrouwde indruk kreeg dat het ging om exclusieve professionele kennis, in dit geval iets dat met Edgar te maken had.

'Vertel op,' zei Brenda, 'jullie hebben me nieuwsgierig gemaakt.'

'Het is nogal ergerlijk,' zei Jack, op die lichtelijk vermoeide toon die hij zich aanmat wanneer er iets in het ziekenhuis aan de hand was dat hinderlijk was, maar niet zorgwekkend, een van de triviale problemen die de praktijk van de gerechtelijke psychiatrie in de weg stond; ofschoon men het argument zou kunnen aanvoeren dat de gerechtelijke psychiatrie juist uit dit soort problemen bestond, in elk geval de gerechtelijke psychiatrie in een gesticht.

'Iemand smokkelt alcohol naar binnen. We hebben het vermoeden dat het Edgar Stark is.'

'Dat is een tamelijk ernstige zaak, dunkt me. Waarom verdenk je deze man?'

Jack was vaag. Stella dacht verbitterd: ze blijven allemaal zo verdomd vaag als het op hun vermoedens aankomt. Hun macht is absoluut en een vermoeden alleen is al genoeg om het lot van een man te bepalen, ze kunnen hem voor onbepaalde tijd vasthouden op basis van een vermoeden. Nu was het Jack die vaag was. Hij had geen bewijzen, maar ervan uitgaand dat het een patiënt was die het binnensmokkelde (maar waarom geen achterbakse bewaker? vroeg ze zich af), en het zodoende om een paroolpatiënt moest gaan die buitenwerk verrichtte, en zodoende één uit drie of vier verdachten, waaronder Edgar Stark, dan hing er een hele donkere wolk boven Edgars hoofd. Misschien was hij wel de enige verdachte. Dat zou genoeg reden zijn hem uit het groepje dat buiten werkte terug te roepen, zijn paroolstatus in te trekken en om hem maanden of jaren terug te zetten wat zijn ontslag uit de kliniek betrof. Wat ze die avond in de achtertuin voor zich zag, was het kale, ruwe aangezicht van institutionele macht, zij hoorde de stem van de meester. Zij voelde zich er diep door gekwetst, gekwetst alsof haar kind van haar werd afgenomen, en nog wel het ergst van al was dat die stem niet tegengesproken zou worden, want Edgar *had* geen stem, hij zweeg, net als zij nu zweeg, uit hoofde van hem, niet in staat om voor hem op te komen, want als ze dat deed zou hij daarmee niet geholpen zijn, al bevond zij zich in de intieme kring van ziekenhuisautoriteiten. In stilte rouwde ze om die verloren stemmen.

'Wat ga je met hem doen? Hem uit de werkgroep verwijderen, hem huisarrest opleggen?'

Jack wilde het niet bespreken in het bijzijn van de dames, zei hij. De avond was voorbij, het werd tijd om naar huis te gaan. Een kort ogenblik had de institutionele werkelijkheid inbreuk gemaakt op een puur sociale aangelegenheid. Dergelijke dingen zijn onvermijdelijk; de vrouwen en moeders zijn tenslotte nauw betrokken bij het werk van hun man op een maximaal bewaakte plek als deze. Maar er bestaan altijd nog diepere geheimen, bedacht Stella, de lagen informatie waarvan de vrouwen zijn buitengesloten. Het lot van haar minnaar zou niet bepaald worden door een door wijn opgewarmde geneesheer-directeur in het maanlicht op een zachte zomeravond. Nee, het zou bepaald worden in het heldere, kille daglicht, aan een bureau in een spreekkamer in het hart van een complex van oude grote gebouwen met tralies voor elk raam.

*

Max en Stella lagen naast elkaar wakker in het donker in hun slaapkamer. Terwijl zij in stilte dacht aan de hachelijke situatie waarin haar minnaar zich bevond wond haar man zich op over wat ze had gezegd, waardoor die verschrikkelijke stilte was gevallen.

'Ze wisten allemaal dat je mij aanviel,' zei hij.

'Je moet niet zo paranoïde zijn.'

'Je moet geen psychiatrisch jargon tegen me gebruiken.'

'Hou je bek! Hou gewoon je bek!'

Ze waren stil. Wanneer Brenda zich in huis bevond, spraken ze op fluistertoon wanneer ze onder elkaar waren, ondanks de dikke muren.

'Waarom wil je me vernederen?'

'Doe niet zo belachelijk overdreven. Het was een onnozel gesprek, niemand vatte het ernstig op.'

'Je was dronken. Waarom dronk je zoveel meer dan de rest?'

Stilte, een broeierige, kwade stilte die barstte van de wrok.

Dit was de stilte van Max. Ze had te veel gezegd en zijn straf was het scheppen van deze monsterlijke stilte die de kamer vulde met zijn krenking en kwaadheid. Ze draaide zich met haar rug naar hem toe en liet haar hoofd vollopen met beelden van Edgar. Maar ze kon de angst dat Jack Straffen zijn parool in zou trekken niet onderdrukken en huilde zachtjes in het donker. Max deed geen enkele poging haar te troosten, en als hij het had geprobeerd zou ze het niet hebben toegestaan.

Ze had een voorgevoel dat alles op het punt stond aan gruzelementen te vallen.

*

Het was een hete, onbewolkte dag en de insecten zoemden om de oude rozen terwijl zij zich een pad baande naar haar minnaar, die ze in de verte aan zijn werkbank bij de serre zag staan. Charlie was bij hem. Edgar legde zijn gereedschap neer toen hij haar aan zag komen en veegde zijn handen af aan zijn corduroy broek. Ze had haar mand bij zich, waarin haar tuinhandschoenen en snoeischaar lagen. Hij had een bosje uitjes voor haar geoogst en wat kleine, zoete tomaten. Ze ging op de bank zitten terwijl hij haar mand vulde.

'Mevrouw Bain heeft iets voor je in de keuken neergelegd,' zei ze tegen Charlie.

'Ik heb het veel te druk,' zei hij.

'Ga naar binnen, schat. Ze heeft het speciaal voor je gemaakt.'

Hij fronste zijn wenkbrauwen en zij keek fronsend terug. 'Ik ben zo terug,' zei hij tegen Edgar en hij sjokte het pad op.

'Wat is er? Is er iets gebeurd? Je bent van streek.' Hij zei het op een rustige toon, zonder haar aan te kijken.

Ze vertelde hem dat ze hem verdachten van het binnensmokkelen van alcohol. Ze maakte hem geen verwijten, dat kwam niet bij haar op.

'Maak je geen zorgen.'

'Ik maak me wel zorgen.'

Ze liep naar de appelboom. Door de takken heen kon ze de scheidsmuur zien. Waar je je ook bevond aan deze kant van de tuin, het uitzicht werd bepaald door de Muur.

'Wat zou je doen als je huisarrest kreeg?'

Ze ging weer naast hem zitten. Hij pakte haar vingers beet en bracht die naar zijn lippen, draaide haar hand om en kuste haar palm. Maar zij was daar niet door getroost.

'Wat moet ik dan? Ik zou op een ochtend beneden komen en zien dat hier een andere patiënt aan het werk was. Dan zou ik vragen waar jij was en dan zouden ze zeggen dat je geen deel meer uitmaakt van de werkgroep. Zo zou dat gaan, afgesneden, gewoon afgebroken, zonder er iets van te kunnen zeggen. Dan zou ik je nooit meer zien.'

'Dat gebeurt niet,' zei hij en hij ging door met het kussen van haar hand, maar zij trok hem in.

'Je weet niet hoe ze zijn.'

'Dat weet ik best.'

'Dan weet je dat ze alles kunnen doen wat ze maar willen en dat niemand ze kan tegenhouden. Jij niet. En ik niet. Daar zou het bij ophouden.'

'Kom je vandaag naar het paviljoen?'

'Ik weet het niet.'

Ze liep heen en weer over het pad. Edgar liet zijn ellebogen op zijn knieën rusten, leunde voorover en tuurde naar de grond. Ik geloof dat ik weet waar hij over nadacht. Hij nam een besluit. Stella stond met haar rug naar hem toe weer langs de appelboom naar de Muur te staren. Ze hoorde dat hij plotseling opsprong en fluisterde 'Charlie'. Ze tilde haar mand op en liep het pad weer op in de richting van het huis.

Ze liet de mand op de keukentafel achter en ging naar boven. Er was niemand thuis. Brenda was met de auto boodschappen gaan doen. Ze liet zich op bed vallen en staarde naar het plafond.

Tien minuten later kwam ze overeind. Ze graaide onder het bed naar haar schoenen en hoorde toen haastige voetstappen op de trap.

'Ben jij dat Charlie?'

Het was Charlie niet. Tot haar grote verbijstering stond Edgar in de deuropening.

'Wat doe je nou?' fluisterde ze. 'Mijn schoonmoeder logeert bij ons!'

Ze begon te lachen. In haar verbeelding zag ze Brenda tegenover Edgar staan, midden op de dag, op de overloop, terwijl hij onder het dichtknopen van zijn broek de slaapkamer uitkwam. Nog steeds lachend liep ze door de slaapkamer en ze deed de deur dicht.

*

Ze vond het *vermakelijk* dat hij haar slaapkamer in kwam?

Ze vond het vermakelijk, doodeng, opwindend. Gevaar wond haar op, realiseerde ik me, riskante situaties. Hij grijnsde op zijn wolfachtige manier terwijl hij zijn kleren uittrok, het blauwe hemd en de gele corduroy broek, het uniform van de patiënt. Het was niet zuiver, zei ze. Alleen de gedachte eraan al: hier was hij in haar eigen huis, samen met hem onteerde ze haar eigen bed in haar eigen slaapkamer, ofschoon ik denk dat ze zich niet bewust was van de angel van agressie die er in de seks stak: ze nam Max onder handen, die ochtend, zowel als Edgar.

Ze lag daar in zijn armen, hun kleren in een hoop op de vloer aan het voeteneind van het bed. De klok op haar nachtkastje gaf tien voor elf aan. Wat moet ik wanhopig zijn om gesnapt te worden, dacht ze, dat ik dit doe, maar de gedachte ging niet vergezeld van een gevoel van angst, het was de kalme, bedaarde stem van de waarheid. Ze zei dat ze zich realiseerde dat we allemaal, ongeacht wat het kost, een impuls in ons hebben om de waarheid van de daken te schreeuwen. Dat we onszelf anders vernietigen. Dat voelde zij toen beslist; wat zou ze ervan genieten aan Max, aan mij, aan ons allemaal te verkondigen dat zij van Edgar Stark hield en het niet kon verdragen dat geheim te houden! Maar ze was niet zo pervers dat ze dit gevoel toestond langer dan slechts enkele seconden aan het oppervlak te verschijnen; pragmatische aangelegenheden zijn nooit ver verwijderd van de gedachte aan de heimelijke minnaar. Toen hoorde zij een auto in de oprijlaan en verdwenen al haar vage wensen voor ontmaskering: dat moest Brenda zijn, die thuiskwam van het inkopen doen, uren voordat zij verwacht werd. Edgar ging zitten en ze zei dat ze zich moesten aankleden, dat ze een auto had gehoord, en ze lachten elkaar toe, zelfs onder deze extreme omstandigheden, als een stel ondeugende schoolkinderen.

Brenda kwam net door de voordeur toen Stella de trap afliep.

'Veel te heet, schat,' riep ze, 'ik kan gewoon niet functioneren in deze hitte. O, en ik kon nergens parkeren en een ontzettend vervelende kerel bleef maar toeteren achter me, dus ik dacht, ik geef het op, ik ga thuis afkoelen en ontspannen.'

'Wat een goed idee. Zal ik water opzetten?'

'Een kop thee zou zalig zijn.'

Ze liep naar boven. Stella bleef bij de deur van de keuken staan. Ze hoorde de deur van de slaapkamer dichtgaan. Toen kwam Edgar naar beneden met zijn laarzen in zijn hand als een figuur in een klucht en rende ze voor hem uit de keuken door en deed ze de achterdeur open om zich ervan te vergewissen dat er niemand in de tuin was.

Ze draaide zich om en zag dat hij een bundel kleren van Max onder zijn arm had.

'Waarom neem je die mee?' fluisterde ze.

Hij legde een vinger op haar lippen en liep snel de tuin in. Ze liep terug naar boven. De deur van de kast stond open en er hingen verscheidene lege kledinghaakjes aan de kant waar Max zijn kleren ophing. Ze hoorde Brenda uit haar kamer komen. Ze was voor de tweede keer die ochtend het bed aan het opmaken toen Brenda vanuit de deuropening het woord tot haar richtte.

'Zou je het erg vinden als ik een bad nam? Je wordt zo plakkerig in dit weer.'

'Natuurlijk niet,' zei ze zonder zich om te draaien.

Ze ging beneden aan de keukentafel zitten. Waarom had hij kleren van Max meegenomen? Wat voerde hij in hemelsnaam in zijn schild?

*

Even na één uur kwam Max thuis uit de kliniek, dus waren ze met z'n vieren tijdens de lunch. Stella werd levendiger wanneer ze het gevoel had dat ze onder druk stond en ze stond die dag beslist onder druk. Zelfs een paar glazen gin konden de omvang van het risico dat ze hadden gelopen niet reduceren in haar gedachten. Ze kon zich nog niet half voorstellen wat de consequenties zouden zijn geweest als ze betrapt waren. Dus diende zij vrolijk koud vlees op en een aardappelsalade met verse uitjes en kleine tomaten en streefde ze energiek een schijn van normaalheid na. Max was de hele tijd stil en elders met zijn gedachten en toen ze klaar waren met eten vroeg hij haar of ze hem zijn koffie op zijn werkkamer wilde brengen.

Hij zat aan zijn bureau. Hij draaide zich naar haar toe

toen zij binnenkwam en de uitdrukking op zijn gezicht bracht een nieuwe vlaag van angst bij haar teweeg. Ze stelde zich verdedigend op en reageerde door een vrolijke onbezorgdheid tentoon te spreiden; maar ze was bang dat iemand hen had gezien en het had doorgegeven en dat leek te worden beaamd door wat hij zei: 'Wat voor betrekkingen onderhoud jij met Edgar Stark?'

'Ik zie hem bijna dagelijks in de moestuin,' zei ze, met een lichte frons alsof ze probeerde te begrijpen waaraan ze deze ongewone vraag te danken had. 'Hoezo?'

'Is hij ooit binnen geweest?'

Is hij ooit binnen geweest! Het bed was nog warm van zijn lichaam, de lakens waren nog vochtig!

'Alleen die keer toen hij Charlie binnenbracht.'

Max slaakte een zucht. Hij nam zijn bril van zijn neus en wreef in zijn ogen.

'Het lijdt geen twijfel meer dat er alcohol het ziekenhuis in wordt gesmokkeld. Het vervelende is dat het de bewakers zo op stang jaagt. We moeten het doen voorkomen dat we het heel serieus opvatten.'

'Kan het niet zijn dat een van de bewakers het meeneemt?'

Ze wist niet goed of het wel verstandig was dit te opperen. Als zij onder verdenking stond dan zou het overkomen als een afleidingsmanoeuvre. Als zij daarentegen niet verdacht werd, dan was het een hele normale vraag. Ze sloeg hem geconcentreerd gade. Hij richtte zijn hoofd niet op. Ze wist dat ze veilig was. Voor het ogenblik.

'Het zou kunnen, maar Jack heeft niet zo veel zin om dat na te gaan. Al die verdomde politiek.'

'Ben je op zoek naar een zondebok?' Ze was opzettelijk haar voordeel aan het uitspelen. 'Dat is niet erg eerlijk.'

'Natuurlijk zoeken we geen zondebok. En we willen ook niemand de schuld geven zolang we nog geen zekerheid hebben.'

‘Het komt niet bij ons vandaan.’

‘Het zou uit het cricketpaviljoen kunnen komen, denk ik.’

‘Misschien wel,’ zei Stella. Er viel een stilte.

‘Loop even met me mee daarheen,’ zei hij. ‘Ik haal mijn sleutels wel.’

Zijn sleutels. Boven, op zijn toilettafel. Of misschien in de zak van zijn linnen jasje. In de kast. Ze bleef in de werkkamer zitten wachten tot hij weer naar beneden kwam. Zijn bureau was keurig opgeruimd, alleen de post van die ochtend en een paar folders lagen erop, al zijn pennen en potloden en papieren waren gesorteerd en weggeborgen in hun laden. Het raam van de studeerkamer keek uit over een deel van het gazon, met een border van bloemen en de dennenbomen daarachter die het huis vanaf de oprijlaan aan het zicht onttrokken. Op de boekenplanken lagen stapels psychiatrische tijdschriften en tekstboeken.

‘Stella.’

Ze liep de gang in. Hij stond boven aan de trap en leunde over de balustrade.

‘Is het bij de stomerij?’

‘Wat?’

‘Mijn linnen jasje.’

Snel denken, Stella. Verraad jezelf niet. Red je uit de situatie. ‘Nee. Kun je het niet vinden?’

Hij liep de slaapkamer weer in. Ze liep de trap op. Hij stond met zijn rug naar haar toe toen ze binnenliep. Hij liep zijn pakken en jasjes door die in de kast hingen. Hij draaide zich niet om.

‘Wat vreemd. Ik mis ook een overhemd en een broek.’

‘Er is deze week niets naar de stomerij gebracht.’

‘De sleutels van het landgoed zaten in mijn zak. Waar is Charlie?’

‘Ik geloof niet dat hij jouw kleren zou meenemen.’

‘Ik ook niet.’

Hij zat op de rand van het bed en keek bedenkelijk naar zijn nagels. Stella stond tegen de deurpost geleund. Het zonlicht viel naar binnen op haar toilettafel. Ze wist dat ze op het punt stond alles te verliezen en op een bepaalde manier kon het haar niets schelen. Ze was benieuwd hoe het af zou lopen. Hij dreigde haar te zullen beschuldigen en ze had geen idee wat ze moest zeggen.

'Hij moet hier geweest zijn.'

'Wie?'

'Edgar Stark.'

'Dat kan helemaal niet. Hoe kan dat nou, terwijl ik en Brenda er waren? Ik ga wel even kijken of Charlie in de tuin is.'

Hij zat daar met zijn handen in zijn schoot verbouwereerd te kijken. Een man zo georganiseerd als hij, een man die zo zeer zijn wereld onder de duim had: zo'n man raakte geen overhemd en broek kwijt en geen linnen jasje met de sleutels van het landgoed erin.

Stella stoof de trap af en de voordeur uit. Ze waren nog niet terug van de lunch. Ze rende door de moestuin, de serre in, waar Edgars witte jasje aan een haakje naast de deur hing. Ze scheurde een leeg zaadzakje open en krabbelde er met een stompje potlood een boodschap voor hem op. Ze stopte het briefje in de zak van zijn jasje en liet het er een beetje uitsteken zodat het hem niet zou ontgaan.

Op de terugweg naar huis zag ze aan het eind van de oprijlaan de werkgroep verschijnen. Er was niets dat ze kon doen, behalve bidden dat Edgar haar briefje zou zien en de gelegenheid zou vinden zich van de kleren te ontdoen. Op de gang kwam ze Max tegen. Ze zei tegen hem dat Charlie niet in de tuin was en dat hij waarschijnlijk pas uren later thuis zou komen.

'Ik denk niet dat Charlie aan mijn kleren zou zitten,' zei hij nog eens en hij ging zijn werkkamer weer in.

Ze stond in de deuropening. 'Wat ga je doen?'

Hij stond naast zijn bureau met de telefoon in zijn hand en zijn gezicht naar haar toe. 'Verbindt u mij met Blok 3.' Dit zei hij in de hoorn terwijl zij elkaar stonden aan te kijken.

Die avond kwam het nieuws. Brenda kwam om vijf uur naar beneden en Stella vertelde haar van de vermiste sleutels en kleren en ze gingen de zitkamer in en namen elk een groot glas gin. Stella kon niet stil blijven zitten. Haar opwinding kon natuurlijk verklaard worden aan de hand van het feit dat ze met haar man meeleefde.

'Max vindt er wel wat op, schat,' zei Brenda.

'Natuurlijk. Maar het is zorgwekkend.'

Tegen de tijd dat Max thuiskwam hadden ze allebei nog een groot glas gin gedronken. Brenda was nog steeds in de zitkamer en Stella was eten aan het koken. Ze hoorde de voordeur opengaan en liep de gang in. De uitdrukking op zijn gezicht was gesloten en kwaad. Ze liep door de gang naar hem toe.

'Wat is er?'

Hij keek haar niet recht aan, zijn ogen flitsten even in haar richting en toen weer opzij. Hij ging voor de lege open haard in de zitkamer staan en verkondigde het nieuws.

'Edgar Stark is met de noorderzon vertrokken.'

Op dat moment begon de sirene zijn afschuwelijke eentonige geloei.

4

We denken dat het volgende is gebeurd: Edgar zei na de lunch tegen John Archer dat ze hem nodig hadden in de tuin van de kapelaan en ging er vandoor. Hij haalde de kleren van Max op waar hij ze had verstopt, in het bos achter de tuin van de Raphaels. Met de kleren van Max aan is hij vervolgens ontsnapt; hij zorgde ervoor dat hij uit de buurt van de oprijlaan bleef tot hij het landgoed verlaten had en is toen liftend, of per trein of bus, naar Londen gegaan. Ik vond het bepaald niet leuk te vernemen hoe laks de bewaking was bij de werkgroep buiten, maar de kwestie die mij – en ook Jack – het meest verontrustte was: wat had Max uitgevoerd in de tussenliggende uren, nadat hij ontdekt had dat zijn kleren vermist waren en voor men ontdekte dat Edgar verdwenen was, tegen vijven?

Dit was een tussentijd van *bijna drie uur.* Het doorzoeken van Edgars kamer en vervolgens de hele afdeling, had niets opgeleverd, maar Max had Jack niet ingelicht over wat er gaande was. Als hij onmiddellijk naar de tuin van de kapelaan was gegaan om Edgar te zoeken en had ontdekt dat hij daar niet was, dan hadden wij veel eerder alarm geslagen en hadden we hem snel kunnen oppikken.

Maar Max was er kennelijk zo op gebrand het grondig uit te zoeken voordat hij met Jack sprak dat hij fouten had gemaakt, waarvan de ergste was te bepalen waar Edgar de middag had doorgebracht. Nadat hij terug was gegaan naar het ziekenhuis en bij de staf in Blok 3 had gecheckt dat er tijdens zijn afwezigheid niets aan het licht was gekomen, ging hij naar zijn spreekkamer. Daar wachtte hij, blijkbaar zonder enige reden, *nog eens anderhalf uur* voordat hij Jack belde. Tegen die tijd werden de werkgroepen binnen verwacht en had John Archer al ontdekt dat zijn patiënt verdwenen was. Het bericht werd onmiddellijk aan mij overgebracht en ik ging zonder uitstel naar het kantoor van Jack. Toen Max telefoneerde was ik bij Jack en wist hij al dat Edgar vermist werd. Wat Jack niet wist, en wat voor Max moeilijk en vernederend moet zijn geweest om toe te geven – hetgeen vanzelfsprekend een verklaring is voor het gedrag van Max die middag – was dat de ontsnapte patiënt zijn, Max', kleren droeg.

Jack en ik besloten de sirene niet meteen te gebruiken, want we wilden niet dat de omgeving op stang gejaagd werd door de ontsnapping van een patiënt, tot we het niet langer konden uitstellen. We konden beter een opsporingsexpeditie op touw zetten en snel het landgoed afspeuren, hem proberen op te pikken voordat hij een te grote voorsprong had gekregen. We realiseerden ons allebei dat er twee dingen waren die een patiënt nodig had om met succes weg te kunnen komen, kleren en geld, dus moest hij ten minste een van die twee hebben verkregen. Twee uur lang verspreidden de bewakers zich over het landgoed. Ze doorzochten de boerderij en de moerassen en drongen een stuk in het bos door. Het begon te schemeren. Ze wisten niet hoe groot zijn voorsprong was. Niet langer dan drie uur, waren zij van mening, maar drie uur was genoeg voor een vindingrijk man met kleren en geld. Niemand wist of hij geld bij zich had, niemand behalve Stella natuurlijk, die hem meer dan eens wat geld had gegeven, in elk geval genoeg om mee naar Londen te komen. In de tussentijd konden we slechts hopen dat hij nog ergens in de buurt was en blindelings over het platteland doolde, en zodoende een gemakkelijke prooi was voor de plaatselijke politie, bij wie wij hem als vermist hadden opgegeven toen wij hem na twee uur nog niet hadden gevonden.

Brenda en Stella reageerden met kreten van bezorgdheid en verbazing toen zij van deze dramatische gebeurtenissen op de hoogte werden gesteld. Maar het was Brenda die aan Charlie dacht, die nog steeds niet thuis was. Stella veinsde onmiddellijk een grote ongerustheid; ze kanaliseerde de emotionele klap van Edgars ontsnapping naar ongerustheid over Charlie. Ze hoopte maar dat Max niet in de gaten zou hebben dat het welzijn van de jongen het eerst bij zijn grootmoeder was opgekomen en daarna pas bij haar.

Max reageerde nors dat Edgar Stark niet in jongens geïnteresseerd was. 'Hij wil hier zo ver mogelijk vandaan zien te komen.'

Kort daarna kwam Charlie het huis ingerend, zeer opgewonden omdat hij de sirene had gehoord en alles wilde weten.

Stella ging terug naar de keuken om verder te gaan met het eten bereiden. Hij wil hier zover mogelijk vandaan zien te komen. Ze stond bij het gasfornuis terwijl de tranen over haar wangen stroomden. Ze hoorde Brenda aankomen. Ze veegde haar ogen droog met haar schort en stak het gas onder de aardappelen aan. Ze moest de schijn hoog houden en niets laten merken, afgezien van een redelijke bezorgdheid dat het ziekenhuis nu enorm ontwricht zou worden, ten nadele van patiënten, staf en de familie van de stafleden. Hierover mompelde zij iets tegen Brenda.

'Het is ontzettend vervelend,' zei ze. 'Ontzettend irritant van die man. En hij werkte in de tuin?'

'Hij was de serre aan het restaureren.'

'Het is bepaald schokkend, het idee dat hij in dit huis is geweest. Wat zou er zijn gebeurd als een van ons thuis was geweest? Ik heb gehoord dat hij gewelddadig met vrouwen omging in het verleden.'

'Hij zal eerst wel hebben gekeken of er iemand thuis was.'

'En als Charlie hem boven in jullie slaapkamer had betrapt? In jullie *slaapkamer*, Stella! Voel je je niet geschonden? Dat hij in jullie slaapkamer is geweest?'

'Het is een grote schok. Het is nog niet helemaal tot me doorgedrongen.'

'Nee, natuurlijk niet.'

Brenda ging door met ondervragen, zonder ook maar een enkele keer haar ogen van Stella af te wenden. Er was iets aan de reactie van de jongere vrouw dat zij raadselachtig vond, en daar was Stella zich van bewust. Waarmee had zij zichzelf verraden? Kwam het doordat ze niet meteen aan Charlie had gedacht toen ze hoorde dat er een patiënt vrij rondliep buiten de muren van het ziekenhuis? Of kwam het doordat ze niet genoeg verbazing had getoond, alsof ze het al *geweten* had? Ze bad dat ze de avond zou doorkomen zonder verder aan de tand gevoeld te worden.

Maar het zou nog erger worden. Halverwege het eten begon de telefoon in de werkkamer te rinkelen, de interne telefoon, en Max liep de kamer uit. Toen hij terugkwam, zei hij tegen Stella dat Jack hen beiden bij hem thuis wilde spreken.

'Hij wil jullie allebei spreken?' zei Brenda.

'Ja, moeder,' zei Max met niet-karakteristieke fermheid. 'Hij wil ons allebei spreken.'

Net toen het donker begon te worden, reden zij voorbij de hoofdingang. Er hingen uitgerekte wolken, roze, blauw en zachtpaars, in de vervagende hemel en de hoofdingang, met zijn twee vierkante torens en daartussen het dubbele hek, verhief zich in het vertroebelende avondlicht. Toen zij in de auto stapten had Max haar gevraagd waarom ze dacht dat Jack haar ook wilde spreken en ze had gezegd dat ze geen flauw idee had. Meer had hij niet gezegd en ze reden in stilte verder tot ze aankwamen bij het huis van de directeur, naast de vrouwenvleugel.

Bridie deed de deur voor hen open, met gepaste ernst op haar gezicht. Met een steek van afkeer realiseerde Stella zich hoezeer zij tijdens haar lange huwelijk verweven was geraakt met Jacks professionele leven en het kwam bij haar op dat het nu nooit zou gebeuren dat zij zich in Bridies positie zou bevinden. Voorheen had ze gedacht dat zij aan haar voeten lag, de positie van de vrouw van de directeur, en dat had ze in gedachten versmaad. Nu zag zij in dat het haar nooit aangeboden zou worden; het directeurschap was verloren. Ze vroeg zich af of dat al tot Max was doorgedrongen.

Bridie ging hen voor naar Jacks werkkamer, een groot met boeken gevuld en comfortabel gemeubileerd vertrek; Jack stond met zijn rug naar hen toe met de whisky-karaf te rommelen en vroeg zonder zich om te draaien of zij iets wilden drinken. Stella zei, tamelijk monter, graag. Bridie deed de deur dicht en liet hen gedrieën achter.

'Nemen jullie je gemak ervan,' mompelde Jack, en hij had iets korzeligs en afstandelijks dat ze nooit eerder in zijn stem had gehoord.

'Vervelende geschiedenis,' zei hij, toen zij zich hadden geïnstalleerd. 'Het is mijn vijfde ontsnapping. Altijd verduiveld lastig, zelfs al krijgen we hem snel te pakken. Edgar Stark.'

Hij zweeg, keek fronsend in zijn whisky, en de naam van Stella's minnaar hing in de somberheid van de afstervende avond, terwijl het laatste vogelgezang uit de tuin naar binnen zweefde.

'Ik vind dit erg moeilijk. Ik zal met de deur in huis vallen. Ik heb je dit nog niet verteld, Max. Ik zag geen enkele aanleiding jullie beiden met dwaze geruchten lastig te vallen. Maar met het oog op de gebeurtenissen van vanmiddag moet ik openlijk voor dit gedoe uitkomen.'

Hij zweeg weer. Dit 'gedoe' – welk 'gedoe'? De manier

waarop Jack het woord uitsprak, kwam op Stella over als walgelijk, verdorven, slecht. Waarom moest zij aanwezig zijn bij het openbaar maken van iets verdorvens en slechts?

'Wat voor geruchten?' zei Max.

De directeur slaakte een zucht. Hij wendde zich tot Stella. 'Er is op gezinspeeld,' begon hij, 'dat jouw verhouding met Edgar Stark verder ging dan gepast is voor de vrouw van een dokter.'

'Waar komt dit vandaan?' zei Max scherp. 'Waarom is er niets tegen mij over gezegd?'

'Het doet er niet toe waar het vandaan komt. Ik hoef je niet te vertellen hoe dit soort dingen in elkaar zit. De patiënten kletsen onderling, een bewaker luistert iets af, de bewakers kletsen met elkaar, en al gauw komt het mij ter ore.'

'Het verbaast me dat je het gelooft!'

Stella zei dat zijzelf en Jack verrast waren door Max' felheid.

'Max. Luister naar me, alsjeblieft. Vanzelfsprekend sta ik sceptisch tegenover geruchten. Ik moet ze dagelijks aanhoren en er is weinig bij dat op enige waarheid berust. Maar dit is een groot instituut en mensen kletsen nou eenmaal. Vanzelfsprekend hecht ik er geen geloof aan. Ik moet er echter wel proberen achter te komen waardoor een dergelijk gerucht ontstaan is.'

'Stella heeft wel eens met hem gepraat in de tuin, maar verder ging het niet.'

'Stella?'

Allebei keken ze haar aan. Max was kwaad, en hoewel het leek alsof zijn kwaadheid voortkwam uit de aantijging van Jack dat Stella zich onfatsoenlijk had gedragen, begreep ze wel dat het feit dat dit gesprek nodig was, plus natuurlijk het feit dat hij zich er pijnlijk van bewust was dat hij de diefstal van zijn kleren slecht had aangepakt en Edgar eigenlijk de kans had gegeven om te ontsnappen, dat dit alles de situatie ingewikkelder maakte en dat zijn verdedigende houding tegenover haar niet zo galant was als het leek.

'Natuurlijk niet, Jack,' zei ze op een ongelovige toon die de verontwaardiging in haar stem verzachtte. 'Ik klets wel eens met hem als ik in de moestuin ben. Dat deed ik, liever gezegd. Ik klets met alle patiënten, ik vind dat belangrijk.'

'Zag je hem elke dag? Het spijt me, Stella, ik moet erachter zien te komen waar het vandaan komt.'

Een korte pauze. Ze nam een houding aan van waardigheid in het aangezicht van een belediging. Zij was een eerbiedwaardige getrouwde vrouw aan wier deugd werd getwijfeld. Toen liet ze die houding geleidelijk overgaan in een pijnlijke acceptatie van de werkelijkheid.

'Elke dag eten we sla uit de tuin. Als Edgar er is, groet ik hem en soms houden we even een praatje.'

Jack pauzeerde weer terwijl hij zijn wenkbrauwen optrok, knikte en Stella onderzoekend gadesloeg.

'Dank je, Stella,' zei hij uiteindelijk. 'Ik dacht wel dat het zoiets zou zijn. Neem me niet kwalijk. Maar je snapt het vast wel. Ik heb te doen met de vrouw van een psychiater, het is een ondankbare taak. Wij zijn de enigen die weten hoe hoog de prijs is.' Dit laatste was aan Max gericht, die eveneens afwezig knikte en fronste.

'Zal ik nog eens inschenken?'

'Nee, dank je, Jack,' zei Max die opstond, 'we moeten gaan.'

Jack maakte geen verontschuldigingen meer. Hij wist dat hij het moest doen, en hij had het gedaan. Er zou een hoop aan te pas moeten komen om hem ervan te overtuigen dat een doktersvrouw iets onfatsoenlijks zou kunnen uithalen met een patiënt. Hij was tevreden gesteld. Ik neem tenminste aan dat Max zo over het gesprek dacht.

Ik was bij Bridie in de zitkamer toen Jack zich bij ons voegde. Ik was er al een uur, om hen op de hoogte te brengen van alles wat ik afwist van Stella's verhouding tot mijn patiënt.

'En?' zei ik.

Hij knikte. 'Ik ben bang dat het waar is.'

'O, God.'

'Wat ga je eraan doen?'

Jack slaakte een zucht. 'Dat hangt ervan af.'

'Heeft Max niet in de gaten dat ze liegt?' zei Bridie.

Jack hield zijn handen omhoog. Hij zei niets.

'Ik vermoed,' zei ik, 'dat hij het wel in de gaten heeft. Maar dat hij het niet in *wil* zien. En daarom heeft hij hem laten ontsnappen.'

Jack tuurde in zijn whisky. Ik zag ineens dat hij de grond onder zijn voeten aan het verliezen was. Het was echt een schok voor hem te moeten aanvaarden dat Stella schuldig was aan wat ik hem had voorgehouden. Hij wilde het niet geloven.

Bridie had daar geen moeite mee. 'Stel je voor,' mompelde ze, 'stel je voor, de vrouw van een dokter –'

Ze verviel tot zwijgen. Zij kon het ook niet vatten.

'Misschien,' zei ik, 'moet ik eens met Max gaan praten.'

*

Het leek, zei Stella, alsof er nooit een einde aan de avond zou komen; het leek alsof elke verandering, elke rimpel in het kalme water van hun leven waarin deze steen was gegooid weggespoeld moest zijn voordat zij een pil kon innemen en naar bed kon gaan en eindelijk alleen kon zijn met de beproevingen opgestapeld achter de façade die zij opgetrokken had voor het oog van de wereld. Terwijl ze weer langs de hoofdingang reden, had ze tegen Max gezegd: 'Wat ga je tegen Brenda zeggen?'

'Daar heb ik nog niet over nagedacht.'

Hun stemmen leken nu op twee toonhoogten te functioneren, een camouflageregister dat werkte als een scherm waarachter het onuitgesproken reservoir van gevoelens ziedde. Het camouflageregister van Max was er een van vermoeidheid en preoccupatie; zij voelde het stormstelsel van zijn woede erachter, gericht op hemzelf en ook op haar. Ofschoon het haar niet duidelijk was waarom hij kwaad op haar zou zijn. Zij had het toch uitgelegd en die uitleg was toch door Jack Straffen geaccepteerd? Maar het had geen zin om hier nu verder op in te gaan.

Max ging naar zijn werkkamer en deed zonder iets te zeggen de deur achter zich dicht. Brenda kon haar gretigheid om alles te willen weten nauwelijks verhullen.

'Ik heb Charlie naar bed gestuurd,' zei ze. 'Hij vond het bepaald niet leuk om alle opwinding te moeten missen.' Ze stonden in de gang. Stella legde haar handtas op de tafel onder de spiegel en staarde naar haar spiegelbeeld. Brenda wachtte af.

'En?'

'Er gaan geruchten,' zei Stella. 'Over mij.'

Brenda liep achter haar aan de zitkamer in en ging bij de open haard staan terwijl Stella zichzelf iets te drinken inschonk. Ze zou ingelicht moeten worden, maar Stella zou wel gek zijn het haar zomaar in de schoot te werpen.

'Over jou?'

Met haar drankje stelde ze zich bij het raam op. Ze tuurde de tuin in. Hoewel het donker was, waren de gordijnen nog open. Het was volle maan.

'Wat een prachtige avond,' zei ze. Waar is Edgar nu? In een greppel of een schuur of een hooiberg, ineengedoken in het donker, gekleed in de kleren van Max, zuinig met zijn tabak? Of was hij door de een of andere vreemde wereld opgeslokt waar zij niets vanaf wist? Ze wendde zich van het raam af.

'Over mij, ja.'

'Stella, vertel me alsjeblieft wat er is gebeurd. Of niet, als je dat niet wilt. Maar ik maak me ongerust, hoor. Ik wil graag helpen.'

'Iemand heeft Jack verteld dat mijn verhouding tot Edgar Stark onfatsoenlijk was.'

'Was dat ook zo?'

'Natuurlijk niet. Dat hoef je toch niet te vragen?'

'Het spijt me.'

Ze keek haar kalm aan. Ach, Brenda was bereid haar in de rol van lichte vrouw te zien en alle problemen van Max op haar boterham te krijgen, maar daar stak Stella een stokje voor.

*

In de tussentijd had ik het huis van de Straffens verlaten en reed ik door de hoofdingang naar het huis van de waarnemend directeur. Ik voelde al een andere atmosfeer op het landgoed; ondanks het late uur liepen er overal mannen, er hing iets dreigends in de lucht. Arme Max, dacht ik. Het gesprek dat ik met hem ging voeren zou netelig worden en het doel ervan was hem ervan te weerhouden, psychologisch gezien, een geïsoleerde houding aan te nemen. Wij hadden hem nodig aan onze kant. Wat Stella betrof, wist ik het niet helemaal zeker, maar wat ik voorspelde was dat ze zou inzien dat ze verraden was en kwaad zou worden, niet zozeer op Edgar maar op zichzelf. Hetgeen na verloop van tijd een depressieve episode teweeg zou kunnen brengen. We zouden waakzaam moeten blijven.

Ik belde aan. Onderweg naar de voordeur bleef Stella opnieuw even voor de spiegel in de gang staan. Er kwam geen geluid uit de werkkamer. Ze deed de voordeur open.

'Peter, kom binnen. Max is op zijn studeerkamer.'

‘Ik wil eerst even met jullie praten.’

‘We zitten in de woonkamer.’

Ik liep achter haar aan. Ze bewoog zich met overdreven ongedwongenheid, haar lichaam in ontkenning van de spanningen. Brenda begroette mij hartelijk. Ik liet me in een leunstoel zakken.

‘Ontzettend vervelend voor jullie allemaal,’ zei ik nadat Stella mij een glaasje gin had overhandigd.

‘Vertel ons wat er gaande is, Peter,’ zei Brenda.

‘De gebruikelijke procedure. Voor Jack is het ’t moeilijkst, natuurlijk. Hij zal door de pers in de grond geboord worden, vragen in het Lagerhuis, het hele paroolsysteem zal veroordeeld worden. Een ontsnapping als deze kan het ziekenhuis vijf jaar kosten.’ Ik trachtte een soort vermoeide matheid te projecteren, het hele gedoe af te doen als hinder en de ernst van de crisis te maskeren. Brenda had zich opgesteld als ‘vrouw-wie-het-boven-de-pet-ging’, met het oogmerk mijn hoffelijkheid aan te spreken, zodat ik haar in vertrouwen zou nemen.

‘Maar ze zullen hem toch zeker wel snel te pakken krijgen?’

Ik nam een slok van mijn gin en liet mijn arm over de leuning van de stoel vallen. ‘Misschien wel. Hoewel we vermoeden dat hij vrienden in Londen heeft.’

‘Ik wist niet dat hij vrienden in Londen had,’ zei Stella.

‘Hoe zou je dat ook moeten weten?’ Ik staarde haar nogal wazig aan.

‘Max heeft er niks van gezegd dat hij vrienden in Londen had. Die erin verwikkeld kunnen zijn, bedoel ik.’

‘Hij heeft vrienden van vroeger. In Soho.’

Stella zei dat ze ons drieën ineens zag alsof zij zich aan de andere kant van het raam bevond, in de duisternis, en toekeek hoe een man in een leunstoel het woord richtte tot twee vrouwen, die beiden aan zijn lippen hingen. Brenda had een uitdrukking van onverhulde nieuwsgierigheid op haar gezicht, vermengd met fascinatie en afschuw. Haar masker was omlaag gezakt.

Na enkele minuten stond ik op. 'Ik moest maar 's even met Max gaan praten,' zei ik. 'Blijf gerust zitten, Stella.'

Maar dat deed zij niet. Ze stond in de deuropening van de zitkamer en keek me na toen ik de gang doorliep en zacht op de deur van Max' kamer klopte, waarna ik binnenliep en de deur achter me dichtdeed.

Ze weet niet meer hoe laat Max naar bed kwam. Spoedig hierna is ze naar boven gegaan. Ze nam een pil in en ging liggen wachten tot ze in slaap viel. Het maanlicht scheen door de gordijnen heen. Het was stil in huis. Ze verborg haar gezicht in haar kussen en huilde tot haar kussensloop kletsnat was. Ze pakte een schoon sloop en ging na de ontlading van het drukkende gewicht van haar verdriet op haar rug naar het plafond liggen staren. Ze peinsde over de nieuwe informatie die ze had gekregen. Het betekende voor haar slechts één ding: als hij vrienden had was hij waarschijnlijk veilig. Met deze gedachte in haar hoofd gebeiteld viel ze in slaap.

Ik ben ervan overtuigd dat dit de waarheid is. Ik geloof niet dat ze het samen beraamd hadden. Ik geloof niet dat zij ons op een feitelijke manier tegenwerkte.

*

Wat erop volgde, was zo ongeveer als ik het had voorspeld. De pers haalde de rechtszaak van Edgar uit de doofpot en Stella moest tegen wil en dank wel erkennen waarvoor hij hier opgenomen was geweest. Hij had zijn vrouw vermoord met een hamer en had haar lichaam verminkt. Twee psychiaters hadden getuigenis afgelegd dat hij leed aan een ernstige karakterstoornis en het hof accepteerde het pleidooi van de verdediging dat hij gehandeld had in een vlaag van verstandsverbijstering. De dag daarop was hij hier opgenomen. De pers vroeg zich nu af hoe het kwam dat het zo iemand dagelijks was toegestaan het ziekenhuis te verlaten en op het landgoed in de tuin te werken.

Het waren voor ons allemaal afschuwelijke dagen. In het huis van de waarnemend directeur nam Brenda Charlie onder haar hoede, zodat Max en Stella zich zonder afleiding met de crisis konden bezighouden. Stella heeft het gevoel dat zij haar emoties, die vanzelfsprekend geconcentreerd waren op haar afwezige geliefde, met succes verborgen hield. Het bedrog dat zij in die dagen in praktijk bracht, kwam haar duur te staan; zij bevond zich per slot van rekening in het hart van het jagerskamp. Bijna elke dag kwam Max thuis lunchen en dan toverden Brenda en Stella uit het niets een warme, vrouwelijke sfeer van huiselijkheid om hem heen, zodat hij zijn huis als een soort toevluchtsoord kon beschouwen, een veilige plek afzijdig van de vreselijke spanningen waar hij in de kliniek tegenover stond.

Iedereen werd nauwlettend in de gaten gehouden! Er liepen overal op het landgoed verslaggevers rond, die vragen stelden aan iedereen die bereid was hen te woord te staan. Tijdens een zomer waarin sprake was van weinig wereldnieuws, nam Edgar Stark moeiteloos de belangrijkste plaats op de voorpagina's in. Wij voelden ons belegerd. Charlie mocht de tuin niet verlaten. Bij de enige gelegenheid waarop hij niet aan dit bevel gehoorzaamde, werd hij op een vriendelijke manier door een verslaggever benaderd, die hem, toen hij erachter kwam wie hij was, gênante vragen stelde over zijn vader, bijvoorbeeld waar pappa onder het eten over babbelde. Arme Charlie kwam in de war en huilerig terug, bang dat hij iets heel verkeerds had gedaan door met de verslaggever te praten, maar te beleefd om het niet te doen.

Er verschenen geen werkgroepen op het landgoed. Stella wandelde door de tuin en de stilte was vervuld van zijn afwezigheid. Ze ging de moestuin in om sla en kruisbessen te plukken. Tussen al dat groen, al die zomerse gewassen, waar het in het zonlicht wemelde van de bijen en vlinders, was achterin bij de serre geen spoor te bekennen van geel corduroy. De lucht was zwanger van de kamperfoelie, maar de bomen die over de tuinmuur heen hingen, leken gebukt onder een vreemde, matte zwaarte en wierpen diepe plassen schaduw. Het was allemaal zo overdadig, het gras in de wei dik en hoog en de klimplanten overwoekerden de muur, maar aan deze rijpheid ontbrak een geliefde. Ze dwaalde het grindpad af met haar mand aan haar arm en stond stil bij de lelies die ze hem had zien overbrengen naar grotere bloempotten aan het begin van de zomer. Ze snoof de geur ervan op. Een dikke bromvlieg kroop langs een distel omhoog, rees toen de lome lucht in en vloog weg. Ze ging op de bank zitten en krabde met haar nagel aan een plukje korstmos dat als fluweel het zachte grijze hout bedekte. Toen liep ze de serre in.

Zelfs de serre leek treurig, verlaten, eenzaam. Net als zij. Hij had een begin gemaakt met het vervangen van het verrotte houtwerk en de nieuwe stutten en schuiframen pasten met grote precisie in de inkepingen van het gezonde originele houten frame. Het patroon van oud en nieuw hout was een lust om naar te kijken. Ze ging op de gebarsten vloer liggen, tussen het onkruid, waar zij voor het eerst samen hadden gelegen. Tegen haar wil kwamen de tranen. Ze veegde ze weg en stond op, verliet de serre en baande zich doelmatig een pad, terwijl ze bosuitjes en radijs plukte. De tuin miste hem net zo erg als zij. Hier en daar stonden pollen bloemen die verwelkt en dor waren. Het pad door het ruwe gras van de weide was bezaaid met madeliefjes en moest hoognodig gemaaid worden. De waterslang hing er nutteloos en verwaarloosd bij aan zijn rek bij de kraan in de heg. De frisheid van de tuin was voorbij.

Ze maakte er gewag van tegen Brenda toen ze de lunch aan het bereiden waren. 'Dat gebeurt altijd natuurlijk,' zei ze. 'De tuinmannen hebben het zo druk in de zomer.'

'Ik zal het zelf moeten bijhouden, neem ik aan.'

'Wat vervelend voor je. En ik dacht nog wel dat jij de enige vrouw was die ik kende die het probleem met de bedienden had opgelost.'

Stella wierp haar een vluchtige blik toe. Een licht trekje om Brenda's lippen duidde erop dat het als grapje was bedoeld.

*

Stella wist niet wat Jack of ik tegen Max had gezegd, als we al iets hadden gezegd, over het feit dat hij niet onmiddellijk verslag had uitgebracht over de diefstal van zijn kleren. Zij kon nauwelijks iets uit hem krijgen, behalve dat zij zich op Londen aan het concentreren waren om hem op te sporen en dat ze geen enkel aanknopingspunt hadden.

'Hij is ondergedoken,' zei Max.

'Hij verschuilt zich bij iemand,' zei Brenda.

Hij was veilig, dat begreep Stella eruit. Hij was veilig en hij dacht aan haar; in wat voor klein gat hij zich ook verschool, hij hield zich gedeisd en hij dacht aan haar. Maar terwijl de dagen verstreken, voelde zij zich bij tijd en wijle wanhopig, in het aangezicht van de kans dat zij hem nooit weer zou zien. Ze raakte er echter zo van streek van, dat ze die gedachte opzijschoof en in plaats daarvan nadacht over de gesprekken die ze hadden gehad en de schikkingen waartoe ze waren gekomen. Hij zou haar niet in de steek laten, daar was ze van overtuigd. Daar bleef ze in geloven. Ze vermaande zichzelf geduld te hebben en zich getroost te voelen door het feit dat hij, waar hij zich dan ook bevond, veilig was. Ze had het gevoel dat ze zweefde; er was geen eind aan gekomen, maar er was wel verandering in gekomen. Ze probeerde er niet bij stil te staan wat er vervolgens zou gebeuren, want van dergelijke gedachten werd ze ellendig, die leidden tot praktische vragen die zij op dat moment niet kon beantwoorden. Ze vroeg zich eenvoudig af wat hij zou willen dat zíj deed, ja, geduld hebben, zwijgen, en opgelucht zijn omdat hij veilig was.

Ze dronk aan één stuk door; als zij een soort evenwicht wilde bewaren, leek dat van essentieel belang. Ze vermeed praktische gedachten en hield zich zoveel mogelijk drijvende op een soort blind vertrouwen; dat, en gin. Er waren bepaalde ogenblikken – ogenblikken van praktisch denken – dat ze wel inzag dat haar geest niet eeuwig door blind vertrouwen en gin gevoed kon worden; maar als ze zich daarbij in stand kon houden, deed ze dat. Iedereen was zo totaal afgeleid door deze crisis, dat niemand in de gaten had dat ze door de dagen zweefde in een staat van onverschilligheid en afwezigheid, dat ze de functies verrichtte die van haar verwacht werden, maar er niet echt helemaal bij was. Niemand had het in de gaten, behalve ik. Ik hield een oogje op haar.

In deze periode kreeg zij een keer een verschrikkelijke schok. Op een goede ochtend was ze bezig met de waterslang in de groentetuin. Het weer bleef warm. Er was al in geen weken regen gevallen. De grond was nogal zanderig en had veel water nodig en dorst was iets waar zij zich op dat moment goed mee kon vereenzelvigen. Dus had ze de slang aan de kraan in de heg bevestigd en begon ze alles in de tuin te drinken te geven. Gestadig ging ze door met de slang, in haar regenlaarzen, dunne zomerjurk, zonnebril en strohoed en deze ervaring was op een prettige manier stompzinnig, iets waar ze bij al haar bedrijvigheid de voorkeur aan gaf tijdens deze gespannen dagen. Het geluid van voetstappen op het grind achter haar was niet welkom. Ze draaide zich om, terwijl de waterslang in haar hand in de aarde bleef spuiten en het aanzicht van Jack Straffen, die op haar afkwam over het pad, was nog minder welkom. Waakzaam blijven. Waakzaam blijven. Ze riep dat hij even moest wachten terwijl zij de kraan uitdraaide. Ze stapte door het slabed, de slang op de grond gutste door, en liep naar de kraan en deed hem dicht.

'Max is in de kliniek,' zei ze.

Jack had een zwart pak aan en een panamahoed op en zag er verhit en ongemakkelijk uit en totaal niet op zijn plaats in het groen waardoor hij werd omringd.

'Ik wilde jou even spreken. Zullen we even gaan zitten?'

Ze nam hem mee naar de bank naast de serre, waar ze in de schaduw zaten. Jack nam zijn hoed af en legde hem op de bank.

'Sigaret?'

'Nee, dank je.'

'Een man als Edgar Stark,' zei hij, en zweeg toen. Gedecideerd tikte hij de as van zijn sigaret op het grind aan hun voeten af en staarde ernaar. Hij slaakte een zucht. 'We hebben een aantal patiënten met karakterstoornissen. Deze patiënten, Stella, zijn net zo gevaarlijk als onze schizofrenen die een moord hebben begaan. Het rare is dat er geen sprankje psychose bij hen te bespeuren is. Geen sprankje. Wij schrijven hen geen medicijnen voor. We proberen hen te behandelen, maar zonder enig succes, ben ik bang. We kunnen ze onder controle houden, we kunnen macht over ze uitoefenen, maar we weten niet precies hoe we ze moeten behandelen. Omdat we niet precies begrijpen hoe ze in elkaar zitten.'

Heeft hij het over zijn patiënten, vroeg zij zich af, of over vrouwen?

'Hoewel je het op het eerste gezicht niet zou zeggen is Edgar Stark een ernstig gestoord individu.'

'Dat weet ik, Jack.'

'Dat vraag ik me af. Weet je wat hij met die vrouw gedaan heeft nadat hij haar had vermoord?'

Ze zweeg.

'Hij heeft haar onthoofd. En vervolgens heeft hij haar de ogen uitgestoken.'

Ze tuurde vanaf hun schaduwrijke plaats over de hele lengte van de tuin en merkte op dat de planten die ze water had gegeven er al veel levendiger uitzagen dan degenen die ernaast stonden. Aan weerszijden van de bank stond een door midden gezaagde ton die Edgar met aarde had gevuld en beplant met geraniums en violieren. Ze herinnerde zich nog goed dat hij de ton doormidden zaagde. Ze had hem voor hem vastgehouden. Die moest ze ook water geven.

'Zullen we een drankje nemen?'

'Het is nog niet eens tien uur, Stella.'

'De tuin gaat eraan zonder de werkgroep. Moet je maar eens zien.'

'Luister je naar wat ik zeg?'

Ze draaide zich naar hem toe. 'Ik weet niet wat er door je heengaat,' zei ze. 'Je denkt dat ik iets verberg. Dat is niet zo.'

'Heeft hij je ooit aangeraakt?'

'Nee!'

'Heeft hij je ooit om geld gevraagd?'

'Nee. Dacht je dat ik het niet tegen Max zou hebben gezegd als er iets dergelijks was voorgevallen?'

Jack nam zijn bril af. Met duim en wijsvinger wreef hij in zijn ogen. Hij zat recht overeind en leunde tegen de rug van de bank en staarde de zonovergoten tuin in. Hij was een grote, tobberige man van in de zestig met sluwe ogen en een grijze, kortgeknipte schedel. Hij was bijna aan zijn pensioen toe. Hij wilde van dit probleem af. De gouden ring aan zijn vinger fonkelde in het zonlicht dat door de klimop boven hun hoofd filterde.

'Ik geloof dat je me niet de hele waarheid vertelt,' zei hij.

Ze ging er niet tegenin. Ze haalde haar schouders op en schudde haar hoofd, alsof ze niet meer wist hoe zij hem moest overtuigen.

'Stella, als je op de een of andere manier in de problemen bent geraakt, als hij je er op de een of andere manier toe heeft overgehaald –'

'Hoezo?'

'Ik ken Edgar Stark. Ik weet hoe hij te werk gaat. Je hoeft je er niet voor te schamen als hij je hierbij betrokken heeft, als hij je medeleven heeft opgewekt, je heeft opgestookt tegen Max en Peter en mij. Hij zou jou meteen hebben geïdentificeerd als een persoon die hij zou kunnen gebruiken. Heeft hij je verteld dat we van plan waren hem binnenkort te ontslaan? Daar is niets van waar. Maar tenzij je me vertelt wat er gebeurd is, kan ik je niet helpen.'

'Er is niets gebeurd.'

Jack slaakte een zucht. 'Er is niets gebeurd.'

'Nee.'

'Je weigert het tegen me te zeggen.'

'Ik zeg het toch.'

Hij pakte zijn panamahoed op. 'Het is misschien maar goed dat hij verdwenen is, wat jou betreft. Kom eens gauw met me praten. Wil je dat doen?'

Ze knikte.

Ze keek toe hoe hij moeizaam het pad weer afliep. Haar hart klopte heel snel en haar handen beefden.

*

Waakzaam blijven. Er was niets dat Jack had gezegd dat Edgar al niet tegen haar had gezegd dat hij zou zeggen. Langzaam liep ze weer terug over het pad. Ze voelde zich er niet lekker bij dat de directeur zo aandrong, dat ze zo gemakkelijk zou kunnen vallen voor die warme, vaderlijke toon die hij toepaste terwijl hij begrip en steun aanbood. Ze moest waakzaam blijven, en behalve waakzaam zijn, moest zij zich uit alle macht blijven realiseren dat het Jack Straffen was die haar trachtte te manipuleren, niet Edgar.

Hij was inderdaad doortrapt. Hij had haar op zoiets als dit voorbereid en aangegeven hoe zij erop moest reageren. Bij voorbaat had hij, met andere woorden, zich van haar stilzwijgen verzekerd en daarmee van zijn eigen veiligheid, zonder haar te vertellen dat hij van plan was te ontsnappen.

*

Tijdens de periode die volgde op de ontsnapping hielden Stella en Max een merkwaardige afstand van elkaar. Zij had er goede redenen voor hem te vermijden, maar waarom, vroeg ze zich af, ging hij zo behoedzaam met haar om? Omdat hij bang was dat de geruchten op waarheid berustten. Hij kende haar goed genoeg om te twijfelen. Aan het eind van een lange, emotionele sessie vertrouwde ze me toe dat ze, een jaar voordat deze gebeurtenissen plaatsvonden, tegen Max had gezegd dat ze niet bereid was zich levend te begraven in een kil huwelijk, een schijnheilig huwelijk, omdat zijn eigen seksuele drift gering was, of omdat hij de morele of lichamelijke verbeeldingskracht miste om haar aantrekkelijk te blijven vinden, of omdat zijn libido geheel aan zijn werk opging, of welke uitleg hij er ook voor wilde geven. Ze dacht dat hij de bedreiging die dit ultimatum impliceerde met een korrel zout had genomen, maar nu zou hij moeten erkennen dat ze deze niet alleen had waargemaakt, maar met een patiënt op de koop toe. Dit was iets dat verdrukt moest worden, want als hij het als een mogelijkheid zou beschouwen, dan zou hij de verantwoordelijkheid op zich moeten nemen voor het falen van het huwelijk, in elk geval op lichamelijk niveau, en misschien ook met het oog op de rampzalige keuze van Stella in een minnaar. Max was niet bereid deze dingen met haar te bespreken. Wat hem betrof was ontkenning de beste remedie.

Dus doolden zij de laatste dagen van die zomer door dat grote treurige huis als spoken, langs elkaar heen, zonder iets te zeggen dat betekenis had, zich nauwelijks bewust van elkaars aanwezigheid. Als er enige vastigheid bleef bestaan, dan werd die gegeven door Brenda, wier zorgen om de rituelen van een beschaafd leven een soort hechtmiddel vormden die hen verbond tot een schijnbaar gezin, hetgeen belangrijk was voor Charlie, wiens opwinding over het drama dat zich ontvouwde werd getemperd door het leven in een spookhuis. Brenda hield hen bij elkaar en in de tussentijd hield Stella zich overeind met blind vertrouwen en gin.

Geleidelijk aan verdween Edgar van de voorpagina's en, zonder nieuwe berichten over hem, verloren de kranten hun belangstelling geheel. Geleidelijk aan raakte de kliniek aan zijn afwezigheid gewend en ging de crisis ongemerkt over in wat bij benadering de normale routine was. Eindelijk veranderde het weer en begon het na weken van hitte en droogte te regenen.

5

Ze stond bij het raam van de zitkamer en keek naar een plotseling opgekomen zomerse regenbui. Na een paar minuten motregende het alleen nog maar en toen trok het weer op en kwam de zon voorzichtig te voorschijn. De tuin glinsterde en blonk. Alles leek ineens groener, gezonder; maar niet lang. De wolken kwamen weer terug, de lucht betrok en het begon opnieuw te regenen. Een aantal dagen lang bleef het weer veranderlijk en al spoedig moesten we toegeven dat het ondanks alles een schitterende zomer was geweest, maar dat die nu voorbij was en dat je in Engeland niet anders kon verwachten. Brenda keerde terug naar Londen en Stella begon Charlie voor te bereiden op het begin van het nieuwe schooljaar.

Ze zegt dat ze de hoop niet had opgegeven. Dat ze hem geen moment uit haar hoofd had geband. Dat ze het gevoel dat hij bij haar was nooit kwijtraakte. Ze was hem gaan vertrouwen. Er was geen enkele reden waarom ze hem zou vertrouwen, en dat was het eigenlijk nou juist: het leek of vertrouwen en hoop en liefde waren wat ze waren omdat zij opgeroepen waren en in stand bleven zonder reden. Ze had geen idee hoe hij het maakte. Zelf vermoedde ik dat hij teruggevallen was op een louche wereldje van kunstenaars en criminelen in Londen, maar meer had ik niet kunnen zeggen en de politie tastte evenzeer in het duister als wij. Ik wist dat hij uiteindelijk weer zou opdagen, maar vanzelfsprekend maakte ik me er zorgen over dat hij, zonder behandeling, zonder mijn begeleiding, een relatie met een vrouw zou beginnen en dat zijn ziekte weer zou opbloeien.

*

Op een vreemde manier werd mijn eigen intense preoccupatie met de verblijfplaats en het welzijn van Edgar weerspiegeld in Stella: haar seksuele en romantische bevlieging zag ik later als een weerspiegeling, primitief en vervormd misschien, maar niettemin een weerspiegeling, van mijn eigen bezorgdheid over een zieke man die zich zonder te worden behandeld bevond in wat een situatie moest zijn van grote spanningen en onzekerheden. Ze gaf een beschrijving van die dagen en ik herkende iets van mijn eigen ervaringen in die van haar. De avonden waren het moeilijkst, zei ze. Max ging na het eten naar zijn werkkamer en dan dwaalde zij af naar de zitkamer. Als hij ongeveer een uur later naar bed ging, dan ging zij niet mee, dan zei ze tegen hem dat ze nog wat langer wilde lezen. Dan hoorde ze de deur van de slaapkamer dichtgaan en dat was voor haar het signaal om haar roman opzij te leggen en nog eens een stevige borrel te nemen.

De uren die dan volgden, waren de uren van Edgar. Ze gaf zich over aan herinneringen aan hun zomer. Ze verwees naar haar dagboek; ze had geen verslag bijgehouden, maar door middel van cryptische aantekeningen op bepaalde dagen was ze in staat elke ontmoeting op te roepen, en elke liefdesdaad, zoals ze het noemde. Ze vond een manier om een beeld in haar hoofd vast te houden alsof het uit sigarettenrook bestond, totdat ze het geheel in zich had opgenomen, alle materie en betekenis en emotie die erin gevat waren, en sommige beelden, zei ze, waren in dit opzicht krachtiger dan andere. Eens, in het cricketpaviljoen, had hij enkele ogenblikken nadat ze de liefde hadden bedreven zijn hoofd op haar schouder gelegd en luisterde zij naar het tot rust komen van zijn ademhaling. Toen tilde hij zijn hoofd op en hield het vlakbij haar gezicht. Zij had geen woorden voor de uitdrukking in zijn ogen, geen middelen om te beschrijven wat zij in die enkele ogenblikken zwijgend uitwisselden voordat zij hun gedachten weer op praktische dingen richtten, op gebrek aan tijd en geheimhouding. In deze kalmte bestond slechts deze woordeloze herkenning en het leek haar toe dat hun aparte ego's vervielen, hun persoonlijkheid verdween, een gevoel van eenwording, een gevoel dat zij wezen op wezen waren, versmolten – –

Ik luisterde geduldig naar al deze dingen en hield de vraag, hoe zat het bij hem? voor me. Hoe zat het bij Edgar? Voelde hij ook dat zij wezen op wezen waren geworden, versmolten waren met elkaar? Ik was in die tijd van mening dat hij die gevoelens opzettelijk bij haar had opgeroepen zodat hij haar kon gebruiken, en dat hij, als hij eenmaal ver van het ziekenhuis verwijderd was, nooit meer iets van zich zou laten horen. Ik had me vergist.

*

In deze periode nodigde Max mij op een avond uit om te komen eten. We waren met ons drieën. We gebruikten een drankje in de zitkamer en het gesprek kwam onvermijdelijk op Edgar. Max had het erover dat de ontsnapping zorgvuldig gepland was. Hij bleef er maar over doorgaan. Wat dit onderwerp betrof, was hij nogal een zeurpiet geworden.

'Het enige wat hij nodig had was burgerkleding. Hij heeft gewacht tot er niemand thuis was. Toen hij er eenmaal zeker van was dat er niemand thuis was, liet hij er geen gras meer over groeien.'

'Het kwam goed uit,' mompelde ik met een blik op Stella, 'dat jullie dezelfde maat hadden.'

'Voor hem wel,' zei Max bedenkelijk. Deze kant van de zaak vond hij onaangenaam, deze identificatie, hoe zijdelings ook, van hem met Edgar Stark. Hij leunde voorover in zijn stoel, met zijn glas in de hand en zijn bril bungelend tussen zijn vingers. Hij had zich sinds de ontsnapping niet los kunnen maken van een slecht geweten, dat hij na de ontdekking dat zijn kleren gestolen waren niet onmiddellijk in actie was gekomen en zodoende Edgar in de gelegenheid had gesteld om weg te komen. Hij was als psychiater veel te ervaren om niet te analyseren, zoals ik ook had gedaan, waarom hij niet onmiddellijk in actie was gekomen, en tegen deze tijd had Stella zich eveneens gerealiseerd dat het was omdat hij tot de conclusie was gekomen dat Edgar op uitnodiging van haar in de slaapkamer was geweest. Beter hem te laten ontsnappen dan dat onder ogen te zien.

'Wat mij nooit helemaal duidelijk is geworden,' zei ik, nogal plagerig, ben ik bang, 'is dat gedoe met die alcoholdiefstal uit het paviljoen. Waarschijnlijk kreeg hij jouw sleutels pas in handen op de dag dat hij je kleren ontvreemdde, en dat was de dag dat hij ontsnapte.'

Max schudde zijn hoofd, de arme ziel. 'Ik geloof niet dat het uit het paviljoen kwam,' zei hij.

'Wat raar,' zei Stella. Ik keek naar haar, zei ze, op die bepaalde vage manier van mij, terwijl het bij haar opkwam dat er niets vaags was aan dat drukke, intelligente brein achter die lome ogen. Ze vroeg zich toen opeens af hoeveel ik afwist van wat zich in het paviljoen had afgespeeld, maar op dat moment ging de telefoon en zette ze haar glas neer.

'Over vijf minuten kunnen we aan tafel,' zei ze. Ze liep de gang op en ik hoorde dat ze de telefoon aannam. Pas later kwam ik erachter dat hij het was geweest.

*

Onder het eten merkte ik op dat ik gelijk had gehad over het feit dat Edgar nog steeds vrienden in Londen had. 'Ze wisten dat hij eraan kwam,' zei ik. 'Er was een plek klaar voor hem. Nu krijgen we hem nooit meer te pakken, tenzij hij iets stoms uithaalt.'

'Ze halen altijd iets stoms uit,' mompelde Max die boven zijn *curry* zat te kieskauwen. Stella keek van Max naar mij met de heldere, geïnteresseerde blik van de goede psychiatersvrouw. Ze was alert, opgetogen zelfs, maar toen kwam het niet bij me op om me af te vragen waarom. Wat ik wel had moeten doen, in beschouwing genomen dat dit een akelig gesprek moest zijn voor een vrouw die verliefd was.

'Werkelijk, Peter?'

'Ik denk van wel. Ik denk niet dat we Edgar Stark ooit weer zullen zien.'

We babbelden door. Stella ruimde de tafel af en liep met de borden naar de keuken. Ze stond bij het aanrecht over de tuin uit te staren, haar hart in vuur en vlam. Je kunt je voorstellen wat het voor me betekende, dat telefoontje, zei ze.

Ja, zei ik, dat kon ik.

Wat ik me niet kon voorstellen was waarom hij, na erin geslaagd te zijn uit het ziekenhuis te ontsnappen, alles op het spel zette voor een weerzien met haar. Maar ik weet nu dat het met kunst te maken had. Hij had al bijna vijf jaar geen nieuw werk gemaakt, en nu ontbood hij Stella, omdat hij een nieuw hoofd nodig had. En vanwege haar schoonheid, vanwege haar charme, maar het meest van al omdat zij van hem hield – moest en zou het háár hoofd zijn.

*

De dagen verstreken nu op een vreselijk trage manier. Zelfs in dit late stadium was zij nog niet immuun voor paniek. Ben ik gek? vroeg zij zich af. Hoe kan ik alles in gevaar brengen, hoe kan ik zo onverantwoordelijk zijn, een volwassen vrouw, een *moeder*? Maar de gedachte aan een weerzien met hem verjoeg alle twijfel en aarzeling.

Op een zondagavond zei ze tegen Max dat ze de volgende dag naar Londen ging. Hij vroeg of ze de auto nodig had om naar het station te gaan en ze zei, alleen als hij hem niet nodig had, dat ze anders een taxi zou nemen. Wat gingen ze beleefd met elkaar om. Toen zij die avond naar bed ging, was Max nog wakker. Zijn stem klonk op uit de duisternis.

'Lieveling?'

Ze maakte een slaperig geluid.

'Deze hele rotzaak verpest alles. Het spijt me.'

Hij draaide zich op zijn zij, met zijn gezicht naar haar toe. Met zijn hand besloop hij haar onder het laken.

'Ik ben moe, Max.'

'We hebben het al weken niet gedaan.'

Ze keerde zich van hem af. Hij kromde zijn lichaam om haar ruggegraat zodat zijn benen van achteren tegen de hare drukten. Waarom juist die nacht?

'Ga maar slapen,' mompelde ze. Ze voelde hem hard worden.

'Ik ben je kwijt,' fluisterde hij.

'Doe niet zo gek. Ga maar slapen.'

*

Ik kon me maar al te goed voorstellen wat Stella nu doormaakte: het koortsachtige vooruitzicht, de haast onverdraaglijke spanning terwijl ze de uren telde tot ze hem weer zag. Ze had besloten een vroege trein te nemen. In een uur kon ze genoeg boodschappen doen om het uitstapje te rechtvaardigen en de rest van de dag vrij te hebben. Op Victoria Station nam ze een taxi naar Knightsbridge en ze deed haastig enkele inkopen. Toen keerde ze naar het station terug en nam ze een kop koffie in het cafetaria. Het hoge glazen dak deed haar denken aan de serre. Ze wachtte. Ze had een wit pakje aan en witte schoenen met hoge hakken. Ze zat achterin, vanwaar ze de ingang in de gaten kon houden en toen zag ze hem om tien over twaalf binnenkomen. Hij stond met zijn rug naar haar toe aan de toonbank en bestelde een kop thee. Ze voelde zich vrolijk en angstig. Maar toen hij zich omdraaide, moest zij haar verlegenheid verbergen door een sigaret op te steken, want het was hem niet, hij leek er niet eens op! Hij zag dat ze naar hem staarde en ze wendde haar blik af, liet op een uitzinnige manier merken dat hij haar koud liet en tot haar grote opluchting kwam hij niet op haar af. Een vrouw alleen in het cafetaria van een groot spoorwegstation betekent voor een heleboel mannen een prooi.

Hij kwam niet opdagen. Om twee uur gaf ze het op. Ze had geen zin om nog te gaan winkelen. Ze nam de volgende trein terug en reed vanaf het station naar huis zonder dat er iets gebeurde. Er was niemand thuis. Ze ging in een heet bad liggen met een groot glas gin-tonic en prentte zichzelf in dat hij door onvoorziene omstandigheden verhinderd was haar te ontmoeten.

De volgende dag ging ze opnieuw. De tweede maal was het gemakkelijker. Net als toen ze voor de tweede maal met hem had gevreeën. De overgang vond de eerste keer plaats, daardoor kwam ze aan de andere kant te staan, daardoor schoot ze de wet voorbij, niet alleen de strafrechtelijke wet maar de wet van haar huwelijk, haar gezin, en haar gemeenschap, wat natuurlijk het gesticht was. Weer was zij vrolijk, en weer was zij angstig. Daar te staan, buiten de wet, zei ze tegen me, was altijd de meest intense ervaring, daarom werd zij er zo door bedwelmd. Romantische vrouwen, peinsde ik: zij denken nooit na over de schade die zij misschien aanrichten terwijl zij die intense ervaringen nastreven. Hun dweperij met vrijheid.

*

Opnieuw zat zij in het cafetaria op Victoria Station. Ze had een zonnebril op en een hoed met brede rand, zodat zij de ingang in het oog kon houden zonder aandacht op zichzelf te vestigen. Tegen het middaguur ging er op de stoel tegenover haar een lange, magere jongeman zitten, die zijn ogen op de tafel hield gericht. Hij had strokleurig haar en een onregelmatige baard. Hij had een oud gevlekt tweedjasje aan en droeg geen stropdas, en de kraag van zijn overhemd was groezelig. Zijn kleren waren bezaaid met verfvlekken. Terwijl hij in zijn thee roerde, schepte hij er suiker in en zonder op te kijken zei hij, 'Stella?'

Ze verstijfde. Ze was ontzettend bang. Ze dacht dat hij ondanks zijn uiterlijk van de politie was. Het was niet bij haar opgekomen dat Edgar niet zelf naar Victoria Station zou komen. Ze graaide naar haar tas om te vertrekken.

'Jij bent Stella Raphael,' zei de haveloze figuur, terwijl hij met zijn omlaag gerichte blik snel naar links en naar rechts keek. Het viel haar onmiddellijk op dat hij een kostschoolaccent had. Hij boog zich over het tafeltje naar haar toe. 'Edgar heeft gezegd dat ik je naar hem toe moest brengen. Nou, ben je het of niet?'

Ze vond de man nog steeds onbetrouwbaar. Haar verhouding met Edgar was zo totaal afgesloten geweest dat het een schok was dat een derde ervan op de hoogte was. Ze nam aanvankelijk aan dat hij een vijand was, in plaats van iets anders.

'Je hebt je vergist,' zei ze ijzig. 'Ik ken jou niet en ik ken ook geen Edgar.'

Ze maakte aanstalten om van haar stoel op te staan. De man wierp opnieuw een schrikachtige blik op de menigte in het cafetaria. 'Jij bent Stella,' siste hij. 'Hij heeft beschreven hoe je eruit ziet. Ik ben degene die hem al deze tijd verzorgd heeft.'

Hij stak zijn hoofd naar voren alsof hij haar uitdaagde het te ontkennen. Zij zag dat hij bang was en wanhopig. Ze pauzeerde even en stond niet op. Hij wachtte haar reactie af, terwijl hij zenuwachtig met zijn vingers op zijn pakje vloeitjes tikte. Hij keek weer om zich heen en dat overtuigde haar. Het was precies dezelfde manier waarop zij het afgelopen uur naar de ingang had gekeken: schijnbaar terloops, een blik met een specifiek doel, waaraan niets ontging.

'Goed dan,' zei ze. Ze haalde een sigaret voor de dag en hij hield een lucifer voor haar op. Hij was duidelijk opgelucht.

'Ik heb je gisteren ook gezien,' zei hij. 'We moesten er zeker van zijn dat je niet gevolgd werd.'

'We?'

'Edgar en ik.'

'Hoe heet je?'

'Nick.'

Later vertelde ze dat ze het gevoel had dat alles op zijn kop was gezet. In plaats van dat zij uit haar eigen volle wereld stapte en een eenzame, op de vlucht geslagen man tegemoet trad, was hij het die haar in zijn veilige wereldje binnenhaalde. Zij was degene die eenzaam was, niet hij, nu was ze nergens meer thuis. Het melodramatische gedrag van deze slungelige jongeman in zijn haveloze kleren, maakte de situatie er alleen maar nog vreemder op.

*

Wat volgde had de eigenschap van een droom. De man die Nick heette, voerde haar naar een oude Vauxhall die achter het station stond geparkeerd, een smerige auto met gescheurde bekleding en rotzooi op banken, vloer en dashboard. Ze staken bij Westminster de rivier over en reden in oostelijke richting. Het was een hete dag aan het eind van augustus met veel smog en ofschoon de zon op de Theems glinsterde, voelde de lucht bedompt en stoffig en drukkend aan. Er stond geen wind. Het was niet een gedeelte van Londen waarmee ze bekend was. De nauwe straten liepen tussen vervallen pakhuizen door die in de vorige eeuw gebouwd waren, of in de eeuw daarvoor. Er drong weinig licht tussen deze gebouwen door en alle ramen waren met stenen geblindeerd of ingegooid of bedekt met een laag vuil. Ze passeerden een plek waar een bom was ontploft en Stella ving een glimp op van een kleine zwarte poes die tussen het puin door in de zon liep. Achtergelaten hopen kapotte bakstenen en planken waren bedekt met gras en onkruid. Ondanks de tijd van de dag waren er weinig mensen te zien. Tijdens de tocht hadden zij maar één korte uitwisseling, toen er een vraag bij haar opkwam.

'Hoe beschreef hij mij?'

Hij glimlachte, maar wilde niets zeggen.

'Toe nou.'

'Rubens.'

'Oh, Rubens.'

Het was een onderling grapje. Nu wist Nick het ook. Ze dacht hierover na. Gek genoeg vond zij het niet erg. Na verloop van tijd zag ze dat hij in het achteruitkijkspiegeltje tuurde en toen stopte hij de auto in een verlaten straat in de buurt van de rivier. Hij schakelde en reed hard achteruit een steegje in dat uitkwam op een verlaten binnenplaats aan de achterkant van een pakhuis. Aan drie zijden ervan stond een gebouw, en aan de vierde zijde, aan hun kant, een spoorwegviaduct, waaronder zich een fruit- en groentemarkt bevond. Die was eveneens verlaten. Er hingen hangsloten aan de hekken en poorten.

Met een zenuwachtig glimlachje wendde Nick zich tot haar.

'Nou, we zijn er.'

Stella stapte uit. Het rook er naar rijpe sinaasappels. Het leek alsof de ramen van de gebouwen als blinde ogen op haar neer staarden. Oude vrachtwagenbanden waren tegen de muur opgestapeld en stonden te blakeren in de zon. Een stuk krantepapier zweefde lichtjes door de stille lucht. Nick liet haar achter bij de auto midden op de binnenplaats en verdween de straat in. Toen hij na enkele ogenblikken weer verscheen, leidde hij haar naar een doorgang aan de achterkant van een van de gebouwen. Het was er donker en het stonk er naar urine. Het kwam bij Stella op dat ze op het punt stond vermoord te worden.

Hij duwde een deur open aan het eind van de doorgang. Een steile, smalle trap voerde de duisternis in. De lucht was vochtig en kil. Ze ving nu de geur op van schimmel en stront.

'Loop maar door naar boven,' drong hij aan.

'Waar is hij?'

'Hij is op de bovenste verdieping. Toe maar.'

Hij keek haar lichtelijk geamuseerd aan en ze had het gevoel dat hij de spot met haar dreef, maar dreef hij de spot met haar omdat zij zo gewillig met hem mee was gegaan naar deze plek, of omdat zij op dit punt een aarzeling vertoonde, een verfijnde vrouw uit haar element, die op haar zwakke voornemens terugkwam? Hij was niet langer komisch, hij was sinister, maar ze begon de trap op te lopen, wat moest ze anders? De treden bogen door en kraakten onder haar voeten. De lucht was klam. Een houten leuning, die glad aanvoelde, zat losjes in het pleisterwerk geschroefd. Ze merkte dat hij haar niet achterna liep en ze stopte even, met een hand op de leuning, en keek over haar schouder. Hij stond beneden aan de trap met zijn gezicht naar haar toe. Met een lange wijsvinger gebaarde hij dat zij door moest lopen, door moest blijven lopen tot ze helemaal boven was.

Onderweg naar boven passeerde ze verscheidene portalen. Bovenaan bood een stoffig raam uitzicht op de binnenplaats. Ze zag Nick die het portier van de Vauxhall opendeed en ze deed een stap achteruit, waarbij ze een stuk pijp omvergooide dat op de vloerplanken kletterde en een stofwolkje deed opwaaien. Er was een deur op de overloop, die ze aarzelend openduwde. Ze was verschrikkelijk bang. Ze zag een vertrek dat zo groot was dat het licht dat door de ramen viel niet verder ging dan even voorbij de balken in het midden van de vloer. Haar ogen moesten wennen aan het duister. Achterin bevonden zich een aantal deuren, deuren in een muur waar het merendeel van het pleisterwerk van afgebrokkeld was, zodat het stut- en latwerk blootlag.

'Edgar?'

Ze zette een paar passen in de kamer. Haar hakken leken een oorverdovend lawaai te maken op de planken. Ze droeg een hoofddoek en een lichte, beige regenjas, waarvan zij de ceintuur niet had dichtgegespt, maar dichtgebonden met een knoop en ze had een grote tas aan haar schouder hangen. Er stond een baardige figuur, als een schim, naar haar te kijken. Toen ze hem ineens in de gaten had, kon ze een kreet niet onderdrukken. Hij kwam op haar af, met een grijns, en zij rende naar hem toe.

*

Even na zessen was ze thuis en toen ze naar beneden kwam na een bad te hebben genomen, trof ze Max thuis aan. Hij was in een goede bui, wat in die dagen zeldzaam was. Hij wilde van haar weten of zij geslaagd was met het inkopen doen. Zijn belangstelling was vals en het viel haar gemakkelijk hem de frustraties en ergernissen voor te spiegelen die noopten tot nog een tocht naar Londen op vrijdag. Hij stelde voor een wandeling door de tuin te maken voor het eten en ze vond het verstandig om daarin toe te stemmen.

Eerst gingen ze naar de moestuin en ze vond het ironisch dat het, technisch gesproken tenminste, Max' terrein was, want ze voelde overal de aanwezigheid van haar minnaar. Hij had zijn baard laten staan! Op deze warme avond aan het eind van augustus was de lucht zacht en broeierig. De zomerse woekering had de aarde opgebruikt en het enige dat na deze korte periode van rijpheid en wasdom zou overblijven, was bederf. Er klonk een kabaal van de vogels in de bomen aan de andere kant van de tuinmuur.

'Heb je Brenda opgezocht?' vroeg Max, terwijl ze over het pad liepen en hier en daar bleven staan om de een of andere plant te onderzoeken.

'Daar had ik geen tijd voor.'

'Nee, en waarom zou je ook? Je hebt mijn moeder van de zomer lang genoeg moeten verdragen. En dan kwam dat andere gedoe er natuurlijk ook nog bij...'

Zijn stem stierf weg.

'Als het moet, kunnen Brenda en ik best met elkaar opschieten. Eigenlijk was ik blij dat ze er was. Ze was een grote steun, met Charlie.'

Ze waren bij de serre aangekomen. Er was niet verder aan gewerkt en in deze onaffe skelet-staat leek het een ruïne, het grote witte frame doemde zwakjes op in het flauwe licht. Max slaakte een zucht. Onverbiddelijk was het gesprek gekomen op de dagen na Edgars ontsnapping. De gebeurtenissen van die dagen en hoe zij de positie van Max binnen het ziekenhuis hadden aangetast, hadden zij nooit doorgepraat. Als die was aangetast. Misschien was dat helemaal niet zo? Ze gingen op de bank tegen de muur zitten en rookten een sigaret. Max vroeg weer iets over haar dagje in Londen en het kostte haar moeite hem terug te schakelen naar zijn meer gebruikelijke thema's, die met zijn werk te maken hadden. Ze vroeg zich af waarom hij zo veel aandacht aan haar besteedde en herinnerde zich dat hij enkele avonden daarvoor in bed had gezegd dat hij haar kwijt was. Het kwam toen bij haar op dat zij, als ze de kans wilde krijgen Edgar regelmatig in Londen op te zoeken, haar huwelijk moest terugbrengen tot wat het ooit was geweest. Zij moest voor elkaar zien te krijgen dat zij voor Max weer onzichtbaar werd.

Hij reikte naar haar hand. 'Ik vind het hier zo heerlijk 's avonds,' zei hij. 'Heb je het koud?'

'Een beetje,' zei ze. 'Ik had mijn vest aan moeten trekken.'

'Laten we maar naar binnen gaan.'

Ze liepen over het pad in de schemer, hand in hand.

*

Ik kwam pas enkele dagen daarna iets te weten over dat uitstapje naar Londen en over het uitstapje later in de week. De positie waarin Stella zich in die dagen bevond, was hachelijk. De druk in de begindagen van hun affaire, hoe wanhopig die ook waren, was vreemd genoeg minder erg geweest. Zij was er toen bang voor geweest dat juist de beperkingen van hun situatie de hartstocht verhevigde, en dat ze zich, zonder die beperkingen en spanningen die zij veroorzaakten, misschien zwakjes en vaag zou hebben afgevraagd waardoor zij zo opgehitst werd om dat soort risico's te lopen. Er waren ogenblikken, bekende ze, waarop ze zelfs hoopte, ergens in een klein hoekje van haar achterhoofd, een plekje waar voorzichtigheid, veiligheid en zekerheid de overhand hadden, op dat plekje had ze de vage hoop gekoesterd dat de crisis bezworen zou worden en zij bevrijd zou zijn van deze dwangneurose waarover zij geen enkele controle leek te hebben – –

Maar nu niet. Niet nu de struktuur waaruit haar dagelijks leven had bestaan, haar verantwoordelijkheden, haar gezin, de schijn, de routines, slechts uit een lege huls bestond. Ze hield die in stand, maar alleen om ijskoude, praktische redenen: zij wilde geen aandacht trekken en geen bemoeienissen van buitenaf, anders, zei ze, kon ze niet meer naar hem toe.

Hoe was het gegaan?

Ze moest een beetje huilen toen ze beschreef hoe ze de trap op was gelopen die dag en de zolder had betreden, en daar stond hij, als een schim op haar te wachten. Ze verspilden geen tijd. Ze liepen haastig door het vertrek, naar een grote kamer met een hoog plafond die hij zijn atelier noemde en beklommen een krakkemikkige ladder naar een hoogslaper, waar ze gingen vrijen. Weer ondervroeg ik haar diepgaand, nieuwsgierig als ik was om erachter te komen of deze seks verschilde van de seks die ze met hem had gehad op het landgoed van het ziekenhuis, maar het enige wat ze wilde zeggen was dat ze voor het eerst niet stil hoefden te zijn. Primitief, hartstochtelijk – en luid, was wat ik eruit opmaakte. Later, toen ze boven op de dunne lakens waren uitgestrekt, praatten ze over de dagen die op zijn ontsnapping volgden, over hoe hij Londen had bereikt en Nick hem was komen ophalen en hem hierheen had gebracht, naar deze zolder, en hem zijn atelier had aangeboden. Ze had gezegd dat ze nog nooit in een dergelijk vertrek geweest was. Het was een kale, ruwe industriële ruimte met ongeschilderde bakstenen muren. Er zaten drie grote ramen in, die allemaal wijd open stonden en uitkeken op een pakhuis met gesloten luiken aan de overkant van de straat. Een tafel op schragen, die tegen de muur stond, was bezaaid met tekenpapier en ander materiaal. Ze vond het schitterend, zei ze, dit kunstenaarsvertrek, ze voelde zich er, oh, doortastend, en origineel, en vrij. Ze liep de trap af en dwaalde rond met haar regenjas open, een drankje in haar hand, en pakte voorwerpen op en bekeek alles. Enige tijd later, toen ze opnieuw in bed lagen, vertelde ze hem over hoe ze zich overeind had gehouden met blind vertrouwen en gin terwijl ze op een bericht van hem wachtte.

'Dus je twijfelde niet aan me,' fluisterde hij.

Ze draaide zich naar hem toe en schudde haar hoofd.

'Dat zou ik wel hebben gedaan.'

'Maar jij bent mij niet.'

'Wie ben ik dan wel?'

Ze drukte zich tegen hem aan en speelde met haar hand over zijn lichaam, traceerde de vorm, en toen zijn gezicht, wreef met haar vingers door zijn vochtige baard. Ze bedreven weer de liefde, de tijd vloog, en pas toen zij overeind ging zitten en zei dat ze weg moest, klonk de enige, verbitterde, dreigende noot. Hij bewoog zich achter haar in het bed.

'Terug naar Max,' zei hij.

'Terug naar Max.'

'Weet hij het?'

'Hij wil het niet weten.'

Plotseling klonk er minachting in zijn stem.

'Het is een man zonder ruggegraat. En de anderen? Cleave zal verdomme wel tegen de muur vliegen!'

Ze schrok van deze uitbarsting. Plotseling was hij uit een slaperige loomheid gestegen, smalend van een heftige wrok. Ze knielde naast hem neer en kuste zijn gezicht en hals, aaide over zijn hoofd en fluisterde troostende woordjes. Hij schudde zijn hoofd, schudde de ergernis van zich af en kalmeerde snel. Opeens was hij op een pathetische manier onwillig haar te laten gaan. Hij moest weten wanneer ze weer terug zou komen. Hij zei dat hij haar nodig had. Ze ging naast hem liggen en nam hem in haar armen. Ze had hem nooit kwetsbaar gezien, het beeld dat ze, bijna vanaf het begin, van hem had gehad was dat van de buitenstaander, de kunstenaar, grijnzend, onbevreesd, hartstochtelijk, vrij.

Nu zag ze duidelijk voor zich welke vorm haar leven zou krijgen: frequente tochtjes naar Londen onder voorwendsels die geen verdenking op haar zouden werpen. Het kon haar niet schelen hoe moeilijk het zou worden.

Deze plotselinge kwetsbaarheid verbaasde mij niets. Jaloerse mannen zijn van nature zwak. Ze zijn doodsbang dat ze alleen achterblijven. Ondanks haar protest ging hij met haar mee toen ze vertrok. Hij was weer in een goed humeur en er werden geen drama's meer opgevoerd. Innig verstrengeld liepen ze naar de dichtstbijzijnde drukke straat, waar hij rokend in het portiek van een kroeg bleef staan tot zij een taxi had aangehouden. De warmte was nu minder drukkend. Ze keek naar hem door de achterruit van de taxi toen hij uit het portiek stapte, zijn sigaret weggooide en zich in de richting van de rivier begaf. Hij had het linnen jasje van Max aan, realiseerde zij zich, en ook zijn broek, die hij strak om zijn middel had aangesnoerd met een smalle leren ceintuur. Ze moest glimlachen toen ze eraan dacht.

*

Die vrijdag haalde Nick haar weer op en dit maal beschouwde ze hem als een handlanger, haar tussenpersoon. Hij reed met haar naar het pakhuis en deze keer merkte ze de naam van de straat op, Horsey Street. Terwijl ze de trap naar de zolder beklom, was ze zich nauwelijks bewust van de sombere sfeer, het gekraak en verval, de scherpe vunzige lucht van een vervallen pand waarin nu alleen uitschot en ongedierte woonde. Snel klikte ze de laatste treden op, deed haar jas open, en liep direct door naar binnen. Hij kwam met grote passen op haar af, zinderend van energie. Weer brachten ze de hele middag in bed door en weer ging de tijd belachelijk snel voorbij. Ze had kleren voor hem meegenomen en zeep en whisky, en daar hadden ze aardig wat van gedronken. Toen ze de trap afkwam en het atelier inliep, wankelde ze een beetje en verloor ze bijna haar evenwicht toen ze haar rok aantrok. Zo veel alcohol op een lege maag: ze kon een heleboel hebben, maar niet voordat ze eerst geluncht had. Toen ze Horsey Street inliepen op zoek naar een taxi en ze merkte dat ze enige moeite had om recht te lopen, realiseerde ze zich dat ze ondanks al hun pret moest zorgen dat ze weer enige controle over zichzelf kreeg voordat ze naar huis ging. Het was uiteindelijk haar opzet om weer onzichtbaar te worden; daar was weinig kans op als ze aangeschoten thuiskwam van een middagje winkelen.

*

Op Victoria Station nam ze een sandwich en een kop zwarte koffie en ze liep over het perron heen en weer tot de trein op het punt stond te vertrekken. Ze ging bij een open raampje zitten en haalde diep adem, vond het toen ineens allemaal belachelijk, deed het raampje dicht en stak een sigaret op. Ze was helemaal niet dronken.

Ze stapte uit de trein en liep naar de parkeerplaats. Ze startte de auto, liet de koppeling los en hij maakte een sprong achteruit als een opgeschrokken gazelle en de motor sloeg af. Ze startte opnieuw en reed voorzichtig achteruit, deze keer zonder dat er iets fout ging. Ze reed langzaam en met grote concentratie naar huis.

Ze liep meteen door naar de keuken en stond aan het aanrecht een glas koud water te drinken. Gelukkig was Max nog niet thuis. Ze moest naar boven gaan en een bad nemen voordat ze hem onder ogen kwam. Ze draaide zich om en tot haar grote schrik zag ze Charlie aan tafel zitten; met zwabberende benen zat hij naar haar te kijken. Zijn blik was klinisch.

'Lieverd! Hoelang zit je hier al?'

'Niet lang. Waar ben je geweest?'

'Ik moest weer naar Londen. Hoezo?'

Hij bleef haar nauwkeurig gadeslaan terwijl ze haar glas water leegdronk.

'Ben je dronken?' zei hij.

'Natuurlijk niet! Hoe kom je daar in godsnaam bij?'

'Je kijkt raar uit je ogen.'

Ze lag in het bad toen Max thuiskwam. Ze hoorde hem beneden met Charlie praten. Toen ze te voorschijn kwam voelde ze zich weer helemaal toonbaar. Ze was gewassen en gepoederd, ze had haar tanden gepoetst en haar ogen onderzocht op de tekens van dronkenschap die Charlie er kennelijk in had ontdekt, maar zag daar geen enkel bewijs van. Ze zou zich gaan aankleden, naar beneden gaan en het eten voorbereiden, en alles zou precies zijn zoals het altijd was, een typisch avondje thuis, *en famille*, in het huis van de waarnemend medisch directeur. Ze was tenslotte de onzichtbare vrouw.

Niet helemaal onzichtbaar. Ze liep van de badkamer de slaapkamer in, met haar dunne ochtendjas open over haar naakte huid, en daar was Max. Hij had zijn zwarte pak aan en stond bij het raam naast haar toilettafel de tuin in te staren. Toen hij haar hoorde binnenkomen, draaide hij zich om, en ze deed haar badjas dicht en legde een knoop in de ceintuur.

'Ben je hier,' mompelde ze. Ze liep naar hem toe en gaf hem een zoen op zijn wang en ging toen aan haar toilettafel zitten en smeerde haar gezicht in met reinigingscrème. Terwijl ze daarmee bezig was, keek ze op en ving zijn blik op. Hij keek streng.

'Ga zitten, schat,' zei ze. 'Zeg eens wat. Vertel eens wat voor dag je hebt gehad.' Zijn houding stond haar niet aan. Ze voelde een steek van paniek.

'Waar ben je geweest?' zei hij.

Ze zette het potje crème neer. 'Waar ik ben geweest? Je weet waar ik ben geweest, ik heb in de stad gewinkeld. Wat is er, Max?'

'Vertel me de waarheid.'

'Ik vertel je de waarheid. Waarom zou ik dat in hemelsnaam niet doen? Het spijt me, maar ik snap het niet. Waarom ben je me zo aan het ondervragen?'

'Laat eens zien wat je gekocht hebt.'

Lange pauze. Ze zat aan haar toilettafel, half naar Max toegekeerd, die zich op het bed had geïnstalleerd. Ze staarden elkaar aan en het moment had iets naakts, zei ze. Ze zei niets. Ze was net zo sterk als hij op deze naakte momenten; al zijn inzicht, al zijn psychiatrische deskundigheid kon haar vrouwelijke schild niet doorboren. Nog steeds zonder iets te zeggen draaide ze zich weer om en ging ze door met het aanbrengen van crème voor de spiegel. Het was een spiegel met aan weerskanten een beweegbare zijvleugel; ze stelde die zo op dat ze hem kon blijven gadeslaan. Hij bleef op de rand van het bed zitten. Door haar rug naar hem toe te keren gaf zij te kennen dat ze zou proberen te negeren wat hij had gezegd. Ze zou ervan uitgaan dat hij haar niet had willen beledigen. Ze bood hem de kans zijn verontschuldigingen aan te bieden. Maar hij bood zijn verontschuldigingen niet aan. Zijn gelaatsuitdrukking bleef koud als staal.

'Laat eens zien wat je gekocht hebt,' herhaalde hij.

Zwijgend veegde ze haar vingers aan een velletje kleenex af en kwam ze overeind. Ze liep langs het voeteneind van het bed naar de klerenkast die een hele muur bedekte. Ze deed hem aan haar kant open en ging op haar tenen staan om een doos van de plank boven haar rij jurken te pakken. De doos was in cadeaupapier verpakt. Terwijl ze weer naar de toilettafel liep, gooide ze hem op het bed.

'Wat is dit?'

Ze zei nog steeds niets. Ze ging door met het aanbrengen van crème. Er klonk nu een zweem van onzekerheid in zijn stem, maar ze bleef zwijgen.

'Ik ben bang dat ik het papier moet scheuren,' zei hij. Ze hield haar gezicht dicht bij de spiegel, maar kon toch zien hoe hij het pakpapier verwijderde. Het lukte hem zonder het te scheuren. Er zat een lange kartonnen doos in.

'Harrod's,' mompelde hij. Hij deed de doos open. Hij vouwde de vellen vloeipapier open. Hij tilde een zijden pyjama uit de doos. Hij wendde zich van de pyjama naar de toilettafel.

'Is deze voor mij?'

Alle woede was uit hem weggestroomd. Ze stoof de slaapkamer uit, bleef even in de deuropening staan en zei: 'Voor wie zou hij anders zijn, verdomme.'

Ze sloeg de badkamerdeur achter zich dicht en deed hem op slot. Ze wachtte. Na een paar minuten hoorde ze hem naar beneden gaan; hij deed geen poging zijn excuses aan te bieden door de dichte deur van de badkamer. Ze ging terug naar de slaapkamer en kleedde zich aan.

Toen ze beneden kwam, zat Max in de zitkamer. Ze liep recht op de dranktafel af en schonk zichzelf een glas gin in; ze was inmiddels weer helemaal nuchter geworden en snakte naar een stevige borrel. Hij liep naar de deur en deed hem dicht.

'Ik ben een sufferd,' zei hij. 'Ik zal je vertellen wat er gebeurd is. Charlie zei dat je dronken thuiskwam en ik had daar een heel scenario omheen gebouwd. Een scenario van overspel. Ik moet je mijn excuses aanbieden.'

Ze ging in een leunstoel zitten en liet hem nog een paar minuten smoren in zijn verwarring. Ten slotte sprak ze. 'Charlie zei dat ik dronken thuiskwam?'

'Ja.'

'Dan zal ik 's even met hem moeten praten. Nee, bij nader inzien moet jij dat maar doen. Hoe durft hij, Max? En hoe durf jij? Hoe durf je naar boven te komen en me van overspel te betichten omdat die jongen een kwaadaardige fantasie heeft?'

'Ik schaam me dood. Het spijt me.'

Ze keek naar hem terwijl ze haar glas leegdronk. 'Daar neem ik geen genoegen mee. Ik vind het ontzettend vervelend. De hele zomer was een enorme belasting. Het is jou niet opgevallen, maar terwijl iedereen in rep en roer was, werd dit huis verzorgd en stonden de maaltijden op tijd op tafel. Wie heeft dat klaargespeeld, dacht je? Niet je moeder.'

'Ik weet het.'

'Misschien weet je het, maar het is de eerste keer dat je het toegeeft. Ik zag heus wel hoe moeilijk het voor je was. Maar ik geloof niet dat je er ook maar één ogenblik bij hebt stilgestaan waar ik tegenover stond. *En* je moeder was er.'

'Het kwam allemaal slecht uit.'

Ze snoof. 'Zeg dat wel.'

Ze was nu woedend en genoot ervan. Max ijsbeerde met een bedenkelijke uitdrukking op zijn gezicht. Hij had haar ooit verteld dat hij altijd iets van hun ruzies leerde.

'Waarom heb je die pyjama voor me gekocht?'

'Als zoenoffer. Troostprijs. Nieuwe start. Ik weet het niet, waarom koopt een vrouw een cadeautje voor haar man nadat ze een moeilijke tijd hebben doorgemaakt? Jij bent verdomme de psychiater in huis.'

Hij ging op de bank zitten met zijn ellebogen op zijn knieën, staarde naar het tapijt en friemelde met zijn bril tussen zijn ineengeslagen handen. 'Ik vind het allemaal erg vervelend. Je zult me wel een hufter vinden.'

'Je hoeft niet te overdrijven.'

Hij keek op. Hij glimlachte. 'Je wijkt geen duimbreed, hè?'

'Ik verdraag het niet als er geen rekening met me gehouden wordt, en ik kan ook niet hebben dat die jongen praatjes over me rondstrooit die jij bovendien nog gelooft ook. Het is belachelijk. Hoe durft hij? En als het erop aankomt, hoe durf jij het erbij te laten?'

'Ik zal met hem praten, Stella, voor de derde maal, ik bied mijn excuses aan. En ik ben blij met mijn pyjama. Dank je.' Hij kwam naar haar toe en ze stond toe dat hij haar een zoen op haar wang gaf. 'Wil onze dronkelap misschien nog een borrel?'

'Ja,' zei ze, 'dat wil ze best.'

Die nacht wilde hij met haar vrijen en dat moest ze toestaan, ze moest in feite meer doen dan het toestaan, ze moest net doen alsof ze er zin in had, allemaal terwille van de onzichtbaarheid. Ze beeldde zich in dat hij Edgar was. Max was ingenomen met zichzelf toen ze klaar waren. In zijn zijden pyjama rookte hij een sigaret met zijn rug tegen het hoofdeinde, terwijl de schaduwen van de takken door het raam over de muren en het plafond speelden. Ze liet hem baden in zijn post-coïtale glorie. Ze wilde dat hij tevreden zou zijn, ze wilde hem het gevoel geven dat alles goed was in dit huwelijk, dat hij een goede echtgenoot was en zij een goede echtgenote.

*

Ze bracht nog één bezoek aan Londen en dat bezoek zegt heel veel over de spanningen en tegenstrijdigheden van het dubbele leven dat ze trachtte te leiden in deze periode. Van Victoria Station nam ze een taxi naar Horsey Street, ze liep de steeg in en meteen door naar de zolder. Later die middag moest ze Charlie van school halen en ze had maar een uur. Ze lagen in bed toen Edgar zei: 'Laat je niet aanraken door hem.'

Het had een waarschuwing voor haar moeten zijn, maar dat was niet zo.

'Niet aanraken door wie, mijn lief?'

'Max.'

'Je hoeft je over Max geen zorgen te maken. Het is uitgeblust tussen ons. Dat is het al een hele tijd.'

'Moet je met hem in hetzelfde bed slapen?'

Ze realiseerde zich dat hij, hoe volwassen hij ook mocht zijn, geen idee had hoe een huwelijk in elkaar zat.

'Hij zou het raar vinden als ik dat niet deed.'

'Vind je het prettig?'

'Helemaal niet, maar wat kan ik eraan doen? Lieverd, ik zou het niet kunnen verdragen door iemand aangeraakt te worden behalve jou. Natuurlijk laat ik me niet door hem aanraken. Maar hij doet ook helemaal niks.'

'Nee?'

'Al jaren niet meer.'

Dat leek hem gerust te stellen. Ze nam hem weer in haar armen en toen, tot zijn spijt, en tot haar spijt, moest ze weg, zich gaan wassen en aankleden en een taxi opzoeken om haar naar het station te brengen. Ze had het al gevaarlijk op het nippertje laten aankomen.

Ze daalden af naar de binnenplaats en liepen naar hun gebruikelijke plek, waar ze een paar minuten in omhelzing bleven staan in het portiek van een kroeg en toen zette hij zijn kraag op en sloop hij weg en stond Stella op een taxi te wachten. Er kwamen geen taxi's langs en terwijl de minuten voorbijgingen, realiseerde ze zich dat ze haar trein zou missen en dat Charlie niet afgehaald zou worden zoals hem was beloofd. Ze werd even door paniek overvallen en rende zo snel als ze kon op haar hoge hakken naar de dichtstbijzijnde hoek van de straat, waar het verkeer drukker was.

Ineens ontdekte ze dat het haar niets kon schelen. Het kon haar niets schelen als ze haar trein miste. Het kon haar niets schelen als ze te laat kwam. Charlie kon met de bus naar huis en ze zou een of ander verhaal ophangen, en het zou niets uitmaken. Ze was helder genoeg om in te zien dat die gedachte vijandig was en dat ze die had omdat ze hem niet vergeven had dat hij haar aan Max had verraden. Op de minuut af haalde ze de trein. Ze zat aan het raampje en tuurde naar de smalle achtertuintjes van de rijtjeshuizen, met hun hoge muren en de lakens die aan de waslijn hingen te wapperen. Ze keek naar de uitgravingen van de spoorbaan, de achterkanten van fabrieken, de volkstuintjes, en naar de velden en het open landschap. Ze dacht na over Edgar. Zijn aandringen dat ze zich niet door Max moest laten aanraken, ontroerde haar. Ze was zich ervan bewust, zei ze, hoe monsterachtig jaloezie kon zijn in verkeerde omstandigheden. Was hun situatie, met alle moeilijkheden en frustraties die erbij hoorden, een broeigebied voor seksuele jaloezie? Dat zou het kunnen worden, dacht ze, tenzij ze de grootste waakzaamheid betrachtte. Edgar was zo geïsoleerd, zij was zijn enige haven, zijn enige toevluchtsoord, en elke keer weer ging ze bij hem vandaan, terug naar het huis en het bed van een man die hij haatte. Een dergelijke situatie kon gemakkelijk leiden tot seksuele jaloezie. Ze zou er alles aan doen om daar een stokje voor te steken. Er stonden al vijanden genoeg aan de poort van hun stad.

*

Eerlijk gezegd stond ik verbaasd van dit vertoon van naïveteit. Was ze werkelijk blind voor de gevaarlijke situatie waarin zij zich had begeven? Had zij niets geleerd van haar leven onder psychiaters?

6

Ze was in de moestuin. Ze vertelde me later dat ze daar heenging wanneer ze zich wilde overgeven aan heimwee naar de begindagen van haar verhouding. De voorboden van de herfst begonnen nu zichtbaar te worden, het namiddaglicht wierp langgerekte schaduwen, alles nam een diepere, gloeiende kleur aan. De lucht begon een beetje kil aan te voelen, hetgeen bij haar de gedachte opriep aan afgevallen bladeren en koude nachten en grote dauwdruppels die bij het ochtendgloren in de herfstdraden glinsterden. Er was weer een groep paroolpatiënten buiten aan het werk, evenals tevoren onder leiding van John Archer. Zij veegden, ontruimden, verbrandden en snoeiden de woekering van de zomer en maakten de tuin gereed voor zijn winterslaap. Ze ging op de bank bij de serre zitten en keek toe hoe een patiënt die ze niet kende een volle kruiwagen naar het vuur duwde dat lag te smeulen op een ontruimde plek achter in de tuin. Uit de kwalijk riekende berg steeg een rookwolk op, die het licht vertroebelde. Ze kreeg een gevoel van afsluiting, van einde. Er was zoveel dat ze in de tuin zou moeten doen, fruit oogsten, kruiden drogen, de appelboomgaard was zwaarbelast en de afgevallen vruchten lagen in het gras te rotten. Ze had een paar Bramley's geplukt, een goede appel met een vrolijk rood blosje, om iets van te bakken, en die lagen in een mand naast haar op de bank, maar ze had nog niets gedaan aan de groenten, de meiknolletjes, aardappelen, wortels, boerenkool. Ze zat liever verzonken in herinnering aan de gebeurtenissen van de hoge zomer, aan hoe ondoordacht zij zich hadden gedragen, in aanmerking genomen hoe weinig ze wisten. Nu ze de eerste prikkels achter de rug had van een perspectief op wat er gebeurd was, zag ze wel hoe ondenkbaar het zou zijn geweest om er niet aan toe te geven, ofschoon ze nog steeds verbaasd stond over haar eigen roekeloosheid. Hun liefde was nu sterker, dacht ze, robuuster, rekbaarder dan ze van de zomer had durven hopen. De tuin lag op sterven, hij werd klaargemaakt voor zijn winterslaap, maar wat hier was ontsproten was nog heel vers.

Met deze plezierige, weemoedige gedachten die door haar hoofd spookten, verzacht door de paar glazen gin die ze voor de lunch had gedronken, overwoog ze weer terug te lopen naar huis. Nog vijf minuten langer, zei ze bij zichzelf, en op datzelfde moment ging de poort in de muur open.

Ik liep over het pad, zorgvuldig tussen de hopen verdord gras en bloemen op het grind door, en deed een poging om niet de rook van het vuur te inhaleren. Ik had wel geraden dat zij, na de ontsnapping van Edgar, iets over hem verborgen hield; en ik had het gevoel dat ze wist dat ik dat geraden had, want ze vermeed me. Ik had me aan een tactiek van afwachten en opletten gehouden, en greep niet in, totdat ik iets hoorde over haar uitstapjes naar Londen. Toen wist ik dat ik er vaart achter moest zetten iets te ondernemen. Ze schrok van mijn plotselinge verschijning. Terwijl ze toekeek hoe ik door de rookwolken op haar afstapte, moest ze denken aan die keer dat Jack Straffen een paar weken eerder over hetzelfde pad naar haar toe was gekomen. Waarom was zij zo onweerstaanbaar voor de psychiaters? We konden niet bij haar uit de buurt blijven.

'Peter, wat een leuke verrassing. Ga zitten. Ik was aan het genieten van het staartje van de zomer.'

'En wat voor zomer. Ik zou maar al te graag gaan slapen tot volgend jaar lente. Hoe is het met je, schat?'

'Goed hoor. Ik denk niet dat Max al thuis is.'

'Mag ik niet even blijven en meegenieten van het staartje van de zomer? Ik heb je zo weinig gezien de afgelopen tijd. Je ziet er goed uit. Voel je je ook goed?'

Ach, en toen richtte ik mijn wazige blik op haar. Uitkijken Stella, zei ze bij zichzelf; hoewel ze zich tegelijkertijd bewust werd van een overweldigende behoefte mij in vertrouwen te nemen zoals vroeger, voordat onze vriendschap in gevaar was gebracht. Hoe sterk is de neiging bij een grote hartstocht om die te openbaren, om de geschiedenis ervan te vertellen en wat was ik een voor de hand liggende toehoorder, een wijze, lieve vriend. En hoe meedogenloos moest zij zijn in haar poging zich in te tomen.

'Nu Charlie weer op school zit, heb ik meer tijd voor mezelf. Het was moeilijk van de zomer, met hem thuis en Brenda te logeren, natuurlijk. Ik geloof niet dat Max snapt wat zijn moeder in een huishouden aanricht.'

Ze vertelde me later dat ze dit balletje opgooide om te zien of ik het zou vangen.

'Die schoonmoeder van jou. Onschatbaar is ze. Weet je dat ze mij heeft gevraagd Max over te halen om niet op Jacks baan te solliciteren?'

'Dat geloof ik niet.'

'Ze nam me apart, zei hoezeer ze mijn oordeel op prijs stelde en vroeg me toen hem niet aan te moedigen, maar het tegendeel ervan als het kon.'

'Ik moet zeggen dat ik wat dit betreft aan haar kant sta.'

'Je wilt weer graag naar Londen, natuurlijk.'

Deze pregnante uitspraak liet ik even in de lucht hangen voordat ik verderging.

'Maar is Max op die baan uit? Ik heb het er vanzelfsprekend niet met hem over gehad.'

'Ik ben bang van wel.'

'O.'

Ik haalde mijn platte zilveren sigarettenkoker uit mijn

binnenzak en we staken er een op. Er begon zich een idee in haar hoofd te vormen, iets waar ze niet eerder aan had gedacht.

'Peter, zou jij de baan van Jack willen?'

Ik bleef vaag en bedachtzaam, maar was niet verrast.

'Ik heb er wel eens bij stilgestaan. Maar nee, ik geloof het niet. Het is iets voor een jongere man, en ik zou veel te hard moeten werken. En dan al die diplomatiek die er vandaag de dag bij komt kijken.'

Ik zweeg. Ik liet haar over mijn leven nadenken, mijn schitterende huis op een paar mijl afstand, met prachtige schilderijen, prachtige meubelen en een prachtige bibliotheek, en nee, ze zag geen plaats voor de administratie van een groot, complex instituut in mijn afgemeten bestaan, met zijn uitgebalanceerde toewijding aan de gerechtelijke psychiatrie en esthetische liefhebberijen. Ze vroeg zich waarschijnlijk eveneens af of er plaats was voor een seksleven. Ze had ongetwijfeld wel eens speculaties daarover gehoord, maar haar intuïtie vertelde haar dat wat ik als jonge man ook had uitgevoerd nu ver achter mij lag. En oprecht als we waren tegenover elkaar, of als we tot kort geleden geweest waren, dit was iets waar ze me nóg nooit over had uitgehoord. Ze nam aan dat ik niet zo'n grote behoefte had aan seks en trachtte zich in te beelden hoe het zou zijn om te leven zoals ik leefde. Daar slaagde ze niet in.

Ik voelde dat dit allemaal door haar hoofd ging.

'Ach, Peter,' mompelde ze.

'Dus je ontmoet Edgar Stark nog steeds?'

Waakzaamheid geboden! Ik betekende een gevaar. Ze moest me niet onderschatten. Zou ze haar veiligheid kunnen afkopen met een gedeeltelijke bekentenis? Nee. Ze moest alles ontkennen. En op een overtuigende manier. Ze draaide zich langzaam naar me toe, met een glimlach van ongeloof en wijd open ogen.

‘Hoe kom je daar nou bij?’ Een kalme stem; niet gespannen van verontwaardiging.

Ik klopte denkbeeldige pluisjes van mijn broekspijp. Ik was in een zwart pak gekleed die dag, het bekende zwarte pak van de psychiater, van mooie stof en goede snit.

‘Vanwege je reactie op zijn ontsnapping.’

Ze realiseerde zich dat ik me niet met indirecte bewijzen had beziggehouden, de uren die ze hier alleen met Edgar in de tuin had doorgebracht (hoewel John Archer mij hier uitvoerig over had ingelicht), haar aanwezigheid op het cricketveld ten tijde dat hij verdacht werd van het ontvreemden van drank uit het paviljoen. Nee, ik had mijn psychiatrische kunstjes toegepast, ik had haar emotionele reactie op zijn ontsnapping opgemerkt en doorgelicht.

‘Ik snap niet wat je bedoelt.’

‘Hij had je niet verteld dat hij het van plan was, dat is duidelijk.’

‘Waarom zou hij dat doen?’

Ik zei niets.

‘Waarom zou hij, Peter? Waarom zou een patiënt de vrouw van een dokter op de hoogte stellen van zijn ontsnappingsplannen?’

‘Zeg dat wel.’

Nu werd ze kwaad. ‘Ik vind dit kwetsend en beledigend. Je moet zulke dingen niet tegen me zeggen!’

Ze stond op en rende weg door de rook van het vuur en de moestuin, en door de achtertuin naar huis. Ze liep de keuken in en ging bij het aanrecht staan. Ze voelde onze hete adem in haar nek.

Ze was nog niet van me af. Terwijl ze daar stond te trillen, volgde ik haar door de tuin en tuurde ik door het raam naar binnen. Ze had me nog nooit zo zien kijken. Mijn gebruikelijke uitdrukking van geamuseerde afstandelijkheid had plaatsgemaakt voor iets verschrikkelijk ernstigs. Een seconde later stond ik bij haar in de keuken.

'Je moet goed luisteren naar wat ik te zeggen heb. Ik wil je zo nadrukkelijk als ik kan waarschuwen dat Edgar Stark een gevaarlijke man is. Begrijp je me?'

Ze kreeg in de gaten dat ik haar mand mee naar binnen had genomen, die ik nog steeds in mijn handen hield. Daar moest ze een beetje van lachen. Ze nam hem van me over en legde de Bramley's op een snijplank op het aanrecht. Ze deed de bestekla open en haalde er een mesje uit, waarmee ze de appels begon te bewerken. Ik had nu echter geen tijd meer voor haar repressietactieken. Ik legde mijn handen op haar schouders. Zachtjes draaide ik haar van het aanrecht weg zodat ze me aan moest kijken. Ik pakte het mesje af en liet het in mijn zak glijden.

'Dacht je dat ik je zou neersteken?' zei ze.

'Luister goed naar me.'

Ze had wel door dat ze me niet meer om de tuin kon leiden. Ze ging aan de keukentafel zitten en zei tegen me dat ze niet snapte waarom ze dit aan moest horen. Ik ging ook zitten. Ik vertelde haar dat Ruth Stark de vrouw van Edgar was geweest, maar dat ze begonnen was als zijn model. Hij had kunst om haar heen gestructureerd, totdat hij op een of andere manier gedesillusioneerd werd. Zijn idealisering van haar stortte in en hij begon morbide waanideeën over haar te ontwikkelen. Hij verloor zijn macht over deze kronkels en uiteindelijk had hij haar vermoord. Vervolgens had hij haar hoofd afgehouwen en het verminkt. Hij had geen enkel inzicht gegeven in waarom hij dit allemaal gedaan had en geen wezenlijk berouw getoond.

Verstrooid en stilzwijgend liet ze me uitpraten en weigerde me aan te kijken. Toen zei ze met kracht dat het allemaal niet relevant was, dat ze geen enkel idee had waar hij was, en ze geen enkele reden had hem op te zoeken, en als dat alles was wat ik te zeggen had, dan had ze graag dat ik vertrok. Ik zei nogmaals dat ik haar alleen maar wilde waarschuwen, en of ze het alsjeblieft serieus wilde opvatten, wat ze verder ook deed; toen vertrok ik. Later heeft ze me verteld dat ze onmiddellijk naar boven was gerend en op bed was gaan liggen huilen. Ze haatte me om wat ik haar zojuist had aangedaan.

Ze wist niet meer precies hoelang ze daar had liggen huilen. Ze liet het allemaal uit haar vloeien, alle angsten van de voorafgaande weken, en nu was dit er nog bijgekomen, dat ze moest inzien dat wij het wisten. En als we het wisten dan was het afgelopen met haar en Edgar: dit bracht een nieuwe golf van wanhoop teweeg en ze huilde tot ze uitgeput was en leeg. Toen begon ze na te denken. Ze ging op haar zij liggen en maakte zichzelf wijs dat dit nog niet het einde hoefde te zijn.

Ze ging de badkamer in en friste zich op en ging aan haar toilettafel zitten om de schade te herstellen. Terwijl ze daarmee bezig was, prentte ze zichzelf opnieuw in dat dit het einde niet hoefde te zijn. Als ze het nu opgaf, als ze niet meer naar Londen zou gaan, zou Edgar veilig zijn, maar het zou ook het einde zijn. Als ze afwachtte en niets ondernam, dan zou hij weg zijn als ze weer naar Londen ging. Maar als ze nu in actie kwam, als ze nu naar hem toeging, hoe zouden we haar dan kunnen tegenhouden? Niets, we konden niets doen, als zij nu in actie kwam.

Als zij nu in actie kwam. Ze ging naar beneden en liep de zitkamer in. Het huis was verlaten. Max bleef in het ziekenhuis lunchen en mevrouw Bain was al naar huis. Ze nam een borrel. Als ze nu in actie kwam. Ze liep heen en weer door de zitkamer. Het was een kille dag en er hing een lichte mist boven de tuin. Ze kon het vuur ruiken. Als ze nu in actie kwam, dan zou ze weer naar boven gaan en een koffer pakken en een taxi bestellen om zich naar het station te laten rijden. Daarna zou ze naar Horsey Street gaan en niet meer terugkomen.

Ze dronk nog een glaasje en toen belde ze een taxi. Ze liet hem stoppen bij de bank. Daar nam ze het hele bedrag op dat op hun gezamenlijke rekening stond, een paar honderd pond. Op Victoria Station werd ze overvallen door de drukte en baande ze zich met enige schroom een weg door de stationshal naar het cafetaria. Er werd nog geen alcohol geschonken, dus ze ging achterin zitten met een kop koffie en een sigaret. Ze was doodsbang. Ze liet een muntstuk bij het schoteltje achter en kwam uit haar stoel en graaide haar handtas en koffer bij elkaar en zag zichzelf van een afstand het cafetaria uitlopen als de eerste de beste burgerlijke mevrouw uit de provincie die een middagje aan het winkelen was en daarna misschien naar een voorstelling zou gaan. Ze liep het station uit naar de taxistandplaats. Ze gaf Horsey Street aan de chauffeur op en liet zich achterovervallen op de bank, stak weer een sigaret op en tuurde uit het raampje. Bijna onmiddellijk ging de afstandelijkheid die ze voelde over in vreugde: nu hoefde ze geen enkele beslissing meer te nemen. Ze had het gedaan en ze voelde zich nu hoe zij zich altijd voelde vlak voor een ontmoeting met Edgar, ze voelde zich duizelig en alleraangenaamst en niets deed er meer toe, behalve dat de minuten die haar nog van Edgar scheidden sneller voorbij gingen, zouden omvliegen tot ze weer bij hem was.

Nu werd elk verkeerslicht en elke straatversperring haar vijand. Links van haar ving ze een glimp op van de rivier die lag te schitteren in het zonlicht, de ochtendmist was opgetrokken en aan de overkant zag ze de koepel van St. Paul's. Toen waren ze bij de pakhuizen aangekomen en vervolgens stond ze aan het eind van de straat met haar koffer en trok de taxi weer op.

Ze liep in de richting van de rivier, met klakkende hakken op de straatstenen. Twee jongens waren aan het eind van de straat een voetbal tegen een muur aan het schoppen waar een doelwit op was getekend met het silhouet van een man. Ze sloeg de steeg in. Op de binnenplaats waaide een rare wind en werden een paar stukken krant vlak boven de grond in de rondte geblazen. Ineens ratelde er een trein over het viaduct boven de fruitmarkt voorbij, waar ze van schrok.

Haastig liep ze de trappen op naar de bovenste verdieping. De deur zat op slot. Ze zette haar koffer neer en klopte aan. Niemand gaf antwoord. Ze riep zo hard als ze durfde door de deur. Nog steeds kwam er niemand. Nu begon ze zich ongerust te maken. Het was niet bij haar opgekomen dat hij er niet zou zijn. Ze klopte weer aan en riep nu hard zijn naam, waarna ze op haar koffer ging zitten wachten. Twintig minuten later hoorde ze iemand de trap op komen. Ze kon zich nergens verstoppen. Ze ging boven aan de trap staan. De voetstappen werden luider, er verscheen een figuur op de overloop onder haar en tot haar enorme opluchting was het Nick.

'Godzijdank,' zei ze. 'Waar is hij?'

'Je komt onverwacht.'

'Ik wist ook niet dat ik zou komen. Is hij binnen?'

Nick bonsde op de deur en riep tegen Edgar dat hij open moest doen. Uiteindelijk werd de deur aan de binnenkant van het slot gedaan en daar stond hij, haar aan te staren. Ze tilde haar koffer op.

'Mag ik binnenkomen?'

Zijn ogen flitsten naar Nick en toen weer terug naar haar. 'Je blijft?'

'Ja.'

'Je bent bij hem weggelopen?'

Ze knikte.

'Je blijft nu bij ons?'

'Ik blijf bij jou.'

Hij toverde zijn brede grijns te voorschijn, zijn grote wolvengrijns en toen gooide hij uitgelaten een arm om haar hals en samen doken ze de zolder op en bleven midden op de vloer in een omhelzing staan.

*

Op dat punt verloor ik Stella uit het oog en kan ik alleen afgaan op het verslag dat ze heeft uitgebracht; aarzelend en warrig en soms emotioneel, maar vrijwillig heeft ze verteld over de dagen die daarop volgden. Een van de eerste dingen die ik haar vroeg, was hoe ze had gedacht dat *wij* op haar vertrek hadden gereageerd. Hierover kon zij helder en gedetailleerd praten. Max, zei ze, zou thuis gekomen zijn uit de kliniek en niet weten waar zij was. Charlie zou tegen die tijd ook uit school thuis zijn natuurlijk. Ze zouden gaan telefoneren. Verbijstering zou overgaan in ongerustheid, die op zijn beurt zou overgaan in angst. Op een gegeven moment zouden Jack, Max en ik bij elkaar komen om hoogte te krijgen van wat er was gebeurd. Max zou het eerst niet willen geloven, maar terwijl de tijd verstreek en zij niet kwam opdagen, zou hij zich realiseren wat ze hem had aangedaan. Ze zei dat ze niet over zijn gemoedstoestand had willen nadenken en ook niet over Charlie en wat men tegen hem zou zeggen ter verklaring van haar afwezigheid. Ze had opzettelijk niet aan hem gedacht toen ze haar koffer had gepakt en de taxi had gebeld en ze had geen briefje voor hem achtergelaten. Ze had geprobeerd hem in Max te laten overlopen, zei ze, om van hem een deel te maken van de man die ze ging verlaten. Nadenken over hoe Charlie op haar verdwijning zou reageren was veel te gevaarlijk. 's Morgens, toen ze wakker werd en zich realiseerde wat ze had gedaan, verdrukte ze het weer. Het enige wat er van haar schuldgevoel overbleef, was een flauwe schim die achter het licht van haar minnaar bewoog. Ze wilde het niet onder ogen zien, ze moest het negeren, daar hing haar geluk vanaf.

Hoe was die eerste nacht?

Die was volmaakt, meer dan volmaakt, het was de gelukkigste nacht van haar leven. Nick ging erop uit om *fish and chips* en drank te halen en ze zaten uren aan de keukentafel. Ze had het gevoel, zei ze, dat ze hun geluk hadden *gestolen*, of liever gezegd, dat ze het toevallig waren tegengekomen en ermee vandoor waren gegaan, dat het eigenlijk van iemand anders was en zij er geen recht op hadden. Ze bleven tot diep in de nacht doordrinken en ze was verrukt van het vooruitzicht de hele nacht daar te kunnen doorbrengen, nooit meer terug te hoeven naar het gesticht. Nick hoorde erbij, bij hun betoverde kringetje, was hij niet al van het begin af aan hun vriend en handlanger geweest? En de zolder was van hem, hij bood hen nu beiden onderdak. Ze mocht Nick graag en hij mocht haar ook en het was duidelijk dat het naargeestige leventje dat de twee kunstenaars leidden nu een verandering ten goede zou ondergaan. Wat Edgar aangaat, kon ik me goed voorstellen hoe ingenomen hij was met deze ontwikkeling. Hij had haar bij ons weggelokt, had haar overgehaald alle veiligheid en zekerheid achter te laten en onder te duiken bij hem, waar zij vrijheid hoopte te vinden. Vrijheid!

Hij liet er geen gras over groeien. Hij wist waar hij op uit was – ik ben van mening dat hij er al op uit was voor zijn ontsnapping – en dat het hem ertoe had gedreven haar op zo'n roekeloze manier uit Londen op te bellen: hij wilde haar hoofd boetseren. De volgende dag na de lunch stelde hij haar op een kruk in het atelier op en bijna een uur lang zat hij aan tafel schetsen van haar te maken. Geen moment had ze het gevoel dat hij zich van haar bewust was als persoonlijkheid, als vrouw, eigenlijk eerder als voorwerp in de ruimte. Ze was gefascineerd, ze zag zijn ogen die hij van het papier op haar richtte, hoorde het rappe potlood over het schetsblok krassen, de kreunen en zuchten die de indruk gaven dat hij een moeilijke chirurgische ingreep uitvoerde in plaats van een tekening. Ze had hem nog nooit echt aan het werk gezien. Ze had het gevoel dat ze hem niet kende.

Toen ze later zag wat hij had gemaakt, was ze verbijsterd. Er stonden diverse lijnen, vlekkerige contouren, arceringen, aanduidingen van krullen. Ze nam zichzelf waar in plaats van dat ze zichzelf erin herkende. Het kwam allemaal erg onduidelijk en onzeker over, zo *zacht*, op de een of andere manier. Ze vroeg of hij altijd op deze manier had getekend. Nick zat in het atelier, op een afstand, op de vensterbank.

'Of ik altijd op deze manier getekend heb?'

Met een brede grijns wierp hij een blik op Nick.

Stella stond bij de tafel en keek met gefronste wenkbrauwen naar het papier.

'Ik bedoel,' zei ze, 'waarom?'

Hij kwam naast haar staan, 'Waarom wat?'

'Waarom maak je geen echte schets? Is dat een stomme vraag? Het lijkt wel of je niet weet wie ik ben.'

'Dat is het hele punt,' zei Nick.

'Wat ik niet wil,' zei Edgar, 'is je zien –'

Hij wreef in zijn gezicht, geïrriteerd omdat hij het moest formuleren. Zijn handen zaten onder het grafiet. Er zaten vegen op zijn voorhoofd.

'Me hoe te zien?'

'Zoals jij jezelf ziet. Zoals anderen je zien. Als een vrouw om te bewonderen of te begeren, dat interesseert me helemaal niet. Ik wil alleen *jou* zien. Ik wil een gelijkenis maken.'

Ze begreep hem niet.

'Als een vreemde dan?'

Nu haalde ook hij zijn wenkbrauwen op boven de tekening en hij begon ongeduldig met zijn potlood op tafel te tikken.

'Niet eens als een vreemde.'

'Als een object?'

Hij haalde weer zijn wenkbrauwen op en drukte zijn lippen opeen. Zij likte aan haar vinger en veegde de vlek van zijn voorhoofd.

'Onbezield? Zonder gevoel?'

'Nee, niet onbezield. In staat naar mij te kijken terwijl ik ernaar kijk. Maar meer niet. Alleen maar wat ik zie.'

Ze begon een idee te krijgen van wat hij bedoelde.

'Niet wat je voelt.'

'Niet wat ik voel.'

'En dat noem je dan een gelijkenis.'

'Dat noem je dan de waarheid,' zei Nick.

Edgar keek plotseling op. 'Dat noem je dan een hoop gelul,' zei hij, en de twee mannen barstten in lachen uit. Edgar stond daar naar Nick te grijnzen, liep toen het vertrek door, nam zijn gezicht in zijn handen en kuste hem op zijn voorhoofd. Nick was enorm in verlegenheid gebracht en in zijn schik met dit vertoon van genegenheid.

Dit was het patroon tijdens haar eerste dagen bij hem. Ze brachten de ochtend in bed door. Dan kleedden ze zich aan en daalden ze af naar de zolder. Cosmetica gaf ze op, ze droeg een sjaaltje om haar hoofd en een oud overhemd losjes over een rok of een lange broek. Dan bereidde ze een maaltijd, die ze samen met Nick in de keuken opaten. Na de lunch ging Edgar aan het werk en poseerde zij voor hem, soms drie of vier uur achter elkaar. Hij vertelde haar dat hij haar eerst wilde tekenen, voordat hij haar in klei modelleerde. De derde dag stelde hij haar naakt op. Hij zette haar op een laken tegen de muur. Hij deed heel nuchter over haar naaktheid en zij veinsde vrijmoedigheid. Nick liep de zolder op en bleef emotieloos naar haar staan staren. Het deed er niet toe, veronderstelde ze. Edgar kreeg hem pas in de gaten toen hij iets zei, en toen zei hij zachtjes dat hij weg moest gaan. Die ervaring wond haar enorm op.

Als hij met haar klaar was, ging ze alleen in de keuken zitten met het spiegeltje van haar poederdoos, om te proberen te zien wat hij zag. Als ze het atelier weer inliep dan negeerde hij haar en werkte hij door, of ze gingen naar boven om te vrijen.

's Avonds kookte zij weer, of ging Nick *fish and chips* halen en dan werden ze samen dronken en kletsten ze. Ze kletsten over alles, maar voornamelijk over kunst.

*

Na een dag of vier, vijf, werd ze overvallen door plotselinge golven van diepe angst wanneer ze zich bewust werd van de buitensporigheid van wat ze had gedaan en de situatie waarin zij zich had geplaatst. Dit gebeurde heel vroeg in de ochtend, wanneer Edgar nog sliep. Ze trachtte het te verdrukken, ze vond het vervelend dat de idylle werd verstoord en ze hield haar mond erover. Het zal wel overgaan, zei ze tegen zichzelf, ze zullen het wel vergeten, spoedig kunnen we stilletjes de wereld weer ingaan zonder dat het iemand opvalt. Dit was het enige waartoe zij in staat was te denken als zij probeerde over de toekomst na te denken. Maar meestal schonk ze geen enkele aandacht aan de grotere realiteit van de buitenwereld.

Het huishouden op de zolder was primitief toen ze gekomen was. Er was een heleboel te doen en daar was ze blij om. Het was een hele klus om het schoon te houden en de twee mannen hadden veel minder scrupules dan zij. Ze hadden slechts één aanrecht, één kraan en één wc. Het aanrecht stond vaak vol met schilderskwasten. Het deed er niet toe. Ze vond het niet erg dat ze smerig leefden, het belangrijkste was dat ze bij elkaar waren. Haar identificatie met Edgar werd dagelijks sterker. Ze nam opzettelijk zijn smaken, zijn ideeën, zijn gevoelens in haar op. Zijn onverschilligheid tegenover huiselijk comfort maakte dat zij zich schaamde over al die jaren toen haar voornaamste zorg erin bestond huiselijk comfort te verschaffen aan haar man en zoon. Ze begon af en toe te schrijven als niemand op haar lette.

Ze kookte simpele maaltijden voor hen op een twee-pitsgastoestel en maakte boodschappenlijstjes die ze aan Nick gaf, die de kosten met haar deelde. De avonden, wanneer ze met hun drieën om de tafel zaten te drinken en te praten, waren het gezelligst. Ze absorbeerde een totaal nieuwe manier van denken en voelen en raakte wat ze haar oude, belegen identiteit noemde kwijt. Max en het ziekenhuis verdwenen met elke dag die voorbijging meer naar de achtergrond.

Dit, zei ze, was een periode waarin zij heel snel groeide, want elke dag begreep ze beter wat denken en voelen en kijken als een kunstenaar werkelijk inhield, en het feit dat zij voortvluchtig waren en dat zij en Edgar niet naar buiten konden gaan uit vrees herkend en gearresteerd te worden, intensiveerde alleen maar haar betovering met dit nieuwe bestaan en verleende het een gevaarlijk tintje dat voor haar bij het bestaan van een kunstenaar leek te behoren.

*

Ze was verbaasd toen ze ontdekte dat Nick en Edgar mensen op bezoek kregen. Hoe kon iemand die voortvluchtig was bezoek krijgen? Toch werd er op haar tweede of derde dag op de zolder, toen ze met hun drieën in de keuken sardientjes op toast zaten te eten, op de deur gebonsd. Stella stond ontzet op, maar Edgar keek Nick even aan, die zei, 'Dat is Tony,' en ging opendoen.

'Wie is Tony?' fluisterde ze.

'Vrienden van ons,' zei Edgar achteloos en hij concentreerde zich weer op zijn sardientjes. Toen keek hij haar grijnzend aan.

'Maak je geen zorgen,' zei hij, 'je vindt hem vast aardig.'

Ze vond Tony inderdaad aardig. Evenals alle andere mannen die op de zolder op bezoek kwamen, was hij een kunstenaar, had hij onconventionele manieren, was hij arm (afgaand op de conditie van zijn kleren), rookte en dronk hij onmatig, leek hij niets serieus op te vatten en was hij er kennelijk nauwelijks van onder de indruk dat Edgar uit een krankzinnigengesticht was ontsnapt, ofschoon hij wel gefascineerd was door het feit dat de vrouw van de waarnemend directeur hem achterna was gereisd.

Tony kwam erbij zitten in de keuken en kreeg ook een bord met sardientjes, die hij opat met zijn vingers die hij vervolgens aan zijn broek afveegde, en de drie mannen roddelden over mensen die zij nooit had ontmoet, maar met wiens namen zij door herhaling vertrouwd raakte. Alleen en in paren verschenen deze verschillende figuren tijdens de daaropvolgende dagen op de zolder. Ze waren allemaal even beleefd tegen Stella, wier vlucht naar de stad tot aller verbeelding sprak. Na een aanvankelijke opwelling van onzekerheid met betrekking tot het feit dat het haar leek dat half Londen wist waar Edgar zich verschool, begon ze al spoedig te houden van deze vreemde, aardige types met hun nonchalante, slordige gewoontes, zo ver verwijderd van haar eigen ervaring. Maar op een goede avond, toen ze alleen met z'n drieën in de keuken zaten te drinken, uitte ze haar ongerustheid. Nick leek verrast te zijn. Het was duidelijk nog nooit bij hem opgekomen dat Edgar verraden zou kunnen worden.

'Waarom zou iemand zoiets doen?' vroeg hij, oprecht onthutst.

Edgar haalde zijn schouders op.

Stella dacht, als hij er niet over in zit, waarom zou ik er dan over in zitten?

*

Ze begonnen uit te gaan als het donker was. Edgar werd rusteloos na alle dagen die hij binnen had doorgebracht, dus wandelden zij op een avond naar de rivier en tuurden over het water naar de torens van Cannon Street en de koepel van St. Paul's. Ze durfden nog geen pub in, maar ze voelden zich in de donkere straten wel veilig. Als er iemand naderde, schoten ze een portiek of een steeg in en omhelsden elkaar, en soms werden zij hier zo opgewonden van dat ze onnodige risico's liepen. Ze zei dat het haar angst aanjoeg, de manier waarop hun lichaam bij elk contact, hoe gering ook, ontvlamde. Zij leken deze honger voor elkaar niet in toom te kunnen houden. Edgar sliep elke nacht diep, maar zij lag vaak urenlang wakker in het donker, staarde naar het plafond en luisterde naar de treinen die over het viaduct ratelden.

Ze herinnert zich een bepaalde nacht waarin zij de Big Ben vier uur hoorde slaan en ze zich op haar zij draaide en hem gadesloeg terwijl hij sliep. Wie was hij? Wie was deze vreemdeling, deze minnaar van haar? Ze stak een sigaret op. Ze herinnerde zich de eerste indruk die ze van hem had gekregen, de man in de gele corduroy broek die de serre achter in de moestuin restaureerde. Ze herinnerde zich de dans met hem en het gevoel van zijn erectie die tegen haar lies drukte, en dat ze opgewonden was geworden van zijn opwinding, dat zij hem begeerde omdat hij haar begeerde. Toen volgde de snelle escalatie van hun verhouding – de toenemende angst dat het uit zou komen – en de ontsnapping. Nu waren ze hier. Maar wie was hij? Uit de versplinterde episodes van de afgelopen weken trachtte ze een persoon samen te stellen.

Hij was nu sterker. Niet langer geremd sprak en handelde hij met een autoriteit die ze hem op het landgoed niet had toebedacht. Ze zag hoe hij met Nick omging. Meestal leken zij oude collega's in de kunst en goede vrienden, maar als zich iets serieus voordeed, wachtte Nick Edgars reactie af voordat hij zijn eigen mening uitte. De andere mannen toonden eveneens eerbied voor hem. Wanneer zij aan het praten waren, deed Stella niet mee, luisterde ze slechts. Dan nam ze Nicks toegetakelde kunstboeken van de plank en ging ze die aan tafel zitten doorbladeren, staarde ze naar de reproducties in afwachting van een prikkeling van binnen.

Ze dwaalde af. Ze dacht na over zijn woord *gelijkenis*, het idee apart te staan van de interesse en gevoelens van anderen, slechts in staat terug te staren naar degene die haar observeerde. Kon zij hem op deze manier zien? Zou dit de waarheid zijn? Ze leunde over de rand van het bed en drukte haar sigaret uit. Ze vond het zalig samen met hem onder die ruwe dekens te slapen. Ze vond het zalig 's morgens wakker te worden en te zien dat hij nog steeds naast haar lag.

*

Overdag, als zij niet voor hem hoefde te poseren, ging ze soms de binnenplaats op om een frisse neus te halen. De fruit- en groentemarkt aan de overkant was ingesloten onder een hoog glazen dak, gestut door slanke metalen pilaren met fijn afgewerkte filigreinen steunen en draagbalken. Verscheidene nissen waren afgescheiden en stonden vol met hoge stapels kratten en kartonnen dozen. Op een ochtend stond ze te kijken naar twee mannen die zakken aardappels achter in een stoffige bestelwagen laadden. Toen ze merkte dat ze haar hadden gezien, verplaatste ze zich, want het was al gauw iets instinctiefs geworden, te vermijden dat zij de aandacht op zichzelf vestigde. Kort daarna, toen ze Horsey Street inliep en de richting van de rivier insloeg, stuitte ze op een grote, vervallen, verwaarloosde oude kerk. Het was een verrassing die daar aan te treffen, aan het eind van het duistere doolhof van nauwe straten en steegjes. Het was een nog grotere verrassing te ontdekken dat het Southwark Cathedral was.

Ze liep naar binnen en was er onmiddellijk van overtuigd dat dit een goede plek was, dat hij tijdens de honderden jaren dat hij op dit terrein had gestaan nooit aangetast was door geweld of onheil. Ze ging achterin zitten en keek naar een zwerver die een opgewonden gesprek voerde met een jonge geestelijke in een lange zwarte pij. In een zijkapel zag ze een man van middelbare leeftijd in een broek met een smal streepje en een zwart colbertjasje diep in gebed. Ze telde de twintig heiligen in hun nissen achter het altaar en hield even stil bij de tombe van de eerste Engelse dichter, zijn beeltenis in ruste, zijn handen op zijn borst ineengeslagen en zijn hoofd dat op drie boeken rustte, waarvan één de titel *Confessio Amantis* droeg. Ze keerde naar Horsey Street terug, verkwikt door het uurtje dat ze daar had doorgebracht. Tegen Edgar en Nick maakte ze geen gewag van haar uitstapje. Zij had het vermoeden dat ze weinig belangstelling zouden hebben voor de kathedraal om de hoek.

Ze begonnen 's avonds bezoekjes te brengen aan de pubs. Dan gingen Nick of Stella drankjes ophalen aan de bar, terwijl Edgar in de donkerste hoek van het vertrek bleef zitten. Niet dat zij veel risico leken te lopen. Het waren ruige kroegen, met kale vloerplanken en bekraste lambrisering, die van ouderdom gespleten was. Slecht verlicht en haveloos herbergden zij mannen en vrouwen die erop gespitst waren de verveling van hun saaie moeilijke dagen te verdrinken in goedkoop bier en sterke drank. Niemand schonk aandacht aan Stella en de twee kunstenaars die ineengedoken boven hun drankje en sigaretten zaten en achter in het vertrek op lage toon met elkaar praatten. Zij vond het opwindend als ze naar de 'Southwark' of de 'Globe' gingen, want het betekende dat hun voortvluchtige leven iets normaals begon te krijgen, dat ze zich tot op zekere hoogte konden gedragen als gewone mensen. Ze begon een glimp op te vangen van een toekomst.

Maar het zich begeven in de echte wereld bracht ook problemen met zich mee. Op een goede zaterdagavond zaten zij helemaal achter in een grote, drukke pub, met zijn tweeën. Het was er rokerig en lawaaiig en Stella voelde zich op haar gemak en vertrouwd. Ze zaten zij aan zij op een bank met een kleine ronde tafel voor zich, en onder tafel hield ze zijn hand vast. Ze waren buitenstaanders, maar waren verzeild geraakt in deze warme luidruchtige pub waar iedereen voor Stella op de een of andere manier met hen samenzwoer. Met een huivering dacht ze ineens aan alle zitkamers waar ze geweest was waarin de vrouwen en moeders van psychiaters de scepter zwaaiden, en ze herinnerde zich het afschuwelijke gevoel van vervreemding omdat ze zich in dergelijke kamers niet thuis voelde. Edgar pakte hun glas en drong zich naar de bar en zij keek hem na met een blos van gin, vervuld van een stille verrukking.

Er was geen onderdeel dat zij niet kon romantiseren.

Opeens verscheen er een man aan het tafeltje die haar verlekkerd aankeek. Ze sloeg haar ogen neer en begon in haar handtas te zoeken naar sigaretten, aansteker, wat dan ook.

'Helemaal alleen, schatje?'

Ze keek op. 'Nee, dat ben ik toevallig niet,' zei ze, 'ik ben met mijn man.'

'Met je man, toevallig?'

Het was een grote man, een knappe man, maar hij had een heleboel op en dat was goed te merken. Hij legde zijn handen op tafel en leunde voorover. Ze wilde dat hij wegging. Ze vond het naar dat hij haar accent nadeed en ze was kwaad op zichzelf dat ze hem die kans had geboden.

'Toevallig wel, ja,' zei ze, met de nadruk op 'toevallig', en dit was een vergissing, hij vond het vermakelijk en schoof een stoel aan en ging zitten. O, maar dat was helemaal niet de bedoeling! Toen kwam Edgar van de bar terug met hun drankje.

'Wie is dit?' zei hij.

De man had zijn ellebogen pontificaal op het tafeltje gezet en zijn ogen strak op Stella gericht. Hij draaide zich naar Edgar en keek hem over zijn schouder aan.

'Dit is zeker je man, hè, schatje?'

Wild schudde ze haar hoofd tegen Edgar. Ik kan er niks aan doen, probeerde ze hem te zeggen. Voorzichtig zette hij de glazen op tafel, zonder naar de man te kijken. Toen had hij hem bij zijn kraag gepakt en zijn bebaarde gezicht in het gezicht van de man gestoken. Er viel een stilte om hen heen. De twee mannen wisselden iets uit en met schrikbarende helderheid zag ze wat er op het punt stond te gebeuren: een vechtpartij, gebroken glazen, bloed, geschreeuw, de politie. Edgar liet de kraag van de man los en hij deinsde terug. Edgar ging zitten. Men concentreerde zich weer op de drankjes en conversaties. Maar er hing nog steeds een soort verstomming om hen heen en ze wist dat ze afgeluisterd werden. Edgar begon een shagje te rollen en keek niet naar haar.

'Wat zei je tegen hem?' mompelde hij.

'Niets!'

Hij likte aan het vloeitje. Hij schudde zijn hoofd. 'Je moet iets hebben gezegd.'

Heftig fluisterend vertelde ze hem wat er was gebeurd. Een poos lang was hij stil. Dacht hij dat ze de man had uitgedaagd? Hij was zo koel, zo afstandelijk, zo had ze hem nog nooit meegemaakt! Ze zei weer tegen hem dat de man zonder enige aanmoediging of uitnodiging was gaan zitten.

'Je haalt toch geen geintjes met me uit, hè, Stella?' zei hij ten slotte op vlakke, vriendelijke toon.

'Natuurlijk doe ik dat niet, verdomme!'

'Dan is het goed.'

Maar al was het goed, toch hield zij er een nare smaak aan over in haar mond, van die kalme reactie van hem die zo bedreigend aanvoelde. Haar oude trots kwam in haar boven en ze dacht, loop naar de hel. Ze staarde strak voor zich uit en nam bozig korte snelle trekjes aan haar sigaret. Toen ze zijn vingers op haar dijen voelde en zijn lippen in haar hals trachtte ze hem te negeren en ze duwde zijn hand weg, maar dat hielp niet, ieder contact overweldigde haar.

'Geef me eens een zoen, liefje,' fluisterde hij.

'Donder op,' zei ze en beet in zijn lip.

Toen zij enkele minuten later haastig naar huis liepen door de vochtige nachtelijke lucht, alles opzijgezet vanwege de aandrang om naar de zolder terug te keren, zagen zij de politie-agenten die ze zich zo kort geleden nog had ingebeeld. Ze waren met hun tweeën. Ze kwamen vanaf het eind van de straat langzaam in hun richting gelopen, met hun handen op de rug. Ze drukte zich tegen hem aan en greep zijn arm met beide handen vast; hij liep in dezelfde pas door. Ze realiseerde zich dat ze de agenten vlak onder een straatlantaarn zouden passeren.

'Ze zullen ons zien,' fluisterde ze.

Edgar bleef doorlopen. Stella kon aan niets meer denken, ze was zich alleen bewust van een golf van duistere angst die in haar keel oprees en die ze kon proeven. De mist van de gin trok plotseling op en het leek of haar hakken schuldig, schuldig, schuldig op het natte trottoir roffelden.

Toen stuurde hij haar de stoep af, langs een rij kaapstanders en een trap af naar de rivier en daar kuste hij haar terwijl het zwarte water tegen de stenen klotste. Ze gooide haar armen om zijn hals en dronk zijn kus op alsof ze met haar passie, als die sterk genoeg was, de twee agenten zou kunnen verjagen, zodat zij onaangeraakt zouden blijven. Ze was zich nu alleen maar bewust van de adem van Edgar en de naderende voetstappen. Ze hielden halt boven aan de trap. Ze liet haar vingers langs zijn achterhoofd omhoog lopen en klemde zijn haar in haar vuist vast, met haar mond nog steeds op de zijne.

'Doorlopen,' zei een van de agenten, en na een ogenblik, harder dit keer: 'Doorlopen jullie.'

Ze deden wat hun gezegd werd. Ze liepen een steegje in, dicht tegen elkaar aan als verliefden die betrapt waren en angstvallig hun begeerte koesterden, en zij versnelden hun pas zodat ze tegen de tijd dat ze het einde van de steeg hadden bereikt aan het rennen waren.

Ze staken haastig de binnenplaats over en liepen schreeuwend de trappen op. Ze zei dat ze die nacht nooit zou vergeten. Edgar voelde het ook, dat er een verandering had plaatsgevonden, een verschuiving naar een nieuw soort veiligheid, ondanks de schrik die ze eerder op de avond hadden gehad. Het gevoel van paniek, het gevoel dat ze slechts één stap voorsprong hadden, het gevoel van de hete adem in hun nek, was verdwenen, was vervangen door een aarzelende vrijmoedigheid, de gewaarwording dat het gemakkelijker werd, met het uur, met de dag, om hen voor te blijven en het spoor te laten afkoelen tot de honden het beu werden. Voor het eerst had ze het gevoel dat hun blinde sprong in het diepe beloond zou worden, dat zij er de veilige plaats mee zouden verdienen waar ze onbevreesd van elkaar konden houden. In die geest vreeën zij, onbevreesd en vrijelijk, terwijl de treinen de hele nacht door over het viaduct ratelden. Ze lachte hardop, ze schreeuwde het uit, ze vertrouwde haar eigen oerkreten aan het pakhuis toe, onverschillig of Nick haar kon horen of niet.

In elk geval heeft ze het zo aan mij beschreven.

7

Vaak ging ze naar de kathedraal, zei ze. Ze ging achterin op een stenen bank zitten in het donker of wandelde door een zijbeuk, langs de tombes en kapellen, terwijl haar voetstappen op de stenen vloer echoden. Ze deed altijd een zonnebril op en een sjaaltje om haar hoofd, dat ze strak onder haar kin vastbond. Ze was vaag over die dagen, over wat ze precies doormaakte, maar zo zie ik haar voor me, de treurige vrouw in de kathedraal. Het probleem was, hoe verder zij van het ziekenhuis verwijderd was, des te moeilijker vond ik het haar ervaring te reconstrueren, te kneden tot iets dat een vorm en betekenis had die ik kon herkennen.

Edgar was begonnen in klei te werken en het ging niet goed. Aanvankelijk probeerde ze hem te vertellen dat hij geduld moest hebben, dat hij al zo lang geen beeldhouwwerk had gemaakt, hoe kon hij verwachten dat hij zijn oude vaardigheid meteen weer beheerste? Maar daar wilde hij niet van horen. Hij was niet in excuses geïnteresseerd, noch in vaardigheid. Hij was boos en gefrustreerd en het leek dat hij, zodra hij enige indrukken in de klei had gemaakt, zich er stilletjes aan begon te ergeren en zijn handwerk vernietigde. Hij werkte staande, met de klei in de ruwe vorm van een hoofd over een frame van gaas uitgesmeerd en opgesteld op een toegetakelde houten standaard. Nick had de benodigdheden gevonden, de klei en het gereedschap, en Stella had ervoor betaald. Ze begon zich steeds meer zorgen te maken over geld. Ze hadden geen enkele inkomsten, behalve wat Nick bijdroeg aan etenswaren en drank en kleine bedragen, en wat wist zij nou af van hoe je aan geld kwam?

Maar dit waren gedachten van het soort dat zij trachtte te verdringen. Ze waren niet nuttig en ze begon de wereld te verdelen in wat nuttig was en wat niet nuttig was, en met Edgar over geld praten was dat niet. Ze schonk geen aandacht aan haar eigen behoeftes, want ze wilde geen geld aan zichzelf uitgeven. Ze deed het zonder bepaalde basismiddelen voor de verzorging van haar lichaam en huid en ze had ook gebrek aan een goede voorraad ondergoed. Ze had een warme overjas nodig, maar daar was absoluut geen sprake van en de rest van haar kleren stonk naar bedompte lucht en sigaretterook. Het was vochtig en bewolkt weer geworden en als ze de luiken opendeed, woeien er vlagen regen naar binnen.

Omdat Edgar totaal door zijn werk in beslag genomen werd, keerde zij in zichzelf, vooral wanneer Nick er niet was, en dat was nu vaak het geval. Maar op een middag, terwijl Edgar sliep, vertelde Nick haar dat hij vertrouwd was met Edgars stemmingen, dat alle kunstenaars zo waren als hun werk niet wilde vlotten.

'Jij niet,' zei ze.

'Ik niet, nee.'

Hij zat op het randje van een oude sofa die achterin op zolder stond en trok zijn wenkbrauwen op, met zijn ellebogen op zijn knieën en zijn handen ineengeslagen. Er hing een sigaret tussen zijn lippen. 'Maar ik ben geen echte kunstenaar. Niet vergeleken bij hem.'

Ze liep door het vertrek en bekeek zijn doeken. Nicks schilderijen waren bombastisch. Ze bleef staan bij het raam. Op de binnenplaats reed een vrachtwagen met aardappels achteruit door het hek van de groentemarkt.

'Hoe is hij als het goed gaat?' zei ze.

'Hetzelfde.'

Dit vond ze grappig. Lachend draaide ze zich naar hem om en hij keek verbaasd op. 'Vind je dat grappig?'

'De manier waarop je het zegt.'

Hij dacht daarover na terwijl zij een sigaret opstak, hem nog steeds vanaf het raam gadeslaand.

'Heb jij geen vrouw, Nick?'

Hij schudde zijn hoofd.

'Ik dacht dat je daar altijd heenging, dat je bezoekjes bracht aan je maîtresses.'

Hij bleef zijn hoofd schudden, staarde naar de grond, verdraaide zijn lange vingers. Hij wierp haar een vluchtige blik toe en hoewel zij het niet helemaal snapte, ging ze niet op de grap door. Wat een merkwaardige, gesloten vent was het, dacht ze.

Maar Nick bleef steeds langer weg van de zolder en aangezien Edgar urenlang afstandelijk en verstrooid kon zijn, werd ze van tijd tot tijd overvallen door vrees en kon zij slechts met de grootste moeite de vlam van haar liefde doen oplaaien – die vervolgens brandde met genoeg vuur dat de andere gevoelens erdoor verstikt werden. Ze wilde geen van deze dingen aan Edgar vertellen, ze waren niet nuttig. Dus had zij, terwijl hij werkte of sliep, vreselijke heimelijke gevechten met zichzelf en ofschoon die haar uitputten lag ze 's nachts urenlang wakker terwijl de treinen over het viaduct denderden en de Big Ben de uren klingelde. Wat haar begon te storen was de gedachte dat dit exact de condities waren die *fataal* waren voor de liefde, nadat zij de groei ervan eerst hadden verijdeld: vuilheid, angst, onzekerheid, een teveel aan gemeenzaamheid. Waarom had zij dit niet zien aankomen? Wat een stommeling was ze, dat ze zo impulsief had gehandeld en zo naïef was geweest! Ze dacht aan haar oude leventje en merkte dat het gesticht was teruggedrongen naar een soort mistig schimmenrijk waar de zon altijd scheen en orde heerste, waar iedereen zijn plaats wist en niemand iets tekort kwam: een burcht op een hoge rots met binnen de muren veiligheid en overvloed. En hoewel ze wist dat dit een illusie was, bevatte die genoeg waarheid dat het haar een soort troost verschafte aan een toevluchtsoord te denken, een veilige plek in haar hoofd, zo niet elders. Nog later zou ze het ironisch vinden dat deze mooie plek (zoals het haar toescheen) een plek was waaruit zij beiden hadden willen ontsnappen, en dat ze nu juist die eigenschappen van veiligheid, warmte en overdaad opzochten in een straat met verlaten pakhuizen.

*

Eindelijk begon er wat schot in zijn werk te komen. Nu moest ze vier of vijf uur per dag voor hem poseren. Ze zag dat haar hoofd en nek uit de klei te voorschijn begonnen te komen, op een merkwaardige manier afgeplat en uitgerekt, maar toch herkenbaar. Maar zijn stemming bleef gespannen en gepreoccupeerd, en een paar dagen later verhuisde Nick. Stella was nu eenzamer dan ooit, zei ze, en ze merkte dat ze steeds vaker aan het ziekenhuis dacht, niet aan Max, maar aan Charlie. Tegen haar zin telde ze de dagen sinds ze hem voor het laatst had gezien. Ze realiseerde zich dat hij, terwijl hij haar moest missen, haar tegelijkertijd moest haten. Hij zou inzien hoe diep zijn vader gekwetst was en beseffen dat zij daar verantwoordelijk voor was, en hoe langer zij niet bij hem was, des te dieper zou die haat wortelen.

Geleidelijk aan liet zij haar omgang met Edgar besmetten door deze gevoelens en toen begon het ernstig mis te lopen. De psyche van een kunstenaar, wanneer die een equilibrium bereikt, bereikt die met zo'n intensiteit dat elke afleiding, elke verstoring daarvan door de harde werkelijkheid die ogenblikkelijk omver haalt: om kunst te maken is het een vereiste je van het leven af te keren. In dit opzicht was Edgars gevoeligheid intens, in zo'n hoge mate dat ik hem het puurste voorbeeld van de kunstzinnige persoonlijkheid vond. Voor hem bewaarden het produceren van kunst en het handhaven van de geestelijke gezondheid een nauwlettend en wankel evenwicht. Een verstoring van het één zou disfunctie en instorting van het ander teweegbrengen.

Op een ochtend werd ze wakker en merkte ze dat ze alleen was. Edgar was nog nooit eerder overdag uitgegaan. Aanvankelijk bleef ze kalm. Ze zette thee en waste haar ondergoed en hing het aan een lijn te drogen. Ze liep het atelier in en deed de luiken open. Het was een heldere, winderige dag en er joegen een paar witte stapelwolken door de lucht. Ze ijsbeerde en keek naar de tekeningen die aan de muur waren geprikt. De klei op de standaard was afgedekt met vochtige doeken.

Ze ging naar boven en las een oude krant. Na een uur was ze misselijk van ongerustheid. Hij had niet tegen haar gezegd waar hij heenging of hoelang hij weg zou zijn en het was al te gemakkelijk nog een toevallige ontmoeting met de politie in te beelden, alleen deze keer zonder de dekking van het donker en zonder een steegje om snel in weg te duiken. Hoe zou zij erachter komen? Deze gedachte kwam hard aan: hoe zou zij erachter komen als hij opgepakt was? Haar hulpeloosheid begon haar angst in te boezemen. Zonder de twee mannen was ze verloren. Ze was totaal van hen afhankelijk. Dit was een zwakke plek in hun afspraken, ze moesten een plan klaar hebben voor eventualiteiten als deze, hij moest haar niet weer alleen achterlaten.

Tegen het middaguur was ze wanhopig. Ze dacht dat het geen twijfel leed dat hij in handen van de politie was gevallen. Ze was kwaad op hem, maar was zich er vaag van bewust dat dit het gevolg was van haar angst, ze had het ook gevoeld toen Charlie urenlang in het moeras was verdwenen. Het was een vergissing om aan Charlie te denken nu ze de kracht niet had de schuldgevoelens die hij bij haar opriep te weerstaan, nu het erop leek dat ze Edgar ook kwijt was.

Ten slotte kon ze niet langer binnen blijven. Ze rende de trappen af.

Waar ze van plan was heen te gaan kan ze zich niet meer herinneren. Maar ze herinnert zich wel hoe dringend het was, haar plotselinge vurige overtuiging dat ze alles verloor als ze niets zou ondernemen. Misschien, opperde ik, was ze van plan terug te gaan naar het ziekenhuis, maar ze schudde haar hoofd. Ze kletterde in paniek de trappen af en stommelde door het steegje het zonlicht tegemoet.

Ze rende rechtstreeks in zijn armen.

'Wat is er in godsnaam!'

Ze realiseerde zich in wat voor toestand zij was, zonder jas, zonder hoed, haar haren in de war, haar gezicht opgezwollen en ongewassen. Haar paniek zakte weg, ze liet zich door hem de trap op helpen.

Haar gedrag maakte hem erg van streek.

Ze probeerde hem uit te leggen dat ze ervan overtuigd was geweest dat hij door de politie was opgepakt. Hij liep bij haar weg en ijsbeerde door het atelier, fronsend en op zijn nagels bijtend en wilde blikken op haar werpend. Zo had ze hem nog nooit gezien, hij was altijd sterk genoeg geweest om haar angsten in zich op te nemen en haar te kalmeren. Ze snapte niet wat er aan de hand was.

'Wil je soms dat dat gebeurt?' zei hij.

Ze staarde hem aan. Hij stond haar midden op de zolder koel aan te kijken.

'Nee! Hoe kom je daarbij?'

'Je mist je comfort.'

Hij stond nu bij zijn tafel en keerde loom zijn tekeningen om, zonder naar haar te kijken en nog steeds op zijn duimnagel bijtend.

'Ik dacht dat ze je te pakken hadden gekregen. Ik dacht dat ik alleen was.'

'Je zou niet erg lang alleen zijn.'

Ze zei dat de betekenis hiervan niet echt tot haar doordrong, dat ze alleen zijn pijn hoorde, dus ze ging op hem af en probeerde haar armen om hem heen te slaan. Hij schoof langs haar heen en ging op de stoel bij de in doeken gewikkelde klei zitten en rolde een sigaret. Ze knielde naast zijn stoel. 'Ik was bang,' fluisterde ze. Hij weigerde haar aan te kijken. Hij stak zijn sigaret aan en haalde zijn schouders op. Ze kwam overeind en liep naar het raam en ging op de vensterbank zitten en keek naar buiten. Ze voelde zich beroerd tot in het diepst van haar hart. Al deze kunst, al deze ellende, waar diende het voor?

'Bang,' meesmuilde hij, maar hij klonk zelf angstig, en plotseling leek het zo kinderachtig en kleinzielig en egoïstisch om kwaad te zijn op iemand die bang was dat hen iets zou overkomen!

'Ach, je houdt niet van me,' zei ze, 'daar heb je de fantasie niet voor.'

Ze keek hem niet aan toen ze dit zei. Toen hoorde ze een dreun en stond hij op zijn benen, de stoel lag op zijn kant en hij stond plotseling voor haar met gebalde vuisten.

'Ben je van plan me te slaan?' zei ze kalm. Ze keek hem onbevreesd in de ogen. Het deed er nu niet meer toe. Niets deed er meer toe. Het kon haar niet schelen als hij haar een pak slaag zou geven. Hij was gewoon een van die kwade mannen, de wereld was er vol van.

'Je was op weg naar Max.'

'Doe niet zo idioot.'

Hij draaide zich om naar de muur en gaf er een hele harde klap tegen met de zijkant van zijn vuist. De kamer sidderde van het geweld. Het was afschuwelijk om zijn razernij te aanschouwen. Waarom was het haar nooit eerder opgevallen?

'Ze hadden dus gelijk.'

'Wat?'

'Dat je een psychopaat bent.'

Het kon haar niet schelen als hij nog kwader zou worden. Niets kon haar meer schelen. Hij keerde zich weer naar haar toe en zijn uitgeleefde woede vulde de kamer en deed alles trillen alsof het uit elkaar zou spatten.

Toen kwam er verandering in zijn stemming. Hij slaakte een diepe zucht. Hij leunde tegen de muur, drukte ertegen met zijn handen, met gesloten ogen. Zijn woede was gezakt. 'Ach, een psychopaat,' zei hij. 'Heeft Max dat gezegd? Of Cleave?'

Ik niet. Edgar is een heleboel dingen, maar een psychopaat is hij niet. Maar dit wilde ze helemaal niet, ze wilde niet bij de psychiaters worden ingedeeld. Ze liep op hem af en probeerde zijn handen vast te pakken. Zonder zijn ogen open te doen weerde hij haar af en dit keer nam ze hem niets kwalijk, hij had gelijk.

'Het spijt me,' fluisterde ze, 'ik was wanhopig. Je kwam maar niet terug en ik dacht dat je opgepakt was. Ik wist niet waar je heen was.'

Hij deed zijn ogen open. Hij raakte afwezig haar gezicht aan. Zijn stemming sloeg weer om. Hij werd levendig. 'Kijk hier maar eens in,' zei hij. Hij haalde een envelop uit zijn binnenzak en gaf die aan haar. 'Toe maar, doe hem maar open.' Ze scheurde hem open met een nagel. Er zat een stapeltje bankbiljetten van tien pond in.

'Je was geld aan het halen,' zei ze.

Ze haalde het geld uit de envelop. Ze had er blij van moeten worden, van deze stapel biljetten, het kon omgezet worden in eten en drinken, maar het had het tegenovergestelde effect op haar, het deprimeerde haar. Het was te grof, de aanwezigheid van dit geld en wat ze ermee konden kopen. Het leven kwam neer op een smerige ruilhandel, geld voor tijd. Met geld konden ze tijd kopen, wat konden ze met tijd kopen, de kans om liefde in as te zien veranderen? Het was een vreselijke sensatie, te voelen dat alles van betekenis werd ontdaan. Ze liet het geld op de vloer vallen.

'Hoe moet het verder met ons?'

Hij bukte naar het geld en, met zijn ogen nog steeds op haar gezicht gericht, bracht hij het naar zijn lippen. Hij stopte het weer in zijn jaszak.

'Het heeft geen zin,' fluisterde ze.

'Geld, Stella.'

Ze stond aan het raam met haar rug naar hem toe.

'Geld, ja.' Ze wist wat hij ging zeggen. Hij zou zeggen dat het niet makkelijk was geweest om het te krijgen.

'Dacht je dat het makkelijk was?'

'Ik wil slapen.'

Ze duwde zichzelf bij het raam vandaan en beklom moeizaam de trap naar de matras, zonder hem aan te kijken. Ze ging liggen en deed haar ogen dicht. Meteen voelde ze alles wegglippen. Ze was afgemat. Ze wilde een jaar lang slapen en als ze dan wakker werd, zou alles weer zijn als het geweest was, dan zou ze haar kind weer bij zich hebben. Toen werd ze door hem wakker geschud.

'Het spijt me,' zei hij.

Ze rolde op haar rug en kwam half overeind en stak haar hand uit naar haar sigaretten.

'Ach, wat doet het er allemaal toe?'

Er viel een stilte. Hij begreep haar niet. Waarom niet? Hij was zo slim, hij begreep zoveel, waarom was hij nu zo traag van begrip? Hij zat op de rand van de matras recht voor zich uit te staren. Ze lag met haar rug naar hem toe, steunend op een elleboog te roken.

'Ik heb het gehaald voor ons,' zei hij ten slotte.

Dit zou haar normaal gesproken van vreugde vervuld hebben. Nu deed het haar niets. Ze zei niets. Ze haalde haar schouders op. Hij lette op haar, hij zag dat ze haar schouders ophaalde en het maakte hem razend. Hij greep haar bij haar polsen zodat ze half van het bed rees.

Onmiddellijk werden ze allebei opgewonden. Ze begonnen te zoenen en toen hun kleren open te trekken. Deze onweerstaanbare drift die ze hadden, deze gulzige lust, ze maakte zich er zorgen over, ze begon er een hekel aan te krijgen dat ze voortdurend haar zelfbeheersing verloor. Er zat nu wanhoop in, en agressie, ze reageerde haar angst en frustratie af in de seks, en deze keer, terwijl ze zich blindelings aan elkaar vastklampten, beet ze hard in zijn schouder. Het effect was dramatisch. Hij verhief zich en gaf haar een klap in het gezicht, maar ze stopten niet en pas een paar minuten later, toen ze zich van elkaar losmaakten, rolde ze om en verborg haar gezicht in haar kussen. Ze was volkomen gevoelloos. Het was aan het instorten, zoals ze verwacht had en het kon haar niet schelen. Ze hoorde hem nog wat onzin uitkramen en ze luisterde niet. Ze lag op de matras met een schrijnend gezicht en een leeg hoofd. Ze verwachtte dat hij haar in elkaar zou slaan en het kon haar niets schelen. Maar na een paar minuten ging hij naar het atelier beneden.

Ze ging zitten en pakte haar poederdoos. Haar gezicht was rood aangelopen. Er zou een bloeduitstorting komen. Ze knipte de poederdoos dicht. Stommeling die je bent, zei ze steeds opnieuw tegen zichzelf.

*

Toen ze terugkwam uit de kathedraal bood hij zijn verontschuldigingen niet aan. Het was laat in de middag en hij was weer met de klei aan de gang gegaan. Hij had het licht niet aangestoken en met de luiken halfdicht was het somber op zolder. Er was al genoeg helderheid geweest die dag, er waren genoeg dingen geweest waaraan de zenuwen waren blootgesteld; het werd tijd voor somberheid en gin en uiteindelijk slaap. Een avond vol somberheid en gin. Ze waren allebei gedeprimeerd, ze praatten niet, ze hadden geen zin om uit te gaan. Stella ging op bed liggen, boven op de dekens, in haar panty en onderjurk, een vrouw op drift tussen de wrakstukken van oude cosmetica en de krant van gisteren. Toen het donker werd, deed hij het licht niet aan maar duwde de luiken open en het licht van de straat verspreidde een zachte grijze gloed in het atelier. Stella wilde dronken worden en proberen de dingen met een gevoel van hoop te zien. Ze ging naar beneden naar het atelier met haar gin en slenterde naar het raam. Edgar was bezig met de klei en draaide zich niet om.

'Ik wou dat Nick er was,' zei ze, en ze zag dat hij verstijfde.

Toen ze tegen de ochtendschemering wakker werd, lag ze nog steeds boven op de dekens en had ze haar gin gemorst. Edgar lag naast haar met zijn kleren aan te slapen. Ze ging zitten, met een smerige bittere droge mond en met een bonzend hoofd van de gin op een lege maag; ze stopte hem in bed en allebei vielen ze meteen weer in slaap.

Toen ze de volgende dag met tegenzin aan de schoonmaak ging, kwam het bij haar op dat niemand boven zijn omgeving uitstijgt, niet erg lang. Als je je op een haveloze, benauwde plek bevindt moet je je eigen gedrag eens onder de loep nemen, dan zie je iets haveloos en benauwds, en als je in de spiegel kijkt, dan zie je ook iets haveloos en benauwds. Men had haar beschouwd als een mooie vrouw: dat was er allemaal afgesleten, er was hier geen plaats voor schoonheid en hoe meer moeite zij deed zich op te kalefateren met cosmetica, des te meer zij eruit ging zien als een hoer.

Edgar leek het niet te merken. Hij had er geen last van. Waar hij last van had was haar. Sinds hij haar was tegengekomen toen zij de binnenplaats was opgerend, was hij achterdochtig. Hij dacht dat ze terug wilde naar Max. Ze probeerde uit te leggen dat het Charlie was die ze miste, niet Max, dat kon hij toch wel begrijpen, maar dat was kennelijk niet zo. Hij was kennelijk de pienterheid kwijt die ze van hem gewend was. Ze zei dat hij grof overkwam. Zelfs zijn stem had iets grofs als hij in zo'n bui was.

Ik denk dat hij bang was. Ik denk dat hij elke uiting van onvrede van Stella's kant opvatte als een signaal, dat ze er op een goed moment vandoor zou gaan. Want Edgar, zoals alle kunstenaars, bezat het zachte, vreesachtige gemoed van een kind.

De volgende avond gingen ze naar de pub en hij boezemde haar vrees in, hij deed zo vreemd, hij gedroeg zich alsof elke man die ze zagen haar van hem af zou troggelen. Hij zat bozig in zichzelf te mompelen, betrapte zich er dan op en hield ermee op, schudde zijn hoofd, in schaamte en verwarring over deze andere, vreemde stem die uit hemzelf naar buiten kwam, de verwrongen, lelijke stem van jaloezie en bedreiging en behoefte. Het brak haar hart hem zo ellendig en hulpeloos te zien, want hij wilde helemaal niet zo zijn, hij haatte wat er van hem leek te worden. Ze pakte zijn handen beet en zei tegen hem dat hij moest volhouden, moest blijven vechten, dat alles goed zou gaan, dat ze niet bij hem weg zou gaan. Uiteindelijk kreeg hij met de grootste moeite weer controle over zichzelf en toen gedroeg hij zich weer zo'n beetje net als vroeger. Maar nu kon ze er niet van op aan, wist ze niet hoe lang het zou duren. Ze zag een man die verdeeld was, ze zag dat de man die ze op het landgoed van het ziekenhuis had ontmoet niet verdwenen was maar dat er een inval bij hem was gedaan, zoiets, dat hij voor haar gevoel belegerd was door de een of andere geest die niet de zijne was. Ze zei tegen hem dat het kwam door de druk waaronder ze stonden en dat het enige wat zij nodig hadden tijd was. Het drong niet goed tot hem door, hij fronste en greep naar zijn hoofd, alsof hij daarmee zijn ziekte kon uitbannen, zoals men een nare droom van zich afschudt.

Hoe lang nog? Ze lag 's nachts wakker en vroeg zich af hoe lang ze op deze manier nog door konden gaan. De bloeduitstorting op haar wang was nog steeds zichtbaar en in deze buurt koesterde men geen enkele illusie over hoe dergelijke dingen veroorzaakt waren. Ze ving meelevende blikken op van andere vrouwen en als ze 's avonds uitgingen, zag ze hoe hun ogen naar Edgar flitsten om te zien wat voor soort bruut haar bruut was. Ze voelde zich er niet lekker bij. Een van die blikken zou ineens een sprankje herkenning kunnen bevatten. Zo verstreken de dagen en stopte zij al haar energie in het in evenwicht houden van Edgar, ofschoon haar gedachten als zij naar bed ging, en als Edgar met zijn klei bezig was, naar Charlie uitgingen en dan huilde ze zachtjes in haar kussen. Ze moest Edgar nu als een kind behandelen, een prikkelbaar, aanhankelijk kind, en, vroeg ze zich af, waarom verzorgde zij dit kind in plaats van haar eigen kind?

*

Maar het verwondert mij niet dat ze niet bij hem weg is gegaan. In de grond, neem ik aan, hield ze ondanks alles van hem of ze maakte zich wijs dat ze van hem hield, en vrouwen zijn koppig wat dit aangaat. Ze had haar keus gemaakt, ze was vrijwillig naar hem toe gegaan en het was ondenkbaar om terug naar huis te rennen omdat hij ziek was en met zijn ziekte zijn verantwoordelijkheid afnam. Wat me wel verwondert, is dat ze de steeds toenemende signalen dat een daad van geweld op handen was, bleef negeren. Het verbaasde me dat haar capaciteit voor ontkenning zo sterk was dat ze de wetenschap waartoe hij in staat was blokkeerde. Zelfs toen ze zag wat hij met zijn werk deed, zelfs toen had ze niet door dat ze in gevaar was.

Ze werd bij het ochtendgloren wakker van het geschreeuw van de marktlui. Edgar lag naast haar te slapen. Ze stond op en trok haar jas aan en liep het atelier in. Ze duwde de luiken open en liet het bleke herfstlicht in het vertrek binnen. Ze rookte een sigaret en luisterde naar de markt die tot leven kwam. Zoals gewoonlijk was de klei in vochtige doeken gewikkeld en impulsief begon ze die eraf te trekken. Wat ze eronder aantrof was lelijk en stuitend. Het zag eruit zoals ze het voor het laatst had gezien, een merkwaardig uitgerekt hoofd en schouders, herkenbaar als de hare, maar nu verschrikkelijk bekrast en gegroefd, ze kon zien waar hij het te lijf was gegaan, met zijn gereedschap zowel als zijn vingers. Ze werd er misselijk van en legde er snel de doeken weer over. Maar in plaats van op de vlucht te slaan, in plaats van te rennen of haar leven er vanaf hing, ging ze terug naar bed en nam ze hem in haar armen en knuffelde hem.

*

Toen ging het weer goed en was de hartstocht en tederheid er weer. De seks, zei ze, was nogal pijnlijk geworden. Haar menstruatie was in de war en op een gegeven moment dacht ze zelfs dat ze in verwachting was. Ik vroeg haar of ze een medisch onderzoek wilde, maar ze zei nee, ze voelde zich prima. Zij was degene geweest die zich bekommerd had over de voorbehoedsmiddelen en ze had zich er niet al te veel zorgen over gemaakt. Waar zij zich wel zorgen over had gemaakt was *hem*. Als hij zijn dekking liet zakken, als hij haar vertrouwde, als hij de oude was, had ze nergens spijt van. Dan was het allemaal de moeite waard. Bij het geringste teken dat hij ervoor openstond, gaf zij zichzelf over. Het enige wat ze wilde was van hem houden, haar eigen wil was afgezwakt, haar oude trots was verdwenen.

Hadden ze maar genoeg *tijd*, dacht ze, dan zou alles op zijn pootjes terecht komen. Als hij niet iets stoms zou uithalen. Maar het was zo moeilijk hem gerust te stellen. Het was *zijn* foto die in alle kranten had gestaan, niet die van haar, was zijn boze reactie, ze zaten achter hem aan, ze zouden hem weer achter slot en grendel wegbergen, zij had niets te vrezen, zij kon altijd weer naar Max gaan. Ze sprak hem niet meer tegen als hij zei dat ze Max had om weer naar toe te gaan, het had geen zin hem nog bozer te maken.

*

En hoe zat het met Max? Had ze hem ooit gemist?

Geen een keer, zei ze; ze had natuurlijk wel aan hem gedacht, maar ze zei nadrukkelijk dat ze geen enkele steek had gevoeld van spijt, waardoor Edgars jaloezie natuurlijk zo bitter ironisch werd, als hij dacht dat ze naar Max terugverlangde. Nee, Max liet haar koud. Ze zei dat als hij een echte partner was geweest, dit allemaal niet gebeurd zou zijn, dat er dan geen leegte in haar zou zijn geweest, geen honger, dan zou ze geen behoefte hebben gehad aan wat Edgar haar had geboden, wat ze onmogelijk had kunnen afslaan, al betekende het dat ze er alles voor moest opgeven, kind, huis, positie in de maatschappij. Max was voor haar nu een soort dode man geworden, een slap figuur die zich tegenover de mensheid gedroeg als een insectenverzamelaar, ze achter glas vastprikte en er een label onder plakte, deze een gestoorde persoonlijkheid, deze hysterisch. Pas nadat ze bij hem weg was gegaan, zei ze, was ze zich bewust geworden van de omvang van het tekort dat hij bij haar teweeg had gebracht. Daarom haatte ze hem, omdat hij haar tot uiterste wanhoop had gedreven. Wat er nu met haar zou gebeuren wist ze niet, maar het leek haar toe dat het enige wat erop zat, was, het tot het einde vol te houden.

*

Op een dag, toen ze voor hem poseerde, vroeg ze naar Ruth Stark. Ze vroeg of hij haar hoofd ook in klei had geboetseerd.

'Ging niet,' zei hij, zonder zijn werkritme te onderbreken.

'Waarom niet?'

'Ik kon haar helemaal niet meer zien op het laatst.'

'Waarom niet?'

Hij ging in het werk op en antwoordde pas na enkele minuten. Hij was vaag toen hij eindelijk iets zei.

'Al die mannen. Daar kon ik niet doorheen komen.'

'Doorheen komen naar wat?'

'Naar hoe ze eruit zag.'

'O.'

Ze zweeg een poosje.

'Haar gelijkenis,' zei ze.

'Ik heb iemand anders geprobeerd, maar haar hoofd was ook helemaal verkeerd. Ik wilde haar verdomde dagelijkse besognes niet, ik wilde alleen zien hoe ze eruit zag.'

'Wat vond Ruth daarvan?'

'Waarvan?'

'Die andere vrouw.'

Hij snoof even. 'Dat vond ze bepaald niet leuk.'

'En toen?'

Weer een pauze.

'Toen heb ik gezegd dat ze kon ophoepelen als ze het niet leuk vond.'

'Heb je seks gehad met die vrouw?'

Nu hield hij op met werken en staarde haar een ogenblik aan, met een besmeurde houten spatel in zijn vingers. Hij grijnsde haar toe.

'Nee.'

'Wilde je wel?'

'Nee! Ik wilde verdomme alleen maar haar hoofd boetseren!'

*

En toen dacht ze dat ze goede tekens in de buitenwereld bespeurde. Ze had elke dag de krant gelezen en op een goede ochtend realiseerde ze zich dat er al twee weken geen berichten over Edgar in hadden gestaan. Bovendien was haar naam geen enkele keer vermeld en had er zeker geen foto van haar in gestaan. Ze veronderstelde, en dat was juist, dat het was omdat het ziekenhuis niet bekend wilde maken dat de vrouw van de waarnemend directeur een verhouding had met de ontsnapte patiënt en hem achterna was gegaan. Dat zou een enorme sensatie teweeg hebben gebracht, en nog meer sensatie, nog meer publiciteit, was precies wat Jack en de rest van ons met zorg wilden vermijden. Dus, ja, we zwegen het dood, en vanuit haar oogpunt gezien was dat gunstig voor hen. Was het een vooruitgang. Toen kwam Nick weer opdagen.

8

Dierbare Nick. Nick, lange, spichtige, serieuze Nick was haar dierbaar geworden. Nick was degene van wie het geld vandaan kwam dat Edgar thuisbracht. Hij had een of ander gering inkomen en hij was er gul mee. Ook had hij, toen hij door had hoe de zaken er tussen Stella en Edgar voor stonden, een kleine flat in Soho geleend, om hen de ruimte te geven. Stella was opgelucht toen ze hem weer zag. Ik geloof, op zijn manier, Edgar ook; hij was zich bewust dat hij zijn zelfbeheersing begon kwijt te raken, en ik geloof dat het hem beangstigde. Zijn werk was zijn enige redding, het enige wat zijn bestaan enige structuur of richting verleende. Stella telde toen al niet meer mee, want hij werd in toenemende mate geplaagd door verdenkingen en hoewel hij zich tegen die gedachten verzette, wierpen zij een schaduw over zijn brein, een aanhoudende sluier van ellende en twijfels die hem verhinderde haar volkomen en duidelijk te zien, behalve wanneer hij aan het werk was.

Hij had doorgewerkt aan haar hoofd en de mismaaktheid, geproduceerd door zijn krassen en groeven was een stadium in de evolutie van het beeldhouwwerk geworden. Hij was erop gebrand Nick te laten zien hoe hij gevorderd was, en Stella zag hoe haar hoofd nu leek op haar zowel als op de uitkomst van zijn beladen en steeds meer gekwelde verhouding tot haar; het was, dacht ze, pathologie in klei. Nick zag meteen in dat Edgar iets belangrijks aan het maken was. Zijn reactie riep bij Stella de vraag op of het misschien zo was dat wat zij hadden doorgemaakt eenvoudigweg de beroering was die bij serieuze kunstzinnige projecten hoort.

Scheppen was lijden, hoe erger het lijden, des te grandiozer het kunstwerk – was dat het gewoon? Ze moesten beslist door de mangel vanwege dit hoofd, dacht ze, en ze vroeg zich toen af of ze soms liever wilde terugkeren naar de zitkamers waarin de vrouwen en moeders van psychiaters de scepter zwaaiden? Liever niet. Ze was Nick dankbaar omdat hij haar tot dit inzicht had gebracht, ze realiseerde zich dat zij en Edgar veel te lang alleen waren geweest en dat het misschien alleen daaraan lag. Nick was frisse lucht. De spanning nam dramatisch af.

Oh, en hij deed Edgar ook goed, ze merkte hoe Edgar zijn plezier trachtte te verbergen wanneer Nick oprechte bewondering voor zijn werk tentoonspreidde. Nicks reactie was belangrijk en de hare niet; Nick was ook kunstenaar, hij wist wat Edgar voor ogen had. Later gingen ze met z'n tweeën uit en ze kwamen terug met een doos rode wijn en een doos met boodschappen. Die avond was een van de leukste sinds ze op de zolder woonde. De twee mannen waren goedgeluimd, er was een overdaad aan eten en drinken, ze schreeuwden en lachten en praatten tot diep in de nacht en Stella hield stilletjes een oogje op Edgar en juichte in het geheim over de stemming waarin hij verkeerde. Het was de oude Edgar die ze die avond zag, de geestige Edgar, hartelijk, spiritueel, slim, laconiek, en gevaarlijk. Hij redetwistte met Nick over schilders. Hij haalde een schetsboek voor de dag en Nick maakte tekeningen van alle schilderijen die hij van plan was te maken. Edgar deed een aantal snelle suggesties en Nick luisterde naar hem en knikte, beet op zijn lip, zoals hij altijd deed wanneer hij zich ergens op concentreerde en noteerde het allemaal zo snel als hij kon. Later, toen Nick languit dronken op de sofa een sigaar lag te roken, zei Stella tegen Edgar dat ze nergens spijt van had. Zij waren ook dronken. Hij kwam wankelend overeind en liep naar haar toe, waar ze breeduit in haar stoel zat met een voet op de rand van de tafel, terwijl haar rok over haar blote dijen omhoog kroop. Hij legde zijn handen op haar schouders en boog zich voorover en maakte plechtig zijn verontschuldigingen dat hij zo'n klootzak was.

'Je bent geen klootzak,' zei ze.

'Dat ben ik wel,' zei hij.

'Dat is hij wel,' zei Nick vanaf de sofa.

*

Nick raakte buiten westen op de sofa en de volgende ochtend sliepen ze uit. Het was een zondag. Edgar was nog steeds bewusteloos toen Stella opstond en ze trof de schilder in de keuken aan, verdiept in de aantekeningen die hij had opgekrabbeld toen Edgar ideeën op hem had afgevuurd en die hij probeerde te ontcijferen. Stella zei dat ze behoefte had aan frisse lucht, dat ze een kater had en Nick zei dat hij meeging. Ze gingen stilletjes naar buiten, om Edgar niet wakker te maken.

Ze wandelden naar de rivier. Nick zag er vreselijk uit. Hij had zijn oude tweedjasje aan en zijn broek en schoenen met verfvlekken en hij had zich niet geschoren, zijn ogen waren bloeddoorlopen en er zaten wallen onder. Het was een kille, grauwe ochtend, het spatte een beetje in de wind en toen ze een poosje naar de rivier hadden staan kijken, kregen ze het allebei koud en stelde Nick voor even de pub in te gaan.

Toen ze een uur later thuiskwamen, begon de nachtmerrie. Edgar stond in de deuropening van het atelier naar hen te staren. Hij had de luiken niet opengedaan, zodat het er donker was en zijn gezicht niet goed te onderscheiden. De paar drankjes die ze in de kroeg had gedronken, hadden de alcohol van de vorige avond in Stella's bloed gemobiliseerd en ze was al een beetje aangeschoten.

'Dag lieverd,' riep ze, 'we hebben ontbijt voor je meegebracht.'

Nick hield twee flessen bokbier omhoog. 'Voor de nadorst,' zei hij. 'Wat is er?'

Edgar had zich niet bewogen, hij had geen woord gezegd, hij bleef daar maar staan blinken, met hangende onderlip en zijn tanden op elkaar geklemd. Stella liep op hem af, maar het lachen verging haar en haar gezicht stond bedenkelijk. Die andere, die zieke persoon was er weer, dat was het, Edgar was er helemaal niet.

'Wat is er? Is er iets gebeurd?'

'Blijf bij me uit de buurt.'

Ze draaide zich om naar Nick, die Edgar fronsend aankeek, even ongerust over zijn gedrag als zij. Ze waren inmiddels weer helemaal nuchter.

'Edgar –'

'Maak dat je wegkomt, Nick. Kom hier niet meer terug.'

'Ik snap niet –'

'*Sodemieter op, Nick!*'

'Hoor eens –'

Edgar maakte een beweging met het duidelijke voornemen hem aan te vallen. Nick deed een paar passen achteruit.

'*Sodemieter op!*'

Nick gehoorzaamde. In stille verbazing keek Stella toe terwijl hij vertrok.

'Schoft,' mompelde Edgar terwijl Nicks voetstappen de trap af kletterden.

'Hou hier mee op, ik word bang van je –'

'Smerige slet die je bent. Met *Nick.*' Hij begon met een kostschoolaccent te spreken, net als Nick.

'Ik begrijp het niet.' Maar ze begreep het best.

' "Ik begrijp het niet".' Hij aapte haar na. 'Je begrijpt het best, hou maar op met liegen.'

Ze werd overmand door een grote vermoeidheid. Ze had die ander eerder gezien, maar het was nog nooit zo heftig geweest als deze keer. En nooit tevoren had hij Nick aangevallen. Hoelang zou het duren voordat het over zou gaan? Ze ging zitten en stak een sigaret op. Ze voelde zich misselijk en depressief.

'Die nonsens van jou begint me aardig de keel uit te hangen,' zei ze zachtjes.

Ze nam een sinaasappel van de schaal die op tafel stond en liet hem doelloos in haar handen rollen. Voordat ze het wist, stond hij bij haar en sleurde haar over de vloer. Ze merkte op dat de sinaasappel wegrolde naar het raam toe en ze wilde tegen hem zeggen dat hij er niet op moest trappen, omdat ze zo duur waren. Net als de eerste keer tilde hij haar een beetje op en hield hij haar bij haar polsen vast, en schreeuwde dat hij heus wel wist dat ze met Nick neukte, dacht ze soms dat hij gek was? Ze zei niets, het had geen zin, en hij gaf haar een klap, harder dan de vorige keer en ze viel weer op de grond en rolde op haar buik en begroef haar hoofd in haar armen.

Daar bleef ze liggen, haar stem gedempt, haar lichaam op en neer deinend. Ze hoorde hem niet. Ze wist niet wat hij aan het doen was. Maar hij was nog steeds in het atelier. De tijd leek trager te verlopen en ze kon niet zeggen hoe lang geleden het was dat hij haar een klap had gegeven, of het één minuut was of tien minuten. Ze durfde niet te gaan zitten. Ze was bang dat ze hem nog kwader zou maken. Toen hoorde ze een soort geschraap. Ze kon het geluid niet thuisbrengen. Ze tilde haar hoofd een klein beetje op en deed haar ogen open. Ze zag dat hij aan de andere kant van het vertrek stond, bij de tafel, met zijn rug naar haar toe.

'Wat ben je aan 't doen?'

Hij keerde zich niet om, hij antwoordde niet. Weer werd ze overvallen door het gevoel dat ze het allemaal beu was. Ze kwam zuchtend overeind en raakte voorzichtig haar gezicht aan, dat pijnlijk klopte. Ze reikte naar haar poederdoos om de schade op te nemen. Edgar stond nog steeds met zijn rug naar haar toe en maakte nog steeds dat vreemde schrapende geluid.

'Ik vroeg wat je aan 't doen was.'

Toen herkende ze het geluid. Hij schraapte met een lemmet over een steen. Ze knipte de poederdoos open. Ze was er ontzettend van geschrokken. Ze staarde naar zichzelf in het kleine ronde spiegeltje. Een kant van haar gezicht begon al rood te worden. Ze voelde kloppende pijnscheuten.

'Wat ben je aan het slijpen?'

Hierop kwam geen antwoord. Ze vroeg zich af of ze de deur uit moest rennen. Wat kende ze hem eigenlijk slecht. In de tuin had ze hem wel gekend. Toen zou ze hebben gezegd dat wat er ook in de toekomst zou gebeuren, wat hij ook zou doen, zou stroken met de man die ze kende. Maar hij was niet de man die ze kende. Hij was iemand anders. Of had ze die andere man verzonnen, hem geschapen uit haar behoefte?

'Wat ben je aan het slijpen?'

'Een mes.'

Een mes om haar hoofd mee af te houwen.

'Waarom ben je dat mes aan het slijpen?'

Ze was merkwaardig kalm terwijl ze haar gezicht onderzocht. Ze herinnert zich dat ze dacht dat ze dankbaar moest zijn dat hij haar huid niet had opengehaald. Haar ogen waren uitgelopen en ze bette ze voorzichtig met een zakdoek. Ze had haar gedachten bij het vluchten, want hij zou haar vermoorden. Vreemd genoeg bevatte die gedachte geen angst, ze stond los van alles om haar heen. De schaal van alle dingen was veranderd. De poederdoos die ze voor haar gezicht hield, leek ver weg, alsof hij samengeperst was tot de afmeting van een muntstuk. Haar spiegelbeeld was piepklein. Ze kon haar gelaatstrekken niet goed zien, zo klein was haar gezicht.

'Om de sinaasappel mee te snijden.'

Hij was ook piepklein en ver weg. Ze zag hem alsof ze naar hem keek door het verkeerde uiteinde van een telescoop. Hij was met slijpen opgehouden. Hij stond nog steeds met zijn rug naar haar toe, maar keek naar haar over zijn schouder. Een piepkleine man heel ver weg aan de andere kant van een gigantisch vertrek.

'Om de sinaasappel te snijden?'

Haar stem leek uit een onbekende bron op te stijgen, toonloos en metaalachtig. Hij liep door de kamer met uitgestrekte hand en bood een partje van de sinaasappel aan. Ze stopte het in haar mond. Hij wilde haar niet vermoorden, hij wilde haar een stukje fruit aanbieden. Hij keek haar strak aan terwijl ze het opat.

'Wat is er?'

Het was zo raar, de manier waarop hij naar haar keek. Ze had geen flauw idee waar hij aan dacht. Hij schudde zijn hoofd en draaide zich om. Ze zag dat hij nog een stuk sinaasappel afsneed en het aarzelend naar zijn lippen bracht, alsof hij het nooit eerder had geproefd. En toen begreep ze het. Ze herinnerde zich iets van wat ik haar verteld had, over de misvattingen die hij erop na had gehouden met betrekking tot Ruth Stark. Ze herinnerde zich dat ik had gezegd dat hij dacht dat ze zijn eten vergiftigde.

*

Dit greep haar aan op een manier zoals niets haar ooit had aangegrepen. Zijn geweld had ze gerationaliseerd. Zijn jaloezie kon ze verklaren. Maar dat hij dacht dat ze hem vergiftigde met een *sinaasappel!* – daar schrok ze van. Nu wist ze dat ze *voor zijn eigen bestwil* bij hem weg moest gaan en alles wat wij haar hadden verteld, alles wat zij tot dat ogenblik met succes had verdrukt, alles kwam haar bewustzijn binnenstromen en voor het eerst was ze doodsbang voor hem. Of liever gezegd, niet voor hem, maar voor de waanzin die in hem zat, dit was een punt dat ze benadrukte. Ze wist dat zij haar angst niet moest tonen, want ze geloofde nu dat hij elk moment gewelddadig kon worden en met haar zou doen wat hij met Ruth Stark had gedaan. Misschien zou hij bij haar niet eerst dronken hoeven te worden, misschien was hij alle zelfbeheersing al kwijt. Ze had het gevoel dat hij, als hij haar angst zou ruiken, uit elkaar zou springen.

Ze wilde op de vlucht slaan, maar ze durfde het vertrek niet te verlaten. Ze had de sensatie dat hij zou voelen wat er in haar hoofd omging, en als hij het wist, dan zou dat het einde betekenen.

'Ik ga naar boven,' zei ze.

Ze raapte haar handtas op en liep langzaam de trap op en ging op de matras zitten. Ze veegde haar vingers af, die plakkerig geworden waren van de sinaasappel en bekeek opnieuw haar gezicht in het spiegeltje van haar poederdoos. Toen pakte ze haar boek, installeerde zich op het bed en zonder ook maar een blik te werpen op het atelier begon ze te lezen. Ze voelde dat hij haar gadesloeg. Gaat het nu gebeuren? De kalmte die ze uitstraalde was totaal geforceerd. Haar hart klopte razendsnel, haar huid was klam van angst en ze dreigde elk moment overmand te worden door paniek.

Hij bleef de hele middag in het atelier. Hij werkte aan haar hoofd. Ik geloof dat ik wel raden kan wat een bovenmenselijke wilsinspanning hij toepaste om zich te beheersen. Ik geloof dat hij door aan haar hoofd te werken haar probeerde helder te zien, de waarheid in haar te zien en op die manier de waanzin die in hem zat te overmeesteren en te verslaan. Stella boven kon dit niet raden, ze bad simpel dat hij uit zou gaan. Ze durfde alleen in haar hoofd voorbereidingen te treffen voor haar vertrek. Ze lag tussen het beddegoed met haar hoofd tegen de stenen muur sigaretten te roken. Nadat ze zo lang had ontkend wat ze wist van de moord op Ruth Stark, kon ze ineens nergens anders meer aan denken. Dat hij dacht dat zij hem aan het *vergiftigen* was – o, dan was hij gek, dan was hij inderdaad gek, en ondanks haar grote vrees had ze het nog steeds medelijden met hem, want ze begreep dat zijn krankzinnigheid een ziekte was. Ze had veel te lang onder psychiaters geleefd om dat te vergeten.

*

Zonder een woord te zeggen ging hij kort nadat het donker was geworden uit, ze hoorde hem weggaan, die sterke man. Ze verspilde geen tijd. Ze had nauwkeurig gepland wat ze ging doen. In minder dan tien minuten pakte ze haar koffer en kleedde ze zich aan. In haar regenjas, sjaaltje en zonnebril rende ze de trappen af en de steeg door. Daar wachtte ze een ogenblik en ze keek toen om de hoek van de binnenplaats. Die was verlaten. Haastig liep ze de straat op. Ze hield halt bij de muur om zich ervan te verzekeren dat hij niet op de terugweg was. Dat was niet zo. Er blies een koude wind vanaf de rivier. Ze liep snel door.

Een half uur later betrad ze omzichtig de gelagkamer van een sjofele pub in de buurt van Waterloo. Het was er schoon, warm, leeg en gevaarlijk; door heel Londen heb je dit soort pubs, dacht ze, pubs die de belofte van veiligheid lijken in te houden, maar waar hij in werkelijkheid elk moment kon binnenstappen. Er was slechts één man in een grijze regenjas die aan de bar zat, met zijn avondkrant en een glas bier. Er lag een tapijt op de vloer en de gaskachel was aan. Naast de kachel, in de hoek, stond een kleine ronde tafel met metalen poten. Alleen die man aan de bar, de gloeiende kachel, het warme gedempte licht, sigaretten en alcohol, en buiten de kou en de schemer, een leeg atelier, een krankzinnige. Ze wilde een poosje aan dat tafeltje gaan zitten en wat drinken. Van de vrouw achter de bar kocht ze een pakje sigaretten en een groot glas gin en een flesje tonic, die ze met zich meenam naar de kachel, waar ze zich installeerde met haar gehavende wang naar de muur gekeerd. Ze schonk tonic bij haar gin en stak een sigaret op. Na een paar minuten kreeg ze in de gaten dat de man aan de bar haar gadesloeg, maar toen ze opkeek, richtte hij zijn ogen weer op zijn krant.

Het was er warm en rustig en het licht was gedempt. Het flesje tonic was nog niet leeg, dus bestelde ze nog een gin. Toen ze bij de bar stond, vroeg de man in de regenjas of hij haar een drankje mocht aanbieden. Nee, zei ze, ze wachtte op haar man. Hij vond het waarschijnlijk vreemd, zei ze, dat ze een zonnebril op had. Hij was waarschijnlijk benieuwd hoe ze aan die blauwe plek op haar wang was gekomen. Het kon haar niet schelen wat hij dacht. Ze nam haar gin mee naar haar tafeltje bij de kachel. Ze wachtte. Ze had deze pub uitgekozen omdat buiten een telefooncel stond. Ze had het nummer van Nick gebeld, maar iemand had gezegd dat hij er niet was. Over een half uur zou ze het nog een keer proberen.

Een uur later zat ze er nog. Verdriet welde in haar op, de ene golf na de andere, en ze zei streng tegen zichzelf, op een toon waarin ze die van Max herkende, dat ze niet zo mal moest doen, geen medelijden met zichzelf moest krijgen – *dat ze flink moest zijn.* Hoe ironisch dat een van de grondregels van Max voor het in toom houden van onstuimige vrouwelijke emoties haar te hulp schoot bij deze uitzonderlijke gelegenheid van uiterste nood. Flink zijn, schat, je bent op een openbare plek, je wilt toch niet te koop staan? Daar werd ze door afgeleid, het idee dat ze te koop stond. Het tafeltje met de huilerige gaste inlijsten, in een sombere zwarte lijst, met daaronder de titel van het stuk, 'Melancholie.' Ze glimlachte, haar gezicht deed pijn, geluidloos stroomden de tranen over haar wangen. Uit de gelagkamer klonk het geluid van mannelijke hilariteit. Het is genoeg geweest, Stella, zei ze tegen zichzelf, maar dat hielp niet, het leek het alleen maar erger te maken, en op dat ogenblik draaide de man aan de bar zich om en nam haar onbeschaamd op, dus kwam de openbaar te koop staande overeind en liep naar buiten om het nummer van Nick voor de derde keer te proberen.

*

Het was een heel klein appartement, maar het was beter dan de zolder. Wat een genot om een echte badkamer te hebben! Nick had zich ernstig ongerust over haar gemaakt. Hij was naar de zolder gegaan en had daar niemand aangetroffen. Hij wist niet wat hij had moeten denken, maar hij had het ergste gevreesd. Hij was enorm opgelucht toen hij haar stem door de telefoon hoorde. Hij kwam naar de pub, ze dronken samen iets en toen nam hij haar mee naar het appartement. Ze zei tegen hem dat ze het liefst meteen een bad wilde nemen.

Ze kleedde zich in de badkamer uit. Ze liet zich zakken in het hete water en deed haar ogen dicht. Ze had het gevoel dat ze al heel lang niet echt schoon was geweest. Een deel van de ellende en armoedigheid en schuldgevoelens van de afgelopen dagen trok op. Na enige tijd bekeek ze haar lichaam, haar blanke huid, haar borsten, haar ledematen, haar bleke fijne handen en voeten. Max had na drie of vier jaar huwelijk geen belangstelling meer in haar lichaam gehad, want hij had de fantasie niet om seksueel aantrekkelijk te blijven. Ze had van toen af aan min of meer celibatair geleefd, tot Edgar. Maar over hem kon ze nu niet nadenken. Ze verdrukte hem.

Ze stapte uit het bad en poederde zich voor de lange spiegel aan de deur.

Dierbare Nick. Hij had het niet in huis om gastvrijheid en een toevluchtsoord te bieden aan een in nood verkerende vrouw, maar hij deed zijn best. Hij stond erop dat zij het bed nam, hij kon in de leunstoel slapen. Dus ging ze dankbaar met haar badjas aan in bed liggen, terwijl hij haar betuttelde en van een drankje voorzag.

'Wil je iets eten?'

'Ik heb geen trek, Nick.'

Ze was ingetogen en hoffelijk, zoals het een dame in behoeftige omstandigheden betaamt. Ze mocht deze zwakke, sjofele, aardige man heel graag. Ze moest altijd glimlachen om die met verf besmeurde broek van hem, zij en Edgar hadden er onderling grapjes over gemaakt, ze hadden voorgesteld dat hij hem als kunstwerk tentoon zou stellen. Arme Nick, hij had meegelachen, maar de volgende keer dat ze hem zagen had hij een schone broek aan, ofschoon die niet lang schoon was gebleven. Nu zat hij voorover op de rand van de leunstoel in zijn lange handen te wrijven en vertelde hij haar verlegen hoe hij zich had gevoeld toen hij haar aan de telefoon had gekregen die avond, van zijn enorme opluchting.

'Ik kende hem al toen hij zich allerlei dingen over Ruth in het hoofd haalde,' zei hij.

'Ach, Ruth,' zei Stella. Op dit moment hoefde ze niets over Ruth te horen.

'Nick,' zei ze, toen haar iets te binnen schoot.

'Wat?'

'Is Edgar ooit hier geweest?'

Nick keek onthutst en zei ja.

*

Ze kon niet slapen, en Nick ook niet; hij lag onderuitgezakt in de leunstoel onder een deken te woelen en probeerde te rusten. Ze vroeg zich op een gegeven ogenblik af of ze hem moest uitnodigen bij haar in bed te komen liggen. Later glipte ze uit bed en ze liep naar het raam en deed het gordijn een paar centimeter open. De regen kwam gestadig neer; het viel schuin omlaag in de gloed van de straatlantaarns. De nauwe straat, glad en glimmend, was verlaten. Wat had ze verwacht, hem daar te zien staan onder een lantaarn in de regen, turend naar het raam?

Weer later hoorde ze Nick naar zijn sigaretten tasten; hij probeerde geen lawaai te maken, maar toen streek hij een lucifer af.

'Ik slaap niet, hoor,' zei ze in het duister.

'Ik kan ook niet slapen.'

'Nick?'

'Wat?'

'Hij komt vast hier naar toe, hè?'

'Ik weet het niet.'

'Ik ben bang.'

Hij kwam op de rand van het bed zitten en hield haar hand vast.

'Hij kan er niets aan doen,' zei ze. 'Het komt omdat hij ziek is. Je weet hoe hij is als hij niet ziek is.'

Nick zei niets. Hij hield haar hand stevig vast. Ze realiseerde zich dat hij geil werd. Het was nooit bij haar opgekomen dat Nick haar begeerde. Had Edgar dat in de gaten gehad, was dat hoe het allemaal begonnen was? Was het allemaal Nicks schuld?

'De deur zit op slot,' zei hij.

Ze kneep in zijn hand. Hij boog zich naar haar toe en ze stond toe dat hij haar kuste. Hij schoof zijn hand onder de

deken en betastte aarzelend haar borsten.
'Nee, Nick.'
'Sorry.'
Hij ging terug naar zijn leunstoel.
'Probeer wat te slapen,' zei ze.

*

Hij kwam vroeg in de ochtend. Ze werden gewekt door het geluid van de deurknop. Ze zijn er nooit achter gekomen hoe hij het gebouw in was gekomen, want de voordeur zat op slot. Ze gingen zitten en staarden in afschuw naar de deur.

'Doe de deur open, Nick.'

Zijn gedempte stem joeg haar angst aan. Het was hem niet, het was nog steeds die ander met het vreemde geforceerde accent. Nick keek haar verbluft aan en schudde met zijn hoofd. In het flauwe licht zag ze de angst in zijn gezicht.

'Doe de deur open, Nick. Toe nou, man, ik ben het. Ik ben niet van plan je pijn te doen.'

Stilte. Ze waren muisstil. Hij zal geen oproer veroorzaken, dacht ze. Hij durft de deur niet open te breken, dat zou zijn einde betekenen. Tenzij hem dat niet meer kan schelen.

'Ze is bij je, hè?'

Nick wist niet wat hij doen moest. Hij was verlamd. Stella staarde hem aan en schudde haar hoofd. Hij moest niet met hem praten, zelfs niet door een gesloten deur. Nick haalde zijn schouders op als een schooljongen. Met haar vingers op haar lippen liep Stella geluidloos door de kamer. Ze ging op de armleuning van de stoel zitten en legde haar hand op Nicks mond. Met haar andere hand hield ze zijn pols vast. Hij keek haar aan en ze beduidde met haar mond dat hij zich stil moest houden.

'Het is jouw schuld niet, Nick,' zei de stem. 'Ik weet hoe ze is.'

Nick sperde zijn ogen wijd open. Ze wist niet wat hij ging doen. Ze haalde haar hand van zijn mond en boog zich voorover en zoende hem.

'Ze deugt niet.'

Nick probeerde zijn hoofd naar de deur toe te keren, maar ze had zijn haar beet, ze hield hem stevig vast, terwijl ze haar mond hard op de zijne gedrukt hield.

'Nick!'

Hij gaf een hele harde bons op de deur. Nick sprong van schrik bijna uit de stoel, maar Stella hield hem vast, bleef hem zoenen, stak haar tong in zijn mond. Haar badjas was onderaan opengevallen terwijl ze zich op de leuning van de stoel in evenwicht hield en Nick liet zijn hand erin glijden en begon aarzelend haar benen te strelen.

Aan de andere kant van de deur was het nu stil. Was hij weggeslopen, bang dat het lawaai dat hij maakte het hele huis wakker zou maken, of stond hij op de gang te wachten? Nicks hand schoof omhoog naar haar lies. Ze begon ook opgewonden te raken, door de situatie zowel als zijn strelingen, maar ze duwde zijn hand weg. Ze liep naar de deur en drukte haar oor er tegenaan. Ze hoorde niets. Nick had zich in de stoel achterover laten vallen en zag bleek. Ze liep naar het raam en trok het gordijn een kiertje open. Ze zag hem aan de zijkant uit het gebouw komen en keek hem na. Hij liep nu zelfs anders, slungelachtig, slecht gecoördineerd. Zij had er geen moeite mee hem niet te roepen, hem gewoon weg te laten lopen. Het was opgehouden met regenen. Ze keek de kamer in en zag de in elkaar gezakte, ontredderde Nick.

'Hij is weg,' zei ze.

'Ik wil een borrel.'

'De stakker.'

*

Ze verhuisden binnen het uur. Elk met een koffer slopen ze naar buiten door een zij-ingang. Er was nog niemand op en de buurt was bijna geheel verlaten. Een poosje later kwamen ze twee luidruchtige mannen in avondkleding tegen die op zoek waren naar een taxi. Stella had nog maar één paar schoenen, met hoge hakken, en struikelend probeerde ze Nick bij te houden, die nog steeds doodsbang was. Hij droeg haar koffer en zij hield hem stevig bij de arm. Ze stapten op een bus die in westelijke richting ging, van Southwark vandaan, en zaten tussen slaperige mannen en vrouwen die te zeer in hun krant en slechte humeur opgingen om aandacht te schenken aan de bont en blauw geslagen vrouw in de regenjas en de lange, sjofele, zenuwachtige man naast haar.

Het was een bewolkte dag. De regen sloeg in vlagen tegen de raampjes van de bus. Na enkele minuten stapten ze uit. Nick zei dat hij wist waar ze waren. Hij leidde haar een zijstraat in naar een verwaarloosd plein met grote georgische huizen gegroepeerd om een door een hek ingesloten lapje grond met bruin gras en een boom in het midden. Het hotel onderscheidde zich niet van de andere huizen. Een vermoeide vrouw ging hen voor de goedkoop gestoffeerde trappen op en liet hen een kamer zien die uitzicht bood op een hoge stenen muur met glasscherven in de rand gemetseld en een steeg vol vuilnisbakken, waslijnen en katten.

*

Ze zei dat de twee dagen die ze met Nick doorbracht nog wel de allergroezeligste waren. Slechts een paar saillante details zijn in haar hoofd blijven hangen. Hij was niet erg zindelijk, zei ze, en at en dronk op een vieze manier. Hij was attent en toegewijd, maar sloeg haar voortdurend gade, niet met tederheid maar met begeerte. Ze begon zich af te vragen of hij in staat was haar te verkrachten. Urenlang lag ze op het doorgezakte tweepersoons bed, en de plafonnière straalde een zwak geel licht uit waardoor alles in het vertrek er nog lelijker uitzag dan het was, met inbegrip van hen beiden. Ze lag zich ongerust te maken over Edgar. Ze was bang dat hij dermate gestoord was geworden dat hij niet meer kon vermijden de aandacht op zichzelf te vestigen. Ze dacht dat hij misschien iets stoms zou doen.

En hun gezamenlijke toekomst?

O, zei ze monter, daar was ze altijd zeker van geweest. Ze wist dat de draad niet gebroken was, zelfs tijdens zijn ergste aanvallen van agressieve jaloezie voelde ze dat hij naar haar toe worstelde, voelde ze zijn hartstocht, alleen was die overhoop gegooid en in verkeerde banen geleid, afgevoerd, leek het, naar een of ander kanaal waaruit het monsterlijk, verwrongen en onherkenbaar weer opdook. Dit kwam door zijn ziekte. En ze zei dat ze gedurende die twee dagen die ze met Nick doorbracht, trachtte te doen wat haar hart haar ingaf, zoals ze het noemde: voor de eerste maal trachtte ze, niet met haar intellect maar met haar gevoelens, de man van zijn ziekte te scheiden, en ja hoor, dat lukte haar. Ach, het was gemakkelijk, ze kon die taak gemakkelijk op zich nemen: ze zag hem voor zich terwijl hij zijn hoofd vasthield en de storm door woedde in zijn arme achterlijke geest, maar die storm was hij zelf niet! De storm zou voorbijtrekken, hij zou zich herstellen, hij zou zichzelf weer zijn. Maar *voor zijn eigen bestwil* moest ze hem vermijden tijdens zijn krankzinnigheid; later zou ze naar hem terugkeren. Hoe het allemaal weer goed zou komen wist ze niet, maar ze verkoos erop te vertrouwen dat het zou gebeuren.

*

Nick durfde niet meer naar de zolder te gaan, hij durfde helemaal de straat niet meer op en ze brachten veel te veel tijd met elkaar door. Hij begon haar al gauw ontzettend op de zenuwen te werken, maar ze had inmiddels haast geen geld meer en geen idee hoe ze eraan moest komen. Aan het eind van de gang was een badkamer die ze moesten delen met de andere gasten op hun verdieping. Daar bracht ze zo veel tijd door als ze kon, alleen al om aan Nick en zijn stank en zijn angst en zijn geilheid te ontsnappen. Het rook naar gekookte kool in het gebouw, dat uitsluitend bewoond leek te zijn door sjofele grauwe figuren die haar ogen vermeden wanneer ze hen op de gang of op de trap passeerde.

Ten slotte kreeg ze er genoeg van. Ze reageerde zich af op Nick. Ze moest toegeven dat ze op de ochtend van hun derde dag, na weer een onrustige, ellendige nacht, in een zwak moment had toegegeven aan zijn voortdurende beestachtige wellust en hem in haar bed ontvangen had. Ze was passief. Het deed ook nogal zeer. De enige bevrediging die ze eruit putte was de herinnering aan hoe het was om met Edgar te vrijen. Dus riep ze, in haar vernederende en wanhopige positie, terwijl Nick zwoegde om aan zijn gerief te komen, het beeld op van haar minnaar.

Naderhand was Nick op een pathetische manier met zichzelf ingenomen, en dat was de druppel. Ze viel hem aan, ze kleineerde hem, ze dreef de spot met zijn zwakheid, zijn mislukking als vaste rots waar ze houvast aan kon hebben. Hij trachtte zijn medeleven en bezorgdheid te betuigen, maar wat had ze aan zijn bezorgdheid, of zijn medeleven, die kon hij houden. Ze ging naar de badkamer en kwam terug en begon zich voor zijn neus aan te kleden, op een provocerende manier, en ging weg, zonder dat ze zei waar ze naar toe ging, aangezien ze dat niet wist. Ze liet hem achter als een geslagen hond die zijn wonden likt.

Ze doolde door de straten, een treurige, trage vrouw, met

openhangende jas en een sigaret die tussen haar vingers bungelde. Het kon haar niet schelen hoe ze eruit zag of wie haar zou opmerken. Een treurige vrouw die door de straten dwaalde, slap, niet helemaal echt, niet helemaal aanwezig, een spook. Ze nam een besluit.

*

Ze vond het plotseling absurd, zei ze, dat ze op de vlucht was en zich schuilhield, niet voor de ziekenhuisautoriteiten, maar voor *Edgar!* Ze nam een bus helemaal naar Blackfriars en liep door de regen naar Horsey Street. Op straat waren een paar jongens met een bal aan het spelen, die ze tegen de muur schopten. Ze onderbraken hun spel en staarden haar aan terwijl ze de steeg doorliep naar de binnenplaats, en hun zwijgzame onderzoekende blik hielp niet de ontzetting die zij voelde te verlichten, een ontzetting die zo sterk was dat ze er misselijk van werd. Meer dan eens verloor ze bijna de moed en dacht ze dat ze er niet mee door kon gaan.

Ze bereikte de ingang tot het gebouw. De kinderen hadden hun spel nog niet hervat, ze waren achter haar aan de binnenplaats opgelopen en bleven haar nu stil staan aanstaren. Al gauw begreep ze waarom. De deur bovenaan de trap naar de zolder stond open en er waren mannen binnen. Onmiddellijk maakte ze rechtsomkeert, maar ze hadden haar al gezien. Ze hoorde een stem roepen; ze bleef niet staan. Er kwam een man achter haar aan die haar halverwege de trap inhaalde. Een ogenblik, alstublieft, zei hij en hij legde een hand op haar schouder. Ze draaide zich om. Hij herkende haar. Jezus, zei hij, mevrouw Raphael. U bent Stella Raphael. Ze staarde hem aan. Ze had hem nog nooit van haar leven gezien. Hij begon iets naar de andere mannen te schreeuwen. Binnen enkele ogenblikken verschenen er twee op de trap die net zo verrast waren als de eerste. Ze namen haar mee naar de zolder. Edgar was er niet en ze wisten kennelijk ook niet waar hij uithing. Ze wilden haar een paar vragen stellen, zeiden ze. Als ze daar geen bezwaar tegen had.

9

Met deze dramatische ontwikkeling kwam Stella weer in mijn gezichtsveld terecht, kwam ze opnieuw scherp te staan in mijn beeld en is dit verslag gebaseerd op mijn eigen observaties. Ze zegt dat ze dankbaar was dat ze haar niet ruw behandelden. Eigenlijk waren ze verbaasder dan wie ook, ik denk omdat het niet bij hen opgekomen was dat ze op zo'n stomme manier in hun val zou lopen. Nadat ze eenmaal hadden vastgesteld dat ze niet wist waar Edgar was, deden ze geen poging haar ter plekke te ondervragen.

De gebeurtenissen die plaatsvonden in de uren die daarop volgden, komen haar nu onwerkelijk voor, als een soort nachtmerrie. Ze herinnert zich een kamer op een politiebureau en een vrouw in uniform die haar een kop thee bracht. Ongeveer een uur later arriveerde Max. Hij had besloten, evenals de politie, dat het 't beste was haar op een vriendelijke manier te benaderen: Stella als slachtoffer, verleid en verlaten, een zielige vrouw die op het verkeerde pad was gebracht door een sluwe man die haar had gemanipuleerd en gevangengehouden en haar vervolgens had afgedankt. Toen hij het vertrek binnentrad, probeerde ze kalm en afstandelijk te blijven, maar dat kon ze niet opbrengen en voordat hij zelfs zijn mond open had gedaan was ze al in zijn armen en klemde ze zich stevig aan hem vast. Ze was zo zwak en eenzaam geweest en wanhopig in de afgelopen paar dagen. Hij streelde haar over haar haren en ze vond het niet erg dat hij haar streelde als een dokter, als een psychiater, aangezien ze dat op dat moment nodig had. Later pas verdween de dokter op de achtergrond en trad de echtgenoot naar voren en brak er een nieuwe nachtmerrie aan.

Ze stond zichzelf toe helemaal in te storten. Ze werd passief en gedwee, als een kind of een zieke. Ze spraken haar vriendelijk toe en zij beantwoordde hun vragen. Ze zag hen bedenkelijk kijken, tegen elkaar op lage toon mompelen en ze deed geen enkele poging te begrijpen wat er gaande was, ze had geen enkele neiging er actief aan deel te nemen. Het enige wat ze nu verlangde was dat ze zich over haar zouden ontfermen.

Ze bracht die nacht door in een cel op het politiebureau. Ze maakten hun excuses, maar het kon haar niets schelen. Slaap was slaap en ze hadden beloofd dat ze een pil zou krijgen. Het was een kaal vertrek, maar de lakens waren schoon. Ze slikte haar pil in en sloot haar ogen, bande alle gedachten en gevoelens uit haar hoofd en sliep lang en diep; de enige droom die ze zich de volgende ochtend kon herinneren had te maken met de serre in de moestuin, maar verder wist ze het niet meer.

*

Het gevoel van verlamming trok geleidelijk aan weg. De volgende dag moest ze zich onderwerpen aan een lang vraaggesprek met een hoge functionaris van de politie, die beleefd was, zei ze, op een korzelige manier. Ze liet haar ogen door zijn kamer dwalen. De muren waren tot schouderhoogte met groene glansverf geschilderd en crèmekleurig tot aan het plafond. De lichtknopjes waren geribbelde metalen bolletjes op een houten plaatje. Er waren twee grote stoffige boogramen, verscheidene grijze metalen archiefkasten, een landkaart aan de muur waar spelden in gestoken waren en een grote klok boven de deur. Er stak een gaslamp uit de muur aan een gewelfde metalen arm. Hij vroeg haar waar ze met Edgar Stark had samengewoond, wat ze hadden gedaan, de mensen die ze hadden ontmoet. Ze vertelde hem alles wat ze zich kon herinneren, ze dacht niet dat het hem nog zou kunnen schaden, maar ze kon zich van niemand de naam meer herinneren. Hij knikte, maakte aantekeningen, hij liep met haar in een rechte lijn de dagen en nachten door sinds ze voor het eerst in het pakhuis aan Horsey Street was getrokken. Ze vertelde hem haar verhaal en schonk geen bijzondere aandacht aan zijn reactie. Ze sprak niet over de aanvallen van jaloezie en ze probeerde Nick er zoveel mogelijk buiten te houden. Hij leek meer interesse te tonen in bepaalde stukken van haar verslag dan in andere, waarom wist ze niet en ze hoefde dat ook niet te weten. Het was afgelopen, dat was alles, en terwijl ze zowel opluchting als leegte ervaarde, ving ze als door een mist heen een glimp op van de tastende duistere vingers van verlies en flauwtjes begon te dagen wat haar te wachten stond. Ze begon zich schrap te zetten voor de duisternis.

De volgende dag reed ze met Max naar huis. De Jaguar stond op het parkeerterrein achter het politiebureau geparkeerd. Terwijl hij het portier voor haar openhield, wierp ze een blik langs het gebouw omhoog en zag ze het getraliede venster van de cel waarin ze de afgelopen twee nachten had doorgebracht. Zwijgend reed hij de parkeerplaats af en voegde in het lichte Londense verkeer in. Het was de eerste keer dat ze alleen samen waren sinds ze opgepakt was.

'Je ziet er moe uit,' zei ze.

Hij gaf geen antwoord. Hij rookte en staarde recht voor zich uit.

'Ik heb gisteravond met Jack getelefoneerd. We denken dat de politie geen aanklacht zal indienen.'

'Tegen wie?'

Hij keek haar snel aan. Ze zat ineengedoken op de voorbank en had zijn overjas aan. Toen ze zijn blik voelde, keerde ze zich naar hem toe. Hij keek weer op de weg.

'Ben je je er niet van bewust dat wat je gedaan hebt strafbaar is?'

De manier waarop hij het zei, stond haar niet aan en wat hij zei, interesseerde haar niet. Ze gaf geen antwoord. Beiden tuurden ze recht voor zich uit op de weg.

'Niemand is op een schandaal uit,' zei Max.

Ze zweeg.

'Ik had niet verwacht dat je dankbaar zou zijn.'

Een vrachtwagen sneed hen af en Max moest hard remmen om er niet tegenaan te botsen. Hij deed er een paar minuten over om het bakbeest te passeren en tegen de tijd dat ze weer op normale snelheid reden, leek hij vergeten te zijn dat hij had gewaagd dankbaarheid op te eisen. Ze zag toen wel in hoe ingewikkeld en pijnlijk hun onderhandelingen zouden verlopen nu het allemaal voorbij was. Als het allemaal voorbij was. Was het allemaal voorbij? Hij stelde zich kennelijk ridderlijk op. Hij behoedde haar voor gerechtelijke vervolging. Hij stond paraat voor haar. Hiervoor zou een prijs gevorderd worden. Dankbaarheid was slechts het begin.

*

Zij en ik hadden een gesprek op een ochtend aan het eind van oktober, een kille ochtend waarop de mist tussen de bomen bleef hangen. We wandelden door de moestuin, waar het allemaal was begonnen. De mannen waren dode bladeren aan het verbranden en er hing een geur van vuur in de lucht. Ze zei tegen me dat het haar verdrietig maakte dat ze de lente, en de zomer, in de tuin niet meer mee zou maken. De verandering in haar was opvallend. Ze was bleker, trager, dikker; ze bezat nu een zekere zwaartekracht. De appelbomen waren zwaar beladen en de grond eronder was bezaaid met afgevallen vruchten, zachte, sponzige appels, lichtgroen en geel en gespikkeld met zwarte rotte plekjes. Terwijl we ons een weg baanden tussen de rotte appels door stak ze haar arm door de mijne. Ik was haar eerste en enige bezoeker, zei ze, de rest knikte tegen haar en zei goedemorgen, maar kon zich er niet toe brengen haar aan te kijken, ze wendden hun ogen af, ze vertegenwoordigde een openlijke belediging voor hun opvatting van fatsoen. Ze had nog geen woord vernomen van de Straffens en had aangenomen, zei ze, dat haar oude vriend Peter Cleave zich aan hun kant had geschaard.

'En hoe gaat het nu met je, schat?' vroeg ik.

'Ach, Peter,' zei ze. 'Het is weleens beter geweest. Ik vind het echt fantastisch dat je me komt opzoeken. Ik dacht echt dat je ook op de tribune stond en me samen met de rest uitfloot.'

'Ik?' zei ik. 'Ik jou uitfluiten? Zo licht vat ik vriendschap niet op, hoor!'

'Dat had ik moeten weten.'

'Bovendien,' zei ik, 'ben ik dokter en neem ik het niemand kwalijk als hij ziek wordt. Dus hoe kan ik het jou nou kwalijk nemen dat je verliefd bent geworden?'

'De anderen denken daar anders over.'

'Tja, dat komt omdat ze zich gekwetst voelen door wat je hebt gedaan. Pas als we pijn voelen, of het voelen aankomen, beginnen we onderscheid te maken tussen goed en kwaad.'

'Zit het zo in elkaar?'

'Ik denk van wel. Jij niet?'

We waren aangekomen bij de bank in de serre en gingen zitten. Ze wierp haar hoofd achterover en deed haar ogen dicht.

'Ach, ik weet het niet. Ik ben te moe om na te denken.'

We bleven zo een poosje zitten zwijgen. Later zei ze dat ze het zalig had gevonden, dat gevoel van eenvoudige kameraadschap, dat ze zich niet had gerealiseerd hoezeer ze dat had gemist.

'Hoe staan de zaken met Charlie?' zei ik zachtjes.

'Lieve Peter,' zei ze. Ze was me dankbaar voor mijn tact, dankbaar dat ik niet vroeg hoe ze met Max opschoot; ik had, zei ze, herkend welke relatie werkelijk belangrijk was.

'Ik ben hem terug aan het winnen. Hij wil graag van me houden.'

'Ik zal je missen,' zei ik.

'Dus je hebt het gehoord?'

'Van Cledwyn? Ja.'

'Ken je het?'

'Ik heb er ooit een patiënt opgezocht. Een en al schapen en tractors. Ik ben bang dat je het er niet erg leuk zult vinden.'

Ze glimlachte.

'Schapen en tractors. Ik zal een huisvrouw op het platteland worden. En niemand zal iets van mijn verachtelijke verleden afweten.'

Voordat ik overeind kwam om weg te gaan, vertelde ik haar waarvoor ik gekomen was, dat ik in alle ernst enorm opgelucht was dat haar geen kwaad aangedaan was.

'Je weet niet wat voor kwaad me aangedaan is,' zei ze.

'Voor zover ik kan zien ben je nog heel.'

Ze raakte haar borst aan. 'Niet van binnen.'

'Je zult nog wel genezen,' zei ik.

'Kom me alsjeblieft nog eens opzoeken,' zei ze. 'Je bent de enige vriend die ik heb, weet je.'

Ik beloofde dat en toen ik afscheid nam, vroeg ze me zachtjes of ik wist waar Edgar was.

Ik zei tegen haar dat ik dat niet wist.

Ze vertelde me later dat ze zich na mijn bezoek veel beter had gevoeld. Dat er een zekere zwaarmoedigheid uit haar hoofd verdween. Ze zei dat ze verwachtte dat ze zich, voordat ze naar Wales vertrok, op me zou moeten verlaten om steun te vinden, zodat ze haar geest kon opladen voor wat voor haar in het verschiet lag.

*

Ik bezocht haar regelmatig tijdens de dagen die volgden. Ze was openhartig over haar verhouding met Max. Hij putte er een walgelijke genoegdoening uit, zei ze, haar te zien lijden als gevolg van haar ontrouw. Jij hebt dit gedaan, het is jouw schuld, leek hij voortdurend te impliceren. Loop naar de hel, dacht ze, ik zal dit incasseren, maar wat ik niet zal toestaan is deze valse kalmte van jou, deze façade van neutraliteit en de verderfelijke morele superioriteit die erachter schuilgaat. Max zou er zijn uiterste best voor doen te laten lijken dat hij het juist aanpakte, maar hij zou haar nooit laten vergeten dat zij hem gekwetst had, of liever gezegd dat zij hem in het openbaar vernederd had; wanneer hij het nodig vond, zou hij de naald inbrengen. Hij nam aan, zei ze, dat een vrouw die zich zo verkeerd had gedragen, zoals zij had gedaan, de brutaliteit niet zou hebben om tegen zijn giftige prikken te protesteren. Dat zullen we nog wel zien, dacht ze, en ze stak haar kin in de lucht, op het ergste voorbereid.

Hoe was haar thuiskomst geweest?

Ze vond ze zo *bedompt*, zei ze huiverend, die vertrouwde kamers, ze leken meer op een cel dan de cel waar ze zojuist in gezeten had! 'Weer thuis,' zei Max, die de zitkamer inliep, recht op de tafel met de drank af, en ze had niets gezegd, had alleen de vingers van het duister gevoeld die aan haar plukten.

Het was merkwaardig stil in huis die avond. De zomer was voorbij en het was vochtig, mistig weer. Het huis leek veel te groot voor hen en ze doolden erin rond als vreemdelingen in een uitgestorven hotel. Max was nog niet in staat met zijn strafcampagne te beginnen, wellicht, dacht ze, omdat hij onder de indruk was van de omvang van haar schuld. Dat ze gewoon kon eten en drinken en zich van kamer naar kamer verplaatsen, belast als ze was met zonde, had hem met stomheid geslagen van verbazing en zelfs van een zekere mate van bewondering. Hij kon het niet helemaal geloven dat ze niet op handen en voeten voortkroop, wenend en haar haren uit haar hoofd trekkend en hem smekend om vergiffenis. Hij was verbluft, met een zeker stiekem genot, dat ze zich niet gedroeg alsof ze zich schaamde, hetgeen haar in zijn ogen schaamtelozer maakte dan ooit, in overeenstemming met zijn walgelijke plezier in het hele lage gebeuren. Het was een kille avond, maar ze nam haar drankje mee naar het gazon achter het huis en ging in het donker voor zich uit zitten staren. Ze hoorde hem achter zich in het huis, rondscharrelend, zich gereedmakend.

Ze maakte het bed in de logeerkamer op en ze wist dat hij dacht dat zij hem niet in verlegenheid wilde brengen door te moeten weigeren met haar in één bed te slapen. Geen sprake van, het was haar beslissing, als ze in haar eigen bed had willen slapen dan zou ze dat wel hebben gedaan. Ze was niet bang voor hem en ze zou zijn karweitjes niet voor hem opknappen. Als ze gestraft moest worden, dan zou hij dat zelf moeten doen. Hoe zou hij het aanpakken? Ze nam de moeite niet zich in zijn problemen te verdiepen. Ze voelde de grond onder haar voeten beven en de afgrond beginnen te gapen.

*

De eerstvolgende paar dagen leken doortrokken van een plechtige, zware vormelijkheid. Ze herinnert zich een bepaalde middag dat ze heel lang in het bad bleef liggen met een glas gin-tonic en daarna door het huis doolde, van kamer naar kamer, zonder iets te doen, niet verveeld, gewoon passief, verdoofd. Ze ging in Charlies kamer op zijn bed liggen en ze moest in slaap gevallen zijn want Max trof haar daar aan toen hij thuiskwam. Zoals gewoonlijk was hij prikkelbaar, maar daar kwam nog iets bij, zijn stemming werd verergerd door een vrees die uit een andere bron voortkwam dan uit haar.

'Wat is er?' zei ze. 'Wat is er gebeurd? Is er iets met Charlie?'

Hij stond tegen de deurpost geleund. Hij haalde zijn sigaretten te voorschijn. Hij keek haar niet aan.

'Weet je zeker dat je het wilt weten?'

'Natuurlijk wil ik het weten. Vertel.'

Ze zat op de rand van het bed. Max stak zijn sigaret aan, gooide zijn hoofd achterover en blies de rook naar het plafond.

'Je hebt me geruïneerd,' zei hij.

'Wat bedoel je?'

'Hij heeft me ontslagen.'

Ze wist niet wat ze zeggen moest.

'Ach, dat kan hij toch niet maken.'

Hij wreef in zijn gezicht en slaakte een zucht.

'Wil je niet horen waarom het ziekenhuis met mij in de maag zit? Waarom het feit dat mijn vrouw er vandoor is gegaan met een ontsnapte patiënt een strop is?'

Plotseling werd hij kwaad.

'Wat ga je doen?' zei ze.

Hij zweeg een paar ogenblikken. Hij kookte inwendig.

'Jack is van mening dat de missie van het gesticht gecompromitteerd wordt als ik hier blijf werken.'

Ze geeuwde.

'Er is ham voor vanavond,' zei ze.

Hij keek opzij en schudde zijn hoofd en ging toen naar beneden. Ze hoorde hem naar zijn werkkamer gaan. De rest van de avond kwam hij niet te voorschijn en hij was er nog steeds toen ze naar bed ging. Ze was ontzettend moe.

*

De volgende ochtend belde ze Charlie op. Hij logeerde bij Brenda en ze had hem nog niet gezien, maar wel elke dag gebeld. Hij was gekwetst, natuurlijk was hij gekwetst; ze was weggegaan zonder hem daarop voor te bereiden en hij voelde zich vanzelfsprekend in de steek gelaten. Hij moet hebben gevoeld dat het zijn schuld was, zei ze; dat wil zeggen totdat zijn verwarde schuldgevoelens in een bepaalde richting werden geleid door Max en Brenda, zodat hij haar intussen wel de schuld zou geven voor zijn verdriet. Maar ze wist dat hij naar huis wilde komen. Hij wilde van zijn moeder houden en weten dat zij van hem hield. Maar Brenda lag dwars.

'Hij is er niet,' zei ze, maar Stella wist dat ze loog.

'Laat me even met hem praten, Brenda,' zei ze.

'Hij was erg van streek gisteravond. Ik vind dat hij de tijd moet hebben om het te verwerken.'

'Geef hem even aan de telefoon, alsjeblieft.'

'Heb je er echt over nagedacht wat het beste voor hem is?'

'Bemoei je er alsjeblieft niet mee. Geef hem maar even.'

Eerst stilte en na enkele ogenblikken kwam Charlie aan de lijn.'

'Mammie?'

'Dag lieverd. Wat heb je allemaal gedaan?'

'O, ik heb van alles gezien enzo. Maar nu wil ik naar huis.'

*

Ze reed 's middag samen met Max naar het station. Max zweeg. Stella wist zeker van dat hij wilde scheiden, maar hij had daar nog niets over gezegd en ze was absoluut niet van plan om het onderwerp aan te snijden. Het laatste wat ze wilde was opnieuw opschudding, wat ze wilde was een toevluchtsoord, tijd om de wonden te laten helen, want ze was zich ervan bewust dat ze nog steeds in shock was en dat haar rouwperiode over het verlies van Edgar nog niet echt begonnen was.

Charlie was zenuwachtig toen hij uit de trein stapte. Maar toen ze verenigd waren op het perron, alle vier, want Brenda was er ook bij, en Stella op haar hurken ging zitten en zijn handen beetpakte, viel hij in haar armen en gaf hij haar een zoen op de lippen. Ze keek omhoog en ving de blik op die Brenda op Max wierp en het trekje van haar dunne gepileerde wenkbrauw.

De auto stond voor het station geparkeerd. Charlie en zijn moeder liepen voorop, hand in hand, en Brenda en Max liepen achter hen aan. Stella zei dat ze het gevoel had dat er een enorme last van haar was afgevallen. Het leek dat, als het tussen haar en Charlie goed zat, in elk geval de schijn van een normaal leven hooggehouden kon worden. Max zou stilletjes blijven sudderen in zijn eigen waterige jus en Brenda zou ongetwijfeld aan haar chique vrienden in Knightsbridge vertellen dat haar zoon met een slet was getrouwd, maar dat raakte haar in het geheel niet, dat deed er in het geheel niet toe.

Ze ging met hem mee naar zijn kamer, terwijl Max zijn moeder een drankje inschonk in de zitkamer.

'Ik ben zo blij dat je weer thuis bent,' zei ze terwijl hij zich klaarmaakte om naar bed te gaan en ze zijn kleren ophing.

'Ga je weer weg?'

'Nee, ik ga nooit meer weg. Het spijt me ontzettend. Wil je me vergeven?'

Ze zat op het bed terwijl hij zijn pyjama dichtknoopte. Zonder een woord te zeggen kwam hij op haar af en gaf haar weer een zoen.

*

Die nacht werd ze overstroomd door herinneringen aan Edgar. Waarom juist die nacht? Die korst van verlamming in haar hart, waarom moest die juist die nacht openbarsten? Ze dacht dat het misschien kwam omdat Charlie terug was, dat haar liefde voor Charlie die andere, grotere liefde opriep, dus ook het verlies en het verlangen daarnaar. Ze was direct na het eten naar boven gegaan, naar de logeerkamer, haar kamer, en had het aan Max overgelaten zijn moeder koffie te geven en haar naar het station te brengen. De maaltijd was verlopen in een sfeer van afgrijselijke beleefdheid, zonder dat iemand bereid was uiting te geven aan de angstaanjagende geladen atmosfeer die tastbaar was. Slechts het gekletter van bestek op porselein onder het eten van ham met gekookte aardappelen was hoorbaar, en Brenda die beschaafde beleefdheden mompelde waarop het des te moeilijker reageren was omdat ze de schijn ophield dat het gezin gewoon zou blijven waar het was: Max had haar nog niet verteld dat hij zijn baan kwijt was. Daar schaamde hij zich waarschijnlijk te veel voor, dacht Stella; ze was er blij om, dat hij het haar nog niet had verteld; Brenda zou haar vanzelfsprekend de schuld geven, zag haar als degene die haar zoon had geruïneerd en Stella voelde zich gewoon nog niet sterk genoeg om daar tegenop gewassen te zijn. Daar zaten ze dus, het gezin, op die kille herfstavond, en Brenda babbelde maar door en hield zodoende de stilte, die in de hoeken van de kamer op de loer lag en dreigde hen te verscheuren, op een afstand. Ze vluchtte naar boven zodra ze dacht dat ze dat fatsoenshalve kon doen. Niemand bedankte haar voor het eten.

Nadat ze even haar hoofd om de deur had gestoken bij de slapende Charlie, ging ze op bed liggen en kwam er een golf van verdriet over haar heen waar ze huilerig en eenzaam van werd. Later ging ze bij het open raam staan met een vest om haar schouders, want het was een kille avond, en ze sloeg haar armen om zich heen en dacht aan de nachten die ze samen in Londen hadden doorgebracht, en hoe bezield ze toen was geweest, bezield van hartstocht voor die arme gestoorde man en voor het leven dat ze die paar glorieuze weken hadden geleid tot het uiteenviel. Waar was hij nu? Ze riep een helder beeld van hem op en ofschoon het haar een steek van pijn gaf, hield ze dat beeld in haar hoofd vast. Toen begreep ze dat het niet snel zou eindigen. Ze hoorde Max en Brenda weggaan, en ze hoorde de auto. Na verloop van tijd hoorde ze Max thuiskomen en de lichten uitdoen en naar boven komen. Hij hield even stil op de overloop; goddank klopte hij niet op haar deur.

De volgende dag hadden ze een gesprek. Max nam het initiatief. Ze stond alleen in de keuken toen hij om twaalf uur uit het ziekenhuis kwam. Hij zei dat ze moesten praten, in zijn werkkamer, en dat ze niet moest tegenstribbelen. Hij scheen niet kwaad te zijn, en ook niet gebukt te gaan onder verbolgenheid, alleen maar moe en van streek en treurig, en ze had met hem te doen. Ze veegde haar handen af aan een theedoek en liep achter hem aan de gang door naar zijn kamer.

'Ga zitten,' zei hij, 'ik heb over onze toekomst nagedacht.'

Gehoorzaam ging ze zitten en wachtte ze op wat hij te zeggen had.

'Ik ben begonnen naar een andere baan uit te kijken. Er zijn een aantal mogelijkheden. Als staflid, niet als directeur. Ik kom op dit moment niet in aanmerking voor een vertrouwenspositie.'

Dit liet hij een poosje in de lucht hangen.

'Ik ben bang dat we niet naar Londen terug zullen gaan.'

Ook dit bleef in de lucht hangen. Hij keek haar aan met een koele, peinzende uitdrukking op zijn gezicht, alsof ze een specimen was. Hij wilde een reactie.

'Wat jammer,' zei ze zachtjes.

'Inderdaad.'

Hij fronste zijn wenkbrauwen terwijl hij zich bezighield met sigaretten en lucifers. Hij bood haar niets aan.

'Niks aan te doen, ben ik bang. Je hebt het aan jezelf te danken.'

'Mag ik ook een sigaret, alsjeblieft?'

'Sorry, natuurlijk.'

Ze rookten.

'Stella, ik veronderstel dat je bij me wilt blijven? Als je andere plannen hebt, dan hoor ik dat natuurlijk wel van je. Charlie zou vanzelfsprekend bij mij blijven. Heb je andere plannen gemaakt?'

'Ik heb geen andere plannen, Max.'

'We zijn nog steeds getrouwd. We zullen het hebben over wat er gebeurd is wanneer jij daaraan toe bent. Volgens mij heeft het geen zin je daar overijld toe te dwingen. Kennelijk verkeer je nog in een shock-toestand. In de tussentijd zou ik willen voorstellen dat we de schijn zo goed mogelijk ophouden.'

Ze zweeg.

'Ik vind dat we elkaar op zijn minst met fatsoen kunnen behandelen. God mag weten dat het voor mij moeilijk genoeg is. Je hebt me ontzettend gekwetst, Stella.'

'Ik heb je voor schut gezet, bedoel je.'

'Nee, dat is niet wat ik bedoel.'

Hij vocht om zijn ergernis in toom te houden.

'Dat is niet wat ik bedoel,' herhaalde hij. 'We zullen alles bespreken, wanneer de tijd daarvoor aangebroken is. Nu niet. Nu stel ik voor dat we een aantal voorlopige afspraken maken. Het lijkt mij het beste als je je kleren naar de logeerkamer verhuist. En ik vind dat je de verantwoording op je moet nemen voor het huishouden, het eten en het schoonmaken enzovoort. Ik zal een andere baan zoeken en de verhuizing regelen. Ik stel voor dat we het dag voor dag aanpakken en proberen weer een of ander leven op te bouwen.'

Er stond een boom voor het raam van de werkkamer. Het viel haar op dat die grotendeels zijn bladeren al had laten vallen, hoewel er nog een paar blaadjes omlaag dwarrelden.

'Ben je het eens met wat ik heb gezegd?'

'Ja.'

Hij zette zijn bril af en wreef in zijn gezicht.

'Ik veronderstel dat het te veel gevraagd is om je ervoor in te zetten?'

'Ik zal voor het huishouden zorgen.'

'Dat is niet wat ik bedoelde. Laat maar zitten.'

Hij wierp een blik op zijn horloge en zei dat hij terug moest naar het ziekenhuis. Beiden kwamen ze overeind. Ze bleven even midden in de kamer staan, oog in oog. Het leek of hij op het punt stond nog iets te zeggen, maar de telefoon ging. Hij nam op.

'Hallo?'

Stilte.

'Hallo?'

Na enkele ogenblikken legde hij de hoorn weer neer.

'Wie was het?'

'Niemand gaf antwoord.'

Ze wist dat hij het was geweest.

*

Drie dagen later vertelde Max haar dat hij had gesolliciteerd op een baan bij een psychiatrische inrichting in Noord-Wales. Hij dacht, zei hij, dat ze hem die niet zouden kunnen weigeren. Ze wist wat hij eigenlijk bedoelde: dat hij er te goed voor was. Hij had nog steeds niets tegen zijn moeder gezegd. Ze vroeg zich af hoe hij het zou brengen. Zou hij tegen haar zeggen dat de slet hem geruïneerd had?

*

Ze werd overvallen door herinneringen aan Edgar wanneer ze er niet op bedacht was en die haar naar adem snakkend van de pijn achterlieten, alsof ze een schop in haar buik had gehad. Maar de pijn werd nu verzacht door de overtuiging dat hij trachtte haar te bereiken, hetgeen haar een sprankje hoop gaf. Ofschoon ze, als Max thuis was, het onmogelijk vond ook maar de meest verdoofde vorm van schijn hoog te houden. Ze gelooft dat hij wel wist wat er aan de hand was, dat elke psychiater van zo dichtbij de diagnose kon stellen van een gebroken hart. Hij deed geen enkele poging met haar mee te leven, en ze haatte hem eenvoudigweg omdat hij Edgar niet was. Hij was Edgar niet, maar toch was hij er, en omdat hij er was, was hij verfoeilijk. Het was niet eerlijk, maar ze kon het niet tegenhouden. Wanneer ze hem niet feitelijk haatte, was ze vervuld van een lege, dode, gevoelloze onverschilligheid die ze herkende als een soort passieve agressie. Ware ze niet zo moe geweest, dan had ze een leven als dit niet kunnen verdragen. Maar ze had een onderdak nodig, en ze had Charlie nodig, dus sjokte ze dag in dag uit door en hield ze het huishouden bij en wachtte zonder belangstelling op wat Noord-Wales zou brengen, en tegelijkertijd sprong haar hart haar in de keel wanneer de telefoon ging.

Maar hij was het nooit. Het weer werd steeds donkerder en natter en het vooruitzicht op de winter verschafte haar een vreemd soort troost. Voor iemand die behoefte had aan slaap, beloofden de verkoelende lucht en de lengende dagen een gemakkelijke overgang naar duisternis. Ze dacht dat ze pas in de lente weer wakker zou worden, als ze daar toe geneigd was. Slaap bood vergetelheid, en daardoor zou ze in elk geval kunnen ontsnappen aan de voortdurend rondzwevende geest van Edgar. Waar *was* hij? Vaak lag ze op bed, of wandelde ze in de tuin op deze vochtige herfstdagen en verzon ze taferelen van zijn terugkeer, van hun terugkeer tot elkaar – zou hij weer verschijnen, of zou hij haar bij zich roepen, zoals hij de eerste keer had gedaan? En zou ze dan niet gaan? Zou ze dan niet gaan zonder te aarzelen? Ze wist het niet. Ze wist het niet.

*

Maar wat nu onmiddellijk in het verschiet lag, was de storm waar ze tegenover kwam te staan wanneer Brenda het nieuws zou vernemen. Max zag ertegen op om het haar te vertellen, dat was duidelijk, en bleef het uitstellen; maar het kon niet eeuwig uitgesteld worden. Enkele dagen later reed hij naar Cledwyn en hij keerde minder mistroostig terug dan Stella had verwacht. Hij zei dat het interessante mogelijkheden bood. 'Op wat voor manier interessant?' vroeg ze hem. 'Oh,' zei hij, 'de kliniek. Er staat iemand aan het hoofd die ik ken van vroeger. Hij houdt er goede ideeën op na. Hij wil dingen veranderen.'

'Waar gaan we wonen, Max?'

'Ik dacht dat we misschien een boerderij konden kopen om op te knappen,' zei hij. 'Er staan grote stenen boerderijen in die streek. Die zijn wel mooi, op een bepaalde manier. Misschien zou dat wel leuk zijn.'

Sinds wanneer wilde Max iets leuks? Wilde hij, nu zijn ambitie in de kiem was gesmoord, proberen een nieuwe levensfilosofie aan te spreken, waarin plaats was voor iets leuks? Naar het scheen zou de baan niet zo ongunstig uitvallen als hij had verwacht, en daarom wilde hij iets leuks; of in elk geval iets leuks overdag, wanneer hij aan het werk was in de kliniek. Of hij iets leuks zou aantreffen wanneer hij 's avonds thuiskwam, was nog maar de vraag.

'Wat zei je?'

'Ik zei: waarom niet?'

Ze zaten in de eetkamer na het eten hun restje wijn op te drinken. Charlie was al naar zijn kamer gegaan.

'Wanneer ga je het aan Brenda vertellen?' zei ze.

Max had een vermoeide zucht geslaakt toen ze had gezegd 'waarom niet'. Hij verwachtte enthousiasme van haar kant, of tenminste een poging tot enthousiasme. Hij vond dat, als hij probeerde de schijn op te houden dat alles normaal z'n gangetje ging, zij toch zeker hetzelfde kon doen, in aanmerking genomen dat zij toch degene was die de routine in de eerste plaats zo had verstoord? Maar hij wist dat het geen zin had om kwaad op haar te worden. Vandaar die zucht.

'Ik denk dat ik haar vanavond bel,' zei hij. 'Dan is dat achter de rug.'

'Ze zal vreselijk teleurgesteld zijn.'

'Ik zal het voorzichtig brengen. Maar ze zal het idee dat we naar Noord-Wales gaan wel afschuwelijk vinden.'

'Niet we. Jij en Charlie. Dat ik daarheen ga zal ze heus niet erg vinden.'

Hij nam niet de moeite haar tegen te spreken. Hij pakte zijn glas en verdween de gang in en liep naar zijn werkkamer. Hij deed de deur achter zich dicht.

Ze bleef aan tafel zitten, merkwaardig lusteloos, niet in staat zich te bewegen. Wat zou Brenda haar nu haten, dacht ze, de vrouw die haar zoon en haar kleinzoon met zich meevoerde in ballingschap. Hen neerhaalde en hen haar zou onthouden. Ja, ze zou haar meer dan ooit gaan haten.

Het was niet meegevallen, dat zag ze meteen toen Max weer uit zijn kamer kwam. Hij ging lomp zitten en vulde tot

Stella's verbazing zijn glas nog eens bij.

'We zullen geen boerderij kunnen kopen om op te knappen,' zei hij. Hij kon haar niet in de ogen kijken.

'O nee?'

'Als we naar Cledwyn gaan, krijgen we geen rooie cent meer van haar.'

'En je salaris dan?'

'Van mijn salaris zullen we nauwelijks rond kunnen komen. Staf psychiater in een gat, in een achtergebleven gebied –'

Hij trok bleek weg bij de gedachte aan hun dreigende armoede. Stella herinnert zich dat ze hier net zo onverschillig tegenover stond als ze tegenover alles stond in die tijd. Toen viel haar iets in.

'Max,' zei ze. 'Als je je van mij laat scheiden. Als jij alleen met Charlie naar Cledwyn zou gaan, zou ze je dan ook onterven?'

Hij gaf geen antwoord. Dit betekende ja.

'Ik zie het al,' zei ze. 'Ze heeft je de keus gegeven. Zet Stella aan de kant of je krijgt geen geld meer.'

Hij zei nog steeds niets.

'Het komt neer op mij of haar, Max,' zei ze. 'De keus is aan jou.'

Arme Max. Ze begon haast medelijden met hem te krijgen. Wat had zijn moeder hem in een rotpositie geplaatst. Ofschoon hij eigenlijk geen enkele keus meer had. Nu hij besloten had de meest galante uitweg te kiezen, kon hij niet meer van gedachten veranderen over geld. Het was een kwestie van principe.

'De auto mogen we houden, neem ik aan?' zei ze.

Toen keek hij haar aan, zijn gelaatstrekken verkrampt van bitterheid en walging.

'Ja Stella, de auto mogen we houden.'

Het kon haar niets schelen. 'Dat is in elk geval wat,' zei ze.

*

Ze begon hun spullen in te pakken. Het was geestdodend werk, en het was gebaseerd op het idee van een gezinsleven dat zich van de ene plek naar de andere verplaatste terwijl het cohesie bleef vertonen. Maar wat bond hen, wat voor soort toekomst was er nog denkbaar? Ze kon er niets bij bedenken, maar ze had geen alternatief. Dus pakte ze hun servies en glaswerk in en ze deed het in kartonnen dozen, plakte de dozen dicht en schreef erop wat erin zat. Vervolgens hun schilderijen, hun kleren, hun beddengoed, alles ingepakt, alles voorzien van een etiket. Mevrouw Bain hielp haar, niet omdat ze dat wilde, dat maakte ze goed duidelijk, maar omdat ze vond dat ze het verplicht was. Uit de ene kamer na de andere verdwenen hun bezittingen in dozen en kratten en hutkoffers en koffers, en op de een of andere manier voelde het aan alsof het juist was om dit te doen, dit inpakken van het oude leven om het naar elders te verzenden.

Op een ochtend toen ze met dozen en plakband in de weer was, bracht ik haar weer een bezoek. Ze zette thee voor me en vertelde me dat ze niet met werken kon ophouden, dat ze veel te veel te doen had, maar dat ik welkom was en tegen haar kon praten terwijl zij de boeken in de zitkamer in dozen stopte. Dus keek ik een poosje toe voordat ik haar vertelde waar ik mee zat.

'Stella, krijg je medicijnen van Max?'

Ze stond boven een doos gebukt en staarde me aan. Ze was oprecht verbaasd over mijn vraag.

'Nee, natuurlijk niet,' zei ze. 'Waarom zou hij?'

'Ik denk dat je depressief bent.'

'Natuurlijk ben ik depressief, zou jij niet depressief zijn?'

Ze stond rechtop en woelde met haar hand door haar haren. Ze had er nu schik in, dat ik daar zat en bedenkelijk keek en haar iets vertelde waarvan ze vond dat het logisch was.

Ik had er geen schik in.

'Het is moeilijk voor hem om de signalen op te vangen,' zei ik.

'Wat voor signalen?'

'Iemand zou een oogje op je moeten houden. Iemand anders dan Max.'

'Wat wil je hier precies mee zeggen?'

Ze ging op de leuning van een stoel zitten en stak een sigaret op.

'Dat je heel kwetsbaar bent op dit moment. Je staat op het punt naar een deel van het land te verhuizen dat niet bepaald bekend staat om zijn warme gevoelens tegenover vreemden, waar je niemand kent, en samen met een man die nog steeds heel kwaad op je is. Daar maak ik me ongerust over, Stella.'

'Ik zal me er wel doorheen slaan,' zei ze op kalme toon.

'Ik hoop het maar. Ik reken erop dat je me schrijft.'

'Dat zal ik doen.'

'Regelmatig.'

'Ja, goed!' Ze lachte nu. 'Is het werkelijk zo erg in Noord-Wales? Uit jouw mond klinkt het als een soort Siberië.'

'Voor jou zou het net zo goed Siberië kunnen zijn.'

'Ach, onzin.'

Bij de voordeur stelde ze haar dringende vraag.

'Heb je iets vernomen over Edgar?'

Ik deed er even over om te beslissen hoe ik hierop zou reageren. Ze veronderstelde dat we een gemeenschappelijke belangstelling hadden voor zijn welzijn en dat ik in dezelfde mate in beslag werd genomen door de vraag waar hij zich schuilhield als zij. Ik beteugelde mijn impuls haar te zeggen dat ze hem helemaal uit haar hoofd moest bannen. In plaats daarvan schudde ik alleen maar mijn hoofd.

‘Arme jongen. Peter, waar woont zijn zoon?’

‘Zijn *zoon*?’

‘Leonard.’

Hij heeft geen zoon.’

‘Wel waar.’

‘Stella, hij heeft geen zoon. Dacht je niet dat ik het anders zou weten?’

Ze lachte een beetje kribbig.

‘We moeten het maar niet over hem hebben, hè?’ zei ze.

*

Ze doolde door de lege kamers en dacht aan de gebeurtenissen van de afgelopen zomer. Binnen een week zouden ze in Wales zijn en zou ze dit huis nooit meer zien. Max had een woning voor ze gevonden, geen zelfstandige woning, maar een deel van een grote boerderij die in tweeën was gesplitst. Ze zouden de helft huren van de eigenaar, die met zijn vrouw in de andere helft woonde. Max zei dat ze tegen een helling aan gebouwd was en uitzicht bood over een dal. Er was geen echte tuin bij, zei hij, maar wel een groot open gebied eromheen, velden, bossen, een steengroeve. Charlie luisterde goed, in de hoop dat zij naar een betere plek verhuisden.

Er werden geen afscheidsfeestjes gegeven. Jack Straffen bood Max een glas sherry aan op zijn kantoor. Daar was ik bij; ze wisselden beleefdheden uit, dat de woning der psychiatrie vele kamers bevatte enzovoorts en Jack betuigde zijn medeleven; maar wat voor medeleven kon je betuigen aan een man die het op jouw baan gemunt had en die die baan waarschijnlijk ook gekregen had als zijn vrouw hem niet op zo’n doorslaggevende manier gesaboteerd had? Men was gaan twijfelen aan de oordeelkunde van Max, getrouwd als hij was met een vrouw die in staat was te doen wat Stella had gedaan. Was zo iemand wel *bekwaam*? Ik probeerde er open tegenover te staan en moedigde anderen aan zich eender op te stellen. Hoewel ik toen vond, en dat vind ik nog steeds, dat Jack gelijk had dat hij hem ontsloeg. Dit is een veel te gevoelig instituut om door een man als Max Raphael geleid te worden.

Ik ben haar blijven steunen, hoor ik hem nog zeggen, ik ben haar blijven steunen.

De ochtend van hun vertrek regende het. De verhuizers waren de vorige dag geweest en hadden hun meubelstukken in een enorme verhuiswagen gezet en vervolgens de kratten en de keurig dichtgeplakte en van etiketten voorziene dozen waar de rest van hun spullen in zaten. Toen ze klaar waren en wegreden, keken Charlie en Stella ze na, terwijl Max het hele huis doorliep en alles op slot deed. Voor de laatste maal reden ze door de Hoofdingang en leverden de sleutels in. Toen vertrokken ze per auto naar het noorden.

*

De reis duurde verscheidene uren. Charlie was meer geïnteresseerd in het landschap dan Stella, dus mocht hij voorin zitten en reed Max. Ze hadden tenminste de auto nog, herinnerde Stella zich dat ze dacht; ze was aan die comfortabele auto gehecht geraakt. Ergens ten noorden van Birmingham viel haar een vreselijke gedachte in: hoe zal Edgar me kunnen vinden? Wanneer hij me komt zoeken, wie zal hem dan kunnen zeggen waar ik naar toe ben? Aan wie kan hij dat vragen? Ze staarde uit het raampje en drong met kracht haar tranen terug. Ze ving Max' blik op in het achteruitkijkspiegeltje, hij hield haar in de gaten, hij hield haar voortdurend in de gaten, wachtte op zwakke ogenblikken als nu zodat het opnieuw bevestigd werd dat ze nog steeds elders was met haar gedachten en geen berouw toonde. Oh Edgar, waarom heb je me dit aangedaan, waarom heb je me hier achtergelaten om onder de kille blik van deze liefdeloze man te moeten kronkelen en wenen? Ze was toen kwaad op haar minnaar, dat kon ze zich veroorloven: ze wist dat hij probeerde met haar in contact te komen.

Het was al donker toen ze aankwamen. Ze waren van plan de nacht in het dorp door te brengen en de volgende ochtend bij de boerderij op de verhuiswagen te wachten. Max was moe; hij was ook kwaad, want het was hem niet ontgaan dat Stella gehuild had en hij wist dat ze huilde om Edgar Stark. Hij had zichzelf afgeleid door een lang gesprek te voeren met Charlie en toen ze na verloop van tijd weer aandacht aan hen schonk, merkte ze dat het haar niet kon schelen waar ze het over hadden gehad, maar dat ze gefascineerd en ontsteld was over hoe hij de gedachten van de jongen aan het vormen was, hem de patronen van zijn eigen logica inprentte, hem verdreef uit het bereik van haar invloed, ofschoon ze niet goed wist of hij dat deed uit de overtuiging dat zij geen goede moeder was of uit de primitievere opwelling haar te straffen. Ze vermoedde het laatste. Een tijd lang was ze hiervan van streek: Charlie was op een leeftijd gekomen dat hij zich door een volwassen geest liet imponeren, hij was zo zacht als was.

Ze waren in het hotel en zaten in de eetzaal te eten en Stella had de gelegenheid de provinciale armoedigheid van hun omgeving op te nemen. Ze was er plotseling van overtuigd dat het huis waar ze de volgende dag in zouden trekken een wanstaltig huis was.

'Max,' zei ze, 'is het een lelijk huis? Denk je dat ik het lelijk zal vinden?'

Vader en zoon onderbraken hun conversatie en keken haar aan. Ze was hen in de rede gevallen. Goed zo, dacht ze. Ze moest zorgen dat ze hen zo veel mogelijk in de rede viel. Ze moest niet toestaan dat Max de jongen voor zichzelf hield. Om zijn zieltje te winnen.

'Ik vind het niet lelijk, nee,' zei Max. 'In tegendeel, het is eigenlijk een prachtig huis.'

'Waar is het van gebouwd?' zei Charlie.

'Het is van steen,' zei Max. 'Ze bouwen met steen hier.'

'Het klinkt kil,' zei Stella tegen Charlie. 'Vind je ook niet, lieverd? Dat het kil klinkt?'

Charlie twijfelde.

'Is het kil?'

'Er staat een allesbrander in de zitkamer en er zijn warmte-accumulators, en er ligt vloerbedekking in alle kamers, behalve in de keuken.'

'Dat bedoelde ik niet,' zei Stella.

'Wat bedoelde je dan?'

'Ik bedoelde kil voor de ziel.'

Max zei niets. Hij tilde zijn glas op en keek haar over de rand aan terwijl hij een slok water nam. Zijn ogen zeiden, pas op, houd er mee op. Charlie keek onbegrijpend van de een naar de ander.

'We maken het wel warm, hè, schat?' zei Stella.

'Hoe bedoel je?'

'Mammie bedoelt dat we gelukkig zullen zijn in ons nieuwe huis,' zei Max. 'Dat bedoel je toch?'

10

Je kon het huis van een mijl afstand vanaf de weg zien liggen. Het was een breed dal, omsloten door uitgestrekte heuvels met hier en daar een groepje bomen. Het was een heldere, winderige dag en ze was vervuld van afgrijzen. Wolkenbanken joegen door de open lucht. Het was een smalle weg, bespat met drek, met aan weerszijden een dikke, stekelige haag en de brokstukken van een stenen muur. Toen ze drie of vier mijl het dorp uit waren gereden, wees Max het aan, een grijs, vierkant blok van een huis hoog boven het dal. Het leek gebouwd te zijn voor defensiedoeleinden, om zijn bewoners te beschermen, maar waartegen? Max keek haar aan in het achteruitkijkspiegeltje.

'Wat vind je ervan?' zei hij. 'Vind je het mooi?'

Zijn stem, zei ze, had nu een vrolijke toon; hij wist dat ze in de val zat.

'Ik weet het niet,' mompelde ze. Ze kon nog niet zeggen of het haar bescherming zou bieden, dit grote grijze huis. Vijf minuten later reden ze het hek door en stapten aarzelend uit. Op het bord op het hek stond 'PLAS MOLD.'

De verhuiswagen was al aangekomen en stond achter het huis geparkeerd met de laadklep open en de mannen stonden er omheen een sigaret te roken. Een van hen kwam naar voren, een kleine, dunne man in een ruw tweedjasje. Het was heel winderig daarboven en er hing een sterke mestlucht, dus Stella ging weer in de auto zitten en keek toe hoe Max en Charlie de man in het tweedjasje een hand gaven, die vervolgens een stel sleutels te voorschijn haalde. Ze liepen naar de achterdeur van het huis, maakten die open en liepen naar binnen. Ergens aan de achterkant was een hond aan het blaffen. De verhuizers klommen in de wagen en begonnen dozen uit te laden. Een paar minuten later kwam Max weer naar buiten.

'Kom maar eens een kijkje nemen,' zei hij. Hij leek er oprecht van overtuigd dat ze het mooi zou vinden.

De man in het tweedjasje was Trevor Williams. Hij was de eigenaar van het huis en woonde in de andere helft met zijn vrouw Mair. Ze hadden geen kinderen. Hij leidde hen rond. Het was een zwijgzame man en Stella kreeg de indruk dat hoe minder ze met elkaar te maken zouden krijgen, des te beter hem dat uitkwam. De wind gierde om het huis heen, zodat het er kraakte en bonsde als op een schip. De keuken was een diep vertrek op de begane grond. Ze zitkamer, een verdieping hoger, was even groot en de bovenste verdieping was verdeeld in twee slaapkamers met een badkamer op de overloop. Stella realiseerde zich onmiddellijk dat zij en Max een slaapkamer moesten delen: waarom had hij hier niets van gezegd? Hoe kon hij verwachten dat ze bij hem zou slapen? Op dit het moment zei ze er echter niets van; Trevor Williams sloeg haar gade.

Het uiterlijk van de mannen van Plas Mold stond haar niet aan. Ze vertelde me dat ze dit type vaak tegenkwam in de eerste paar weken daarna, achterdochtige, behoedzame lieden, stug en sluw. Ze mochten de Raphaels niet omdat ze niet uit Wales kwamen. Zij koesterden een oude wrok. De vrouwen waren sloofjes en zij waren verbitterd. Stella maakte even later kennis met Mair, toen zij uit haar gedeelte van het huis te voorschijn kwam met een mand vochtig wasgoed dat ze aan de lijn ging ophangen boven een graslandje aan de zijkant van het huis. Het wasgoed wapperde en knalde in de wind terwijl Mair langs de lijn liep met een paar knijpers in haar mond. Ze was even dun als haar man, maar bij haar ontbrak de vonk van steelse vitaliteit die Stella in zijn ogen had gezien, het bewijs van een trek in hem om met wat voor soort geheime pleziertjes hij zijn saaie leven kruidde. In de ogen van Mair was slechts werk en teleurstelling en bitterheid en steriliteit af te lezen; ze had geen kinderen. Ze stelde zich voor en daar stonden ze in de wind, de vrouwen; Mair klampte haar wasmand met beide handen vast terwijl de verhuizers bij de achterdeur zwoegden met het tweepersoons bed. Ze vroeg aan Stella of ze uit Londen kwamen, en Stella zei: 'Nee, niet uit Londen, maar daar niet ver vandaan.' 'O,' zei ze, en Stella realiseerde zich dat zij in haar smalle toegeknepen neusgaten nog geen lucht had opgevangen van hun schandaal.

'Hoe oud is uw zoon?' zei ze.

'Tien.'

'Een kind nog.'

'Ja.'

Het frame van het bed ging door de achterdeur met een man aan elk eind. Stella bood Mair een sigaret aan. Mair zette de wasmand neer. Ze wist hoe ze een sigaret in de wind moest aansteken. Ze had lichtblauwe ogen en haar huid was ooit zacht geweest. Ze was waarschijnlijk pas vijf- of zesendertig, maar haar schoonheid was allang uitgeloogd en ze gaf nu een leeftijd- en seksloze indruk, een stuk fruit dat te lang gelegen had en waar alle zoetigheid en sappigheid uitgetrokken was.

'Hij heeft u laten zien waar alles is, hè?' zei ze.

'Ja hoor.'

Ze knikte, tilde haar wasmand op, en met de sigaret tussen haar lippen en haar ogen toegeknepen tegen de rook, sjokte ze achter het huis om, waar de hond nog steeds blafte. De verhuizers kwamen de achterdeur uit. Stella had nog niets tegen Max gezegd over de slaapkamer.

Daar kreeg ze de kans pas toe toen Charlie na het eten naar boven ging en ze aan tafel zaten in de keuken. Ze had nog geen gordijnen opgehangen en het raam aan het verre eind van het vertrek keek uit over het donkere dal en een nachtelijke sterrenhemel. Boven het gestage geloei van de wind uit hoorde ze het vee in het veld beneden. Verscheidene mijlen verderop bewogen de koplampen van een auto traag voort over de weg.

'Hoe had je je onze slaapplaatsen voorgesteld?' zei ze.

Hij legde zijn krant neer. Ze deden nu geen enkele poging meer om een gesprek op gang te houden als Charlie er niet bij was.

'Ik ben niet van plan om bij jou te slapen,' zei ze. 'Als je geen oplossing kunt bedenken zullen we een ander huis moeten zoeken. Zo lukt het niet.'

'We verhuizen niet weer,' zei hij. Ach, ze had hem binnen een seconde weer kwaad, het gaf niet dat hij zich had voorgenomen kalm en redelijk te blijven. Ze hoorde de toenemende irritatie in zijn stem, de nauwelijks onderdrukte zeurtoon van verontwaardiging dat zij hem voorwaarden stelde, zij die geheel verantwoordelijk was voor hun ontreddering. Maar hij zat gevangen in zijn opvatting over waar zijn morele plicht lag, hoewel ik bang ben dat hij niet sterk genoeg van karakter was om er zelf helemaal in te geloven.

'Waarom weiger je mee te werken?' zei hij gespannen.

Ze was genadeloos. Ze haatte hem omdat hij Edgar niet was.

'Een van ons zal bij Charlie moeten slapen,' zei ze. 'Het maakt me niet uit wie.'

Hij stond op, liep naar het raam toe en tuurde de nacht in, met zijn handen wringend in zijn zakken in een poging zich te beheersen.

'Ik slaap wel op de bank vannacht,' zei ze. 'Het maakt me niet uit.'

'Nee,' zei hij, met zijn rug naar haar toe. 'Dat doe ik wel.'

'Waarom?'

Nu draaide hij zich om. 'Omdat ik vind dat Charlie jou niet op de bank moet zien liggen. Hij zou eigenlijk geen van ons beiden op de bank moeten zien slapen. Waarom kun je niet wachten tot ik een logeerbed in zijn kamer zet?'

'Nee,' zei ze. 'Waarom heb je hier niet eerder aan gedacht?'

Hij draaide zich weer om naar het raam. Hij wilde niet zeggen waarom hij er niet aan had gedacht. Misschien had hij gehoopt dat ze weer met hem zou slapen.

De volgende dag kwam Trevor Williams en Max sprak met hem over het logeerbed dat ze in de schuur hadden opgeslagen. Toen Stella naar beneden kwam en de keuken inliep, wierp hij een vluchtige blik op haar. Hij wist misschien niets af van haar schandaleuze verleden, maar trok wel conclusies over de stand van zaken binnen haar huwelijk.

*

De eerstvolgende maandag schreven ze Charlie in op de plaatselijke school en hij kwam nogal ellendig thuis. Hij vond de andere kinderen in zijn klas niet leuk. Hij zei dat ze ruw en onvriendelijk waren. Stella bracht een hele poos met hem door. Ze luisterde naar zijn treurige verhaal, van zijn eenzaamheid op de speelplaats en zijn problemen met de nieuwe regels. Het zou allemaal wel beter gaan, zei ze; verhuizen naar een nieuwe plek viel nooit mee, maar het was iets dat hij zijn hele leven zou moeten doen. Het was nuttig om dat nu alvast te leren.

'Maar waarom moesten we naar een nieuwe plek verhuizen?' zei hij.

'Vanwege pappa's werk.'

Pappa's werk was echter kennelijk niet zo interessant als hij had gehoopt. Misschien had hij zichzelf voor de gek gehouden, had hij graag willen geloven dat het niet saai zou zijn, maar ze zag dat hij het nu al saai vond en zo'n beetje hetzelfde gevoel had als Charlie, hoewel hij daar niet voor uitkwam. Hij kon het zich niet veroorloven te denken dat hij op een achtergebleven psychiatrisch zijspoor was gerangeerd, waar zijn carrière zou verkommeren terwijl andere mannen met een geringer talent de banen in beslag namen die hem aangeboden hadden moeten worden. Nee, het was veel te pijnlijk om over na te denken. Max was een ambitieuze man en Stella vroeg zich wel eens af of hij het niet erger vond dat ze schade had berokkend aan zijn carrière dan dat ze hem bedrogen had met een andere man.

*

De winter was streng en begon vroeg in Noord-Wales. Max bracht Charlie 's morgens naar school en reed meteen door naar het ziekenhuis, zodat Stella gestrand achterbleef. Als ze de auto wilde gebruiken, dan moest ze tegelijk met hen opstaan, maar ze sliep tegenwoordig uit, want ze was vaak de hele nacht op. Het regende dag in dag uit en elke ochtend wanneer ze wakker werd, hingen er grijze wolkenbanken in de lucht die stormachtig door het dal joegen. Altijd klonk het geluid van de regen op het dak, en natuurlijk het geblaf van het beest dat nooit ophield, zoals zij en Charlie hem noemden, een zwart-witte Engelse herdershond die Trevor Williams aan zijn hok vastbond aan de andere kant van het huis. Op een dag liepen ze om het huis om een kijkje naar hem te nemen en het dier sprong wild op hen af, en als hij niet aan de ketting had gelegen was hij hen vast en zeker naar de keel gevlogen. Charlie was erg van streek; hij vond het wreed om een dier de hele dag aan de ketting te leggen. Hij probeerde vriendschap te sluiten met de hond, maar elke keer als hij hem naderde, sprong hij met ontblote tanden in zijn richting, wild blaffend en uiteindelijk begon hij te vrezen dat de ketting op een dag zou breken en liet hij hem vervolgens met rust.

Het scheen Stella toe dat de dagen voorbij glipten zonder dat er ook maar iets gebeurde. Het begon een hele taak te worden om het huis schoon te houden en 's avonds een maaltijd te verzorgen. Ze begon aan te komen en dat kon haar niets schelen. Langdurig stond ze uit het keukenraam te staren, keek naar de regen die op de velden neerdaalde, en als ze wakker werd uit haar mijmeringen kon ze zich niet herinneren wat er door haar hoofd was gegaan. Als het even ophield met regenen ging ze een eindje wandelen over het pad achter hun huis, tot aan het topje van de heuvel, vanwaar ze uitzicht had over het volgende dal met hier en daar een boerderij en in de verte de steengroeve. De regen gutste door de greppels en aan de andere kant van de geschoren heggen verdrongen de schapen zich, die tegen haar blaatten als ze voorbijliep. Ze kwam zelden iemand tegen; soms een boer, een enkele keer reed Trevor Williams langs in zijn Landrover. Hij knikte naar haar, maar stopte nooit. Bladeren vielen en dwarrelden in natte hopen bijeen rond de afvoerput. Water druppelde van de kale takken van de bomen. Een keer, toen ze boven op de heuvel naar het westen stond te turen, gingen de wolken open en kwam de zon even te voorschijn, en het waterige schijnsel leek een soort wonder, als een glimp van God. Ze had regenlaarzen aan, waar ze blaren van kreeg, en een lange grijze regenjas. Het was weken geleden dat ze naar de kapper was geweest, maar dat deed er niet toe, ze zag nooit iemand. Ze probeerde zich Edgar voor de geest te halen, ergens in de verte, naderend, die haar op kwam halen.

Op zaterdag gingen ze met z'n drieën boodschappen doen. Ze had een hekel aan het weekeinde. Dan voelde het aan alsof het vol was in huis en werd zij gestoord door het lawaai dat ze maakten. Dan waren er meer maaltijden om te bereiden en ze begon steeds minder zin in koken te hebben. Zijzelf at onregelmatig, wat er ook was, en dat was de reden dat ze dik aan het worden was. Ze keek uit naar de maandag, wanneer het huis leeg zou zijn en weer stil. Soms kwam Mair langs en dan dronken ze een kopje thee in de keuken. Mair stoorde Stella niet, want ze hadden geen van beiden behoefte aan een gesprek.

Half november ging ze voor het eerst met Trevor Williams naar bed. Dat had zij niet aangehaald, ze had hem nooit in dat licht gezien. Het gebeurde op de ochtend dat Mair vertrok om een paar dagen bij haar moeder te gaan logeren. Stella zat aan de keukentafel met een kop thee loom in een tijdschrift te bladeren. Er werd op de achterdeur geklopt en toen ze uit het raam boven het aanrecht keek, stond hij daar. Ze had haar badjas nog aan. Ze deed de deur open en hij vroeg of hij even binnen mocht komen. Ze deed een stap opzij en hij kwam binnen en liep recht op het raam af en staarde over het dal uit. Het was een van die dagen waarop een diepe stilte over het landschap hing, geen zuchtje wind, de bomen bewegingloos alsof ze aandachtig luisterden naar elke beweging diep in de aarde, misschien wel het trage bloed van dode inwoners van Wales, de vermoorde zoons van Owen Glendower. Ze had een hekel aan die stille dagen, die vervulden haar van angst, ze voelde zich bedreigd door onbestemde dingen. Ze stond bij het fornuis met haar armen over elkaar naar hem te kijken.

'Waarom is het zo stil?' zei ze. 'Ik heb een hekel aan dit soort dagen.'

Hij draaide zich om. 'O ja, Stella?' zei hij.

Hij had haar nog nooit Stella genoemd, hij had haar nog nooit bij de voornaam genoemd. Toen begreep ze waarvoor hij gekomen was. Ze vroeg zich passief af wat ze moest doen. Hij stond nu vlak voor haar. Ze had haar armen nog steeds over elkaar.

'Je bent een prachtige vrouw,' zei hij.

Zijn stem en brouwende accent klonken hees en diep. Het leek of hij haar met zijn ogen verslond. Ze voelde iets binnen in haar tot leven komen, het geringste sprankje van een nieuwsgierige begeerte, een reactie die zo klein was dat ze binnen een seconde onderdrukt kon worden. Ze wachtte af. Hij vertelde haar wat hij wilde. Het sprankje ging gloeien en hij zag het. Hij streelde haar haren, legde toen zijn vingers onderaan haar achterhoofd en deed een pas naar voren zodat ze tegen elkaar aan stonden en terwijl hij zijn andere hand op haar borst legde, draaide hij zijn gezicht zo dat hij haar kon kussen. Ze nam een klein beetje afstand van hem. Ze begon nu een beetje warm te worden van binnen, ofschoon ze zich tegelijkertijd alleen maar bewust was van een onverschillige nieuwsgierigheid naar de man, deze stugge boer die midden op de ochtend aan de achterdeur verscheen en over seks begon te spreken.

'Gaat het er zo toe in de wereld?' zei ze.

'Wat?'

Hij had zijn lies zachtjes tegen haar aangedrukt. Ze legde haar handpalmen plat tegen zijn schouders, alsof ze hem weg wilde duwen. Zijn huid was zo wit als een bot dat door de wind is geschuurd. Hij had kleine ogen, die smal waren en diepliggend en blauwgrijs. Zijn adem rook naar tabak.

'Zoals jij het doet, bedoel ik,' zei ze. 'Gewoon binnenlopen en zeggen wat je wilt.'

Hij zei niets, bleef haar alleen maar aankijken en begon haar tussen haar heup en haar buik te strelen, en zonder dat ze het zozeer wilde, gingen haar benen een beetje uit elkaar. Hij liet zijn vingers in haar badjas glippen en drukte zachtjes. Ze dacht dat ze hem eigenlijk net zo goed z'n gang kon laten gaan, waarom ook niet? Hij was zo hijgerig en het was zo lang geleden sinds ze iets gevoeld had, seksueel gesproken, en het zou zo'n moeite kosten om te proberen hem ervan af te brengen, hij zou haar waarschijnlijk verkrachten.

'Dan kun je maar beter mee naar boven gaan, hè?' zei ze, en hij glimlachte op een wezelachtige manier, alsof hij haar beetgenomen had.

Toen ze op haar slaapkamer waren, knielde ze op het bed en ze hield zich aan het hoofdeinde vast en duwde tegen hem aan terwijl hij zich in haar drong, met haar ogen dicht en haar hoofd leeg, en ze sprak maar één keer, om tegen hem te zeggen dat hij niet in haar klaar mocht komen. Ze had haar pessarium al weken niet in, dat was niet nodig geweest.

'Doe je het niet met Mair?' vroeg ze naderhand, toen ze lag toe te kijken terwijl hij zijn broek weer aandeed.

'Niet vaak,' zei hij. 'En jij doet het nooit met hem.'

Ze zei niets. Hij ging op het bed zitten en keek naar haar als een man die zijn winst telt. Ze kon zien hoe het in zijn grootboek werd aangetekend, een vrouw onder hetzelfde dak die had toegelaten dat hij het met haar deed.

'Wat een bofkont ben je, hè? zei ze. 'Je had nooit gedacht dat het zo makkelijk zou zijn.'

'Ik kon zien dat je eenzaam was.'

'Ik ben niet eenzaam.'

Hierna vertrok hij. Hij probeerde wat hij afspraakjes noemde te maken, maar daar had ze geen belangstelling voor, ze liet zich niet ook in zijn rooster zetten zoals ze zich in zijn grootboek had laten zetten. Haar nieuwsgierigheid was bevredigd en ze voelde zich net zo onverschillig tegenover hem als tevoren. Ze vond het opmerkelijk dat een man de keuken van een vrouw kon binnenlopen, haar vertelde wat hij wilde, en het nog kreeg ook. Was dat echt zoals het toeging in de wereld?

Toen Max thuiskwam, was hij prikkelbaar, alsof hij wist dat hij opnieuw bedrogen was; maar het was hun slaaparrangement dat hem dwars zat. Het logeerbed stond nu bij

Charlie op de kamer, maar het voldeed niet. Er was niet genoeg kastruimte, dus moest hij zijn pakken bij haar op de kamer hangen, en ze dwong hem 's avonds uit te kiezen wat hij de volgende dag nodig had, aangezien ze niet wilde hebben dat hij vroeg binnen zou komen en haar wakker zou maken. Ook had hij geen behoorlijke plek om te werken; als hij zijn papieren op de tafel in de zitkamer uitspreidde, werd hij gestoord wanneer er iemand naar boven ging, omdat de trap die vanuit de keuken naar boven liep, langs de muur van de zitkamer ging en van daaruit naar de verdieping daarboven.

*

Hij begon uiting te geven aan zijn gevoel van onrechtvaardigheid en nu verschoof er iets in de balans van hun verhouding. Nu hij zich niet langer gebonden voelde aan een code van hoffelijkheid tegenover de gevallen vrouw, leek Max zich alleen maar bezig te houden met Charlie, en ze realiseerde zich dat er op een dag een einde zou komen aan haar veiligheid. Hij zou bij haar weggaan, niet morgen misschien, maar op een zekere dag wel en dan zou hij Charlie met zich meenemen; en hun schijn van gezinsleven, de vorm ervan, niet de inhoud, was nu, terwijl ze wachtte, haar enige structuur en bescherming. Het vooruitzicht dat kwijt te raken had haar veel angst moeten inboezemen, maar zelfs toen, zelfs terwijl ze het weg zag glippen, was ze niet in staat te veinzen dat ze meer voor Max voelde dan onverschilligheid.

Max gedroeg zich nu als een man die niet langer zijn morele plicht hoeft te vervullen en in plaats daarvan had besloten zijn eigen behoeftes na te streven. Ze sloeg hem bevreesd gade, zag hoe hij nooit meer zijn blik op haar liet rusten, maar door haar heen keek, alsof ze onzichtbaar was.

Hij sprak nooit tegen haar als hij het kon vermijden. Hij was niet meer kwaad op haar, slechts lusteloos, ongeduldig, prikkelbaar, afwezig. Hij had het opgegeven.

Ze kon zich er niet toe zetten hier verandering in te brengen. Ze leek te bestaan in een mist waar doorheen ze anderen ontwaarde als vage spookachtige figuren, schimmen die geen vaste vorm hadden. En zij had in hun ogen ook geen enkele vorm. Toen Trevor Williams enkele dagen later terugkwam, was ze even gedwee als de eerste keer, want met hem kwam ze tenminste half tot leven en van de seks werd ze kalm en slaperig en het maakte dat haar angst tijdelijk verdween.

Mair wist dat er iets gaande was. Ze begreep haar man goed genoeg om zich te realiseren dat een ongelukkige vrouw onder hetzelfde dak hem niet lang zou ontgaan. Het leek haar niet te deren. Ze kwam langs, zoals ze gewend was, en dan dronken ze met z'n tweeën een kop thee en zeiden nauwelijks iets en het maakte Stella weinig uit wie van de twee op visite kwam, het verzachtte in elk geval even die verlamming die de wereld dempte en van alles iets kleurloos en onomlijnds maakte. Ze trok nog steeds haar laarzen aan en haar regenjas en sjokte als het droog weer was de heuvel op achter het huis, want ze was gaan houden van de eenzame paden met hun dikke heggen, en de schapen, en de kale, druppelende bomen, en de stenen muurtjes waar zachtgroene fungus op groeide en de tere witte paddestoelen. Alles was zo vreselijk nat! In de smalle greppels naast het pad stroomde het water over de stenen en als ze bijna boven was en omkeek het dal in dat zich beneden uitstrekte, dan zag ze de stoppelvelden die in groeven geploegd waren, waarin het regenwater plassen vormde en glinsterde als glas. Ze dacht: ergens verderop bevindt hij zich. De kraaien fladderden op uit de natte aarde die tot modder was vertrapt door het vee, en als ze door het bos boven op de heuvel liep, stuitte ze op onverwachte steile hellingen met uitstekende eeuwenoude bomen, en dan voelde ze de oudheid van het land en hoe het op zijn geheimen broedde en dan voelde ze zich op een vreemde manier thuis.

*

Op een ochtend toen ze met Mair in de keuken zat, ging de telefoon; het was iemand van de school die zei dat Charlie zich niet lekker voelde, of ze hem wilde komen ophalen? Max had die dag de auto thuisgelaten, dus zei ze, ja, dat zou ze doen. Hij zei dat ze zich geen zorgen hoefde te maken en ze zei dat ze zich ook geen zorgen maakte. Mair bood aan om met haar mee te gaan.

De auto had zijn schone, verzorgde aanzien verloren, want de wegen in de omgeving van Cledwyn waren blubberig van de modder en de mest, waarmee hij zo was bespat en aangekoekt dat hij eruit zag als een boerenwerktuig. Bovendien was ze er een week geleden mee tegen een muur gereden en ze konden zich niet veroorloven hem te laten overspuiten. Dus was het een sjofele, gedeukte witte Jaguar waarmee ze later die ochtend voorreed bij de school, en een sjofele, gedeukte moeder die uitstapte en naar de hoofdingang van de school toeliep.

Het was een groot Victoriaans bakstenen gebouw met ramen, drie verdiepingen hoog en een speelplaats aan de zijkant, en Stella voelde zich een beetje geïntimideerd, aangezien ze er nog nooit een voet had gezet. Bij de ontvangstbalie zei ze tegen de secretaresse wie ze was en werd ze verzocht in de onderwijzerskamer te wachten terwijl zij Charlies onderwijzer, ene meneer Griffin, ging zoeken. Er waren verscheidene kinderen opgedoken die wachtten tot ze een boodschap aan de secretaresse konden doorgeven; ze namen Stella nieuwsgierig op en begonnen toen onderling te fluisteren, haar sluike blikken toe te werpen en te giechelen. Zag ze er zo raar uit, vroeg ze zich af? Was het omdat ze blote benen had dat ze haar zo vreemd vonden, of omdat ze een ander accent had? Het deed er niet toe, het kon haar niet schelen. Ze liep de kamer voor de staf binnen terwijl de secretaresse zich op de wachtende kinderen richtte en hen met een strenge blik het zwijgen oplegde.

Ze stond de aankondigingen op het bord te lezen en een sigaret te roken toen enkele minuten later Hugh Griffin binnenkwam. Hij stelde zich aan haar voor en bood zijn verontschuldigingen aan dat hij haar had laten wachten. Ze waren alleen in het vertrek. Hij ruimde een stapel schoolboeken op van een bank en gebaarde dat ze kon gaan zitten. Hij was een lange jonge man met een bos blond haar dat in dikke plukken omhoogstak. Hij had een lange, smalle, puntige neus en een groen tweedjasje aan met krijtvlekken op de revers.

'Ik hoop dat ik u niet aan het schrikken heb gemaakt,' begon hij.

'Helemaal niet. U zei dat ik me geen zorgen hoefde maken, dus heb ik me ook geen zorgen gemaakt.'

'Mooi zo.'

Ze wist dat ze hem in verwarring bracht. Hij vond haar aantrekkelijk, zei ze, en hij voelde zich daarom niet op zijn gemak, want zij was de moeder van een van zijn leerlingen en heel anders dan de boerenvrouwen en onderwijzers waaruit het vrouwelijke element van zijn wereld bestond. Geamuseerd sloeg zij hem gade, deze slungelachtige jonge vent met zijn lange vingers en krijtvlekken op zijn kleren.

'Mevrouw Raphael,' zei hij, 'waarom is Charlie zo ongelukkig?'

'Ongelukkig?' zei ze met enige verbazing. Ze had niet verwacht dat hij zoiets zou zeggen. Hij fronste zijn wenkbrauwen en keek naar zijn schoenen en woelde met een hand door zijn haren. Toen keek hij haar strak aan.

'Het is een intelligente jongen,' zei hij, 'maar hij doet zijn best niet, en ik geloof dat het komt omdat hij zo angstig is. Maar hij wil me niet vertellen wat eraan scheelt.'

'Ik was me er niet van bewust dat er iets aan scheelde.'

'U heeft het dus niet gemerkt?'

'Misschien moet u met zijn vader spreken.'

'Kunt u mij niet helpen?'

'Hij is verdomme de psychiater!'

Dit kwam er veel venijniger uit dan ze had bedoeld, en het lachje dat ze erop liet volgen klonk zelfs in haar eigen oren ijzig. Hugh Griffin leunde voorover in zijn stoel, met zijn lange benen wijd uit elkaar en zijn vingers gevouwen tussen zijn knieën. Hij deed haar aan Nick denken.

'Praat hij niet met u, mevrouw Raphael? Waarom praat hij niet met zijn moeder? Is dat misschien het probleem?'

'Wat heeft u er in godsnaam mee te maken?' zei ze, terwijl ze opstond. Ze woelde in haar tas om een sigaret te pakken.

'Ga alstublieft zitten,' zei deze onaangename schoolmeester met zijn flikflooiende Welsh-accent. 'Alstublieft.'

'Ik heb geen tijd,' zei ze. Ze had haar hoofd van hem afgewend en keek zonder iets te zien naar het bord en nam snelle korte trekjes van haar sigaret. Hij slaakte een zucht. Hij wilde haar kennelijk niet laten gaan. Hij stond op het punt nog iets te zeggen, toen de deur openging en er twee vrouwen binnenkwamen die een stapel schriften tegen hun boezem klemden en luid praatten. Ze wierpen slechts een vluchtige blik op Hugh Griffin en Stella voordat ze zich aan het andere eind van het vertrek installeerden. Hugh Griffin kwam vermoeid overeind en zei dat hij Charlie zou ophalen.

Terwijl ze samen met Charlie de school uitliep, snel naar de auto, was ze nog steeds zo kwaad op die man dat ze nauwelijks een woord kon uitbrengen. Ze reed de weg op en botste bijna tegen een andere auto aan; ze moest even stilhouden om haar humeur en haar ademhaling onder controle te krijgen. Niemand zei iets. Onderweg naar huis zei ze tegen Charlie, zonder haar hoofd om te draaien, dat zijn onderwijzer vond dat hij niet goed genoeg zijn best deed.

Hij zweeg.

'Hij zei tegen me dat het kwam omdat je ongelukkig bent.'

Hij zei nog steeds niets.

'Ik heb gezegd dat ik dacht dat het goed met je ging.'

Ze wierp een blik op Mair, die naast haar voorin zat en strak voor zich uit keek.

'Ben je ongelukkig?'

Charlie haalde zijn schouders op en keek uit het raampje. Zij reden zwijgend naar huis. Zonder een woord te zeggen liep hij het huis in en rechtdoor naar boven. Stella vroeg Mair of ze een kop thee wilde, maar ze zei van niet. Dus bleef ze in de keuken uit het raam zitten staren. Na een tijdje schonk ze iets te drinken in.

Toen Max die avond thuiskwam, vertelde ze hem niet wat er gebeurd was. Ze had besloten Charlie het op zijn manier te laten vertellen en dan zou ze het wel van Max horen. Maar toen Max beneden kwam nadat hij Charlie welterusten had gewenst, zei hij helemaal niets tegen haar en hij ging gewoon in de zitkamer de krant lezen.

Ze kon die nacht niet slapen en had het gevoel dat Max ook wakker lag en luisterde naar haar geijsbeer. Het was een winderige nacht, het huis beefde en kreunde, en hoewel ze een trui over haar nachtjapon aan had en dikke wollen sokken en daar overheen haar badjas, had ze het nog steeds koud. Huiverend stond ze aan het raam en staarde ze naar de sterren in de winterhemel, terwijl haar gedachten raasden en ze de ene sigaret na de andere opstak. Ze dacht aan die kinderen die haar hadden uitgelachen bij het bureau van de secretaresse en die onderwijzer die suggereerde dat ze haar eigen kind ongelukkig maakte. Ze dacht aan Trevor Williams, die aan de andere kant van de slaapkamermuur sliep, en de emotieloze seks die ze samen hadden bedreven. Sinds Mair weer terug was, had hij haar tweemaal in een stenen schuurtje weten te lokken, waar ze zich over een stapel strobalen moest buigen. Hij vond dat ze zo'n prachtige blanke kont had. Hij had altijd een stijve pik. Toen ze weer terugliep door de tuin had ze niet naar het huis durven kijken, voor het geval Mair bij het raam stond, maar als ze het had gezien dan maakte haar dat kennelijk niets uit, want ze kwam nog steeds voor haar kopje thee.

Ze dacht aan Edgar en hun weken samen in Londen en besefte dat haar herinneringen aan het vervagen waren als oude foto's. Maar ze had andere signalen. Bepaalde wolkenformaties, flarden vogelgezang, bloemen; door middel van bepaalde verschijnselen die ze ooit met hem had gedeeld, onderhield ze een bepaald contact met hem. Elke keer wanneer ze boodschappen deed, in Cledwyn of in Chester, speurde ze de straten af naar een spoor van hem. Ze had hem al tientallen keren gezien, en was tientallen keren teleurgesteld. Het deed er niet toe. Het oplaaien van het gevoel, het sneller kloppen van haar hart was genoeg, al was het 't resultaat van het aanzicht van de brede zwarte rug van de een of andere grote boer uit Wales die Woolworth's binnenliep met zijn vrouw.

Ze stapte weer in bed, maar kon nog steeds niet slapen. Ze draaide zich van haar ene zij op haar andere en begon te snikken. Niemand kwam naar de deur. Niemand klopte op haar deur en fluisterde: wat scheelt eraan? Voel je je niet goed? Ze dacht aan haar vader en herinnerde zich hoe ze zijn omvang en kracht had gevoeld terwijl hij op de rand van haar bed zat en haar haren streelde en luisterde naar haar laatste gemompel van de dag. Opnieuw dacht ze aan

Edgar, zag ze hen beiden dansen in het ziekenhuis als een stel goden onder de stervelingen, en voelde ze geen spijt, geen wroeging, kwam het niet bij haar op dat ze het liever anders had gedaan.

*

Ze zag de hemel lichter worden en toen viel ze in slaap. Ze werd laat in de ochtend wakker en na een bad genomen te hebben zette ze thee, waar ze drie scheppen suiker in deed en een scheut gin. Daarna voelde ze zich beter. Ze schonk een thermosfles vol en wandelde naar het topje van de heuvel en bracht daar de middag door.

Toen Charlie thuiskwam uit school had hij een brief van zijn onderwijzer bij zich. Ze vroeg hem of hij met meneer Griffin over haar had gesproken, of meneer Griffin misschien iets over haar had gezegd. Hij schudde zijn hoofd. Ze vroeg hem of dat ja of nee betekende en hij zei nee. Het was een beleefde brief. Hij maakte zijn verontschuldigingen omdat hij haar van streek had gemaakt. Hij herhaalde dat hij zich zorgen maakte over Charlie. Wilde zij met Dr. Raphael samen een afspraak met hem maken om erover te praten? Ze dacht van niet. Ze verfrommelde de brief en gooide hem weg.

*

Er gingen weken voorbij. Het werd Kerstmis en Kerstmis ging voorbij. Ze bracht de dagen alleen door in PLAS MOLD en werd dronken. Max en Charlie gingen naar Londen om drie dagen bij Brenda te logeren. Max was ontregeld toen ze terugkwamen; Brenda had geen tijd verspild erop aan te dringen dat hij bij zijn gruwelijke vrouw weg moest gaan. Maar hij deed niets en het leven ging gewoon weer door. Ze hoorde niets meer van Hugh Griffin, hoewel ze denkt dat hij Max misschien in het ziekenhuis had geschreven, hetgeen ze begon te vermoeden na een gesprek dat ze op een avond hadden nadat Charlie naar bed was gegaan.

'Je hebt er geen enkele reden voor om Charlie ook te haten,' zei hij zonder enige inleiding.

Ze waren in de keuken. Ze was met de afwas bezig. Hij zat aan tafel en sloeg de pagina's van de krant om.

'Heeft zijn onderwijzer contact met je opgenomen?' zei ze.

'Nee, waarom zou hij?'

Ze geloofde hem niet, maar ze zei niets, ging gewoon door met de afwas.

'Heeft zijn onderwijzer met *jou* contact opgenomen?' zei Max.

'Niet onlangs.'

'Wanneer dan?'

'Ach, het was vervelend. Ik heb hem in het najaar gesproken, ik weet niet meer precies wanneer, voor de Kerst. Hij probeerde me wijs te maken dat Charlie ongelukkig is vanwege mij.'

'Maar heb je dan niet in de gaten hoe ellendig hij zich voelt?'

Ze haalde haar schouders op.

'Stella, zie je het dan niet?'

Ze negeerde hem.

'Jezus!' zei hij. Ze draaide zich om. Hij deed zijn best om zich te beheersen. 'Hoor eens,' zei hij. 'Ik blijf hier, bij jou, om één reden en dat is omdat ik vind dat dat kind een moeder nodig heeft. Maar als je niet lief tegen hem kunt zijn heeft dat weinig zin. Vind je ook niet?'

Zwijgend staarde ze hem aan.

'Nou?'

'Het is jouw zoon,' zei ze. 'Hij voelt hetzelfde voor mij als jij. Dat heb jij hem aangeleerd.'

'Dat is onzin.'

'Dat is de waarheid.'

'Mijn geduld begint op te raken,' zei hij. 'Wekenlang ben je al zo, ik heb niks aan je en hij heeft niks aan je.'

'Onze afspraak was dat ik voor het huishouden zou zorgen,' zei ze.

'Ja, je zorgt voor het huishouden, maar je bent nooit echt *in* huis, niet met lichaam en ziel. Kun je jezelf er niet overheen zetten? Of zet jezelf er niet overheen, maar waarom laat je hem ervoor boeten?'

'Jij hebt hem geleerd mij te haten.'

Op dat ogenblik realiseerden zij zich allebei dat Charlie onder aan de trap stond. Max keek haar dreigend aan en liep toen de kamer door en pakte de jongen bij de hand.

'Kom op,' zei hij, 'naar boven, het wordt tijd dat je naar bed gaat, jongeman.'

Een half uur later kwam hij de keuken weer in.

'Hij begrijpt het niet,' zei hij. 'Hij begrijpt niet waarom je zo bent. Praat met hem, Stella, in godsnaam. Er blijft niet veel tijd meer over.'

Ze was daar helemaal niet van overtuigd en dat zei ze op vermoeide toon. Max liep naar het raam en staarde naar buiten, terwijl hij zijn vingers op die bekende manier samenbalde en weer strekte. Ze zag dat hij dit fiasco niet kon verdragen; het idee dat Charlie onder hun gefaalde huwelijk leed, bracht hem ernstig in verlegenheid. Zonder nog een woord te zeggen liep ze naar boven. De deur van de slaapkamer stond open. Ze ging in de deuropening staan. Hij lag in bed met zijn rug naar haar toe. Ze wist dat hij nog wakker was en zich bewust was van haar aanwezigheid, maar hij draaide zich niet naar haar toe, en na enkele ogenblikken ging ze naar haar eigen slaapkamer en deed de deur achter zich dicht.

De middag daarop stond ze aan het aanrecht aardappelen te schillen toen Charlie binnen kwam sjokken uit school, zijn schooltas op een stoel kwakte en ging zitten om zijn schoenen uit te trekken.

'Wat eten we vanavond?'

'Stoofpot.'

'Mam?'

'Wat is er?'

'Mag ik je iets vragen?'

'Als je wilt.'

Ze ging door met aardappelen schillen. Het raam boven het aanrecht keek uit over de weg en de schuur waar Trevor Williams zijn tractor stalde. Hoog in de muur zat een raam waar geen ruit in zat. Er ging met een hoop gefladder een kraai in zitten die over de vensterbank wipte, waar hij in pikte. Toen kwam Trevor Williams het gebouw uit. Het was schemer en ze wist zeker dat hij haar niet duidelijk kon zien door het keukenraam, maar hij legde zijn hand op zijn lies en wreef erover en ze kon een glimlach niet onderdrukken.

'Mam?'

'Wat *is* er?'

Trevor deed het hek open naar het weiland achter de schuur waar hij eerder op de dag zijn vee in had gedreven. Ze had nooit begrepen waarom hij ze van het ene weiland naar het andere bracht, dat zou wel met het grazen te maken hebben, veronderstelde ze. Hij deed het hek achter zich dicht en liep het veld door naar het vee dat zich achterin verzameld had.

'Ik wil dat we vrienden zijn.'

Ze wendde zich van het raam af, verheugd over zijn smeekbede, maar deed alsof ze eraan twijfelde.

'Weet je het zeker?'

'Ja.'

'Hm. Heeft pappa gezegd dat je dat moest zeggen?'

'Nee.'
'En meneer Griffin?'
'Nee.'
Ze snoof en draaide zich weer om naar het aanrecht en begon de aardappelen op een plank in stukjes te snijden. Hij zat daar met een kniezende, kwade uitdrukking op zijn gezicht, waarin ze Max herkende. Er viel een lange stilte terwijl ze de aardappelen in een pan deed en de pan met water vulde en er zout bij deed, en draaide zich om de paar seconden om met een voorgewende argwaan. De jongen wist niet helemaal of ze hem voor de gek hield of niet. Ze kon het vee horen in de aanzwellende duisternis.
'Doe het licht maar aan,' zei ze, 'het wordt donker hier.'
Ze begon een ui te hakken. Geen enkel geluid achter haar, en ook geen licht.
'Charlie,' zei ze, zich omdraaiend, en ze zag dat hij op het punt stond in huilen uit te barsten.
'Lieverd toch,' riep ze en ze stoof op hem af en nam hem in haar armen, 'natuurlijk wil ik dat we vrienden zijn! Dat zijn we toch al? Dat dacht ik tenminste!'

*

De volgende dag stond ze voor het huis over het dal uit te kijken. Weer een winderige dag, maar het was droog en er joeg een armada van wolken voor de zon langs, zodat één van de heuvels door een bleek waterig zonnetje werd verlicht, terwijl de heuvel erachter in de schaduw lag. Het was een rusteloze, actieve hemel en ze bleef er een paar minuten tevreden naar staan kijken. Electriciteitsposten, recent geplaatst, liepen in een file door het dal en klommen in het gelid langs de heuvels in de verte omhoog. Als ze er onderdoor liep, hoorde ze een gezoem en geknetter. De zon stond wat hoger aan de hemel, de eerste wenk van het voorjaar, en de schoorstenen van de steenfabriek in het oosten stootten witte rookpluimen uit. Voor het eerst in maanden voelde zij iets in zich roeren dat misschien hoop genoemd kon worden.

Die avond stelde ze aan Max voor dat hij een baan in Londen ging zoeken. Ze zag een flits van leedvermaak in zijn gezicht toen hij zei dat hij van plan was ten minste twee jaar langer in Cledwyn te blijven.

'Daar kun je dus maar beter aan wennen,' zei hij.

Die avond werd ze dronken. Soms kwam Max' wreedheid hard aan, zei ze. Hij had een bepaalde messteek geperfectioneerd, waarmee hij tussen de platen van haar wapenuitrusting stak, recht in haar hart. Hij liet haar beseffen dat ze stom was geweest ook maar een ogenblik te vergeten dat dit een strijd was op leven of dood. Dus schonk ze zichzelf na het eten een groot glas gin in, deed haar jas aan en ging buiten tegen het hek leunen en naar de sterren kijken. Na een poosje werd het te koud, dus ging ze door met drinken in de keuken en zat achterover hellend op een houten stoel, met haar benen op het aanrecht en de fles naast haar op de grond uit het raam te kijken. Het probleem met dronken worden was dat ze aan Edgar moest denken en van denken aan Edgar werd ze huilerig. Toen Max de keuken in kwam, zei ze tegen hem dat hij een klootzak was en hij zei op zijn ingehouden, razende toon dat zijn geduld bijna uitgeput was, hetgeen een volgende vloed van scheldwoorden uitlokte, zodat hij snel weer naar boven ging naar zijn medische vakliteratuur. Al spoedig kwamen de tranen, maar natuurlijk kwam er niemand naar beneden om te zien wat eraan scheelde, het was de slet in de keuken maar die hun leven had geruïneerd, die zich bedronk met onverdunde gin en jankte om haar verloren, krankzinnige minnaar.

Op weg naar boven, na een laatste expeditie naar buiten, die erop uitliep dat ze op de deur van de familie Williams ging bonzen, al roepend om Trevor, hield ze even halt in de zitkamer. Ze had de fles bij zich en had zin om die door het raam heen naar buiten te smijten, alleen om het gezicht van Max te zien als hij uit zijn kamer kwam, maar het was zonde van de gin. Hardop lachend liep ze naar boven en viel ze in slaap in haar kleren.

Max was razend de volgende ochtend, zo razend dat ze haar excuses moest maken. Gelukkig had ze toen ze midden in de nacht bij Williams op de deur had gebonsd er niet bij verkondigd *wat* ze van Trevor wilde.

Dit, zei ze, was het patroon van hun dagen, in PLAS MOLD.

*

En hoe verging het Edgar, hoe verging het haar verloren, krankzinnige minnaar? Verscheidene weken vernamen we niets. Hij leek van de aardbol verdwenen te zijn. Toen kwam het nieuws, uit betrouwbare bron, dat hij gesignaleerd was. Hij was gezien in de buurt van Euston Station. Dit was verontrustend. Het duidde erop dat hij in noordelijke richting reisde. Ik belde onmiddellijk Max op en we hielden een gesprek van veertig minuten. Ik zei tegen hem dat het niet bekend was waar Edgar zich momenteel ophield, maar dat men vermoedde dat hij erachter gekomen was waar hij en Stella woonden. Naar wat hij van plan was, als hij inderdaad op Cledwyn afkwam, konden ze slechts gissen. Ik vertelde hem dat de politie voorzorgsmaatregelen had genomen en dat stelde hem enigszins gerust, ofschoon niet helemaal. Het was zorgwekkend nieuws en ik stak mijn eigen ongerustheid dan ook niet onder stoelen of banken.

Toen vroeg ik naar Stella. Ik had haar nog niet zo lang daarvoor aan de telefoon gehad en ik maakte me zorgen dat er niet goed op haar gelet werd. Max hield zich op de vlakte en toen ik druk op hem uitoefende en ten slotte de enorme last van ingehouden kwaadheid over me heen kreeg, trachtte ik hem er op een vriendelijke manier van te overtuigen dat hij misschien beter een ander perspectief kon toepassen, een meer afstandelijk, psychiatrisch perspectief. Ze leed aan een hysterische ziekte, zei ik. Ze probeerde haar zware schuldgevoelens te verwerken, en het was duidelijk dat ze daar moeite mee had. Ze had geduld en begrip nodig.

Hij zei niets en ik vatte zijn zwijgen op als instemming.

Ik nam aan dat hij haar zou vertellen wat de politie over Edgar had gezegd, maar ik kwam er later achter dat hij helemaal niets tegen haar had gezegd. Kwam deze zwijgzaamheid voort uit de een of andere misleide opwelling om haar te beschermen tegen slecht nieuws?

Of was het in feite kille passieve agressie: voor haar te verbergen dat er een man op haar afkwam van wie het heel goed mogelijk was dat hij haar wilde vermoorden?

*

Enkele dagen later kwam er weer een brief van Hugh Griffin. Bijna gooide ze hem ongeopend weg, in de verwachting dat het opnieuw een verzoek zou zijn dat ze haar kind vaker knuffelde, of nonsens van die aard, maar toen dacht ze aan die slungelachtige jongeman die op de rand van zijn stoel zat en haar ernstig aankeek terwijl hij zijn lange, knokige vingers vouwde en weer openvouwde, en ze maakte hem open. Ze was in de keuken, nog in haar ochtendjas en stond te wachten tot het theewater kookte. Ze had net een panty gewassen, die ze over een stoelleuning had gehangen, aangezien ze geen zin had de moeite te nemen naar de waslijn buiten te lopen. Ze ging zitten en las de brief: geen smeekbede om lief te zijn en begrip te hebben, noch een verzoek om een afspraak te maken om 'erover te praten', maar een uitnodiging om deel te nemen aan een schoolreisje naar Cledwyn Heath, een natuurgebied een paar mijl ten westen van het dorp. Het was in het kader van een klassenproject over de plaatselijke flora en fauna. Haar eerste reactie was negatief, maar terwijl ze haar thee zat te drinken en over het dal tuurde, bedacht ze dat ze misschien overgehaald kon worden om mee te gaan, als ze aardig tegen haar waren.

Tijdens het avondeten kondigde ze dit aan en Charlie was zeer in zijn schik; hij had de kans om bij deze gebeurtenis met een ouder op de proppen te komen duidelijk heel laag ingeschat. Max, die het ook in de gaten had, fleurde er eveneens van op; de stakker, ze had hem behoorlijk afgemat tijdens de winter, hij was al weken depressief, hoewel het evenveel met zijn werk te maken had als met haar, geloofde ze. Ze wist het een en ander af van zijn patiëntenlast, ze wist dat de afdeling waar hij de verantwoording voor had bezet was door een hoog percentage vrouwelijke schizofrenen, vrouwen van middelbare leeftijd of ouder, die al zo lang in het gesticht zaten dat er weinig kans op was dat er een verandering in hun toestand zou optreden. Dat was te gering om een man als Max te stimuleren. Hij zou liever de zalen met de jongere, ernstiger gestoorde patiënten onder zijn hoede hebben genomen, maar John Daniels, de medisch directeur, de man van wie Max had gehoopt dat hij het werk interessanter zou maken, had die gevallen voor zichzelf gereserveerd. John Daniels is een oude vriend van mij. Max kwam er te laat bij, zei hij tegen me, zo simpel lag het.

*

Gedurende de eerste twee weken van februari kwam er geen verandering in de situatie. De politie had geen nadere informatie over Edgar en Max hield voor zich dat hij wist dat hij ergens rondzwierf en misschien hun kant op kwam. Het gezin handhaafde zijn wankele, explosieve evenwicht en kwam op de een of andere manier de dagen door zonder dat de enorme, vernietigende energie in de kern tot ontploffing kwam.

Toen kwam het nieuws dat de reeds gespannen situatie gegarandeerd zou verergeren: Brenda kwam op bezoek. Oh, Max ontving dit nieuws, dat hem op een donderdagochtend telefonisch op de kliniek werd medegedeeld, met sombere voorgevoelens; en Stella ontving het die avond met sardonische humor.

'En waar gaat ze logeren?' zei ze.

'Ze heeft een kamer besproken in The Bull.'

'Wat toepasselijk.'

Ze kon zich Brenda's strategie maar al te gemakkelijk inbeelden. Ze was niet van plan toe te staan dat het leven van haar zoon verpest zou worden en zijn carrière belemmerd werd in deze zompige, vergeten uithoek van Noord-Wales, maar ze wist tegelijkertijd dat laksheid zijn vijand was, laksheid en Stella; dat waren de krachten waar ze tegen moest vechten, als ze wilde dat Max nogmaals aan het firmament van de psychiatrie zou schitteren. Dit alles dwong haar ertoe maatregelen te nemen, zich ermee te bemoeien, laksheid tegen te gaan en Stella er vanaf te houden dat ze hem met zich mee zou sleuren in het drijfzand van de middelmatigheid, waaruit hij zich uiteindelijk niet zou kunnen bevrijden. Zij zou hem *verruwen*, zei ze tegen mij, dat was haar grootste angst. Ik was zelf keihard tegen dit voorgenomen bezoek, maar Brenda was als een stuk gesmeed ijzer als ze eenmaal iets in haar hoofd had.

Vanzelfsprekend zou Max er het ergste onder lijden. Het was in het verleden al moeilijk genoeg geweest om tussen zijn vrouw en zijn moeder een soort evenwicht te bewaren. Nu, met Brenda die zo duidelijk op wraak uit was – iedereen moest nu wel inzien dat Stella een slet was en een slechte moeder – hoe kon hij nu tegen zijn moeders redenering ingaan dat hij bij haar weg moest gaan, dat hij ermee op moest houden zich op te offeren voor iemand die dat niet verdiende? Stella observeerde alles met een zeker leedvermaak terwijl Max ermee worstelde. Ze stelde voor een dineetje te geven.

'God nee!' riep hij uit.

'Waarom niet?'

'Dat weet je zelf verdomd goed. Je hoeft me het mes niet op de keel te zetten.'

Hem het mes op de keel zetten. Deed ze dat dan? Charlie was in elk geval verheugd, hij mocht zijn grootmoeder graag, ze gaf hem geld en liet hem duidelijk merken dat ze hem aanbad. Voor hem was het geen probleem. Maar voor Max wel. Hij zag vreselijk tegen dit bezoek op.

Op een regenachtige zaterdag reden Max en Charlie naar Chester om haar van de trein te halen. Het eerste dat haar afkeuring opwekte naar het schijnt, was de staat van de auto. Ze had hem vanzelfsprekend niet meer gezien sinds ze naar het noorden waren verhuisd en na een winter op de landwegen was hij er niet op vooruit gegaan. Ook was ze kennelijk niet onder de indruk van de gemoedstoestand van Max en ze had weinig goeds te zeggen over het dorp. Het was eigenlijk maar goed dat ze niet bij hen thuis kwam, bedacht Stella, want zelfs in haar akeligste verbeelding had Brenda nog geen vermoeden van het slordige aanrecht vol vuile borden, haar panty over de leuning van een stoel gedrapeerd en haar schoondochter die om half elf in de ochtend nog in haar peignoir rondliep en haar thee aanlengde met gin.

Vanzelfsprekend had Brenda onmiddellijke en overdadige verlangens en Max had toch al nooit gemakkelijk nee tegen haar kunnen zeggen. Ze wenste dat hij elke avond samen met haar at en had meteen al gezien dat er geen enkel behoorlijk restaurant in Cledwyn was, hetgeen betekende dat ze twaalf mijl naar Chester moesten rijden. Ook wilde ze in het ziekenhuis rondgeleid worden en de directeur ontmoeten, en het wilde maar niet tot haar doordringen dat de positie van Max enorm verschilde van de functie die hij op onze kliniek had vervuld. Desalniettemin kreeg ze haar zin en regelde Max een afspraak met John Daniels.

En hoe zat het met Stella? Hoe zat het met haar betraande, gin-doordrenkte slet van een schoondochter? Wilde ze haar ook zien? Nee, dat wilde ze niet, wat Stella goed uitkwam, aangezien ze helemaal geen zin had Brenda te ontmoeten. Ik zou hebben gedacht dat Max ook niet wilde dat ze elkaar zagen, maar dat had ik verkeerd gezien. Max had zich gerealiseerd (en dat was juist, toevallig, want dat vertrouwde Brenda me toe), dat de motivatie van zijn moeder om naar Cledwyn te komen verdeeld was: dat zij door tijd door te brengen met haar zoon en kleinzoon en Stella buiten te sluiten, een alternatieve gezinsstructuur kon vastleggen. Ze wilde demonstreren dat een dergelijk alternatief gezin levensvatbaar was, dat ze Stella's plaats kon innemen en voor hen kon zorgen, voor Max zowel als Charlie. Ze liet een hint vallen dat ze er misschien toe bereid was zijn toelage opnieuw in te voeren.

Max vond de implicatie van chantage onaangenaam en dacht dat hij een betere manier wist om de situatie te redden. Hij legde het op een avond na het eten aan Stella uit. Zoals hij het zag zouden ze van de gelegenheid gebruik moeten maken om de neiging van zijn moeder haar buiten te sluiten terug te draaien en te proberen hen nu te verenigen, alle vier. Het was zijn laatste moedige, gedoemde poging om zijn familie te redden. Ze zouden Brenda te eten uitnodigen en dan zou er een verzoening plaatsvinden.

Wat vond ze het raar hem 'wij' te horen zeggen. Waarom

wilde hij haar nog steeds behouden? Waarom ging hij niet in op Brenda's aanbod, aanvaardde hij het idee van het alternatieve gezin niet en duwde hij haar niet de duisternis in? God mocht weten dat ze dat verdiende, de manier waarop zij zich had gedragen, en god mocht weten zou hij onder Brenda's vleugels een beter leven hebben dan aan de ijzige boezem van zijn vrouw. Maar ze stemde toe haar best te zullen doen.

Brenda overhalen, besefte Max, zou minder gemakkelijk zijn. Tijdens de conversatie die ik in januari met hem had gehad, toen ik de ingehouden woede in zijn stem had gehoord toen hij over Stella praatte, had ik er bij hem op aangedrongen zijn eigen emoties opzij te zetten en in te zien dat de affaire met Edgar Stark en alles wat daarop volgde was gebeurd omdat Stella leed aan een hysterische ziekte. Daarom was het haar niet geheel aan te rekenen. Daarom moest zij geen straf hebben, maar toezicht. Daarom zou zij beter worden.

Zo pakte Max het met Brenda aan. Het was geen standpunt waarvoor zij veel sympathie had en in haar eigen aparte idioom vocht zij de grenzen van de psychiatrie aan. Het strekt Max tot eer dat hij zijn poot stijf hield. Hij legde aan haar uit dat Stella een zenuwinzinking had gehad en dat ze met geduld en begrip tegemoet getreden moest worden. Het was een teken van de toewijding die Brenda tegenover haar zoon betrachtte dat ze uiteindelijk met het voorstel instemde. Ik weet toevallig dat ze even sceptisch was als Stella wat de uitkomst betrof.

Ze spraken af dat Brenda bij hen thuis zou komen eten. Vergeten was nu Stella's onbeschofte dronken gedrag, vergeten haar onbarmhartige onverschilligheid tegenover de gevoelens van anderen, haar slonzigheid, haar zelfzuchtige inbeslagname van de slaapkamer. Nee, waar het nu op aankwam was dat ze een maaltijd zou bereiden en opdienen en de schijn zou ophouden dat ze een actief lid was van een functionerend, zij het ietwat problematisch gezin. Tot grote opluchting van Max begon ze gewillig met de voorbereidingen van deze belangrijke maaltijd, bedacht ze het menu en haalde ze de boodschappen in huis, en dit alleen al, trachtte hij zichzelf wijs te maken, suggereerde een verbeterde morele veerkracht, was een hint van een mogelijke terugkeer tot gezondheid.

Ze besloot hen niertjes voor te zetten.

*

Het werd een fiasco. Max haalde Brenda op bij het hotel en bracht haar naar hun huis. Ze kon haar afschuw niet verbergen over hoe ze leefden. Ze baande zich een weg door het veld achter het huis met een uitdrukking van walging op haar gezicht, want Trevor Williams was al dagen aan het mesten en het lag overal, je rook het overal. Ze betrad de keuken, gaf Charlie een zoen en begroette Stella op koele toon, gemoduleerd met enige sympathie, duidelijk ten bate van Max, die had doorgeborduurd op het thema van haar 'ziekte' en haar 'zenuwinzinking'. Stella was gekleed in een oude, afgedragen jurk en had een schort voor. Max stelde voor om in de zitkamer een borrel te drinken en Brenda liep gewillig mee naar boven.

Ze stond erop het hele huis te zien en was ontdaan dat ze niet bij elkaar sliepen. Max had nagelaten haar voor te bereiden op het feit dat hij een kamer deelde met Charlie. Dat haar zoon, een psychiater met hoge kwalificaties, moest leven als een schooljongen! Toen Stella bovenkwam, trof ze Brenda ongemakkelijk zittend op het randje van de sofa aan, alsof die aangetast was door een besmettelijke ziekte. Ze staarde Stella hulpeloos aan; Stella had nooit eerder meegemaakt dat ze met een mond vol tanden zat.

'Kind toch,' slaagde ze erin tenslotte uitbrengen, 'ik had geen idee dat wonen in Wales zo primitief was.'

Stella lachte vrolijk. 'Ja, we waren ontzettend verwend in het zuiden met al die enorme kamers. Nu moeten we ons aanpassen, zoals iedereen.'

'Dat zie ik, ja.'

Max was op zijn qui-vive voor gifdeeltjes in de lucht. Hij kwam handig tussenbeide.

'We wonen niet helemaal zonder comfort,' mompelde hij, 'het had veel erger kunnen zijn.'

'O ja?' zei Brenda. Dat vond ze kennelijk moeilijk te geloven.

'Ja hoor,' zei Max. 'De mensen in Wales graven zich in. Ze houden van donkere huizen weggestopt aan de voet van een heuvel, of diep in het bos. Ze houden van somberheid. Dit huis is niet somber.'

Een wenkbrauw op Brenda's marmeren voorhoofd werd een millimeter opgetrokken. Het duidde op een toenemende scepsis.

'John Daniels vertelde me,' zei Max, 'dat er beduidend veel meer vormen van depressie voorkomen in dit deel van Wales dan elders in Europa. Behalve Scandinavië vanzelfsprekend.'

Dit had hij gewoon verzonnen, dat kon Stella opmaken uit de manier waarop hij het zei. Hieruit bleek hoe wanhopig hij was.

'John Daniels heeft niet veel indruk op me gemaakt,' zei Brenda. 'Waar heeft hij zijn psychiatrische opleiding gehad?'

'Edinburgh.'

'Daar kijk ik van op.'

Vervolgens begonnen ze de psychiatrische faculteiten van verscheidene universiteiten te bespreken en liet Stella hen alleen. Ze ging naar beneden om een oogje op de niertjes te houden en haar glas bij te vullen uit een nieuw aangebroken fles.

Tegen de tijd dat ze hen beneden riep om te komen eten, had ze die fles op en een andere aangebroken. God mag weten dat ik het nodig heb vanavond, zei ze tegen zichzelf. Het probleem was natuurlijk dat drank, behalve dat het angst onderdrukt, ook geremdheid afbreekt; na drie of vier glaasjes werd ze wat Max 'ongeremd' noemde, vertelde ze me grimmig. Ze was bepaald ongeremd toen ze hun de aardappel-preisoep opdiende.

'Niet wat je gewend bent, Brenda,' zei ze, 'maar armoede zoekt list.'

'De regionale keuken is soms verrassend, vind je ook niet?' Ze spreidde haar servet uit in haar schoot. Ze tilde haar lepel op. 'Nou,' zei ze hoopvol, 'het ziet er gezond uit.'

Stella bediende zichzelf het laatst en ging toen zitten, strikte haar schort los en gooide het in de algemene richting van de haakjes aan de muur bij de deur.

'Dat kan het zijn,' zei ze, 'als je je kunt permitteren om de ingrediënten te kopen. Niet dat er in deze contreien veel te krijgen is. Maar het is in elk geval een hele toer om van Max' salaris een behoorlijke maaltijd op tafel te krijgen.'

'Je overdrijft, schat,' zei Max.

'Koud schapenvlees krijgen ze op brood,' zei Stella. 'Op zondag eten we kool. Als traktatie.'

Ze keek naar Charlie, die grijnsde. Hij vond het grappig.

'Je maakt er een grapje van, schat,' zei Brenda minzaam. 'Maar ik begrijp wat je bedoelt. Je wordt door de verkrijgbaarheid van plaatselijke ingrediënten beperkt. Toen ik met Max' vader in de jaren veertig door Spanje reisde, aten we vaak een bol knoflook en een stokbrood. Er was niets anders te krijgen.'

'Stel je voor,' zei Stella. Het punt dat ze had geprobeerd duidelijk te maken was dat ze arm waren en ineens hadden ze het over Spaanse knoflook. Max maakte van de gelegenheid gebruik zijn moeder uit te leggen dat de beste boeken over Spanje door Engelsen waren geschreven en het was Stella niet helemaal duidelijk of hij dat ook maar verzon.

'Dat is toch interessant,' zei Brenda.

'Vul de glazen, alsjeblieft, Max,' zei Stella. 'Als je genoeg drinkt proef je niet meer wat je eet. Haal de borden even op, Charlie, alsjeblieft.'

Ze stond op en richtte zich op het fornuis.

'Waarschijnlijk heb je nog nooit in een keuken gegeten, hè, Brenda?' zei ze zonder zich om te keren. 'Zo leeft de andere helft van de mensheid.'

'Charles en ik bevonden ons vaak in gereduceerde omstandigheden in onze begintijd,' zei ze.

'Moeilijk voor te stellen,' zei Stella, die zich omdraaide met een schotel en zag dat Brenda Max een blik toewierp en hoorde haar zachtjes zuchten. Het dineetje verliep niet helemaal zoals Max had gehoopt.

Het werd er niet beter op. Er brak niet echt ruzie uit, maar er werd de hele avond door gesnauwd, kleine verstoringen van het ongedwongen gesprek waar Max zo hard aan werkte. Natuurlijk was het de schuld van Stella, ongeremd als ze was, en ze was op het laatst zelfs een beetje teleurgesteld dat ze Brenda geen krengerig gesis had ontlokt. Maar de oudere vrouw onthield zich er wijselijk van deel te nemen aan haar manipulaties.

'Welterusten, kind,' zei ze toen Max klaar stond om haar terug te brengen naar The Bull. 'Ik hoop dat je je gauw beter zult voelen.'

Daarop stapte ze in de auto.

*

Een uur later kwam Max opdagen in een woedende bui en

trof Stella nog ongeremder aan. Hij stoof woest door de keuken naar het raam en bleef daar nijdig naar buiten staan turen. Ze zat nog steeds aan tafel omringd door vuile borden wijn te drinken en sigaretten te roken.

'Je bent niet alleen egoïstisch,' zei hij, op lage toon, hees van kwaadheid, 'je bent ook stom.'

Ze zette haar ellebogen op tafel en hield haar glas omhoog en tuurde naar hem over de rand en zei niets.

'Realiseer je je wel wat je gedaan hebt?'

'Wat heb ik gedaan, Max?'

Ze dacht dat hij haar zou gaan vertellen dat ze alle kans had verspeeld dat Brenda hen ooit nog financieel zou steunen. Maar hij verraste haar.

'Je hebt je laatste redmiddelen verspeeld.' Ineens was zijn stem tot bedaren gekomen.

Ze deed niet mee aan de melodramatische stemming van het moment.

'Mijn laatste redmiddelen,' zei ze, 'waar heb je het over?'

Hij grijnsde zelfgenoegzaam. Er viel een korte stilte. Toen snoof ze verachtelijk.

'Waar *heb* je het over, Max?'

'Dat je het verder alleen zal moeten doen.'

'Ik heb het altijd alleen moeten doen.'

'Dat is niet waar. Je hebt er nooit alleen voor gestaan. Ik ga naar bed.'

'Waar heb je het in godsnaam over?'

Ze was inmiddels overeind gekomen. Deze zwaarwichtige finaliteit stond haar niet aan. Ze stond bij de tafel en greep zijn mouw terwijl hij probeerde langs haar heen te lopen op weg naar de trap. Hij staarde haar aan met een woede die ijziger was dan ze ooit van hem had meegemaakt.

'Laat me los,' zei hij.

Ze greep zijn mouw steviger vast, hield een handvol stof in haar hand en grijnsde naar hem.

'Laat me los!'

Hij rukte zich los en verloor bijna zijn evenwicht. Hij struikelde en strekte zijn hand uit naar de trapleuning.

'Je bent ongeremd!' riep hij uit.

Hij liep de trap op.

'Wat is dit voor gelul, Max?' schreeuwde ze. 'Wat bedoel je, dat ik er alleen voorsta, ik heb er altijd alleen voor gestaan aangezien ik met jou ben getrouwd!'

Hij kwam een paar treden omlaag.

'Hou nu je bek maar. We zullen morgenochtend de details wel bespreken, maar ik wil niet dat je Charlie wakker maakt.'

'Wat voor details?'

Ze stonden elkaar woest aan te kijken, hij halverwege de trap, maar half naar haar toegekeerd, zij aan de voet van de trap. Zij zag Charlie het eerst.

'Sorry lieverd, hebben we je wakker gemaakt?' zei ze. 'Pappa is net aan het doen alsof hij een stommeling is.'

Max rende de trap op. 'Kom op, joh, terug naar je bed,' hoorde ze hem zeggen, en ze verdwenen met z'n tweeën. Stella liep terug naar de keukentafel en dronk alles op wat ze kon vinden. Toen Max weer naar beneden kwam vertelde hij haar zonder omwegen het nieuws dat hij de hele dag voor haar verborgen had gehouden. Hij vertelde haar dat Edgar Stark door de politie in hechtenis was genomen. Hij was die ochtend gearresteerd. In Chester.

Daar hielden ze hem vast.

*

De eerstvolgende dagen voelde zij zich onwezenlijk. Haar reactie op het nieuws over Edgar begroef ze en zette ze om in razernij omdat ze had moeten aanrukken om zich door Brenda op haar geestelijke gezondheid te laten beoordelen, zodat de oude heks Max weer geld zou geven. Max was stiller dan ze hem ooit had gekend. De ruzies die ze hadden gehad waren zo fel geweest, dat hij kennelijk vond dat het huwelijk geen enkele toekomst meer had. Hij stapte af van het psychiatrische perspectief en wie kan het hem kwalijk nemen? Hij probeerde met haar over een scheiding te praten, maar ze weigerde te luisteren, ze liep de kamer uit.

'Je kunt het niet negeren,' zei hij.

Maar ze weigerde een dergelijke discussie met hem te voeren. En aangezien hij het er niet over wilde hebben als Charlie thuis was, lukte het haar het gesprek dat hij zo graag wilde voeren over de details te vermijden.

Niet bepaald een gelukkig huisgezin. Elke keer wanneer ze uit was geweest, verwachtte ze half dat er andere sloten op de deuren zouden zitten. Ze praatte erover met Trevor Williams en merkte een vreemde flikkering op in zijn ogen. Laat hij het maar proberen, zei hij. Hij zei tegen haar dat niemand behalve hijzelf de sloten kon veranderen, hetgeen haar enigszins geruststelde. Op een of andere manier werden de vormen van het gezinsleven in stand gehouden. Ze gaf het huishouden niet op, ongeacht de steeds groter wordende kloof; ze putte er een soort troost uit die ze nergens anders kon vinden en die nergens anders mee te maken had, alleen maar met haar, met het handhaven van de dagelijkse structuur, een gevoel van orde dat ze meer dan ooit nodig leek te hebben, want wat had ze verder nog? Stilte en haat, ellende en futiliteit, dat soort dingen kon ze verdragen, maar wanorde niet. Geen chaos. Geen smerig huis en vergeten maaltijden.

Want ze bungelde inmiddels alleen nog maar aan haar vingertopjes. Zonder enige waarschuwing werd ze overspoeld door golven van wanhoop, en op die momenten wilde ze alleen maar gaan liggen en sterven, maar ze hield zich vast, ze zou niet loslaten, ze gaf zich niet over, nog niet, hoewel het aanspraak maakte op de kleine beetjes reservewilskracht die ze nog had. Deze gammele weigering het op te geven dreef haar door de dagelijkse routine heen, het opmaken van de bedden en het wassen en het bereiden van de maaltijden. Het was niet voor hen dat ze deze dingen deed, ze deed het voor zichzelf. Ze klampte zich aan het huishouden vast om niet gek te worden.

*

Elke avond zaten ze zwijgend aan de maaltijd en daarna gingen Max en Charlie een wandelingetje maken als het droog was. Stella ruimde af en deed de afwas. Dan nam ze nog een borrel en ging bij het raam naar het afnemende licht zitten kijken, want het werd nu niet zo vroeg meer donker. Over drie uur slaap ik, zei ze dan bij zichzelf, dan is er weer een dag voorbij dat ik niet gek geworden ben. Het begon aan te voelen als een prestatie, dat ze de dag doorkwam zonder gek te worden. Ze dacht niet na over de toekomst, nadenken over de toekomst heeft alleen zin als je iets wilt. Ze wilde niets, behalve de dag doorkomen zonder gek te worden.

Hij was in Chester! *Twaalf mijl hier vandaan.*

In hechtenis.

Alles was verloren. Er bestond geen fantasie meer van vlucht en ontsnapping. Het stortte in, het hele bouwwerk. En vanaf dit punt kunnen we zeggen dat Stella in een werkelijke klinische depressie verzonken raakte.

*

Op een avond leek Charlie tijdens het eten heel opgewonden. Hij bleef maar naar Max kijken en Stella kreeg de indruk dat hij iets van hem tegen haar moest zeggen.

‘Nou, wat is er?’ zei ze ten slotte. ‘Waarom zeg je het zelf niet?’

Hij keek geschrokken naar Max, die een zucht slaakte en zijn lippen afbette met een servet.

‘Charlie maakt zich ongerust dat je het schoolreisje van morgen vergeten bent.’

‘Ben je nog steeds van plan om mee te gaan?’

Ze stond op en liep naar het aanrecht en zette haar bord in het afdruiprek en ging met haar rug naar hen toe tegen het aanrecht leunen. Door het raam erboven kon ze de westelijke hemel ontwaren, waarin kantachtige wolkeneilanden de ondergaande zon tegemoet dreven, met een gloed van het lichtste oranje dat je je kon indenken. Er gingen een paar seconden voorbij. Ze voelde het duister binnen in haar opwellen.

‘Ja, ik denk van wel.’

11

De bus kwam om half tien. Charlie was aandoenlijk dankbaar dat zijn moeder meeging. Ze had een slechte nacht achter de rug en had er 's morgens spijt van dat ze ja had gezegd, maar had er tegelijkertijd tegenop gezien om alleen thuis te blijven. In betere tijden zou ze Max hebben gevraagd haar iets voor te schrijven, dacht ze, het had uiteindelijk zijn voordelen om met een psychiater samen te wonen; maar in betere tijden had ze het niet nodig gehad. Dus dronk ze haar koffie en rookte haar sigaretten terwijl Charlie zijn tas inpakte voor het schoolreisje en haar vertelde wat voor plezierige zaken hen te wachten stonden. Ze dacht na over het vermogen van een kind om in het heden te leven en zo op het oog ongetekend te zijn door de ellende van de afgelopen dagen. Daar zat ze, hologig en zwijgzaam, de rotte plek in het hart van het gezin, degene die de vernietiging van zijn onbekommerde jeugd op haar geweten had, en toch was dat bij het vooruitzicht van een dagje samen uit allemaal vergeten, het enige wat ertoe deed was dat hij in de bus zou stappen met zijn moeder, en het feit dat ze een verbitterde, depressieve vrouw was die hem al wekenlang weinig tederheid of warmte had geschonken, was vergeten.

Ze stapten in de bus en haar hart zonk toen ze de ogen van twee dozijn schoolkinderen en een half dozijn volwassenen uit Wales op zich gericht zag terwijl ze op de laatste onbezette plaatsen achter in de bus afstevenden. Hugh Griffin, die naast de chauffeur zat, produceerde vriendelijke geluiden, maar hij was de enige in die zwijgzame bus die dat deed. Stella besefte toen dat Charlies lamlendigheid hem buiten deze gemeenschap had gesloten, op dezelfde effectieve manier als haar was overkomen, en ze kreeg een suf gevoel van bevestiging, ze voelde dat ze het had kunnen weten, dat dit de aard van de mensen was, dat ze zonder te falen hun slachtoffers kozen onder degenen die hun warmte het meest nodig hadden. Ze waren buitenstaanders, Charlie en zij, en ze zaten zwijgend achter in de bus terwijl langzaamaan het geroezemoes van de volwassenen werd hervat, het geklets en geschreeuw van de kinderen, en moeder en zoon uit het raam staarden naar de onbekende landstreek.

Cledwyn Heath was een kaal gebied van glooiend hoogland en hun bus zwoegde het dal uit en de helling op naar het plateau. Het treurige landschap strekte zich tot mijlenver in de omtrek uit, met mos en varens en hier en daar een onvolgroeide boom die sterk genoeg was om zijn gebogen en gedraaide silhouet staande te houden in de wind. Er kwamen diepe kloven in zicht, onverwachte afgronden die naast de weg gaapten en diepe zakken vormden waarin het regenwater bleef staan en waar onkruid in woekerde, omringd door laag boomgewas in de schaduw waarvan het water er zwart en diep en naargeestig uitzag. Stella vond het vreselijk, er hing een atmosfeer van geweld in dit woeste gebied en zij was niet de enige die dat voelde, de rest viel ook stil en een tijd lang was de wind het enige wat ze kon horen. Uiteindelijk stopten ze aan de kant van de weg en parkeerden ze op een beschutte plaats vlak bij een bosje, en terwijl ze uit de bus stapten begonnen de kinderen hun stemmen weer te verheffen en toen deelde Hugh Griffin hen in groepjes in en spraken ze af waar en wanneer ze elkaar weer zouden ontmoeten voor de lunch. Charlie en Stella maakten deel uit van een groep die een pad moest volgen om de oostelijke rand van de Heath heen. Ze zouden blijkbaar op een plek aankomen die een uitzicht bood van zestig mijl naar zee. Ze begaven zich op weg, moeder en zoon achteraan in de groep, terwijl een andere ouder, een vader die wandeltochten had gemaakt in het gebied, de leiding nam.

Haar gevoel van onbehagen werd steeds groter terwijl ze doorsjokte in haar regenlaarzen, met haar regenjas dichtgesnoerd en een hoofddoekje onder haar kin geknoopt. Het was een smal, rotsachtig pad, dat steiler was dan het aanvankelijk leek. Er hingen lage wolken boven hen en het dreigde te gaan regenen. De anderen waren al uit het zicht verdwenen en zij leken nu de enige levende schepsels te zijn op deze onheilspellende plek waar heidevelden en heuvels zich aan beide kanten uitspreidden, omhoog en omlaag, zonder structuur, zelfs geen enkele boom die het lege uitzicht over het land en de betrekkende lucht brak. Charlie stapte stevig voor Stella uit, met zijn rugzak die op en neer schokte en zijn hoofd dat heen en weer bewoog om niets te missen, af en toe omkijkend om zich ervan te verzekeren dat zijn moeder het bij kon houden, met een uitdrukking van gretig plezier op zijn eenzame gezichtje. Ze voelde de duisternis weer in haar opwellen en wenste dat ze thuis was gebleven, dit was geen plek voor haar, dit lege, eenzame gebied, tussen onvriendelijke vreemden, vechtend tegen de harde, vochtige wind. Tegen de tijd dat ze bij het uitzicht op zee waren aangekomen, moest ze keihard vechten om door te gaan, want er waren krachten in haar aan het werk die haar bijna dwongen zich op de grond te laten vallen met haar hoofd in haar armen, om nooit meer overeind te komen. De vader probeerde een gesprek met haar aan te knopen, maar ze kon niet met hem praten, dat kon ze niet opbrengen.

Ze sjokten voort en bereikten uiteindelijk de picknickplaats, een beschutte plek in de luwte van de helling. Op een platte uitstekende rots waren Hugh Griffin en de anderen begonnen hun boterhammen en drankjes uit te stallen.

De kinderen vormden kleine luidruchtige groepjes, terwijl de volwassenen zich om Hugh Griffin heen schaarden en hete thee uit thermoskannen schonken. Er werd gelachen en geschreeuwd toen een landkaart door een plotselinge windvlaag van de rots waaide. Stella liep in haar eentje een beetje uit hun buurt vandaan en een paar minuten later was ze zich bewust van Charlies aanwezigheid, die stil naast haar zijn boterhammen opat. Hij vroeg of ze honger had en ze schudde haar hoofd. Hij vroeg haar of ze wilde zien wat er aan de andere kant van de heuvel lag en ze zei ja. Al gauw waren ze aan het oog van de anderen onttrokken. Charlie baande zich een weg langs de steile helling omlaag naar de plas aan de voet ervan, het ondiepe stuk overwoekerd met onkruid. Stella volgde hem en installeerde zich op de grond een eindje bij hem vandaan. Ze voelde de eerste regendruppels. Charlie schreeuwde dat hij dacht dat er watersalamanders in zaten. Stella liet haar hoofd voorover vallen op haar knieën en sloeg haar handen voor haar gezicht. Deze keer was het heel erg. Ze werd door zwarte golven overspoeld. Het leek of de grond onder haar op en neer deinde. Ze tilde haar hoofd op en de lucht zat vol met een mist van fijne zwarte aarde, als gespikkeld grafiet. Het begon te regenen. Ze zag de donkere plas als van een grote afstand en door een zwaar gordijn, het oppervlak met kleine golfjes en kringetjes van de regendruppels, en Charlie die vaag tussen het dichte onkruid plonsde aan de rand ervan. Ze haalde haar sigaretten te voorschijn en stak er een op, met haar hand om de vlam van haar aansteker gekromd. Charlie probeerde iets in het ondiepe te vangen, maar hij kon het niet te pakken krijgen. Ze sloeg hem stil en passief gade en rookte haar sigaret; hij reikte ernaar, wat het dan ook was, en verloor zijn evenwicht. De lucht was donker en het begon nu harder te regenen en het vreselijke zweverige gevoel was bijna voorbij en ze voelde de verlamming over zich heenkomen die daar altijd op volgde. Charlie was nu in dieper water, probeerde overeind te krabbelen en maaide met zijn armen en schreeuwde en er klonk iets in zijn geschreeuw dat maakte dat ze overeind kwam. Ze stond met opgetrokken schouders in de wind en regen die in stoten en vlagen om haar heen rukten en sloeg hem enkele ogenblikken gade. Toen wendde ze haar blik af en bracht de sigaret naar haar lippen. De randjes van haar hoofddoek flapten wild in haar gezicht; de golven waren bijna verdwenen. Ze keek weer naar de plas en zag vaag een hoofd door het oppervlak steken en een arm die in de lucht zwaaide en vervolgens weer onderging, en ze wendde haar blik weer af en nam weer een trekje. Met één hand klampte ze haar elleboog vast terwijl ze haar arm recht en stijf naar haar mond bewoog. Ze keek weer opzij en bracht de sigaret naar haar mond en inhaleerde, elke beweging stijf, afgemeten en beheerst.

Ze zag niet dat Hugh Griffin aan de rand van de heuvel was verschenen. Ze hoorde hem niet schreeuwen toen hij haar daar zag staan met haar sigaret, haar hoofd afwendde en toen weer keek en toen weer afwendde, terwijl een vaag figuurtje voor zijn leven vocht in het water. Ze merkte hem pas op toen hij langs haar heen rende in de regen en nog steeds schreeuwend het water indook.

*

Vervolgens ontstond er grote verwarring. Stella stond erbij toen Hugh Griffin uit het water kwam geplonsd met Charlie in zijn armen en hem op de grond neerlegde en hem probeerde te reanimeren. Toen kwamen de anderen over de heuvel aangerend en werd zij in de drukte geheel vergeten toen de kinderen teruggebracht werden naar de bus en de politie werd gebeld enzovoorts, en een van de vrouwen gaf haar een kop thee en legde een plaid om haar schouders en ze hoorde dat ze tegen iemand zei dat mevrouw Raphael in shock was, en uiteindelijk, toen de bus vertrokken was, arriveerde de politie en toen ze op het politiebureau aankwamen was Max daar en na nog een paar koppen thee bracht hij haar naar huis en gaf haar een pil en ging ze naar bed en viel ze in slaap.

Ze sliep een gat in de volgende dag en toen ze beneden kwam zei Mair tegen haar dat Max naar de politie was en tegen lunchtijd weer terug zou zijn. Ze zaten zwijgend in de keuken. Het regende nog steeds.

'Wat verschrikkelijk,' zei Mair ten slotte. 'Verschrikkelijk.'

Wat wist zij ervan? vroeg Stella zich af. Zij had geen kinderen. Hoe kon zij nou weten dat het verschrikkelijk was als er een verdronk?

*

Toen Max thuiskwam vertrok Mair. Hij ging aan de keukentafel zitten en staarde haar aan, staarde haar alleen maar aan. Toen zei hij, op een toon van totale verbijstering, 'Maar waarom heb je niet om hulp geroepen?'

Ze vond dat amusant: Max vroeg waarom ze niet had geroepen.

'Je hebt geen kik gegeven,' zei hij, op dezelfde verblufte toon, 'je hebt je mond niet opengedaan.'

Meestal willen ze dat je je mond dichthoudt, maar soms willen ze dat je roept en dan verwachten ze nog dat je het verschil weet. Dat vond ze amusant.

'Die man, Griffin,' zei hij. 'Hij zegt dat het jouw schuld was.'

Er heerste stilte.

'Zeg eens wat, godverdomme! Zit daar niet zo stom, zeg iets, vertel me wat er gebeurd is. Ach, Jezus.'

Hij kalmeerde.

‘Ik weet niet wat ik zeg,’ mompelde hij. ‘Traumatische reactie, bij jou hetzelfde. We zullen het pas over een paar dagen beseffen. We kunnen het beste maar kalm blijven.’

Hij wreef met zijn handen in zijn gezicht en begon haar toen weer aan te staren, met die grimmige uitdrukking die hij sinds kort had gekregen.

‘Waarom heb je niet *geroepen*?’ fluisterde hij.

*

‘Waarom hebt u niet om hulp geroepen, mevrouw Raphael? Toen u zag dat de jongen in moeilijkheden was geraakt?’

Ze zat op het politiebureau en daar had ze ook geen antwoord op die vraag.

*

In de dagen die daarop volgden hielden de betuigingen van deelneming op. Dit was een gevolg van het feit dat Hugh Griffin volhield dat, toen hij over de heuvel heen kwam, Charlie schreeuwend in het water lag en zijn moeder erbij stond en een sigaret rookte. Ze had niets ondernomen om hem te helpen, zei hij, hoewel de jongen duidelijk in ernstige problemen zat, en hij zei eveneens dat de jongen gered had kunnen worden als ze om hulp geroepen had, hoewel dit later tegengesproken werd, de afstand in aanmerking genomen tussen het topje van de heuvel en het water. Nee, wat hen zo met afschuw vervulde was dat ze geen alarm had geslagen en niet van haar plaats was gekomen. Toen dit eenmaal tot hen doordrong veranderde alles, omdat ze plotseling een moeder was die had toegekeken terwijl haar zoon verdronk en er niets aan had gedaan om hem te redden. Het was onnatuurlijk, zeiden ze. Het was boosaardig. Ze konden het niet begrijpen; ze heeft geen gevoel, zeiden ze, ze is niet menselijk, ze is een monster. Of misschien is ze gek.

Ze was gek. Hoe kon het anders verklaard worden, tenzij ze gek was? Er moest een verklaring voor komen, er was een kind gestorven; óf ze was een monster, óf ze was gek. Het eerste wat ze deden was haar beschuldigen van doodslag. Ze werd in voorlopige hechtenis genomen. Weer werd ze in een cel opgesloten. Ze was verlamd en leeg en totaal niet verbonden met de vrouw die van de ene kamer naar de andere werd gebracht en steeds weer werd ondervraagd en hun nog steeds niet kon vertellen wat ze wilden weten. Ze keek naar zichzelf terwijl ze die uren van die vreemde dagen doorstond, keek naar zichzelf van binnenuit, vanuit een of ander gebarricadeerd fort diep in haar psyche, evenals vanuit een punt, leek het wel, een meter boven haar hoofd en iets opzij.

Het was op dat moment dat ik naar haar toeging. Ze verwachtte me niet en toen ze me zag voelde ze de eerste vage roerselen van emotie die ze in dagen had gevoeld. Ik werd bij haar binnengelaten en deed mijn best mijn medeleven en deelneming te betuigen.

'Arme lieve meid,' zei ik, en dat was genoeg. Toen kwamen de tranen.

*

Nu was ze eindelijk in staat zich over te geven, zei ze, haar grip op de dingen los te laten en slechts te slapen en dromen en zweven, want nu kreeg ze pillen en werd er niets meer van haar verwacht. Ze was in staat me te vertellen wat het was dat ze in het water had gezien. Ik was niet verbaasd. En ik was ook niet verbaasd dat ze, sinds ik haar voor het laatst had gezien, dik geworden was en dat haar haren slap hingen en er donkere kringen om haar ogen zaten, hoewel haar huid even blank en fris was als altijd: ze was nog steeds een schoonheid. Ze was eveneens een vrouw met een zware depressie. Mijn bezoeken werden de centrale gebeurtenis van de dag en maakten de rest verdraaglijk. Er volgden nog meer vraaggesprekken met verschillende mensen; daar was ik bij aanwezig. Er volgde een rechtszitting; ik zorgde ervoor dat het haar zo weinig mogelijk leed berokkende. Ze deed geen poging te begrijpen wat haar overkwam, dat liet ze allemaal aan mij over. Op een dag vroeg ik haar of ze wilde dat ik me over haar bleef ontfermen.

'Natuurlijk,' zei ze, met een vleugje angst in haar stem. Waarom ik het vroeg? Bedoelde ik dat ik haar aan haar lot wilde overlaten?

Ik vertelde haar wat er zou gebeuren. Ze zou in een gesticht worden opgenomen. Ze was ziek en ik wilde haar behandelen. Wist ze zeker dat ze zich door mij wilde laten behandelen?

'Absoluut,' zei ze.

Dan moest ze mee naar mijn ziekenhuis. Wist ze nog hoe mijn ziekenhuis heette?

Ze zei de naam van het ziekenhuis.

'Goed,' zei ik. 'Je gaat mee naar het ziekenhuis en dan zal ik je daar behandelen.'

*

Max ging haar opzoeken. Ik had haar gewaarschuwd dat dit zou gebeuren en ze smeekte mij haar er niet toe te dwingen. Rustig en streng drong ik erop aan. Ze zei tegen me dat ik een gemene klootzak was en ik herinnerde haar eraan dat ze, als ze wilde dat ik haar behandelde, mij moest vertrouwen. Ik zei tegen haar dat het zowel voor Max als voor haarzelf beter was.

'Hij is helemaal gebroken,' zei ik. 'Sluit vrede met hem.'

'Vrede,' zei ze.

'Ter wille van jullie beiden.'

Dus stemde ze toe.

Ze ontmoetten elkaar in een kaal vertrek met een houten tafel in het midden en een enkel hoog raam. Stella was verschrikkelijk angstig toen ze werd binnengeleid met alleen haar sigaretten en aansteker in haar handen geklemd. Max was er al; hij kwam overeind en daar stonden ze tegenover elkaar toen de deur werd gesloten.

'Dag Stella.'

Haar eerste ingeving was zich om te draaien en rechtsomkeert te maken, maar ze wilde mij niet teleurstellen. Ze ging zitten. Hij ging zitten. Hij was afgevallen en hij was altijd al een slanke man geweest. Hij had nu een papierachtig voorkomen, alsof hij als teer porselein zou barsten als je tegen hem aan stootte. Hij bood haar een sigaret aan. Hij leek ook ouder geworden, niet zozeer in hoe hij eruit zag als wel in de manier waarop hij zich bewoog en gedroeg. Hij leek in het stadium te zijn aangekomen waarin mannen zichzelf niet meer robuust vinden en zich opzettelijk de houding van iemand van een hogere leeftijd aanmeten – alsof zijn persoonlijke hulpbronnen begrensd waren en er zuinig mee omgesprongen moest worden. Ze nam de sigaret aan. Hoe zag zij eruit in zijn ogen, vroeg ze zich af? De slet die zijn leven had geruïneerd was nu de bleke dikke heks die hun zoon had laten verdrinken.

'Waarover wilde je me spreken?' zei ze.

Dit verbaasde hem. Hij deed zijn mond open en er kwam een klein lachje uit, als een kuchje.

'Sorry,' zei hij. 'Ter zake. Ik had niet gedacht dat die vraag gesteld hoefde worden.'

Ze wachtte tot hij ter zake zou komen.

'Ik veronderstel dat je geen interesse hebt in mijn gedachten over alles wat ons is overkomen. Waar de verantwoordelijkheid ligt.'

Als een accountant, dacht ze. Debet- en creditkolommen. Ik neem de schuld op me voor dit, jij neemt de schuld op je voor dat. Dan kunnen we 's nachts slapen.

'Maar ik weet niet eens meer of het ertoe doet. Nou, zeg eens wat.'

'Het was Edgar in het water.'

Hij knikte. 'Dat dacht ik al.'

Er viel een stilte en ze begon rusteloos te worden. Ze draaide zich om op haar stoel en keek naar de deur. Ze wilde dat ze opgehaald zou worden.

'Haat je me nog steeds?' zei hij.

Ze dacht aan een droom die ze een paar nachten daarvoor had gehad. Ze lag in bed met Max en het bed lag vol stront. Dat vertelde ze hem. Ze zag hem terugdeinzen.

'Ja dus,' zei hij. Hij maakte een soort snurkgeluidjes. Ze keek hem aandachtig aan. Hij legde zijn hand voor zijn mond en staarde terug met die holle ogen en ze wendde haar blik af.

'Zou ik jou moeten haten?' zei hij.

Ze had geen belangstelling voor zijn rekenwerk.

'Het lijkt oneerlijk tegenover Charlie,' zei hij.

Een poging haar hart te verwonden, waarschijnlijk. Maar het had geen zichtbaar effect. Weer een korte stilte. Misschien zou de tijd voor dit bezoek pas verstreken zijn als hij naar de deur liep en zou roepen. Ze stond op het punt te vragen of hij dat wilde doen, toen hij begon te spreken.

'Weet je wat er nu gaat gebeuren? De shock slijt en dan zul je je schuldig gaan voelen. Ik weet waar ik het over heb. Het wordt echt een verschrikkelijk schuldgevoel. Je zult eraan kapot gaan. Ze zullen je zorgvuldig in de gaten houden, want het kan zijn dat je een poging doet jezelf van het leven te beroven, zo afschuwelijk zul je je dan voelen. Uiteindelijk zul je, met de hulp van Peter Cleave, verwerken wat je allemaal hebt gedaan. En wanneer het zo ver is, zul je me niet meer haten en ik hoop dat je dan jezelf ook niet zult haten. Je zult verschrikkelijk, verschrikkelijk treurig zijn en die treurigheid zul je je hele leven houden.'

Op dat punt gooide ze haar aansteker naar hem en probeerde over de tafel heen te klimmen om haar nagels in zijn gezicht te slaan. Op haar kreten kwamen ze binnengerend. Ze namen haar mee en lieten Max achter, die zichzelf kon feliciteren vanwege zijn bekwaamheid in het houden van een psychiatrisch onderhoud.

*

De vrouwenvleugel van het ziekenhuis bestaat uit twee blokken, elk met een mooie ruime omheinde tuin met bloembedden, grasvelden en zitbanken. Aan de zuidkant kijk je uit over de terrassen, dus mogen de dames die paroolvoorrechten hebben door de tuinen wandelen, de stenen treden tussen de met gras begroeide hellingen afdalen, evenals hun mannelijke tegenhangers dat mogen, hoewel zij vanzelfsprekend van elkaar gescheiden zijn door een binnenmuur. Veel van mijn patiënten bevinden zich in de vrouwenvleugel; administratief gesproken is de vrouwenvleugel eigenlijk al jaren mijn domein. Ik voel altijd een zekere trots als ik uitkijk over de ordelijke, goedverzorgde paden en tuinen en terrassen.

Stella werd de volgende dag in een politieauto naar het ziekenhuis gebracht en daar geregistreerd. Ik vroeg haar niet wat zij voelde toen ze de heuvel opreed achter in een politieauto, langs haar oude huis, en niet via de hoofdingang, maar via de poort van de vrouwenvleugel naar het ziekenhuis werd gebracht, en vandaar naar de afdeling opname achter het kantoor aan de voorkant. Ze stond erbij terwijl de politie haar formulieren aan mij overhandigde en toen had ik een kort formeel onderhoud met haar voordat ik haar naar de opnamezaal bracht, samen met een vrouwelijke bewaker die Mary Muir heet. In een grote gemeenschappelijke badkamer werd Stella verzocht zich uit te kleden. Dat deed ze. Ze werd een hokje ingevoerd en gewassen. Ik deed een grondig lichamelijk onderzoek bij haar en toen trok ze een katoenen hemdjurk aan en begeleidden we haar over de afdeling naar haar kamer.

'Daar zijn we,' zei Mary, die de deur opendeed. Er stond een bed, er was een raam met tralies ervoor, een toilet en een wastafel. Er zat een rooster in de deur, eveneens getralied. Ik liep achter haar aan naar binnen.

'Wat nu?' zei ze.

'Ik wil dat je je gemak ervan neemt en eerst lekker gaat slapen,' zei ik. 'Is er iets dat we voor je kunnen halen?'

Later vertelde ze me dat het enige wat ze zag de sleutelbos was die de vrouw bij de deur in haar handen had. Ze schudde haar hoofd.

'Wacht even!'

We bleven in de deuropening staan. 'Ja?'

Ze wilde zeggen, op redelijke toon, ga alsjeblieft niet weg, doe alsjeblieft de deur niet dicht, sluit me alsjeblieft niet op! Ze was opgesloten geweest toen ze in hechtenis was, maar hier was het op een of andere manier anders. Ze had gedacht dat er een einde zou komen aan de nachtmerrie zodra ze hier was, of dat het in elk geval minder erg zou zijn. Maar ze kon niets uitbrengen, niet tegen wat ze onze afstandelijke gezichten noemde, en onze enigszins opgetrokken wenkbrauwen. Ze schudde haar hoofd.

De deur sloeg dicht en Mary deed hem op slot.

Een uur later ging ze terug. Stella lag op het bed naar het plafond te staren toen ze de sleutel in het slot hoorde. Mary had een kop thee voor haar en een paar pilletjes. Stella vroeg wat voor medicijnen het waren en haar werd gezegd dat ze ze gewoon moest doorslikken, dat dr. Cleave ze had voorgeschreven.

Ze ging zitten en slikte de pillen in en dronk een beetje thee. Mary zat aan het voeteneind en keek toe. Ze zei tegen haar dat de directeur zich ernstige zorgen over haar maakte.

'Wie is er nu directeur?' zei ze.

'Weet u dat dan niet?'

'Het was Jack Straffen, maar die is toch met pensioen?'

'Jazeker, dr. Straffen is weg. Dr. Cleave is nu directeur.'

Het leek me beter dat ze er op deze manier achter kwam, informeel, via een van de stafleden. Maar inderdaad: toen Jack met pensioen ging hebben ze mij aangenomen, want niemand kent het hier beter dan ik. Met tegenzin heb ik erin toegestemd het van hem over te nemen. Stella zei dat het laatste waar ze aan dacht voordat ze in slaap viel Max was en hoe hij er vroeger zo zeker van was geweest dat hij die baan zou krijgen.

*

De volgende ochtend bracht een bewaker, die Pam heet, haar ontbijt op een dienblad. Ze had diep geslapen en had er nu moeite mee behoorlijk wakker te worden, ze was wazig en indolent van de medicijnen. Ze zat op de rand van het bed boven het blad te knikkebollen en het blad begon van haar knieën af te glijden. Pam pakte het voordat het viel en zette het op de grond neer. Stella klom in bed en ging weer slapen.

Ergens in de namiddag werd ze wakker van de sleutel in het slot en deze keer was ik het. Ik ging op het bed zitten.

'Hoe voel je je, lieverd?'

Ik pakte haar hand en streelde die.

'Vreselijk.'

Ze wreef in haar gezicht. De afstomping van haar bewustzijn, veroorzaakt door de verdovende middelen, begon iets af te nemen. Ik maakte mijn excuses. Ik zei tegen haar dat het een standaard procedure was om patiënten bij opname een grote dosis kalmerende middelen voor te schrijven, omdat het de stafleden de kans gaf te zien in wat voor staat zij zich bevonden.

'Het enige wat ze van mij hebben gezien,' zei ze, 'is hoe ik slaap.'

'Het gaat wel over. Over een paar dagen zien we je in de recreatiezaal.'

Ze geeuwde. 'Ik voel me ontzettend suf,' zei ze.

'Ik weet het.' Ik gaf een klopje op haar been. 'Ik kom je morgen weer opzoeken.'

Ik stond op en ging weg. Ze zeeg weer neer op haar kussen en staarde naar het plafond. Toen Mary Muir die avond binnenkwam met haar pillen, zei Stella dat ze er niet zoveel nodig had, maar Mary schonk geen aandacht aan haar en ze had de energie niet om tegen te stribbelen.

*

De eerste paar dagen, dus, waren verloren dagen. Ze leefde in een soort schemertoestand, verliet haar kamer niet, had korte, benevelde gesprekken met de bewakers en een dagelijks bezoek van mij. Geleidelijk aan begon ik haar medicatie te verminderen en werd ze alerter. Op de vierde dag liet ik kleren brengen, niet haar eigen maar kleding van het ziekenhuis, en voor de eerste maal kwam ze op de afdeling. Ze vertelde me later dat het gelukkig was dat ze nog steeds suf was van de medicijnen, want ze hoorde daar niet thuis, dat was haar onmiddellijk duidelijk geworden. Terwijl Pam met haar meeliep naar de recreatiezaal, staarde ze met vage afschuw naar de arme stakkers die op de gang langs haar heen schuifelden, teruggetrokken vrouwen met gebogen hoofd die werelden bewoonden die heel anders waren dan deze; helse werelden waar ze hun ogen niet vanaf konden houden. Ze negeerden Pams vrolijke begroeting.

Ze bereikten de recreatiezaal. Nu kon ze het hele tafereel overzien van de vrouwen op de opnameafdeling die bezig waren met hun tijdverdrijf. Haar opvallende eerste indruk was weer dat elk in haar eigen privé-hel leefde, in afzonderlijke hellen die naast elkaar bestonden op een openbare plek. Het was een diep vertrek waar het zonlicht door de hoge getraliede ramen viel, op een gepolijste vloer met overal tafels en stoelen en aan het verre eind een televisietoestel, waar sofa's en leunstoelen omheen gegroepeerd waren. Een vrouw stond doodstil naar de muur te staren. Een andere begon aan onzichtbare draadjes in haar rok te trekken, trok met een felle concentratie aan helemaal niets. Een derde zat zachtjes heen en weer te wiegen, glimlachend en mummelend tegen zichzelf.

'Hier zijn we,' zei Pam opgewekt. 'Laten we maar eens kennismaken met een aantal van de meisjes.'

De meisjes met wie Stella kennismaakte waren allemaal even gebroken en versuft als zijzelf. Ze zat aan tafel met Pam en twee andere vrouwen en rookte. Stella keek naar hen en zij keken naar Stella en het was alsof ze over een kloof heen keek naar verre bergtoppen en moest toegeven dat ze niet geheel alleen was, dat er anderen in deze woeste regionen waren. Er was geen gesprek mogelijk, ondanks de ijverige pogingen van Pam. De mummelende stilte van de recreatiezaal werd verbroken door een vreemd lachsalvo, en nog een keer door een soort gejammer, en nogmaals door een uitbarsting van vreugde toen de theewagen binnen gerold werd en een luide stem uitriep: 'Thee, dames!' Later, toen het tijd was om naar hun kamer terug te gaan, verscheen er een vrouw aan haar zijde die ze niet eerder had opgemerkt en die Stella zachtjes vroeg of ze een sigaret van haar mocht hebben. Met lome vingers trok Stella er een paar uit haar pakje en de vrouw zei: 'Bedankt, schat,' en stopte ze weg in de mouw van haar vest. Gezamenlijk liepen ze door de gang terug. 'Ze hebben me hier zonder iets naar toe gebracht,' zei de vrouw. 'Alleen met de kleren die ik aan had.'

Stella schudde haar hoofd. Ze had willen zeggen dat het verschrikkelijk was, maar het enige waartoe ze in staat was, was haar hoofd te schudden. 'Hou je goed, schat,' fluisterde de vrouw. Ze kneep in Stella's hand en verdween in haar kamer.

*

Tijdens de dagen die hierop volgden verviel haar leven op de afdeling tot een patroon van maaltijden, medicatie, tijd die ze doorbracht op de recreatiezaal en tijd die ze doorbracht achter slot en grendel. Ik bezocht haar verscheidene malen en ik zei dat ze zich geen zorgen hoefde te maken, dat we spoedig met de eigenlijke gesprekken zouden beginnen. Voor het moment, zei ik, wilde ik haar eerst tot bedaren brengen.

Me tot bedaren brengen. Ze had het gevoel dat ze een krijsend kind was, vertelde ze me later.

Hoe meer dagen er verstreken, hoe minder ze voelde dat ze hier niet thuishoorde, hoewel zij elke keer dat ze dit merkte een bewuste poging deed het idee te weerstaan. Ik hoor hier *niet* thuis, zei ze tegen zichzelf, hoewel ze ook niet wist waar ze dan wel thuishoorde. Maar ze vond de andere vrouwen niet meer zo vreemd of zo anders dan zijzelf. Ze begon te begrijpen waarom ze hier terechtgekomen waren, en vaak was dat door een bizarre aaneenschakeling van gebeurtenissen, niet zo verschillend van de gebeurtenissen in haar eigen leven, die uitgelopen waren op een soort openbare ontluistering. De vrouw die tegen haar had gezegd dat ze hier opgenomen was met alleen de kleren die ze aan had, deze vrouw vertelde Stella dat ze Sarah Bentley heette en dat ze getrouwd was geweest met een man die haar in elkaar sloeg wanneer hij dronk, wat neerkwam op drie of vier maal per week. Toen ze het niet meer kon verdragen had ze tegen hem gezegd dat ze hem zou vermoorden als hij haar nog één keer zou aanraken. Hij beloofde dat hij het niet meer zou doen, maar twee maanden later kwam hij dronken thuis en sloeg haar in elkaar en viel vervolgens zat op de bank neer. Ze stak de keukenschaar in zijn hals, sneed hem open, sneed zijn hart eruit en spoelde het door de wc. Toen ging ze naar bed. De volgende ochtend kreeg ze de politie aan de deur en toen ze werd weggevoerd kwamen alle vrouwen in de straat kijken. Ze zei dat sommigen haar toejuichten en sommigen haar uitjouwden. Niemand begreep waarom ze het hart van haar man door de wc had gespoeld, zei ze, maar zij vond het vanzelfsprekend. Ze wilde niet dat de klootzak ooit terug zou komen.

Toen vroeg ze aan Stella wat zij had gedaan en Stella was nauwelijks begonnen met een poging een antwoord te formuleren toen ze overmand werd door de onuitsprekelijke gruwelijkheid van alles. Ze zaten bij het raam van de recreatiezaal en Sarah trachtte haar te kalmeren, maar dat hielp niet en een paar minuten later werd ze in haar kamer opgesloten, onder de verdovende middelen, maar nog steeds huilend.

Ik ging haar de volgende dag opzoeken. Ik zat aan het voeteneinde van het bed en knikte toen ze me vertelde over de golf van afschuw die in haar was gerezen. Ik zei dat het natuurlijk was, dat ze dat kon verwachten, dat ze een zekere hoeveelheid verdriet zou moeten ondergaan voordat we verder konden; het was goed dat het proces op gang was gebracht, zei ik. Ik zei tegen haar dat ik niet van plan was haar dosering op te voeren, maar dat ik ervoor zou zorgen dat de afdelingsstaf wist waar ze mee te maken hadden.

De volgende keer dat ik haar zag vroeg ik haar of ze bereid was me te vertellen wat er gebeurd was, vanaf het begin.

'Wat is het begin?' zei ze.

'Edgar?'

Ze tilde haar hoofd op en staarde me aan met een uitdrukking die ik moeilijk kon interpreteren. Pijn, vrees, angst zelfs, dat allemaal, maar nog meer, naar ik nu geloof een ontwakend bewustzijn van de nieuwe aard van onze verhouding. Niets was simpel meer. Ik was de dokter, zij de patiënt. We stonden tegenover elkaar. Ik moest een strategie op haar toepassen.

*

Vanzelfsprekend moesten we beginnen bij Edgar. Stella was bij ons gebracht omdat ze had staan toekijken terwijl haar kind verdronk, maar die pathologie was ongecompliceerd. De literatuur over de filicide van een moeder is niet uitgebreid, maar wel duidelijk: gewoonlijk een uitgestelde zelfmoord, de verwijdering van het kind uit een situatie die de moeder onverdraaglijk vindt, in Stella's geval echter gecompliceerd door de projectie op het kind van de diepe vijandigheid die ze voelde tegenover zijn vader; een klassiek Medea-complex. Herstel bracht in eerste instantie de begeleiding door een intense periode van lijden met zich mee, waarbij schuldgevoelens een prominente plaats zouden innemen; daarna aanvaarding van het trauma; daarna de integratie van het trauma in het geheugen en de identiteit. Routineuze psychiatrie. Nee, uit klinisch oogpunt gezien was haar verhouding met Edgar veel intrigerender, het was in feite een van de bloemrijkste en meest dramatische voorbeelden van morbide obsessieve seksuele neurose die ik gedurende mijn jarenlange praktijk was tegengekomen. Nu ik haar hier in de vrouwenvleugel had, zag ik ernaar uit haar verdediging af te breken en haar open te breken, te zien hoe die psyche van haar er in werkelijkheid uitzag, in het bijzonder met betrekking tot Edgar. Ik begreep natuurlijk wel dat ze zich tegen me zou afzetten, maar we hadden de tijd.

*

Toen ze zich weer om haar uiterlijk begon te bekommeren vond ik dat een goed teken. Ze zei dat ze zich er sterk van bewust was geworden hoe keurig *ik* gekleed was bij haar vergeleken, nu ze onveranderlijk gekleed ging in een grijs vest, blauwe bloes, grijze rok, grijze kousen en zwarte molières. Elke keer voor ze een afspraak met mij had, ging ze naar het kantoor vooraan op de afdeling en vroeg ze of ze de doos met cosmetica mocht gebruiken. Dit was een oud biscuitblik vol met een aantal lippenstiften en oogpotloden, kleine parfumflesjes, potten crème en poeder, allemaal gedoneerd door stafleden en voor gemeenschappelijk gebruik van de vrouwen op de afdeling, bij belangrijke gebeurtenissen zoals een bezoek aan de dokter. Aan de tafel in het kantoor met een poederdoos voor zich deed ze haar best er iets van te maken, kamde ze haar haren en maakte in gedachten haar excuses aan mij omdat ze in gebreke moest blijven waar het mijn hoge standaard betrof. Ze liep terug naar de recreatiezaal om op mij te wachten en daar complimenteerden de andere vrouwen haar op een zusterlijke manier met haar uiterlijk.

Er lag een kleine vergaderzaal naast het kantoor en daar hielden wij ons eerste echte gesprek. Ik vroeg haar hoe zij zich voelde en toen staken we van wal. Ik tuurde naar haar met mijn vingertoppen op elkaar tegen mijn bovenlip gedrukt. Mijn ogen, zei ze later, leken zich in haar ziel te boren als een paar vleespennen.

‘Peter, wat doe je? Ik voel me net een specimen! God mag weten dat ik op het moment geen kritische blik kan verdragen. Waarom kleed je ons als een non?’

Wat was het lang geleden dat ze ook maar had geprobeerd op deze toon te praten, spottend en gevat, de toon waarop wij in het verleden altijd met elkaar hadden gesproken! Een kort ogenblik zag ik in haar de flauwe schaduw van haar oude ik, een vrouw die zich op haar gemak voelde bij een oude vriend.

‘Er is een hoop waar we ons doorheen moeten worstelen,’ zei ik. ‘Het zal pijnlijk voor je zijn.’

Ze hield zich bezig met het aansteken van een sigaret. Ze probeerde die kortstondige opleving vast te houden, maar ik ben bang dat die instortte in het aangezicht van mijn ernst.

‘Laten we het over Edgar hebben. Vertel me eens wanneer je voor het eerst serieus nadacht over het idee om met hem naar bed te gaan.’

Dit was bot, maar dat lag ook in mijn bedoeling. Ze sloeg haar ogen neer en speelde met het sigarettendoosje, legde het zorgvuldig op een lijn met de rand van de tafel. Haar stem klonk vermoeid.

‘O God, ik weet het niet. De eerste keer?’

Ik knikte.

‘In de moestuin,’ zei ze zachtjes. Ik bleef haar aankijken terwijl de ervaring geleidelijk aan weer vorm en scherpte kreeg.

‘Ga door.’

In haar verbeelding herleefde ze het moment in de tuin, in de zonneschijn, het moment waarop ze begreep dat het onontkoombaar was dat ze seks zouden bedrijven, omdat het onmogelijk was dat niet te doen. Het was gewoon niet mogelijk dat ze het niet zouden doen. Ze werd niet door de risico’s afgeschrikt toen het duidelijk werd dat het onmogelijk was de aandrang te vermijden of op te schorten of te ontkennen. Dit trachtte ze mij uit te leggen.

'Het was een aandrang?'

'Ja.'

'En je denkt dat hij dat gevoel van aandrang met je deelde? Ondanks de risico's?'

'Jazeker.'

'Waarom?'

Ze haalde haar schouders op. 'Dat merkte ik. Ik wist het.'

'Is het denkbaar dat Edgar je gebruikte omdat hij al bezig was met plannen om te ontsnappen?'

'Nee.'

'Goed. Beantwoordde het aan je verwachtingen?'

Ze probeerde er een grapje van te maken. 'Wil je de details horen, Peter? Het tasten en graaien in de struiken?'

'Jullie vonden een plek in de tuin.'

'In het begin, ja. De serre.'

Ik negeerde de afkeer in haar stem terwijl ze me dit brokje informatie toewierp.

'En daarna?'

'Het paviljoen.'

'Aha, het paviljoen.' Ik leunde achterover. 'Het spijt me, schat, ik breng je niet voor mijn eigen plezier in verlegenheid. Schoot Max werkelijk zo tekort?'

'Dat zal wel, anders was het niet gebeurd.'

'Hoezo?'

'Ik zou denken dat je alleen maar verliefd kunt worden op iemand anders als je niet op iemand verliefd was.'

'Je was niet verliefd op Max. Maar hield je wel van hem?'

Ze staarde me uitdrukkingsloos aan.

'Jij bent nooit getrouwd geweest, hè?' zei ze ten slotte.

'Was je gefrustreerd?'

Ze barstte in lachen uit. 'Is iedereen dat niet?'

Ik wachtte.

'Oh, Peter, ik weet niet wat ik je moet vertellen. Ik keek nogal tegen Max op in onze begindagen. Ik wilde terug naar Londen, maar dat was het enige waar we ruzie over maakten. Het was niet omdat ik opwinding nodig had, als je dat bedoelt.'

'Een normaal huwelijk dus?'

'Dat zal wel.'

'Een man, een huis, een kind, redelijk tevreden. Toch zette je dat allemaal op het spel voor een seksuele relatie met een patiënt.'

'Zo'n soort calculatie heb ik nooit gemaakt.'

'Was het stimulerend, het idee dat je hele levensstijl gevaar liep?'

Ik zat nu met een elleboog op tafel en toonde een warme, openhartige nieuwsgierigheid.

'Ik was verliefd, dat was stimulerend,' zei ze.

Er viel een stilte.

'Deze verliefdheid,' zei ik, 'dit gevoel waar je geen enkele controle over had. Wat houdt het precies in?'

Weer stilte. Toen, vermoeid: 'Als je dat niet weet kan ik het ook niet aan je uitleggen.'

'Je kunt het dus niet definiëren? Er niet over praten? Het komt tot leven, je kunt er niet omheen, en het ruïneert mensenlevens. Maar meer kunnen we er niet over zeggen. Het is gewoon zo.'

'Woorden,' mompelde ze.

'Woorden misschien,' zei ik streng, 'maar woorden zijn het enige wat we tot onze beschikking hebben. Laat ik je vragen een mogelijkheid te overwegen. Dat deze verliefdheid van jou alleen maar een dekmantel was voor iets anders.'

'Wat bedoel je?'

'Kijk naar de gevolgen. Je geeft alles op. Je cultiveert minachting voor de man aan wie je gewend bent geraakt –'

Ik hield even op; ze snikte zachtjes. Ik gaf haar een zakdoek. Ik kon merken dat ze zichzelf haatte omdat ze zich van een zwakke vrouwelijke kant liet zien. Als ik haar afwees, zei ze later, als ik haar verachtte, als ik haar veroordeelde, had ze niets meer over. Was ze niets meer. Ik herkende dat allemaal.

'Goed, zo is het genoeg geweest,' zei ik zachtjes en we babbelden over andere dingen. Maar voordat ze wegging vroeg ik haar na te denken over wat het betekende: lief te hebben. Ongenadig zijn, zei ik tegen haar.

Ze zei dat ze dat zou doen.

*

Later vertelde ze me dat ze verward en zenuwachtig was geworden van ons gesprek. Met een onbehaaglijk gevoel keerde ze terug naar de routines op de afdeling. In de recreatiezaal was ze stil en afwezig. Ze probeerde te gissen waar ik naar toe wilde. Ik had haar met opzet van streek gemaakt: waarom? Ik moest een manier vinden om haar te toetsen, om te zien hoe sterk ze was. En ze was er tamelijk slecht uit te voorschijn gekomen, ingeklapt als ze was. Ik had haar laten zien hoe fragiel ze was geworden, ik had een spiegel opgehouden en haar oog in oog laten staan met haar zwakheid. Dit was goede psychiatrische praktijk, veronderstelde ze: ik zei niet tegen haar dat ze flink moest zijn. In plaats daarvan stuurde ik er bij haar op aan flink te willen zijn.

Het duurde een paar dagen voordat ze daar achter kwam, zei ze. Het kwam bij haar op dat ze dankbaar moest zijn dat ze zich op zo'n beschermde plek bevond, dat ze hier veilig was, en in wijze, genezende handen. Aarzelend begon ze op een andere manier over zichzelf na te denken. Sinds Cledwyn beperkt tot een aantal oppervlakkige zelfzuchtige aangelegenheden, en verdoofd voor het geval ze aan Charlie zou gaan denken, werd ze een klein beetje opener, in zoverre dat ze accepteerde dat ze beschadigd was en dat ze hulp nodig had. Ze zocht mij uit om haar die hulp te verschaffen, en toen het zover was dat we weer een gesprek moesten houden, trommelde ze zo veel moed bij elkaar als ze maar kon en trad ze binnen met een moedige glimlach, ogenschijnlijk met een graagte om verder te gaan maar, zoals ik onmiddellijk bespeurde, van binnen doodsbang. Ik liep om de tafel heen en trok er een stoel onderuit.

'Je hoeft niet bang te zijn,' zei ik kalm en schoof de stoel naar voren toen ze was gaan zitten. Ik legde mijn hand op haar schouder.

Ik liet mijn vingers verscheidene seconden op haar schouder rusten en ik voelde haar intense gewaarwording van het contact, want er was een elektrische lading tussen ons. Ik ging zitten en vroeg hoe het op de afdeling ging, en weer kreeg ze het voor elkaar bijna de oude te zijn, geestig en ironisch, en ik moest glimlachen toen ze haar excentrieke gemeenschap beschreef. De stemming veranderde echter abrupt toen ik mijn vingers op mijn lippen legde en een zekere beschouwende uitdrukking over mijn gelaat liet trekken.

'Heb je nagedacht over wat ik je heb gevraagd?' zei ik.

'Ik weet niet wat ik je moet vertellen, Peter.'

'Beschrijf Edgar lichamelijk.'

Ze zei dat ze daar bang voor was geweest. Ze zei dat ze, toen ze opzettelijk de herinnering aan hem trachtte op te roepen, het gevoel had alsof er een scherm tussen haar en het beeld van hem werd geschoven. Ik was vanzelfsprekend niet vergeten dat het *Edgar* was geweest, niet Charlie, die ze die dag in het water had zien spartelen op Cledwyn Heath, en ik kreeg sterk de indruk dat ze hem wilde loslaten, dat ze een einde wilde maken aan de pijn van haar neurose; het is een stadium dat in al dergelijke relaties voorkomt, de wens van de dood van de minnaar. Ik wilde weten hoever dit proces al gevorderd was, tot op welke hoogte de verhouding in feite voorbij was.

We praatten bijna een uur lang over hem. Nadat zij een haperende beschrijving had gegeven volgden er vragen die veel moeilijker te beantwoorden waren, vragen over gevoelens. Ze vertelde me dat ze voor het eerst van haar leven iemand begeerde met een lichamelijke en geestelijke intensiteit die ze nooit eerder persoonlijk had ervaren, maar die ze altijd in mannen had gevoeld, die altijd door mannen was uitgestraald. Ik knikte terwijl ze praatte, ik moedigde haar aan wanneer ze aarzelde, en op de een of andere manier vond ze woorden om de chaotische gevoelens mee te beschrijven die ze had gehad tijdens de eerste weken dat ze met hem samen was. Ze vertelde hoe zij hun verhouding hier op het landgoed onderhielden en wat er was gebeurd toen ze bij hem in Londen was. Ik vond het curieus dat ze geen enkel moreel oordeel over hem velde, niet toen hij was ontsnapt zonder haar in te lichten, zelfs niet toen hij haar had geslagen.

'Waarom niet?' zei ik.

Ze wist het niet. Ze zei dat de vraag verkeerd leek gesteld. Om hem te bekritiseren zou ze hem voorwaardelijk moeten zien: ik houd van je *tenzij je dit doet.* Het kwam eenvoudigweg niet bij haar op.

'Je accepteerde hem zonder enige terughoudendheid?'

'Ik neem aan van wel.'

'Zelfs toen hij je sloeg.'

'Ik weet waarom hij dat deed.'

'Als ik tegen je zei dat hij nu hier in het ziekenhuis was, hoe zou je dan reageren?'

*

Het was merkwaardig. Ik zag in een korte flits iets in haar ogen tot leven komen; toen haalde zij haar schouders op. Ze zei dat het niet bij haar was opgekomen dat hij weer hier naar toe gebracht zou worden, hoewel het eigenlijk voor de hand lag toen ze er even over nadacht. Maar het deed er niet meer toe. Toen ze dat zei keek ik haar aan met die nogal afschrikwekkende afstandelijkheid, zoals zij het noemde, waardoor ze zich voelde als een specimen op een dia.

'Het doet er niet meer toe?'

'Het is afgelopen, Peter. Het was afgelopen toen Charlie stierf.'

Ze tilde haar hoofd op en keek me strak aan. Ik wilde haar geloven, maar wist tegelijkertijd dat zij wist dat dit was wat ik van haar wilde horen. Ik toetste haar weer.

'Het was een hypothetische vraag, Stella. Hij is hier niet.'

Weer die bijna onzichtbare flits van emotie.

'Daar ben ik blij om,' zei ze.

*

Er gaan een paar weken overheen om iemand in orde te brengen die er zo slecht aan toe is als Stella was, maar het is ons gelukt. De afdelingsrapporten belandden elke ochtend op mijn bureau en geleidelijk aan zag ik hoe ze weer belangstelling begon te tonen voor de wereld, besloten en afgeschermd als die wereld ook mocht zijn. Ze vermeed nog steeds de dood van Charlie onder ogen te zien en ik wilde haar niet overhaasten. Ik maakte me echter wel zorgen over het effect dat mijn vraag over Edgar misschien had gehad. Ik was bang dat ik ongewild de overdracht die ik teweeg wilde brengen had verstoord, de verschuiving van wat voor gevoelens ze dan ook nog koesterde voor Edgar, naar mij, op mij, haar dokter. Want het was essentieel dat ze mij zou gaan beschouwen als haar enige bron van ondersteuning.

De dagen daarop werd ze merkbaar kwieker. Mary Muir, die haar had gezien toen ze werd opgenomen, zei tegen haar dat het fantastisch was dat ze zo hard vooruitging. Ze was spraakzamer dan we haar tot dusver hadden meegemaakt. Ze begon interesse te krijgen voor ziekenhuisroddels, ze wilde meer te weten komen over deze gemeenschap waarvan ze nu deel uitmaakte. Ze begon zo veel tijd door te brengen in de recreatiezaal als ze kon, hetgeen we beschouwden als een goed teken. Haar kortstondige identificatie met de andere vrouwen, in het bijzonder met Sarah Bentley, gaf ze geleidelijk aan prijs. Sarah was ondermijnend, ze hield ervan de spot te drijven met de bewakers en de routines op de afdelingen te verstoren, ze slaagde er niet in haar verachting voor haar toestand en haar overtuiging dat ze hier niet zou moeten zijn te verbergen. 'Ik heb de klootzak vermoord omdat ik hem haatte,' zei ze tegen Stella. 'Hij martelde me. Dat betekent nog niet dat ik gek ben. Ik zou in de gevangenis moeten zitten. Dan zou ik tenminste weten wanneer ik vrij zou komen.'

Sarah kon de hele ochtend zo doorgaan en Stella zag nu in dat vriendschap met haar een handicap was. Ze trachtte aan haar uit te leggen dat je hier diplomatiek moest zijn. Dat je moest begrijpen wat er van je verwacht werd. Sarah weigerde dat te begrijpen. Voor zover zij kon zien waren het allemaal idioten en ze was niet van plan haar mond dicht te houden. Stella vond dat een vergissing. Er waren tijden, zei ze tegen haar, waarop je je koest moest houden. Het speet haar dat ze moest inzien dat zij en Sarah niet langer vriendinnen konden zijn.

Ze vroeg of ze in de wasinrichting mocht werken.

'Jij?' zei ik op een geamuseerde toon, waarachter ik mijn verdenkingen verborg. 'Waarom wil jij in hemelsnaam in de wasserij werken?'

'Ach Peter,' zei ze, 'natuurlijk wil ik eigenlijk niet in de wasserij werken, maar ik verveel me hier dood. Kun je niet iets voor me vinden wat ik kan doen?'

'Je begint aardig op te knappen,' zei ik droog. 'Misschien zou je liever beneden zitten.'

Ze gaf me een openhartige glimlach. 'Ik vind niet echt dat ik hier boven thuishoor,' zei ze, 'jij wel?'

Ik hield me op de vlakte. Ze wist dat ik de vooruitgang die ze kennelijk had gemaakt niet helemaal vertrouwde. Ze zag mezelf dat afvragen, achter wat ze mijn zijdeachtige uiteenzettingen noemde, of het een vals herstel was dat ik zag, een die de voorbode was van een inzinking, van een depressie die veel zwaarder was dan de eerste.

'Denk je aan Charlie?' zei ik.

'Ja.'

'En?'

Een kalme stem. 'Ik probeer het te verwerken.'

Nu paste ik mijn fronsende blik toe, met mijn vingertoppen tegen mijn lippen, terwijl ik haar strak aanstaarde. Stilte. We zaten in de vergaderkamer helemaal achteraan op de afdeling, het was april, en door de tralies heen kon je de takken zien van de kastanjebomen die vol met bleke knoppen zaten. Het was een zachte dag en uit de gang klonken alle vertrouwde geluiden, sleutels die omgedraaid werden, geroezemoes, een gedempte aankondiging: Naar uw kamer, dames! Het gekletter van een bezem tegen een emmer. De geur van bleekwater. In de stille kamer naast het kantoor aanschouwde ik die bleke vrouw die tegenover me aan tafel zat. Toen kwam ik abrupt overeind.

'Nog niet, Stella,' zei ik. 'Ik geloof niet dat je er klaar voor bent.'

'Waarom niet?' Ze keek op, gekweld en teleurgesteld.

'Ik weet het niet. Ik ben nog niet zeker van je.'

'Ik ga niet met je redetwisten,' zei ze zacht.

Ik knikte. Elke keer wanneer ik haar zag was de overtuiging groter dat de overdracht gebeurde zoals ik het wilde, dat ze haar afhankelijkheid op mij begon te richten. Die gedachte verschafte mij een vreemd en nogal gecompliceerd genoegen, dat ik toen tot mijn grote spijt naliet naar behoren te analyseren.

*

Haar gedragslijn verliep nu op een voorspelbare manier. Ze begon een andere houding te cultiveren met betrekking tot tijd. Ze begon te denken in termen van maanden, zo niet van jaren. Ze moest een manier vinden om haar ongeduld in toom te houden. Met een gereduceerde dosering werd het verdragen van verveling een probleem en ze realiseerde zich maar al te goed dat een enkele uitbarsting van frustratie weken van angstvallige zelfbeheersing teniet kon doen. En ze moest niet aan de bewakers laten merken hoeveel moeite het haar kostte. Een kalme, goedgeluimde manier van doen, gemoedelijk maar niet hysterisch, bedaard maar niet depressief, dat wilden wij zien, dat wist ze, maar waardoor de maskerade zo moeilijk te handhaven was, was dat ze niet wist hoe lang lang genoeg was, ze er nooit zeker van was of we opmerkten hoe goed het met haar ging, en ze moest proberen het idee te verwerken dat ze hier weg zou kwijnen, oud zou worden en sterven op de afdeling opname. Maar ze hoefde niet lang te wachten. Enkele dagen later zei Mary Muir tegen haar dat ik haar naar een benedenzaal ging verplaatsen.

Het leven daar beneden was minder excentriek en ze had snel in de gaten waarom. Boven lokte geen enkel soort gedrag verbazing uit, omdat het geaccepteerd werd dat iedereen gek was. Ongelukkig en verbitterd en aanhoudend honend te zijn, zoals Sarah Bentley, dat was gek, net zo gek als het plukken aan draadjes die niet bestonden of zich opwinden over een gemiste afspraak en taken die zevenentwintig jaar geleden niet volbracht waren. Je was niet gek meer wanneer je je begon te gedragen alsof je niet in een gekkenhuis verbleef, alsof je niet opgesloten was zonder er een idee van te hebben wanneer je vrij zou komen. Wanneer je eenmaal schijnbaar tevreden was met die condities, dan duidde dat erop dat je vooruitgang boekte en verplaatsten ze je naar de benedenafdeling. Dit is natuurlijk het perspectief van een patiënt. Vanuit ons oogpunt is de zelfbeheersing die er bij te pas komt om dit soort berekeningen te maken en er vervolgens naar te handelen een noodzakelijke eerste stap in het genezingsproces.

De vrouwen beneden hadden die eerste stap gedaan, daarom waren zij beneden, en niemand deed daar gek, in elk geval niet in het bijzijn van de bewakers. Als je beneden zat betekende dat meer privacy en enige bewegingsvrijheid, en daarbij de gelegenheid om gek te zijn zonder gezien te worden. Vaak betekende dit eenvoudig de vrijheid om over een geruïneerd leven te huilen, een gebroken gezin, een verloren echtgenoot. Een gestorven kind. Huilen was gek, in elk geval een symptoom van depressie en moest daarom behandeld worden met medicaties, en medicaties beroofden je van helderheid en waakzaamheid, waar ze naar hunkerden, sommigen tenminste.

Beneden mochten ze hun eigen kleren dragen. Dit maakte voor Stella een groot verschil. Ik maakte er een opmerking over zodra ik haar zag. Ze had een donkere rok aan en een elegante crèmekleurige bloes met een hoge hals en een mooie broche op haar borst gespeld. Ze was nu trager en doelbewuster in al haar bewegingen en uitdrukkingen, ze had een bedaard voorkomen dat op een dramatische manier het effect van haar schoonheid verhoogde, die altijd al naar het statige neigde. Ze bedankte me hartelijk voor de verplaatsing; ze was zich ervan bewust dat de meeste patiënten veel langer op de opnameafdeling verbleven dan zij had gedaan. Ik wuifde haar dankbaarheid ter zijde.

'Ik zag het nut er niet van in je nog langer daar boven te houden,' zei ik.

Ze sloeg me nauwgezet gade. Ik was naar de afdeling gekomen en ze had me meegenomen naar haar nieuwe kamer. Die was groter dan haar kamer boven, er zaten geen tralies voor de ramen en er zat geen rooster in de deur. Er lag een vloerkleed bij het bed, er was een tafel en een stoel en een kast voor haar kleren. Het was de soort kamer die je aan een laatstejaars studente zou geven op een kostschool.

'Geen foto's?' zei ik. 'Geen persoonlijke spulletjes?'

'Nee,' zei ze kalm. Ik zat op het bed, zij zat op de stoel met haar gezicht naar me toe. Ze merkte een verandering in mijn houding tegenover haar, een vriendschappelijkheid die ik niet had getoond toen zij nog boven zat. De bruuske, afstandelijke, onderzoekende toon had ik achterwege gelaten. Ze voelde dat ik me weer helemaal tot haar beschikking had gesteld als een vriend, en niet alleen als dokter. Ze trachtte niet dat uit te buiten, deze nieuwe warmte, nog niet, want ze deed nu niets dat spontaan was.

'Wil je over Charlie praten?' zei ik.

Nu werd het moeilijk. Zwijgend keek ze me een ogenblik aan. Ik had het gevoel dat ze me wilde vertellen dat ze het niet meer ontkende waarom en hoe haar kind gestorven was, maar dat ze er niet over kon praten.

'Nee, Peter,' zei ze ten slotte, 'ik geloof het niet. Nog niet.'

'Waarom niet?'

'Te pijnlijk.'

Ik knikte. 'Denk je veel aan hem?'

Een ironisch lachje. 'Denk ik aan iets anders?'

Ik knikte weer. 'We zullen er spoedig over moeten gaan praten. Ik wil je de tijd geven.'

'Dat weet ik. Dank je.'

Weer wuifde ik haar dankbaarheid ter zijde. Ik stond op.

'Ik moet weg,' zei ik. 'Rotvergadering met de ondernemingsraad. Administratie. Word ik horendol van.'

'Arme Peter,' zei ze.

Ze stond in de deuropening van haar kamer en keek me na, een elegante, oudere man met een stapel papieren onder zijn arm en een instituut op zijn schouders. Ik was geraakt door haar bezorgdheid. Ze was mijn patiënt, maar ze was ook een vrouw, en ik was niet blind voor haar eigenschappen als vrouw. De laatste dagen had ik haar meer dan eens in gedachten in mijn eigen huis voorgesteld, waar ze ooit vaak op bezoek was geweest, tussen mijn meubels, mijn boeken, mijn kunstwerken. O ja, er was een plaats voor haar, tussen mijn verfijnde voorwerpen, en ze zou het daar beter hebben dan hier.

*

Ze genoot nu het voorrecht om op bepaalde uren van de dag over het terras van de vrouwenvleugel te wandelen en daar maakte ze vaak gebruik van. Het was lente geworden en ze vond het heerlijk om het landschap in te turen, met haar jas om haar schouders gedrapeerd, want het was zelfs in de zon nog fris en vaak winderig. Ze zette er geen haast achter vriendschap te sluiten met de andere vrouwen op haar nieuwe afdeling; ze vond het beter dat dit geleidelijk aan gebeurde, dus hield ze zich enigszins afzijdig. Het was bekend dat ze met dr. Raphael was getrouwd, die tot voor kort waarnemend directeur was geweest, en dat dr. Cleave een oude vriend was. Haar hele verhaal was bekend, in feite; des te meer reden om te trachten een beetje geheimzinnigheid om zich heen te scheppen.

12

In de daaropvolgende weken spoelde haar geheimzinnigheid weg terwijl ze geleidelijk aan opging in het leven van het ziekenhuis. Ofschoon zij een zeker air van afstandelijkheid behield, dreef ze dat niet zover door tot ze geïsoleerd was. Ze straalde zelfvertrouwen en waardigheid uit en droeg als het ware een voile en voorkomen van groot verdriet, in de stijl van een heldin in een Victoriaans melodrama. Ik zag haar volmaakte kleine, treurige glimlach en zag hoe de staf zowel als de patiënten daar met eerbied op reageerden, met achting zelfs. Ze had kleren aan in sombere blauwe, grijze en zwarte tinten en had altijd een boek bij zich. Ze bracht frequente bezoeken aan de ziekenhuisbibliotheek.

Dit aanziend geloofde ik dat ze aan de beterende hand was, dat ze binnen het meer ontoegankelijke bereik van haar wezen de gebeurtenissen op Cledwyn Heath onder ogen begon te zien en begon te accepteren. Ik zag haar twee keer in de week en wanneer ik een toespeling maakte op Charlies dood gaf ze me altijd te kennen dat, ja, ze dacht er bijna voortdurend aan, ze stond voortdurend stil bij de verschrikking ervan, de morele zwaarte ervan was een grote belasting voor haar ziel en bracht een diepe omwenteling in haar teweeg. Ze begon de indruk te geven van een heilige vrouw, een vrouw in het proces van loutering, terwijl het diepe berouw na een verschrikkelijke daad haar oude wezen aanvrat als een zuur en daarvoor in de plaats iets nieuws in het leven riep. Zo werd het ziekenhuis een priorij, een klooster en zij een dame met een groot leed aan wie de monniken onderdak hadden geboden, opdat ze haar spirituele reis in alle rust in afzondering zou kunnen voortzetten.

Ze had een voorkeur voor een bepaalde bank op het terras en ze maakte er een gewoonte van daar elke middag op dezelfde tijd gebruik van te maken, tussen drie en vier uur. Soms voegde zich een andere patiënt bij haar, of een bewaker, maar vaak was ze alleen. Daar zat ze, met haar jas over haar schouders, stilletjes over het landschap uit te kijken en sigaretten te roken, en ontsnapte ze niet aan de aandacht van de patiënten die in de tuinen aan het werk waren op de lagere terrassen. Een daarvan was een flinke jongeman met een wilde bos zwart haar, die elke keer wanneer hij pauzeerde met zijn armen op zijn schoffel, of zijn schop, zich niet naar het landschap wendde maar omhoog keek, naar waar de eenzame vrouw in donkere kleding in gedachten verzonken was, dag in dag uit, tussen drie en vier uur 's middags.

Toen mij dit ter ore kwam, maakte ik me er zorgen over. Ik wilde niet dat iemand Stella stoorde bij deze moeilijke herstelperiode en in het bijzonder niet deze zwartharige jongeman, een psychopaat die Rodney Mariner heette. Hij was een van mijn patiënten. Ik verwijderde hem onmiddellijk uit de werkgroep, ontdeed hem van zijn paroolstatus en verplaatste hem naar het blok voor onhandelbare patiënten. Het was zuiver een voorzorgsmaatregel.

*

Het leek erop dat we opnieuw een hete zomer zouden krijgen. De dagen waren helder en rustig, met lange warme avonden, drukkend van de geuren van de eerste bloesem. Het idee dat het bijna een jaar geleden was dat Stella samen met mij en Max na de dansavond over het terras had gewandeld, verbijsterde me; het leek in een vorig leven gebeurd te zijn. Ik vroeg me af hoe haar reactie was op waarnemingen en geluiden die aan die zomer herinnerden, en ik sloeg haar nauwgezet gade voor het geval ze ongewone agitatie tentoonspreidde. Maar het werd steeds duidelijker dat Edgar niet langer haar gedachten zo domineerde als vroeger, en dit leek te worden bevestigd toen ik ontdekte dat ze door een andere psychische indringer werd lastig gevallen. Want tijdens onze conversaties in deze periode vertelde ze me dat ze 's nachts leed aan hoofdpijn en dat deze hoofdpijn onveranderlijk volgde op vage doch angstaanjagende dromen. Ze werd er meestal wakker van, zei ze. Dan kwam ze plotseling overeind in bed in het donker met de beelden nog levendig in haar hoofd en was ze ogenblikken lang totaal in paniek, omdat ze onmogelijk kon ontsnappen aan wat het dan ook was dat haar bedreigde. En totdat de droom vervaagde – totdat hij wegzonk in welke hersenkamer hij dan ook vandaan gekomen was, hetgeen gelukkig maar een paar seconden duurde, en ze hem kon vergeten, met achterlating van slechts een flauw spoor dat de vreselijke passage ervan door haar slapende brein markeerde, en een gestadige, kloppende pijn – tot dat gebeurde galmde haar hoofd van de kreten.

Het verbaasde mij niet dit te horen, ik had het verwacht. Toen ze zag dat ik het me aantrok, probeerde ze er echter luchtig over te doen, zei ze dat het maar een stomme nachtmerrie was, dat het enige wat ze wilde een paar aspirientjes waren tegen de hoofdpijn. Ze kon mij verder niets over dit geschreeuw vertellen, maar mijn intuïtie gaf me in dat wat we hier zagen de eerste roerselen van schuldgevoelens waren die ze tot dusverre met succes had verdrukt. Want ik geloofde dat wat ze hoorde de kreten waren van een kind dat verdronk.

Toen wist ik dat haar herstel echt was begonnen, dat ze Edgar had losgelaten en zichzelf begon toe te staan de dood van Charlie te verwerken. Wat nu restte was door de schuldgevoelens heen te wrikken. Ik was vol vertrouwen dat dit, hoewel pijnlijk, tegelijkertijd ongecompliceerd zou zijn en relatief snel zou gaan, tenminste in de beginnende acute fase. Daarna zou het geen zin meer hebben haar hier te houden; ze kon bepaald niet beschouwd worden als een bedreiging voor de samenleving. Nu het er zo voorstond, werd het tijd dat ik me bezighield met haar toekomst: na ging denken over wat er over een maand of wat zou gebeuren, als ze zich goed genoeg voelde om het ziekenhuis te verlaten, en wie er dan voor haar zou moeten zorgen.

*

Enkele dagen later reed ik naar Noord-Wales om mijn plannen met Max Raphael te bespreken. De arme man, hij wilde me helemaal niet zien, hij vond het helemaal niet prettig dat ik zag hoe hij leefde. Hij had zijn baan in Cledwyn niet opgegeven, en was ook niet uit het huis van Trevor Williams getrokken, maar ik had de indruk dat hij een soort kluizenaar was geworden.

Ik kwam aan het begin van de middag in PLAS MOLD aan en het huis, de tuin en de velden eromheen zagen er precies zo uit als Stella ze beschreven had. De hond blafte achter het huis, de mest was een aanslag op de neusgaten en vreselijk onaangenaam. Ik had gehoopt een glimp op te vangen van Trevor Williams zelf, die boerenerf-Don Juan, maar van hem of zijn vrouw was geen teken te bekennen. Max kwam door de achterdeur naar buiten gesloft in overhemdsmouwen en bretels en pantoffels en nodigde me binnen. Hij was zo dun als een houtje. Hij zag er totaal verslagen uit. Door de kraakheldere keuken ging hij me voor naar de zitkamer boven, waar hij een werkkamer van had gemaakt. Hij bood me een glas sherry aan.

De kamer was uitermate spartaans. Geen schilderijen, geen radio, geen televisietoestel, alleen een leunstoel, een paar planken met boeken, en achterin, van waaruit je over het dal uitkeek, een bureau. Terwijl Max een glas sherry voor me inschonk, kwam ik uit de leunstoel overeind en liep naar het raam, ofschoon het niet het uitzicht was dat me interesseerde maar ik aangetrokken werd door een groepje ingelijste foto's die hij op zijn bureau had neergezet. De meeste waren van Charlie alleen, een paar van Charlie met zijn vader. Ik tilde er een op naar het licht toe. Max verscheen aan mijn elleboog en overhandigde mij een glas sherry en samen tuurden we naar zijn zoon. Ik mompelde iets dat me opviel: dat er nergens een foto van Stella te bespeuren viel.

Hij slaakte een zucht. Hij gebaarde dat ik in de stoel moest gaan zitten en draaide zijn bureaustoel naar mij toe. 'Nee,' zei hij, 'geen Stella.'

Ik zei tegen hem dat het volgens mij geen zin had er omheen te draaien en ik vertelde hem waarvoor ik naar hem toe gekomen was. Hij was slechts een klein beetje verrast. Ik weet wat er gebeurt met psychiaters als Max, mannen wier leven verkeerd is uitgepakt, en voor wie hun eigen leed een bron van fascinatie wordt, bij elk instituut voor geestelijke gezondheidszorg zit er ten minste één. Ze blijven functioneren op een competente manier, zij het niet met veel energie, maar ze gaan gebukt onder wat hun een enorme last van ervaring toeschijnt, die van henzelf en die van hun patiënten. Ze raken al hun spontaniteit en humor kwijt en reageren op de pathologie met een overgevoeligheid die te vlijmend is om enige afstand toe te laten tot wat ze dagelijks op de afdeling horen en zien. Ze vervagen de grens tussen ziekte en gezondheid en zij nemen, op de manier van Jezus Christus, het lijden van de gehele mensheid op zich. Ze kikkeren nooit op en beginnen filosofie te lezen, meestal met een mystieke inslag. Zo was Max. Met een air van somberheid en afwezigheid zei hij dat hij aannam dat het goed ging met Stella in het ziekenhuis en ik verschafte hem een klinisch beeld in een notendop.

Hij knikte enige malen en verzonk toen weer in een zwijgzaam, fronsend gepeins. 'Ik denk,' zei hij uiteindelijk, 'dat je heel behoedzaam zult moeten zijn.'

Behoedzaamheid verkrijgt een grote gewichtigheid bij uitgebluste gevallen als Max. 'Behoedzaam?' zei ik.

'Ik durf het nauwelijks te wagen je raad te geven,' zei hij, en er klonk even een geladen ironie in zijn stem, 'uiteindelijk ben jij haar dokter. Ik ben slechts' – een droog kuchje – 'haar echtgenoot.'

Ik wachtte tot er meer zou volgen. Het duurde even. Het kwam bij me op dat hij misschien niet lang meer te leven had. Ik vroeg me af of hij kanker had.

'Zij heeft hem binnengelaten, weet je.'

Ik zei niets, dacht: als deze man een patiënt van mij was zou ik hem lithium toedienen.

'Ze zou in de gevangenis gegooid moeten worden.'

'Je bent nog ontzettend kwaad, vanzelfsprekend.'

'Je hoeft me niet patroniserend te behandelen, Peter. Ik weet waar ik het over heb. Maar ik neem aan' – weer een droog kuchje – 'dat we voor onszelf moeten zorgen.'

'Dat ben ik dan ook van plan.'

'Mijn zegen heb je. Maar je bent gewaarschuwd.'

Weer een folterende stilte.

'Waarvoor?'

'Trouweloosheid. Leugenachtigheid.'

Hij klonk als een jezuïetenpriester. Maar ik had gekregen wat ik wilde. Ik mompelde nog iets neutraals en kwam overeind.

Buiten stak hij zijn handen in zijn zakken en huiverde in de wind. Hij keek omhoog naar de lucht en zei: 'Het is een dagelijks gevecht tegen de schaamte. Het moeilijkste is verantwoordelijkheid te nemen.'

Toen ik wegreed bleef hij daar staan, in de wind, met zijn handen in zijn zakken, omhoog turend naar de hemel. Ik zag duidelijk wat er met hem gebeurd was. Hij had zijn neiging straf uit te delen op zichzelf gericht en joeg zichzelf langzaam de dood in. Hij had geen enkele belangstelling meer voor Stella.

*

De volgende keer dat ik haar zag vertelde ik haar dat ik zo in mijn schik was met haar vooruitgang dat ik van plan was bij het bestuur een verzoek tot vrijlating in te dienen; nog niet direct, natuurlijk, maar ergens in de nabije toekomst. Ze was behoedzaam in haar reactie, want haar vreugde werd waarschijnlijk gematigd door verdriet. We praatten echt als oude vrienden nu. Ik kondigde op een dag aan dat we niet meer op de afdeling hoefden af te spreken, en de volgende middag werd zij naar mijn kantoor gebracht in het administratieblok. Het had nu geen zin meer haar nog langer in het duister te houden over mijn voornemens.

Ik begroette haar aan de deur en zei tegen haar bewaker dat zij over een uur terug moest komen. De directeurskamer is het beste vertrek van het hele ziekenhuis, een grote kamer met een hoog plafond en met een sfeer als in een zaal in een herenclub, met veel gepolitoerd hout en oud leer in zwarte, bruine en ossenbloed tinten. Aan het ene eind staat een vergadertafel en aan het andere een groot bureau en achter het bureau zijn hoge ramen die een weids uitzicht bieden over de terrassen en het landschap daarachter.

Stella liep door de kamer en merkte op dat deze een sterke mannelijke uitstraling had. De lambrizering was uitgevoerd in donker hout en was behangen met schilderijen en prenten, waarvan sommige aan het ziekenhuis toebehoorden maar de meeste waren uit mijn eigen collectie. Ze merkte op dat er verscheidene bij waren die ze uit mijn huis kende en stond ervoor alsof zij de kennismaking hernieuwde met oude vrienden.

'Herinner je je dit nog?' mompelde ik; ik stond vlak naast haar en wees een klein Italiaans stilleven aan waar ze altijd dol op was geweest.

'Nou en of,' zei ze.

Ze liep naar de boekenkast en trof daar, behalve een aantal planken met standaardwerken over de psychiatrie, eveneens een rij literatuur aan. Ze trok er een poëziebundel uit en bladerde erin, toen ze ineens een bekend geluid hoorde, een geluid dat ze de afgelopen weken vreselijk had gemist, het gerinkel van flessen en glazen. Ze draaide zich om en zag dat ik een fles gin en een tweetal glazen op mijn bureau neerzette.

'Wil je iets drinken?'

Ze stond daar met het boek in haar handen en ik zag dat ze de vraag door haar hersens liet spoelen alsof het wijn van een goed jaar betrof. Het was een vraag die zonder haast geproefd diende te worden. Ze glimlachte.

'Gin-tonic?' zei ik. 'Ik neem er altijd een rond deze tijd.'

'Een gin-tonic zou ik heerlijk vinden, Peter.'

'Goed.'

Er werd niets gezegd over of het wel verstandig was een patiënt alcohol te geven, we gedroegen ons alsof het de normaalste zaak van de wereld was, twee beschaafde mensen die midden op de dag samen een glaasje dronken.

'Ga zitten,' zei ik en wees in de richting van de stoelen die in een halve cirkel om mijn bureau waren gegroepeerd. Ze installeerde zich in een gemakkelijke leunstoel, bekleed met donkerrood leer, en ik ging naast haar zitten, en samen tuurden we over de terrassen naar de wijde lucht met haar flarden en kussens van voortjagende witte wolken. We zaten nog maar net toen de telefoon overging en ik stemde nogal geërgerd toe iemand over een uur te ontvangen. Met gefronst voorhoofd leunde ik achterover in mijn stoel.

'Ik had deze baan niet moeten accepteren,' zei ik. 'Het leiden van dit instituut ligt mij absoluut niet.'

'Dat had ik ook niet gedacht,' zei ze.

'Eerlijk gezegd ben ik er helemaal niet voor geschikt.'

'O, ik weet zeker dat je bekwaam bent,' zei ze, 'maar door al die administratieve bezigheden kom je niet toe aan genoeg psychiatrisch werk. En dat zou je wel moeten doen, weet je. Je bent ontzettend goed.'

'Toch denk ik erover om met pensioen te gaan.'

'Peter!'

'Verbaast je dat? Ik zie niet in waarom. Ik ben nog niet zo afgetobd dat ik niet meer zou kunnen schrijven. En besluiten wat ik met mijn tuin aan moet, die er behoorlijk verwilderd uitziet op het moment. Waarom niet?'

'Maar je moet de baan hebben gewild toen je ernaar solliciteerde.'

Ze begon aan te voelen dat dit allemaal ergens naar toe voerde, de een of andere dramatische onthulling.

'Ach, ik denk dat iedereen wel begreep dat ik een interregnum zou zijn. Ze waren er allemaal van overtuigd dat Max het zou overnemen als Jack wegging. Hij was de meest voor de hand liggende keus.'

Een pauze; ze zweeg.

'Maar nee, dat ging niet door,' zei ik kortaf, 'dus vroegen ze of ik het wilde overnemen tot ze iemand anders vonden voor de lange termijn. Ik vind dat ik ze genoeg tijd heb gegeven. Als ik nog langer blijf wordt mijn benauwdheid chronisch. Denk jij nog weleens aan Max?'

Ze wilde best over Max praten. Ze zei dat ze wenste dat hij oprecht had kunnen zijn tegen haar, na Edgar, en haar had kunnen zeggen wat er door hem heenging. Niet had gedaan alsof zij totaal niet te vertrouwen was. Misschien hadden ze de atmosfeer kunnen zuiveren, een manier kunnen vinden om samen verder te gaan. Misschien was Charlie dan niet –'

Weer een stilte. Hoofd omlaag. Zwijgen. Van mijn kant een soort meelevend gebrom. Er zat een vogel te krijsen in een boom op het bovenste terras. Het was een heerlijke lentedag, zonnig en zacht en er stond een koel briesje. De leden van een werkgroep sjokten over het terras, in hun gele corduroy broeken en werklaarzen, met jasjes om hun schouders. Hun stemmen drongen vaag tot in de kamer door. Aan de muur tikte mijn klok. Ik was passief, ontvankelijk.

'Ga door,' mompelde ik.

'Ach, ik weet niet hoe ik er nu tegenover sta. Ik wou dat hij mij nooit was tegengekomen. Heb jij Brenda nog gesproken?'

'Ja.'

'En?'

'Nog steeds ernstig overstuur, zoals je je wel kunt voorstellen. Ze is in behandeling bij haar dokter.'

'Wat zal ze me haten.'

'Dat geloof ik niet. Ze overleeft het wel, net als jij. Tragedie is niet zo zeldzaam als we soms denken.'

Het lukte haar te glimlachen. 'Ik ben blij dat de toekomst er niet zo naargeestig uitziet.'

*

Haar glimlach vertelde me dat nu het moment was aangebroken. Ik ben over de zestig. Ik ga spoedig met pensioen. Ik heb een goede vijftien jaar voor me, die ik liever niet alleen doorbreng. Het was een aantal dagen geleden bij me opgekomen dat Stella na haar ontslag uit het ziekenhuis bij mij in zou kunnen trekken. Een dergelijke schikking hield een aantal voordelen in, vanuit mijn oogpunt gezien. Zij was een ontwikkelde, knappe vrouw. Ze wist hoe ik leefde en zou een dergelijk bestaan aangenaam vinden. Kunst, reizen, tuinieren, en boeken, dat waren de interesses die wij gemeen hadden. Zij zou licht en gratie in mijn huis brengen en in mijn afgemeten leven. Ik zag haar al voor me in die riante kamers. Ik had het gevoel dat ik alles met haar kon delen. We zouden praten, ik zou haar leren kennen. Haar bestuderen. Haar affaire met Edgar doorgronden.

Op haar beurt zou zij troost bij mij vinden. Veiligheid. Asiel. Dat zei ik tegen haar.

'Asiel?'

Ze was verbijsterd. Ze stond op en liep naar de andere kant van de kamer, leunde tegen de muur en keek me aan, terwijl ik uit het raam bleef kijken, met mijn rug naar haar toe. Eén ding dook duidelijk uit de verwarring op en dat zei ze.

'Maar ik ben nog met Max getrouwd!'

Nu draaide ik me op mijn stoel om.

'Ik ben bij Max geweest,' zei ik. 'Hij laat je gaan.'

'Dat zal wel, ja.'

Ik knikte.

Plotseling vond ze het allemaal belachelijk. Een romantisch aanzoek van de medisch directeur, met medeweten van haar echtgenoot, wat een middag. Ze voelde zich als een zending beschadigde maar herstelbare vrouwelijkheid, onderweg van de oude eigenaar naar de nieuwe, na een poosje in een pakhuis opgeslagen te zijn geweest. Ze legde haar hand voor haar mond en staarde me aan terwijl ze overvallen werd door hilariteit, die haar schouders deed schudden. Ze hield pas op toen ik haar terugvoerde naar haar stoel, waar ze zich aan mijn jasje vastklampte en haar gezicht tegen mijn schouder drukte. Na een paar minuten kreeg ze weer controle over zichzelf. Ze liet mijn jasje los en maakte gebruik van de zakdoek die ik uit mijn borstzakje had gehaald. Ze streek haar haren glad en strekte haar hand uit naar haar glas.

'Ik zal er wel verschrikkelijk uitzien. Geef me alsjeblieft geen kalmerende middelen.'

'Wil je helemaal niets?'

'Ik heb het niet nodig.'

Ze hield zich bezig met haar poederdoos en lippenstift om de schade te herstellen.

'Ik moet zeggen,' mompelde ze, naar haar gezicht turend in het spiegeltje, 'je hebt een ongebruikelijke manier toegepast om slecht nieuws te vertellen.'

'Dit is slecht nieuws?'

'Ik bedoel dat Max me laat gaan.'

Ze sprak de woorden uit met een aangedikte ironie.

'Ik weet best dat je niet van me houdt,' zei ik, 'maar ik denk dat je me nodig hebt, in elk geval op dit moment. Ik ben bereid erop te gokken dat dat verandert. Dat je genegenheid voor mij sterker wordt.'

Weer stilte.

Ik voelde toen dat ze me zielig vond. De arme man, verbeeldde ik me dat ze dacht. Er speelde een flauwe glimlach om haar mond. Ze vatte het niet helemaal serieus op. Maar ze gedroeg zich. Ze draaide het glas rond in haar hand en staarde met neergeslagen ogen naar de zon die door het kristal scheen en kleine splinters licht weerkaatste. Ze haalde haar wenkbrauwen op. Ze wist dat ik naar haar keek.

'Ben je een hartstochtelijk man, Peter?' mompelde ze.

'Ik denk dat we dat misschien zullen moeten ontdekken,' zei ik zachtjes. Ik legde enigszins de nadruk op 'we'. Ik bedoelde tegen haar te zeggen dat ik haar nergens toe zou dwingen als zij niet wilde. Ze werd zich ervan bewust dat ik nog steeds aan het woord was.

'Wat?'

'Kun je je er iets bij voorstellen?' zei ik.

Ze doolde naar de boekenkast en liet haar vinger langs de ruggen lopen. Ik ben een vrouw van smarten, zei haar rug, ik bevind me in diep water, ik besta uit verdriet, mijn ziel is verscheurd en bloedt, wil jij de wond aanraken? Een korte stilte. Hij doet het niet, zei ze tegen zichzelf, hij zal me niet verder verscheuren; en dat deed ik ook niet. Ik bleef ook stil terwijl ze weer op de stoel af kwam. Eindelijk sprak ze.

'Je haalt een behoorlijk vleugellam vogeltje in huis, zoals je weet.'

'Ik ben goed met vleugellamme vogeltjes.'

'Als ik met jou zou trouwen –'

Ach, en mijn gezicht, zei ze, was plotseling overgoten van tederheid! Wat een heerlijk gezicht was dat en wat deed het haar goed die tederheid te zien! Ze glimlachte en legde haar hand op de mijne die op het bureau lag. Haar ogen speurden mijn gezicht af en namen elke smeulende vonk van gevoel in zich op die ze bij me had opgewekt.

'Wanneer zou het ingaan?'

'In juli.'

'Dan hoef ik hier niet meer te blijven?'

Ik schudde mijn hoofd.

'Het zou rustig zijn, hè?'

'Ja, heel rustig.'

Nu keek ze me aan met een blik die zei: was het maar zo eenvoudig. Ik raadde haar gedachte.

'Het is echt zo eenvoudig.'

Ze legde haar hand op de mijne.

'Lieve Peter,' zei ze, ofschoon ik vermoed dat ze nog steeds dacht: arme Peter. Ze liet zich in de stoel achterover vallen.

'Ik denk,' zei ze, 'dat ik nu graag terug zou gaan naar mijn kamer.'

'Vanzelfsprekend.'

*

De vrouw van smarten vervolgde haar routineuze leventje en verzweeg het verbijsterende aanzoek van de medisch directeur. Ze dacht er wel over het aan de vrouwen op de afdeling te verklappen, alleen maar om te zien hoe ze reageerden, maar ze kon wel raden wat ze zouden zeggen. Trouwen met de directeur? Ja, ja, en ik ben de bruid van Christus. Ze was aanvankelijk in haar schik met mijn aanzoek, maar ik wist dat dat snel zou worden gevolgd door een ingewikkelde berekening van eigenbelang en ik was vol vertrouwen dat ze een huwelijk met mij zou zien als de koers die het beste voor haar was. Ik had een zware last op haar schouders geplaatst, alle andere dingen in aanmerking genomen die ze moest verwerken, maar ik was van mening dat ze nu sterk genoeg was om het aan te kunnen. Ze hield zich nog steeds in bij het vertellen van haar dromen, maar ik lokte haar zonder al te veel moeite uit haar tent. Ik wist dat het praten erover de ontlading teweeg zou brengen van die eerste pijnlijke vracht schuldgevoelens.

Het schreeuwende kind was Charlie vanzelfsprekend. Toen zij uiteindelijk over hem begon te praten, zei ze dat ze een gewaarwording had van krachten binnen in haar die haar tegen hem in bescherming probeerden te nemen, maar dat hij te sterk was en er ondanks alles doorheen kwam. Dan ging ze in bed zitten met haar handen voor haar gezicht terwijl het uit haar hoofd wegtrok, maar niet snel genoeg om tegen te gaan dat ze een vaag beeld van hem voor zich zag, en in een bepaalde steeds terugkomende droom had hij haar aangestaard en met die stem die ze zo goed van hem kende, zijn ernstige stem, de stem die altijd vergezeld ging van een grappige rimpel in zijn voorhoofd, met die stem zei hij duidelijk: *Mammie, zie je dan niet dat ik verdrink?*

Die woorden! Ze bleven de hele ochtend hangen, terwijl zij meedeed met de vaste sleur van de afdeling, terwijl ze zich waste en aankleedde en door de gangen naar de eetzaal liep met de andere vrouwen. Het was de moeilijkste tijd van de dag, zei ze, die eerste uren, als ze uiterlijk een stabiliteit moest handhaven en moest voordoen dat ze sereen was terwijl ze van binnen duizelde van dat kleine, ernstige stemmetje. Mammie, zie je dan niet dat ik verdrink? Natuurlijk, lieve schat van me, natuurlijk zie ik dat, ik kom je helpen, geen paniek, lieverd, mammie komt je helpen, mammie laat je niet verdrinken! Maar tegen wie riep ze dit, wie kon haar horen? Niemand; haar stem echode als in een gewelf vol donkere schaduwen, en er was niemand die antwoordde, geen warme, vertrouwde metgezel die uit de duisternis kwam en haar handen vasthield om haar te troosten, te zeggen dat het niet erg was, dat het maar een droom was. Ze was dan misschien wakker, maar het was wel erg, omdat het niet maar een droom was. Charlie was dood, maar hij leefde voort in haar, hij schreeuwde het uit omdat hij in zijn paniek niet kon begrijpen waarom ze hem niet te hulp schoot.

Ze was erg overstuur toen ze me dit allemaal vertelde, en ik troostte haar. 'Ik heb dit eerder meegemaakt,' zei ik tegen haar. 'Charlie *is* dood,' zei ik, 'en we kunnen hem niet weer tot leven brengen, maar ik kan je helpen. Ik kan je verlossen van deze pijn. Je bent niet meer alleen.' Ze zei dat ze er tegenwoordig ontzettend tegen opzag om te gaan slapen, dat ze zich voelde alsof ze een ladder afdaalde naar een kelder waar ze alleen de meest verschrikkelijke dingen zou tegenkomen. Dat was de betekenis die de nacht voor haar begon aan te nemen, een reis naar de verschrikkingen. De schaduwen ervan werden steeds langer, het bleef steeds langer in haar hoofd hangen 's morgens en vulde de eerste uren van de dag met een walgelijke psychische nasmaak – –

*

Ach, wat een subtiel spel speelde ze met mij. Ze kwam nooit 's morgens naar me toe, dat was de tijd die ik aan mijn vele administratieve taken wijdde. Pa na het middaguur ontving ik patiënten en ze gaf openlijk toe dat de stem tegen die tijd was weggevaagd en haar evenwicht een stuk minder wankel was. Dus spraken we op een heel wat kalmere manier over Charlie en verbloemde ze hoe erg het was en ze liet merken dat ze het verbloemde, voordat we overgingen tot leukere onderwerpen zoals ons huwelijk. Ons huwelijk. Het was een idee dat haar duidelijk nog steeds amuseerde, ze glimlachte wanneer ik het ter sprake bracht, alsof ik een buitengewoon goede mop had verteld. Tijdens onze vriendschap, in elk geval voor dit allemaal plaatsvond, hadden we vele goede moppen gedeeld. Dit was de beste mop van al, ofschoon het erop leek dat ik geen grapje maakte. Ik weet dat ze altijd had vermoed dat ik homoseksueel was. Nu moet ze gedacht hebben: misschien is hij dat ook wel en is wat hij voorstelt eerder een huishoudelijke regeling met therapeutische implicaties dan een echt huwelijk. Ze zag mijn huis en mijn tuin voor zich en ik geloof dat ze er, misschien tegen haar wil in, naar begon te verlangen, want het betekende vrede en verfijning en comfort en wat kon ze nog meer verlangen? Plotseling verlangde ze naar het leven dat ik haar aanbood.

Mijn enige zorg was nu dat ze niet van gedachten veranderen zou! Voor het eerst in jaren werd ik bezocht door een milde vorm van onzekerheid. Ik verbeeldde me dat ze dacht: elke dag Peter. Peter bij het ontbijt, de lunch en het avondeten, elke dag. Onder hetzelfde dak, dezelfde kamers delen, elke dag. Maar toen stelde ik mezelf gerust en verbeeldde me dat ze zich realiseerde dat ik van haar dagelijks leven in elk geval een beschaafde, plezierige zaak zou maken, want ze wist dat zich geen zorgen hoefde te maken over een afschuwelijke openbaring wat nare gewoontes betrof, of verachtelijke gemene trekjes, onvoorziene scrupules; ze wist dat ik verre van sjofel was. Nee, ze kon best met mij leven. Ze was minder overtuigd dat ze met me kon slapen. Op dat gebied kon je voor grote verrassingen komen te staan, en die waren zelden plezierig –

Ze liet me in de waan dat ze mijn huwelijksverwachtingen kon vervullen. Ze liet me in de waan dat ze me gelukkig kon maken en onderhand in elk geval zelf een zekere mate van tevredenheid zou kunnen vinden, dat zou niet moeilijk zijn, in aanmerking genomen wat voor soort man ik was en wat ik bezat. Comfort zorgt voor achting, zei ze. Zij en ik wisten allebei wat er van liefde overbleef in sjofele omstandigheden: die liefde had gebrand, maar o met wat voor een ruige, rusteloze vlam! Dergelijke liefde zou niet in toom gehouden kunnen worden binnen het soort leven dat zij en ik overwogen, het was een inferno in vergelijking met het zachte schijnsel van de beschaafde warmte dat zij en ik van plan waren gloeiende te houden. Maar ik dacht dat we intussen stilzwijgend overeengekomen waren dat die grote emoties vanwege hun aard de neiging hebben enorm op te laaien en vervolgens uit te gaan, na alles vernietigd te hebben wat ze eerst koesterden. In elk geval was dat allemaal nu voorbij. In die waan liet ze mij, tenminste.

Ze vroeg of ik haar nachtelijke dosis medicijnen wilde opvoeren en ik zag hoe ze ervan schrok toen ik suggereerde dat ze zonder kalmerende middelen wellicht veel beter af zou zijn, dat ze door haar dromen te onderdrukken het materiaal in haar onderbewuste, dat op een nuttige manier gebruikt kon worden om de dood van Charlie te verwerken, blokkeerde. Ik zag de moeite die het haar kostte de uitroep Er wordt niets onderdrukt! in te slikken. In plaats daarvan zei ze dat de herinneringen overdag voortdurend aanwezig waren, dat haar in elk geval toch toegestaan zou mogen worden die te vergeten terwijl ze sliep.

'Zoals je wilt,' zei ik. Ik ging er niet verder op in, ik dwong haar niet. Ik maakte me niet al te veel zorgen, hoewel ik dat bij nader inzien natuurlijk wel had moeten doen. Maar ik had niet in de gaten wat voor een moeilijke voorstelling zij in feite opvoerde, in de klauwen van een intense en niet aflatende pijn, naar de precieze aard waarvan ik niet had geraden; het enige wat ik zag was schuldgevoelens. Ik zei tegen haar dat haar dosering al hoog genoeg was.

*

Verscheidene dagen achtereen zag ik haar niet. Juli, had ik tegen haar gezegd; het was nu eind mei. Vijf of zes weken. Ze ging door met haar dagelijkse routine, kleedde zich met zorg, bracht een bezoek aan de bibliotheek en nam haar boek mee naar de recreatiezaal en ging bij het raam zitten lezen, tenzij een van de vrouwen een gesprek met haar wilde aanknopen. Ze bleef beheerst, afstandelijk, hoffelijk, treurig.

Mensen gedragen zich op een speciale manier tegenover een patiënt die op het punt staat uit het ziekenhuis ontslagen te worden. Het is alsof ze iets tussen patiënt en vrije vrouw in is, het een noch het ander. Er hangt een sfeer van stille festiviteit, want een patiënt die ontslagen wordt is een eer voor de staf en reden tot hoop voor de andere patiënten. Stella was maar kort in het ziekenhuis geweest, maar ze had ijverig haar houding gehandhaafd en werd algemeen gerespecteerd. Men wenste haar het beste en vroeg haar wat haar plannen waren. Ze zei dat ze bij haar zuster in Londen in zou intrekken. Ze moeten zich hebben afgevraagd waarom haar zuster nooit op bezoek was geweest, maar niemand zei er iets van. Ze vroeg mij niet of ik de leden van het bestuur over dit op handen zijnde huwelijk had ingelicht.

Intussen werd ze elke middag naar mijn kantoor gebracht en bespraken zij en ik in die comfortabele kamer onze plannen, die al spoedig van een uiterst stille voltrekking overgingen in een huwelijksreis naar Italië, waar ik haar Florence wilde laten zien, dat ik goed ken, en Venetië, dat ik minder goed ken. We zouden aan het eind van september op reis gaan, besloten we, als het weer wat minder heet was en de toeristen weer naar huis waren. Dan zouden we terugkomen en beginnen aan een leven van beschaafde kameraadschap. Ik zei op een middag tegen haar dat het huwelijk zogenaamd een antwoord was op het seksprobleem, maar dat ik juist vond, in elk geval zoals wij het voor ogen hadden, dat het in plaats daarvan een antwoord was op het conversatieprobleem.

En maakte dit vooruitzicht op een kameraadschappelijk huwelijk haar gelukkig, hield het voor haar een antwoord in op het conversatieprobleem? Ik dacht van wel, ik dacht dat ze zich, als ze op de bank zat met uitzicht over de terrassen, in haar sombere kleren en met haar air van melancholieke berusting, bezighield met het optellen van haar hartensommen.

*

Ik ging door met het besturen van het ziekenhuis, woonde 's morgens vergaderingen bij en liep dossiers door, sprak mijn patiënten na de lunch. Me verdiepend in het vooruitzicht van mijn naderende pensionering, begon ik mijn patiënten voor te bereiden op mijn vertrek. Er was er maar één bij over wie ik me ernstige zorgen maakte, en dat was Edgar. Want natuurlijk was hij weer in het gesticht, waar zou hij anders naar toe zijn gebracht? Hij was spoedig nadat hij opgepikt was in Chester, op weg naar Stella – hoewel ik nog niet had kunnen vaststellen of hij haar wilde ophalen of vermoorden – naar ons toegebracht. Ik had hem een kamer toegewezen op de bovenste verdieping van het blok met onhandelbare patiënten, waar hij afgezonderd was, hetgeen misschien een bestraffing lijkt maar dat niet was.

We beschikken over enkele details van zijn activiteiten na het vertrek van Stella uit Horsey Street, niet veel, maar ik hoop spoedig meer te weten te komen. Hij ging terug naar de zolder en bleef daar drie dagen in zijn eentje zitten, onophoudelijk bezig met het boetseren van haar hoofd. Het schijnt dat hij bezoek kreeg van iemand, we weten niet wie, op de vierde dag, iemand die hem vertelde dat de politie hem op het spoor was. Hij sloeg op de vlucht met een paar boeken en kleren in een plunjezak en ironisch genoeg was hij nog maar net een paar minuten weg toen de politie aankwam en even daarna Stella. De hele inhoud van de zolder werd in beslag genomen en ik werd er later bij geroepen om te zien of er iets bij zat dat enig licht zou kunnen werpen op waar mijn patiënt zich bevond. Wat me het meest intrigeerde was de kunst die hij had gemaakt terwijl Stella bij hem was, de reeks tekeningen en het hoofd zelf, hetgeen hij allemaal had achtergelaten.

Dan verdwijnt hij van het toneel, opgenomen, vermoeden wij, door een ondergronds netwerk van kunstenaars en misdadigers die hem tijdens de daarop volgende weken onderdak verleenden en eten gaven. We denken dat hij voortdurend naar een andere plek verhuisde, van atelier naar atelier, van appartement naar appartement, en ik heb een beeld in mijn hoofd van deze bebaarde man die, in een jekker met de kraag opgezet en zijn pet over zijn ogen, midden in de nacht bij mensen aan de deur verscheen en door hen verwelkomd werd; hoewel naar ik veronderstel hun vrouwen het minder leuk vonden. Volgens één rapport zat hij in Cornwall, in een afgelegen bungalow vlak aan zee, maar ik heb het gevoel dat hij in Londen is gebleven, waar hij de weg goed kende. Totdat hij natuurlijk besloot naar het noorden te gaan om Stella te zoeken. Wat Nick betreft, die werd meegenomen naar het bureau ter ondervraging en hij werd met een waarschuwing vrijgelaten. Zijn vader was rechter.

In april werd Edgar weer bij ons in het ziekenhuis opgenomen en sinds die tijd had hij pertinent geweigerd met mij te praten. Ik had hem niet tussen de onhandelbare patiënten in het blok willen laten wegkwijnen, maar hij gaf me geen keus. Hij was eerlijk gezegd een hinder. Ik moest hem eigenlijk een geduchte psychiatrische evaluatie geven en een behandelingsstrategie aanbevelen voordat ik hem aan een nieuwe dokter overdroeg. Ik wist dat hij uiteindelijk wel bij zou draaien, ik had op taaiere klanten dan Edgar gewacht en die waren op het laatst allemaal door de knieën gegaan; maar dit keer had ik weinig tijd. Dus vertelde ik hem dat ik met Stella verloofd was, en ik hield daarbij geen rekening met zijn gevoelens. Ik was bot, en ik was agressief. Ik wilde een reactie forceren.

We zaten in een zijkamer van het kantoor op zijn afdeling, een kale cel met groen geschilderde muren, een enkel getralied raam, een zware, haveloze tafel en een tweetal houten stoelen. Hij zat over de tafel gebogen, met een sigaret die hij losjes tussen zijn vingers liet rollen. Hij droeg een overhemd van het ziekenhuis, had geen riem om en geen veters in zijn schoenen. Zijn haar was kortgeknipt en zijn baard was eraf. Ik sloeg hem nauwgezet gade. Ik wilde niet alleen dat hij weer tegen me zou gaan praten, maar eveneens dat hij een aanwijzing zou geven over hoe hij tegenwoordig over Stella dacht, want ik was er nog niet zeker van of hij haar spoor tot aan Chester had gevolgd uit liefde of uit haat. Hij ging traag rechtop zitten en ik zag de emoties over zijn gelaat gaan als wind over water, bitterheid, vermaak, scepsis.

'Met jou?'

Het was het eerste dat hij sinds zijn terugkeer tegen me zei.

Ik knikte.

Hij staarde me met een indrukwekkende onverschilligheid aan. Hij hapte niet op mijn aas.

'Hoe sta je daar tegenover?'

Hij haalde zijn schouders op en tuitte zijn lippen en schudde licht met zijn hoofd. Ik voelde dat hij van binnen een strijd voerde.

'Ik heb gehoord wat er is gebeurd,' zei hij.

Ik hield me even stil. Toen: 'Ik vind dat ze een beetje geluk verdient, na alles wat ze heeft meegemaakt,' zei ik, 'vind je ook niet?'

Weer haalde hij zijn schouders op.

'Geef antwoord, Edgar.'

Ditmaal hapte hij wel.

'Geef jij maar antwoord, *Peter.* De vraag is: wat moet ze met een ouwe flikker als jij?'

Ik verborg mijn voldoening.

'Het stoort je dus? Het idee dat ze van iemand anders zou kunnen houden.'

'Ze wil hier weg.'

Ik pauzeerde. Vanzelfsprekend was dat ook bij mij opgekomen. Op een vreemde manier deed me dat plezier.

'Dus je houdt nog steeds van haar.'

'Ze is een beest.'

Dit had ik niet verwacht.

'Hoezo?' mompelde ik.

'Je kent haar helemaal niet, hè?'

'Jij wel dan?'

Hij gaf geen antwoord. Hij zat weer voorovergebogen, keek me niet aan, staarde naar de niet brandende sigaret die hij heen en weer rolde.

'Moet ik je eraan herinneren wat je met vrouwen doet die je denkt te kennen?'

Ik zat tegenover deze moordenaar terwijl hij rechtop ging zitten en de sigaret met rust liet. Er stond een bewaker op de gang, voor het geval hij me zou aanvallen.

Hij had het hoofd van Ruth Stark afgehouwen en het op zijn beeldhouwstandaard gezet. Vervolgens had hij het met zijn gereedschap bewerkt alsof het een klomp vochtige klei was. Eerst de ogen. Een van de agenten had me verteld dat het op een slagerswinkel leek. Je kon niet meer zien wat het was, behalve aan de tanden.

Het had Stella kunnen zijn. Dat was het bijna geweest.

*

Die avond ging ik toen het rustig was geworden in het ziekenhuis weer terug naar mijn spreekkamer om na te denken over ons gesprek. Hij had alleen cynisme en minachting geuit tegenover Stella, maar hij had me niet overtuigd. Edgar was een gecompliceerde man en buitengewoon bedreven in het verhullen van zijn werkelijke gemoedstoestand. Ik beschouwde het als heel goed mogelijk dat hij Stella een beest noemde terwijl hij vond dat ze een godin was: hij had geen enkele reden om eerlijk tegen mij te zijn, in aanmerking genomen dat ik niet alleen zijn lot in handen had, maar op de koop toe op het punt stond te trouwen met een vrouw van wie hij ooit had gehouden en van wie hij mogelijk nog steeds hield, op zijn manier. Maar als hij nog steeds van haar hield, zou hij haar dan tegenover mij een beest noemen?

Als hij het beeld dat ik van haar had wilde vernielen en het vervangen door een beeld dat hijzelf had geschapen, ja.

*

De volgende middag ging ik weer terug. Ik wisselde een paar woorden met de bewakers voordat Edgar van zijn afdeling naar mij toe werd gebracht, en tot mijn verbazing had hij een rustige nacht gehad. Ik had verwacht te zullen horen dat hij de boel kort en klein had geslagen in zijn kamer, of iemand was aangevlogen op de gang, maar hij had niets ongewoons gedaan en ik vroeg me af of het hem echt niks kon schelen wat Stella deed. Maar nee, al mijn instincten gaven me in dat hij het zich zwaar aantrok. Het is natuurlijk een klinisch cliché dat er een heel dunne lijn zit tussen liefde en haat in de psyche. Wat ik wilde weten, was: tot op welke hoogte waren zijn gevoelens pathologisch?

Ze brachten hem voor en hij was gekleed zoals de dag ervoor, in ziekenhuis-grijs. Hij was geschoren, hoewel niet erg bekwaam, want er zat een wondje op zijn leerachtige wang met een korstje van opgedroogd bloed. Zijn houding was even onverschillig als tevoren. Toen we alleen waren bood ik hem een sigaret aan, die hij achter zijn oor stopte. Ik viel met de deur in huis.

'Waarom is zij een beest?'

'Waardoor is zij er een geworden of hoe weet ik het?'

'Hoe weet je het?'

Hij staarde me aan. Achter zijn ogen zag ik de woekerende warboel van ziekelijke en redelijke gedachten. Een ziekelijke gedachte kwam naar voren.

'Ik kon het ruiken.'

Dit had ik niet eerder gehoord.

'Wat rook je dan?'

'Bronstigheid. Ze deden het voortdurend. Met mij buiten in de tuin was ze ook zo. Altijd krols.'

'Wie deden het voortdurend?'

'Nick en zij.'

'*Nick.*'

Ze was openhartig tegen me geweest over Nick. Ze had

hem slechts één keer in haar bed toegelaten, en dat was in het hotel. Edgar staarde me nu met een uitdrukking van wellustige walging aan. Zag ik het weer, die spontane reorganisatie van ervaringen om die aan te passen aan een latere waanvoorstelling? Was dit niet precies wat hij had gedaan met zijn herinneringen aan Ruth Stark, had hij geen patroon van promiscuïteit geïmpliceerd, ook bij haar, dat niet bestond? We namen elkaar nauwkeurig op.

'Beweerde je dat ook niet van Ruth?'

'Zij was een hoer. Stella, die doet het met iedereen voor niks.'

Onwillekeurig moest ik, met een steek van onbehagen, denken aan Trevor Williams. Ik legde mijn hand voor mijn mond en keek hem enkele ogenblikken aan. Hij haatte haar inderdaad. Hij haatte haar en hij was zo gestoord als ooit, en ik had enorm medelijden met hem, medelijden omdat alles wat hij voelde en dacht over Stella door deze smerige valsheid besmet was.

Toen ik het vertrek verliet, hoorde ik hem zachtjes neurien. Net toen ik de deur dichtdeed, hoorde ik hem roepen: 'Cleave!'

Ik liep weer naar binnen en wachtte met mijn hand op de deurknop.

'Wat?'

Hij stond op en ik dacht dat hij misschien op het punt stond me aan te vallen. Maar het was verdwenen, de arrogantie, de bitterheid. Nu slechts een wanhopige oprechtheid, terwijl hij met een lage, hese stem en op uiterst redelijke toon zijn verzoek deed.

'Kan ik haar zien?'

Ik stond er versteld van.

'Wat zou dat voor kwaad kunnen? Vijf minuten maar.'

Hij was er bijna in geslaagd me te laten geloven dat hij haar haatte. Maar dat kon hij niet volhouden. Ik keek naar het arme, zieke, voorovergebogen schepsel voor me en voelde een golf van beschermende tederheid voor hem. Wat het ook was dat Stella hem had gegeven, hij was nu veel te fragiel om er buiten te kunnen.

'Nee.'

*

Ze begon op de afdeling geruchten te horen over de dansavond. Men vroeg haar of zij erheen zou gaan. Haar eerste reactie was voor het idee terug te deinzen. Wekenlang had zij moeite gedaan een beeld van zichzelf te handhaven, ondanks de vernedering van veranderde status van doktersvrouw tot patiënt en dat was haar niet makkelijk gevallen; ze was zich maar al te vaak bewust van een verhulde minachting van de kant van zowel patiënten als staf, vooral omdat zij duidelijk speciaal in de gunst stond bij de directeur. Niemand had haar rechtstreeks beledigd, een huldeblijk, dacht ze, aan haar succesvolle incarnatie als vrouw van smarten; maar de vrouw van smarten te spelen op de dansavond was een voorstelling waar ze geen behagen in schepte. Want ze was er nog helemaal niet van overtuigd dat ze zich waardig zou kunnen gedragen in de Centrale Hal; daar zou de kloof in haar leven op een veel te wrede manier belicht worden. De onvermijdelijke conclusie, de verblindende moraal van het verhaal, zou zijn dat zij gewoon bij de rest van de gevallen vrouwen bleek te horen en bovendien een pathetisch schepsel was. Dat wilde ze niet.

Maar toen rees het bekende dilemma, de zachte stem van binnen die haar herinnerde aan de netelige politiek van haar situatie. Zou het mij iets kunnen schelen? Ik was nog steeds haar psychiater, ik had haar lot in handen. Zou ze een non-conformistische daad riskeren? Zou ze weg durven blijven? Ze kon het niet met zekerheid zeggen en ze werd er angstig van terwijl ze probeerde een beslissing te nemen. O, maar een vrouw die een huwelijksreis in Italië in het vooruitzicht heeft schrikt niet terug voor het vooruitzicht van een dansavond in het ziekenhuis! En het kwam toen bij haar op dat dit wellicht de laatste echte uitdaging was in haar korte carrière als zenuwpatiënt. Welnu, die zou ze aannemen, ze zou haar laatste grote rol als vrouw van smarten vertolken.

Dus zette ze zich schrap voor deze beproeving en begon ze na te denken over wat ze zou dragen, haar make-up, haar kapsel. Ze wilde er niet uitzien als een gevallen vrouw, zelfs al zouden alle ogen in het ziekenhuis op haar gericht zijn.

*

Volgens mijn berekeningen was het die avond of de avond daarop dat ze, in plaats van haar medicatie in te nemen, de pillen in haar handpalm achterhield en ze later ergens verstopte, waarschijnlijk achter in haar kast, misschien tussen de voering van een beha. Paroolpatiënten genieten vertrouwen en we verwachten niet dat zij hun medicatie opsparen en daarom wordt hun een zekere mate van privacy toegestaan. Ik stel me zo voor dat ze bij het ochtendgloren in haar nachtjapon uit het raam stond te staren naar de binnenplaats beneden en toekeek hoe het eerste licht de tinten en textuur van de bakstenen accentueerde. Het moet haar op een of andere manier duidelijk geworden zijn dat niets ooit zou veranderen, dat noch de psychiatrie noch het verstrijken van de tijd zou uitwissen wat zij die ochtend op Cledwyn Heath had gezien, het hoofd dat door het wateroppervlak heen stak, de klauwende arm.

Maar wiens hoofd? Wiens klauwende arm?

De schaduwen op de binnenplaats verschoven. De zon kwam op.

*

Ik had meteen door dat er iets mis was en ik maakte me ongerust. Ze was van de vrouwenafdeling naar me toegebracht, zoals gewoonlijk, en zodra ze zich in mijn spreekkamer bevond en de deur achter haar dicht was, begon ik haar onderzoekend aan te kijken.

'Wat is er gebeurd?' zei ik en pakte haar arm beet en bracht haar naar een stoel. Ik ging naast haar zitten.

Ze wilde niet dat ik vermoedde dat er iets niet in orde was.

'Er is niets gebeurd. Wat zou er gebeurd moeten zijn?'

Het lukte haar er wat humor in te leggen, alsof ze zeggen wilde, we weten allebei hoe rijk aan gebeurtenissen de vrouwenvleugel is. Toch keek ik haar bedenkelijk aan. Nu was ik weer de dokter.

'Hoe je er uitziet bevalt me niet. Ben je weer aan het dromen geweest?'

Ze had me een paar dagen geleden verteld dat de dromen een stuk minder intens waren en een stuk minder frequent.

'Ik word vroeg wakker en kan dan meestal niet meer slapen.'

'Ik wil je geen grotere dosering geven,' zei ik. 'Ik geloof ook niet dat je dat zelf wilt, hè? Je wilt toch niet de hele dag suf rondlopen.'

'De medicatie is prima, Peter, echt waar. Ik word 's zomers altijd vroeg wakker. Je hebt zeker nog niets van het bestuur vernomen?'

Ik rommelde in de papieren op mijn bureau. Het ontging mij niet dat ze een verwoede poging deed het gesprek van zichzelf af te leiden. 'Het schijnt dat we tegen het eind van de week iets kunnen verwachten.' Ik keek op. 'Voel je je erg belast, schat?'

'Tegen wil en dank voel je je een beetje angstig.'

'Maak je alsjeblieft geen zorgen. Ze zouden het mij vertellen als er een probleem was. Verheug je je op je nieuwe leven?'

Ze legde haar hand op mijn arm. 'Natuurlijk doe ik dat,' zei ze.

Ik keek naar deze treurige, prachtige vrouw en dacht aan Max, een gebroken Max, die plechtig reciteerde: trouweloosheid, leugenachtigheid. Nee, het was absurd, en ik zette die gedachte uit mijn hoofd.

*

Ze heeft de stafleden nooit enige reden tot bezorgdheid gegeven. Dat durfde ze niet, want elke ordeverstoring zou hen attent hebben gemaakt op het feit dat ze haar medicijnen niet innam. Haar slapende lichaam verried haar niet. Ze werd nooit door een bewaker wakker geschud, dus hoefde ze niet net te doen of ze diep in slaap was. Overdag de vrouw van smarten, 's nachts de droomloze slaapster; tijdens deze laatste dagen, want zo moest ze ze in haar gedachten hebben genoemd, de dagen voor de dansavond, speelde ze voortdurend een rol en ging ze totaal in die rol op, zonder ooit de kans te krijgen het masker af te leggen en het kostuum uit te doen, het op de vloer te laten vallen en eruit te stappen.

De vrouwen om haar heen werden steeds opgewondener. De dansavond was van vitaal belang voor de patiënten van de vrouwenvleugel. Wat een drukte heerste er! Ze maakte er grapjes over. Ikzelf had vanzelfsprekend meer dansavonden in het gesticht meegemaakt dan ik me wilde herinneren en glimlachte wanneer ik dacht aan de vloedgolf van onderdrukte hysterie die de vrouwenvleugel tijdens de dagen voorafgaand aan de grote gebeurtenis overspoelde.

'En het is volle maan die avond,' zei ik.

'Lieve hemel,' zei ze, 'dat is heel erg.'

'Eigenlijk niet. De ochtend erna, dat is meestal erg. Zo'n anticlimax. Een heleboel van de dames zijn de dag na de dans nogal depressief.'

'Ik zal me daarvoor moeten hoeden.'

'O, over jou maak ik me geen zorgen. Je hoeft helemaal niet te gaan, als je dat liever niet doet. Ik zou het heel goed begrijpen als je er niet heenging.'

'Ik peins er niet over,' zei ze 'Niet naar de dans gaan? Wat ongezellig.'

'Je zult heel veel bekijks hebben en commentaar krijgen. Daar ben je je zeker wel van bewust?'

'Jazeker,' zei ze.

Terwijl ze over het terras werd teruggebracht naar de afdeling, moet ze zich hebben gerealiseerd dat ze zich uiteindelijk voor niets zorgen had gemaakt. Maar aangezien ze om diplomatieke redenen had besloten de dansavond bij te wonen, was ze zich er op een vreemde manier op gaan verheugen. Want ik geloof dat ze had besloten haar lot te laten bepalen door wat er op die avond zou gebeuren.

*

Voordat de mannen werden binnengebracht, waren de vrouwelijke patiënten allemaal op hun plaats in de Centrale Hal. De voorgaande uren was de atmosfeer op de afdeling geleidelijk aan steeds koortsachtiger geworden, tot zo'n hoge graad van verwachting dat het alleen maar op een teleurstelling kon uitlopen. Uitzinnige vrouwen, in verscheidene stadia van gekleedheid dwaalden door de gangen, op zoek naar haarspelden, parfum, ondergoed, make-up. Een kibbelpartij over een goedkope broche zou uit de hand gelopen zijn als een bewaker niet tussenbeide was gekomen. Er klonken kreten, er vielen tranen, er was een hoop onzinnig geklets van de jongere vrouwen over vriendjes en liefdesaffaires. De rijpere vrouwen trachtten kalm te blijven, maar het was moeilijk de stemming te negeren die de hele afdeling domineerde en die steeds hysterischer werd naar gelang zeven uur naderde.

Stella bleef op haar kamer en besteedde veel aandacht aan haar uiterlijk; ze had voor de gelegenheid een zwarte avondjurk uitgekozen die ze uit Wales had meegenomen toen ze opgenomen werd in het ziekenhuis. Hij zat haar nu te strak, deze jurk, hij paste niet helemaal bij een vrouw van smarten, hij suggereerde eerder zonde, maar hoe zou een vrouw aan haar smarten zijn gekomen als ze niets afwist van zonde? Opnieuw telde ze haar pillen. Ze was nu heel kalm. Ze had genoeg, dacht ze.

Toen ze haar kamer verliet en zich bij de andere vrouwen op de afdeling voegde, had haar verschijning een dramatisch effect. Ze realiseerden zich onmiddellijk dat zij hen, wat lieftalligheid betrof, met gemak overtroefde. Ze waren trots op haar en waren van plan iets van haar glorie op hen te laten afstralen wanneer zij de hal betraden, of liever gezegd, wanneer de mannen binnenkwamen. Ze verlieten de afdeling redelijk rustig, de kakofonie in aanmerking genomen die enkele minuten tevoren te horen was geweest. Elke vrouw was vervuld van de ontzaglijke grootsheid van de avond.

Onder begeleiding van hun bewakers baanden zij zich een weg over de binnenplaats en langs de passage naar de poort die op het terras uitkwam. Het was een milde avond en het licht begon net ietwat te tanen in de geurige lucht. Vrouwen fluisterden onderling, er werd uiting gegeven aan de laatste angsten, terwijl er in alle harten langzaam een aanzwellende trots in hun collectieve vrouw-zijn en hun enige bloem van schoonheid ontsproot. Stella was echt hun bloem van schoonheid, zoals ze zich rustig onder hen bewoog in haar zwarte jurk, met een zwarte stola losjes om haar blote armen en schouders tegen de avondlucht. De vrouw van smarten, omringd door haar dienstmaagden, hield haar afscheidsvoorstelling.

De Centrale Hal was precies zoals zij zich herinnerde. Er stonden stoelen tegen de muren, de grote erkerramen waren opengegooid en de band stond op het podium de instrumenten te stemmen. Enkele bewakers stonden de vrouwen op te wachten, en op hetzelfde moment dat zij binnenkwamen, betrad ik de hal vanaf het terras samen met de kapelaan. Ik begroette haar onmiddellijk met een buiging en toen zag ik de jurk. Ik bleef staan en evenals de kapelaan staarde ik haar met grote verbazing aan. Terwijl het tot me doordrong wat ze had gedaan, en wat het haar gekost moest hebben, gaf ik een hoofdknikje. Want het was dezelfde jurk, dezelfde zwarte avondjurk van ruwe geribde zijde, laag uitgesneden zodat de rondingen van haar borsten zichtbaar waren, die ze een jaar tevoren op de dansavond had gedragen. Het effect was nu zelfs dramatischer dan toen. Want niet alleen completeerde de jurk haar buitengewone lichamelijke schoonheid, het feit dat ze hem, hier, vanavond, had aangetrokken, was het gebaar van een geest die niet door schaamte was aangetast. Ik was trots op haar.

Ze installeerde zich en sloeg de drukte om zich heen gade, de bewakers die af en aan liepen en overleg pleegden met elkaar; en de meer rustelozen onder de jongere vrouwen die al bij de tafel stonden om een non-alcoholisch drankje op te halen; en de oudere stafleden die praatten en lachten met een overdreven ongedwongenheid, zoals dat gaat onder de aristocratie. Het was allemaal schijn. Er was er geeneen bij die er niet aan dacht dat zij slechts een jaar geleden bij hen had gehoord, en de steelse blikken die haar werden toegeworpen waren talloos. Dat ze nou juist die jurk had uitgekozen –! Ik nam niet mijn toevlucht tot een steelse blik. Ik maakte duidelijk dat ik over haar waakte met genegenheid en aandacht. Mijn koelbloedige oog overzag alles en miste niets, en Stella was niet in verwarring gebracht. Het decorum en de orde van het evenement was een direct resultaat van mijn aanwezigheid, mijn stille autoriteit en de achting die ik genoot van de kant van zowel de staf als de patiënten.

De tijd verstreek en onder haar evenwichtigheid begon ze gespannen te raken. Ze zag de mannen binnenkomen en voelde de verandering in de sfeer, voelde die geladen worden en een beetje gevaarlijk. De aristocraten nu waren minder loom, de bewakers meer op hun hoede. Wat de vrouwen betrof, zij werden enorm levendig. De band was al begonnen met het eerste nummer toen de laatste mannen van hun afdeling naar de hal gebracht werden. Eén voor één liepen zij binnen en namen zij een plaats in beslag en Edgar was er niet bij.

Nee, Edgar was er niet bij, die was niet in een conditie om de dansavond bij te wonen.

*

In de loop van de avond danste zij verscheidene malen en ofschoon alle ogen in de gehele hal op haar gericht waren, liet zij haar masker geen enkele keer vallen. Ze danste niet met mij; ik danste met niemand; maar elke keer dat ze danste, ving ze mijn blik op en ik begreep dat haar ingetogen, ondoorgrondelijke glimlach voor mij was bedoeld, dat zij op een bepaalde manier met mij danste. Van de staf was de kapelaan de enige die haar ten dans vroeg. Hij danste goed en ze bewoog zich met gemak en gratie in zijn armen. De glimpen die zij opving van mijn gezicht, de vluchtige ogenblikken dat onze blikken elkaar ontmoetten, stelden haar gerust dat ze het er uitstekend van af bracht, dat zij zich gedroeg precies zoals ik wilde dat zij zich gedroeg. Arme Peter, moet ze hebben gedacht.

Tegen het einde van de avond liep ik het podium op en pakte de microfoon en sprak ik enkele vriendelijke woordjes en maakte een paar grapjes, zoals te doen gebruikelijk. Ik ben populair als medisch directeur en de zegeningen die ik over iedereen uitsprak werden warm ontvangen. Stella keek naar me, luisterde niet naar mijn woorden, maar absorbeerde alleen de uitstraling die ik die avond had, mijn gecultiveerde ongedwongenheid, mijn warme, wijze humor. Ik denk dat ze het vooruitzicht mij pijn te doen werkelijk verafschuwde.

Ze hield het tot de aan de laatste dans toe vol en voegde zich weer bij de andere vrouwen toen het tijd werd om naar de afdeling terug te gaan. In het maanlicht liepen zij over het terras naar de vrouwenvleugel. Hier en daar klonk wat opgewonden gebabbel, maar de meesten waren rustig, en er leek een stemming van een soort vermoeide voldaanheid te heersen. Ze waren het er allemaal over eens dat het een fijne avond was geweest, misschien wel een van de beste in jaren, en terwijl sommige romances wreed waren beëindigd, waren er andere in het leven geroepen. Op de afdeling wensten zij elkaar hartelijk welterusten en gingen naar hun kamer.

Stella maakte zich klaar om naar bed te gaan. De lichten waren uit en het was stil op de afdeling. Even later kwam ze stilletjes haar bed uit en draaide ze de koude kraan open en liet het water in de wastafel lopen. Toen deed ze haar kast open en stak haar hand erin.

*

Ik zat op mijn kantoor te schrijven. Buiten baadden het terras en de tuinen en de moerasgebieden daarachter in het maanlicht. Ik pauzeerde even en keek op, met gefronst voorhoofd. Er knaagde iets aan me sinds ik Stella in de

Centrale Hal had gezien, een vaag gevoel van ongerustheid dat ik tot op dit ogenblik had onderdrukt, iets wat te maken had met het feit dat ze de jurk aan had die ze gedragen had op de avond dat Edgar haar in zijn armen had genomen en zijn penis tegen haar lies had gedrukt. Het was absurd, het idee dat ze misschien nog steeds verliefd op hem was! En toen dacht ik: maar als ik nou eens gelijk heb? En toen zag ik het. Toen werd het allemaal ineens duidelijk en wist ik ten slotte dat het niet uitgeblust was, dat het verre van uitgeblust was en begreep ik opeens waarom ze die jurk had aangetrokken. Het was niet ter ere van ons! Het was niet een gebaar van trots, of uitdaging, in het aangezicht van de hele ziekenhuisgemeenschap, het was voor *hem*, ze had hem voor *hem* aangetrokken. Het was haar trouwjurk, de jurk die ze had gedragen op de avond dat ze met *hem* was getrouwd. Nu werd ik door schrik bevangen. Ik deed de dop op mijn pen en reikte naar de telefoon. Ik draaide een intern nummer en de telefoon ging over in het kantoor op de benedenverdieping van de vrouwenvleugel. Terwijl ik wachtte tot er opgenomen zou worden, realiseerde ik me in welke mate ik mezelf voor de gek had gehouden. Ik had toegelaten dat mijn oordeel overschaduwd werd door persoonlijke bemoeienissen en was *en passant* mijn objectiviteit kwijtgeraakt. Klassieke duplicaat-overdracht – –

De dienstdoende bewaker sprak kort met mij. Zonder de hoorn op te hangen verliet zij het kantoor en liep door de donkere gang naar Stella's kamer. Ze deed de deur op een kier en zag dat het bed beslapen werd en dat degene die erin lag diep en regelmatig ademhaalde. Ze deed de deur weer dicht en liep terug naar het kantoor en vertelde aan mij wat ze had gezien. Ik bedankte haar en legde de hoorn op de haak. Ik ging echter niet weer verder met schrijven, maar in plaats daarvan tuurde ik uit het raam, nog steeds met een diep gevoel van onbehagen.

Snel liet ik de gebeurtenissen van de afgelopen weken opnieuw de revue passeren. Ik herinnerde me de flits van emotie die ik in haar ogen had gezien op de dag dat ik had gesuggereerd dat hij hier in het ziekenhuis was. Ik probeerde me voor te stellen hoe het haar misschien had aangegrepen, deze tere vonk van hoop, en realiseerde me dat die vonk, toen ik vervolgens had gezegd dat het hypothetisch was, dat hij hier helemaal niet was, niet was gedoofd dat die, eenmaal opnieuw aangeblazen, te sterk was om als een kaars te doven. Ik stelde me voor hoe ze naar haar kamer terugkeerde en haar kleine vlam van hoop aanwakkerde om hem brandende te houden.

Sinds die tijd had ze hem brandende gehouden. O, ze had waarschijnlijk snel uitgepuzzeld waarom ik haar eerst de waarheid zou vertellen, dat wil zeggen dat Edgar hier inderdaad *was*, en er vervolgens spijt van zou krijgen dat ik het haar verteld had en mezelf tegensprak, en eveneens zou zij zich hebben gerealiseerd dat een onverschillige reactie van haar kant bij het noemen van de naam Edgar Stark voor mij een maatstaf zou zijn bij mijn oordeel over haar geestelijke gezondheid. Toen moet ze meteen hebben geweten dat zij net moest doen alsof het haar niets kon schelen. Alles wat daarop volgde – het vragen om werk in de wasserij, alleen op de bank buiten zitten – *zelfs de dromen van een schreeuwend kind* – hoorde bij de voorstelling, was een afleidingsmanoeuvre, verzonnen om de waarheid voor mij te verhullen. En de waarheid was dat haar lijdensweg deze afgelopen weken niet voortkwam uit berouw over de dood van haar kind, de waarheid was dat Edgar nog steeds een obsessie voor haar was, met uitsluiting van praktisch alles.

En toen dacht ik: als zij geloofde dat hij zich hier bevond en zij de jurk voor hem had aangetrokken en hij niet was verschenen, hoe zou zij daarop reageren? Toen wist ik wat mijn psychiatrische intuïtie mij ingaf en waarom ik dat gevoel van onbehagen had. Als ze Edgar niet kon krijgen, kon ze net zo goed dood zijn. Het leven was zonder hem niet langer verdraaglijk. Het was beter te sterven dan zo te lijden. Een dergelijke reactie is zeldzaam, maar het komt voor. Het is het laatste stadium.

Enkele ogenblikken later begaf ik mij over het terras naar de vrouwenvleugel. Ik haastte mij en liep met grote passen en met enige drang door de duistere kruisgangen en maanverlichte binnenplaatsen van het sluimerende gesticht.

*

Door de lange uren van de nacht vochten we uit alle macht voor haar leven, maar Stella had lang genoeg onder psychiaters vertoefd om nauwkeurig te kunnen inschatten wat een fatale dosis slaappillen was. Ze is niet meer bij bewustzijn gekomen en kort voordat de dag aanbrak stierf zij. Toen ze ontspande, toen ze alle krachtsinspanning van bedrog en repressie liet varen, kwam er een verandering over haar gezicht en werd haar schoonheid nog opmerkelijker; ze zag er weer uit als toen wij haar voor het eerst leerden kennen. Iedereen was erg overstuur. Ik herinnerde hen eraan dat degenen die wensen te sterven daar altijd, vroeger of later, de middelen voor vinden, maar dat was geen troostende gedachte voor ons – wij die voor haar gezorgd hadden en elk op onze eigen manier van haar waren gaan houden. Drie dagen later begroeven wij haar op de begraafplaats van het ziekenhuis, aan de andere kant van de Muur, achter de vrouwenvleugel. De kapelaan leidde de dienst. Behalve de leden van de staf waren er weinig rouwklagers aanwezig. Het was een warme, heldere dag en we waren allemaal benauwd in het zwart gekleed.

De Straffens stuurden een condoleancebriefje, naar het schijnt verkeert Jack in slechte gezondheid, maar Max was wel aanwezig, en Brenda ook. Max had een dramatische verandering ondergaan, zelfs in de paar weken sinds ik hem in Cledwyn had gezien. Hij was nu echt een oude man geworden, mager, krom, met een huid zo dun als papier. Hij steunde zwaar op zijn moeder. Zij hield zich flink, zoals ik van haar had verwacht; Brenda kan goed overweg met tragedie. Naderhand schonk ik een glas sherry in mijn spreekkamer. Als Max zich die dag bewust was van de pijnlijkheid en ironie van zijn aanwezigheid in mijn kamer, de kamer van de directeur, dan liet hij dat niet merken. Brenda verraste mij door te vervallen tot glibberige clichés. Ze mompelde dat ze hoopte dat Stella nu rust had gevonden. Ik knikte en wendde me af, enigszins walgend van haar vulgaire gedrag. Max had haar duidelijk niet over onze huwelijksplannen ingelicht.

*

In tegenstelling tot wat ik van plan was, ben ik niet met pensioen gegaan. Ik heb nog zo veel werk te doen. Edgar zit nog steeds op de afdeling voor onhandelbare patiënten. Er zit nog geen merkbare vooruitgang in zijn gedrag, hij blijft vijandig en niet-coöperatief, maar daar zal wel verandering in komen, ik voel hem al wat afzwakken. Hij moet weten dat ik de enige ben die hij nu nog over heeft. Ik heb hem niet verteld dat Stella dood is, want ik wil zijn kant van het verhaal graag nog horen. Er zijn nog veel onbeantwoorde vragen. Max, bijvoorbeeld, is ervan overtuigd dat zijn kleren niet in een opwelling zijn gestolen, zoals Stella beweerde, maar dat zij ze zelf aan Edgar heeft gegeven, met andere woorden dat zij zelfs toen al tegen ons samenzwoeren en dat zij wist dat hij van plan was te ontsnappen.

Bij nader inzien zal Edgar wel horen dat zij dood is, ongeacht wat ik doe. Dit is een groot instituut en mensen roddelen. Het zal hem vreselijk aangrijpen en we zullen op onze hoede moeten blijven. Evenals ik, evenals iedereen die haar kende, had hij een sterke reactie op haar schoonheid, maar bij hem ging het dieper, hij bereikte een plek in het hart waar liefde en haat aan dezelfde kant van het muntstuk staan. Ik denk dat hij dat wellicht onbewust trachtte te tonen met zijn laatste beeldhouwwerk, ondanks het feit dat hij beweert geëngageerd te zijn in een strijd om gewoonte en conventie in de beeldende kunst omver te werpen: te werken tegen de zekerheid in. Die twee arme, chaotische zielen roeren mij diep, gevangen zoals zij deze afgelopen weken waren, ronddraaiend in hun privé-cel, hunkerend naar elkaar. Ik heb meer dan slechts een paar van dergelijke destructieve affaires gekend en ze lopen allemaal hierop uit, of op iets van dergelijke aard.

Ik heb mijn gewoonte om 's avonds terug te keren naar mijn spreekkamer weer in ere hersteld. De politie was zeer inschikkelijk en ik ben nu in het bezit van alle tekeningen die hij van haar op het atelier maakte, en ook de schets die hij in de moestuin had getekend. Ze zijn merkwaardig aarzelend in lijn en invulling en hebben als gevolg daarvan een soort zachtheid, wat de Italianen *morbidezza* noemen. Het hoofd heb ik ook. Ik heb het laten gieten in zwart brons. Ik heb het weggeborgen in een lade van mijn bureau. Hij heeft er zó obsessief aan gewerkt, in die laatste dagen voordat hij uit Horsey Street wegging, en heeft het zó *bewerkt*, dat het op het laatst heel smal en klein was geworden. Het is een nu een dun, heel klein, gekweld hoofd, niet groter dan mijn hand; maar het is haar. Vaak haal ik het te voorschijn, in de loop van de dag, en bewonder ik het. Zo ziet u: ik heb toch mijn Stella gekregen.

En hem heb ik ook nog.

De dwaas is een grootse, prachtig geschreven schelmenroman, die meer dan vijfhonderd jaar Europese geschiedenis en cultuur omspant.

***f* 17,50** / 408 blz.

Terug naar de liefde is Doris Lessing op haar best: een roman met een uitzonderlijk gevoel voor het paradoxale en complexe die haar klassieker *Het gouden boek* in herinnering roept.

***f* 12,-** / 336 blz.

Rita Mae Brown
Venusnijd
'een humoristisch geschreven boek, vol heerlijke intriges.' VIVA
ODIEVAAR

Beminde is het verhaal van formidabele vrouwen en tragische mannen, verbonden door een vurige en gevaarlijke liefde die sterker is dan de wreedheid van het lot en de slavernij.

***f* 12,-** / 288 blz.